COLLECTION FOLIO

Boualem Sansal

Le serment des barbares

Gallimard

© *Éditions Gallimard,* 1999.

Actuellement haut fonctionnaire dans l'industrie à Alger, Boualem Sansal a fait des études d'ingénieur puis un doctorat d'économie.

Le serment des barbares, son premier roman, a reçu le prix du Premier Roman, et le prix Tropiques 1999.

Le cimetière n'a plus cette sérénité qui savait recevoir le respect, apaiser les douleurs, exhorter à une vie meilleure. Il est une plaie béante, un charivari irrémédiable ; on excave à la pelle mécanique, on enfourne à la chaîne, on s'agglutine à perte de vue. Les hommes meurent comme des mouches, la terre les gobe, rien n'a de sens.

Ce jour-là, comme les jours précédents, on enterre de nouvelles victimes du terrorisme. Il sévit à grande échelle. Cette animosité n'a pas de nom, à vrai dire. C'est une guerre si on veut ; une fureur lointaine et proche à la fois ; une hérésie absurde et vicieuse qui s'invente au fur et à mesure ses convictions et ses plans ; une monstruosité à l'avidité spectaculaire qui se délecte de l'innocent et boude les crapules. Ses acteurs ? Un peu tout le monde et personne dont on puisse dire : c'est lui, c'est cet homme. Tous la subissent, s'en lamentent et la condamnent, mais aussi tous soutiennent qu'elle est loin d'avoir atteint ses buts, qu'il y a lieu de pousser les feux et, dans l'ardeur des gémissements, en profitent pour exhorter à un dernier effort.

Nous l'appellerions génocide, n'était le refus des acteurs.

Les funérailles sont celles de Si Moh ; un personnage important, un commerçant richissime ; le meilleur des hommes.

Ainsi va Rouiba. La mort est à pied d'œuvre et s'active à précipiter sa fin. Maigre consolation, le mal ne la frappe pas seule ; l'abomination et la désolation sont partout dans le pays.

Jadis, il y a une vie d'homme, elle embellissait l'entrée est d'Alger. La petite bourgade avait épousé le plus beau des vallons et baignait dans le bonheur. Les dimanches maussades, les Algérois, comme éblouis par une idée follement originale, claironnaient : « Allons à Rouiba prendre un bol d'air et un ballon de muscat ! » Ils en revenaient entre jour et nuit, guillerets, distraitement chargés de couffins débordant de fruits juteux et de dames-jeannes joliment empaillées. En ces temps, elle vivait la quiétude, l'opulence ; elle était pimpante, coquette, sensuelle et aimait à se parer de fleurs. Le laurier avait sa préférence ; il en a profité, le simplet, pour se multiplier et prospérer même là où sa présence ne pouvait qu'amener des soucis. Avec ces hallebardes fleuries, fichées à la diable çà et là, il y avait dans l'air comme une impression de tournoi héroïque qui aurait tourné à la kermesse. Pour faire oublier une telle légèreté qui entache une réputation bourgeoise chichement gagnée, elle se donnait des airs graves et modestes. Le tout faisait un brin mélancolique et indolent et évoquait l'image d'une femme bien en chair se dorant voluptueusement au soleil. Le travail était pourtant sa religion et son unique souci. Couchée dans cette fabuleuse plaine de la Mitidja, grosse toute l'année, elle déversait sur la capitale, à pleins camions, les fruits de ses entrailles et de son labeur. Les siens l'appelaient «la ville des lauriers» et en parlaient avec tendresse et fierté aux voyageurs en extase.

De nos jours, trente années après l'indépendance, elle est regardée comme le fleuron de l'industrialisation du pays. Par décret, elle a été classée «ville industrielle», et offerte à l'admiration de cohortes moutonnières de visiteurs d'usines que des guides frénétiques et arrogants mènent à la baguette. Derrière des machines flambant neuves, des armées de cols-bleus, caporalisés au point d'avoir perdu l'usage de leurs neurones supérieurs, pulvérisent des records datant du siècle de la vapeur en débitant à leurs invités des propos de circulaires et d'annuaires statistiques trafiqués par de lointains et brillants esprits. On l'a voulue impressionnante, digne du génie du Dictateur. Elle est fébrile, morne et inquiétante comme une cité qui se prépare à la guerre. Elle est une verrue cancéreuse sur le flanc oriental de la capitale. Les Algérois, qui ne vont plus nulle part, vous diront avec une certaine commisération qu'y aller par Rouiba est le pire des chemins.

La mue ne s'est pas faite en un jour, ce qui lui aurait donné la manière d'une bonne grosse blague ou le charme d'un tour de passe-passe. Elle fut longue et douloureuse.

Au commencement était l'ivresse. Puis vint le désenchantement. On implora le ciel, oubliant qu'il avait été nationalisé avec la terre et livré aux orties. On se mordit les doigts mais la misère est insatiable. Alors, dans le secret de son cœur, on appela le Sauveur. Il attendait son heure depuis le commencement des temps. À son avènement, il prit le nom de Raïs, ce qui signifie Dictateur. Voyant que le pays était pauvre et les jours sans éclat, il dit : qu'on me construise un pays digne de moi et de ma descendance ! Une immense clameur résonna dans les campagnes et les djebels. On fit des plans, on leva des armées, on donna de la trompette. Pharaon, dans toute sa splendeur, n'avait osé voir si grand.

Conçus par des militaires, ils furent mis en œuvre comme des opérations militaires. Roulements de tambour, drapeaux au vent ; le peuple fut mis en formation carrée, les nomades, les pêcheurs et ceux qui occupent les villes, les petits devant pour qu'on voie ce que les grands traficotent derrière. On parla de mobilisation, de lutte contre les éléments, d'étapes dans le combat et de victoire à son issue ; on désigna l'ennemi par des expressions codées et ses suppôts par des abréviations faciles à retenir ; on déversa sur leurs têtes des tonnes de quolibets ; on dénonça les grands réactionnaires et on piégea les petites mains qui cherchaient à se débiner ; l'étranger qui ourdissait sans modération fut stigmatisé dans toutes les langues ; on prit de la hauteur pour exploiter à fond le thème de la vigilance et le devoir sacré qu'elle impose ; zélateurs et délateurs rivalisèrent d'ardeur sans se lâcher du regard ; on se fit cinglant et on assena de grands coups aux hésitants, aux tire-au-flanc et aux couards. Dans des réduits mal localisés, des opposants, pris d'une frénésie de naufragés, parlaient de dégâts irrémédiables et de pertes définitives sans jamais le dire avec précision. Dans le cornet du ouï-dire, le drame s'enrichissait d'un souffle apocalyptique.

Mais rien n'arriva de plus que ce qui était déjà parti.

Les complexes industriels, tels des chars d'assaut, ont envahi les domaines des colons ; les ateliers privés, rémoras des grands combinats publics, se sont infiltrés dans les chais des viticulteurs et les caves des distillateurs ; et, dans la foulée du déclin programmé de l'agriculture, les halles aux fruits et légumes qui pullulaient autour de la ville et embaumaient sa tiède et suave atmosphère furent investies et transformées en entrepôts d'État. Des bardages métalliques et des dispositifs tatillons sont venus les protéger de toute atteinte. C'était l'époque de gloire pour les bataillons de plantons. Les factotums, qui assuraient la liaison entre les postes de garde et les dunettes de commandement, en rognèrent un bout au passage ; ils voulaient leur part de prestige et de profit; eux aussi essuyaient les huées, les crachats et les regards assassins des refoulés et des clients bredouilles; sans parler de la trique du chef qui voit tout, qui sait tout, qui fustige sous le regard admiratif de la secrétaire. Aujourd'hui, cabossées, rouillées, arrachées, leurs écailles de fer-blanc claquent au vent; on dirait de vieux navires échoués. L'année durant, leurs soutes regorgent de cartons et de sacs de produits alimentaires d'importation, éventrés par les griffes de la rapine dès leur débarquement au port d'Alger. Du matin au soir, des clarks, agressifs par manque d'amour et de soins, les transbahutent de-ci de-là, tandis qu'ils se vident de leur contenu dans un coulage continu. En rase campagne furent dressés des miradors et des murs infranchissables, si hauts et si longs qu'ils brisèrent l'espace infini. Les notions d'intérieur et d'extérieur, si chères à nos mœurs, s'annihilèrent dans un plan fuyant. À leurs pieds, de part et d'autre, des âmes égarées poursuivaient un point à l'horizon en laissant derrière elles, sur les pierres et les arbres, des signes hiéroglyphiques. Quelle explication avancer sinon la cocasserie naturelle des choses? Toujours est-il que les corbeaux et les busards envahirent les lieux, à la grande frayeur des cigognes et des mouettes qui fuirent au diable vauvert. On sut, longtemps après qu'ils eurent perdu leur sens premier, que ces gribouillages étaient amazigh et se réclamaient d'un passé unique. Cela fit du tapage mais n'apporta rien à la solution de la crise. L'affaire était biscornue, elle sentait son prétexte tiré par les cheveux. Les opposants faisaient flèche de tout bois et tiraient de côté dans le dos. La relativité avait bouleversé l'orientation dans les champs et mis les revendications sens dessus dessous. Dans les bivouacs des errants, on interrogeait la nuit et le vent et les oiseaux du ciel; on attendait beaucoup de ses amulettes que l'on caressait longuement dans le sens de l'aveu : ce sont des scories d'usines, ravinées d'arabesques mystiques, elles contiennent du savoir. Mais les murs gardaient leurs secrets. Forcés, les us et coutumes prirent d'autres chemins. Dans le ciel de Rouiba s'amoncelaient les messages de désastre délivrés par les cheminées des usines chimiques. Ne les voyaient que les têtes en l'air et ceux qui guettent le mal dans tout ce qui bouge et ceux qui mesurent la santé économique d'une région à l'épaisseur de ses fumées.

Avec le temps, la ville s'est abâtardie, boursouflée, crevassée, déformée et n'a pas fini de s'égarer. Elle s'est attifée d'acier rébarbatif et de béton scrofuleux qui lui donnent des airs revêches. Elle s'est couverte de clinquant, de formica et de plastique et se ripoline à tout va comme une paysanne pressée par la misère qui monte en ville dorloter à bon marché ses restes de charme. Dans les zones où sévit l'industrie, elle n'a rien d'humain. Par certains côtés, elle ressemble à un amoncellement de jouets désarticulés et couinants que tourmente un bambin dément. Il y a un vice intrinsèque dans cette quincaillerie boulonnée : elle se déboulonne en marchant ; ça fait remue-ménage. On se demande si la construction traîne en longueur ou si la phase démantèlement après faillite a commencé. Le spectacle du progrès en marche est angoissant ; dans les esprits fermés au doute, il sème d'étranges certitudes ; avec le temps et la pousse, ça arrache.

La ville explosa dans un tonnerre de poussière. Rageusement, elle avala les jolies fermettes qui l'environnaient, puis se rua sur les douars qui creusaient leur trou loin des regards. Des deux belles routes aux courbes fascinantes, ombragées par deux cordons de platanes centenaires, qui la contournaient par le nord et le sud à travers des prairies multicolores, elle fit des ruelles défoncées et les borda de bâtisses sans forme, toujours en chantier par la force des pénuries, toutes pudiquement voilées de clôtures aveugles jusqu'à la faîtière. N'y regardons pas de trop près ; elles sont un peu de guingois, baveuses de mortier mal envoyé, et ridiculement proportionnées ; elles évoluent au gré des lubies des envahisseurs ; ce sont des ignares mais, pour ce qui est de commettre des amalgames, ils s'y entendent comme des chefs qui se seraient passé le mot. La destination du bâti s'avère discutable. On verra des habitations humaines ; les fenêtres, les balcons et les terrasses sont encombrés de hardes tristounettes et de literies pisseuses que le soleil et le vent finissent de décolorer ; des fabriques si l'on se focalise sur le vrombissement qui s'en échappe en vagues sourdes, lancinantes à la longue ; fabriques de quoi ? les abords ne sont que bris, rebuts et débris ; des parcs à bestiaux si l'on accorde foi à son ouïe et à son odorat ; mais peuvent-ils tromper à ce point et en même temps ? des hangars détournés, car on est obligé de dire ce que l'on pense des blindages qui les cintrent comme des coffres. Pour faire la part des choses et se tranquilliser, s'y glisser est nécessaire ; mais cela n'avance pas vraiment. Intéressons-nous à celle-ci qui paraît si semblable aux autres. Les lieux recèlent ce qui fait la pluralité du monde : quelques moutons portant leur poids de boue séchée et de vermine broutent papiers et épluchures ; au prochain Aïd, le cheptel sera évacué sur pied, pour être décimé par immolation, puis reconstitué si le cours de la viande conserve la tendance rancunière que lui a imprimée la révolution agraire ; des chiens efflanqués, inquiétants avec leur pelage en forme de balai usé, jouent aux terroristes ; pas convaincants pour deux sous, ils tournent dans les murs en grognonnant, la gueule dégoulinante d'une bave verte de végétariens malgré eux, soi-disant prêts à se ruer sur tout ce qui est de chair et de sang ; à chaque passage, comme surpris, ils pilent sur la patte et courent renifler le guano qui tapisse le coin poulailler et empuantit à la ronde ; haletants, ils se posent des questions auxquelles ils ne peuvent répondre, ce qui les rend sottement grincheux ; leur entendement est perturbé ; pour un rien, ces bâtards font un raffut de tous les diables et ne savent plus refréner leur passion ; la nuit, la monotonie de leurs concerts présente le travers d'aggraver le sommeil de l'habitant en plus d'attirer les mauvais garçons qui voient dans leur manie la découverte d'une couverture. Des chats gras et soyeux les ignorent sans cacher leur mépris. Ils trônent sur des montagnes de caisses distraites des entrepôts de l'État ; elles attendent sous une bâche vermineuse que la pénurie courante sème la panique dans les souks pour aller s'y déverser et rafler le bonus.

Dans les garages, des machines de casse trépignent sous la conduite inqualifiable de jeunes ouvriers malingres et sombres qui chaque jour que Dieu fait se demandent de quoi sera fait demain ; un petit patron privé, ignorant de surcroît la portée des mots, c'est le bagne au plus loin de La Mecque. Des promesses les aident à résister au déclin ; elles sont le sel de la vie quand le cours des choses est insipide ; des pistons charitables s'activent à chauffer leur rêve de porter un jour le pompon d'une entreprise étatique ; on y entretient la faillite en fanfare ; les pensionnaires s'y prélassent comme des monarques déchus mais à la longue ils apprennent à être méchants et à ne rien laisser passer ; les exhortations maternelles, servies à pleines louches à la meïda du soir, leur fournissent le supplément d'espérances pour maintenir le cap de la patience des rois. Ce rabâchage gentillet est le volet vertueux d'une histoire de mariage arrangé de vieille date par les femmes au prix de mille cérémonies tramées dans le triangle des Bermudes ; les initiés en connaissent quelques repères : le bain maure, le cimetière et l'officine du bijoutier, mais il y en aurait d'autres, effacés des mémoires ; c'est le royaume des femmes où nul géomètre ne peut pénétrer et retrouver la raison ; convaincus de leur avancée technologique et des droits syndicaux afférents, les hommes se mettent le doigt dans le nez quand, au détour d'une conversation en trompe l'œil, ils ont leur mot à dire ; ils disent trouver normal que les poulettes tombent rôties dans les bras de leurs fils puisqu'ils ont de qui tenir ; et elles, de rire de bon cœur ; la foutaise était prévue avant même que l'entremetteuse ne révélât son plan et n'en vînt à s'inquiéter de la parfaite stupidité du mari. Soyons tendres pour ces diablesses ; le chômage, c'est la ruine de leur plan ; de l'or a été engagé dans l'aventure, en même temps que la parole du patriarche, qui l'ignore mais qui clame à tout bout de champ : « Parole donnée, cartouche tirée ! », et celle du fils, consentant par défaut, car à cet âge imparfait on est lunatique.

Aux frontières de la cour, des maçons, adhérant à la paranoïa du patron, surélèvent le mur de clôture à une vitesse crispante pour un escargot ayant à faire. Il en est à plusieurs mètres mais le voisinage fait mieux, il faut le rattraper ; les murs bas font jacasser ; l'honneur des familles en souffre : « Ça signifie quoi, un mur qui ne couvre que les chevilles ? », raillent ceux qui ont fini de s'enterrer. Levée de truelles, plan de revanche ; sus à l'ennemi qui épie perché sur son arbre ! Aux femmes de la maison, il ne reste pour horizon que le ciel blanc qui poudroie et quelques murs orbes qui râpent le regard ; nulle idée d'évasion ne les trouble ; elles sacrifient au ménage dont le bien-fondé n'est pas démontré mais elles y trouvent une raison de vivre. La saleté, souveraine du pays, se rit de leur entêtement. Du lever au coucher, elles coltinent des seaux que l'on regarde comme partie de leur éthique. L'évolution aidant, les voilà soudés au squelette et habillés d'une peau décapée par les intempéries. Seule la chirurgie peut les calmer ou une esclave qui prendrait à son compte la difformité, et la plus-value conséquente. Si la division du travail qu'elles pratiquent a un sens, c'est pour elles seules. Comme des abeilles explorant un jardin tombé du ciel, elles tournent et se croisent au petit bonheur la chance en se lançant des mots et des signes. Imbibées de sel, les gandouras épousent leur anatomie avec un vrai souci du détail. Elles se prennent dans ses pièges pour exalter des protubérances qu'elles ont généreusement indécentes et révéler des entailles profondes sur lesquelles plane le douloureux mystère de la vie. Sous le regard en érection des ouvriers, elles vont et viennent, le visage fermé, l'âme lointaine, mais la croupe, charnue et frémissante, insensée dans ses révélations. Au gré du vent, les tuniques laissent échapper des éclats de blancheur qui électrocutent le nerf reliant la cervelle au pénis, que leurs yeux gloutons gobent à la volée. Réaction immédiate de la main-d'œuvre : elle se trifouille, se paluche, s'humecte le palais puis se bourre la gueule de chique pour stopper l'éjaculation ; elle mesure l'ampleur du drame ; c'est à l'outil qu'on reconnaît l'ouvrier ; ils l'ont trop court pour atteindre le saint des saints dans ces adiposités mal arrimées, même en coupant par le canal du nombril. Le font-elles distraitement, se piquent-elles au jeu, lorsqu'elles leur donnent le dos pour s'accroupir au milieu de la cour, offrant le spectacle enivrant de leurs cuissots ? lorsqu'elles passent la main dans le soutien-gorge pour remettre à sa place un sein trop plantureux pour être innocent et qu'elles le soulèvent de cette manière-là, pour l'offrir à la morsure d'on ne sait quel passant ? Dans chacun de leurs gestes, il y a un grain de fantaisie, de caprice, de mauvaise humeur, quelque chose de louche, lancé comme à la dérobée, où se décèle un appel à la copulation. Nimbées des attraits de l'inaccessible et d'une atmosphère musquée en effervescence, elles se meuvent dans un univers de désirs flamboyants bridés par des forces d'une infinie tristesse. Alentour, partout, bouillonne le mal. Le moindre geste, le moindre regard, le moindre soupir vaut son pesant de foudre qui fait culminer le désordre latent. À la frontière entre désir fou et bonne patience, plaisir et douleur se livrent un combat désespéré.

On n'y fait pas gaffe mais il y a bien trois ou quatre fillettes tout en pattes de sauterelle, le poil grège et les dents proéminentes, qui se traînent sur des œufs, d'un mur à l'autre, et dont le regard se pose sur tout avec une fixité surnaturelle ; et dispersée aux quatre coins, une portée de pleurnichards cafardeux qui d'un doigt étalent leur morve et d'une pincée s'étirent le prépuce en forme de cornue ; ils observent le monde comme s'ils voulaient le voir disparaître. Un souvenir de leur vie fœtale les tracasse ; mais quoi ?

Le patron, époux et père, est marri. À l'instar de ses frères, analphabètes de la tête aux pieds, c'est un empêcheur de vivre, un sadique qui ne médite que le plaisir sournois et la cupidité éclair. La femme est leur drame depuis la nuit des temps, depuis l'amputation de Sidna Adam ; ils ne peuvent pas comprendre bien qu'ils la tiennent sous le pied et que le ciel leur appartienne. Tiraillé par des intérêts contraires, il bataille avec son honneur qui menace d'exploser et décoche en cercle des regards de tueur en série. La nuit, sans trop savoir, mais animé de l'esprit de vendetta, il besogne sa créature avec une hargne de malade et remet ça dès qu'elle lui tourne le dos. À pagayer contre vents et marées, il naufrage : ohé du bateau, que fait l'esquif sur le lit ? Tout chenal appelle l'invasion ! Qui donc fera taire les chiens ? Il est à son film d'épouvante ; c'est son heure de délire. Il hallucine, se débat avec l'impossible, suffoque dans le soufre. Soudain, un air de flûte l'attire ; son double, une vague ombre dont un chien ne voudrait pas pour sa queue, tend le cou par-dessus la nuit ; dans une clairière sabbatique, habitée par une lune dévoilée, il voit ses brebis et jusqu'à la plus douce, nues comme la main, luisantes comme des vers de pluie, rire, danser et folâtrer sous des jets de sperme fumant, entourées de gueux allumés brandissant à pleines pognes leurs bites, tels des pompiers leurs lances d'incendie. Il se sent meurtri, plein de bubons. Entre deux spasmes, dans une vague trouée, il se promet au réveil un holocauste incommensurable. La mort rôdaille dans le bercail et s'épuise à guetter le désir qui meurt d'envie de s'affranchir et de s'envoler. L'équilibre est dangereux. La chair qui a ses folies et pas de principes crie famine, et l'esprit qui en a de vaillants patauge dans les brumes africaines. Kaddour a hâte de voir le chantier prendre fin pour retrouver son hégémonie sur le harem. Derrière ses dents enragées, il se cale une chique pleine de mauvaise haine et se lisse la barbe dans un geste de prophète dénigré. Un vent chaud siffle dans ses oreilles comme un serpent. Les femmes, écornifleuses devant l'Éternel, n'ignorent rien de la navigation à vue ; elles lui joueront les dindes outragées par des regards appuyés, venant du ciel, d'un avion volant trop bas ; et lui, gâté et bêtifiant, il fera un bras d'honneur au Boeing ; son honneur est requinqué ; jusqu'à la prochaine rotation. Comment se protéger de regards à pic ? Où s'abriter quand on habite à portée de radar d'un aéroport irrespectueux ?

Mais l'enfer est dans ses rues. Quelques pavés échappés au goudron témoignent de cette vérité que le monde n'a pas fini d'user : le planificateur est au service des forces maléfiques. La densité en hommes et véhicules qui les hantent dans un sabbat moyenâgeux frôle le point de fusion. Ce nombre déduit des disparus est un secret d'État. La proportion d'autocars et de camions est stupéfiante ; sur le plan économique, rien ne la justifie, sauf la débauche socialiste passée ; au regard de la technique, on reste coi ; ces choses ne font pas partie du monde mécanique ; dévastées, fumantes, puantes, pétaradantes, elles brimbalent vaille que vaille, au caprice de leurs embarras, en s'émiettant au fil des jours. Quelles guerres ont-elles endurées ? Elles font peine à voir. Accordons-leur le statut de guimbardes d'assaut puisqu'elles sont munies d'un port d'arme et du permis de transporter de la camelote et du bétail humain. Dans la horde en bataille, on entr'aperçoit des engins flambant neufs ; majestueux, imperturbables, touristiques, ils fendent l'air et le découpent en bandes multicolores ; c'est beau ; des oiseaux exotiques ; des Mercedes Benz, peut-être ; ils passent comme l'éclair, dans un doux chuintement, laissant derrière eux des impressions de bonheur luxueux. On les suit du regard en se demandant d'où ils viennent et où ils vont.

Rouiba est hystérique à inciter au calme aussi bien un poulailler encerclé par un escadron de renards qu'un pensionnat de filles escaladé par un plein car d'ivrognes. On le voit de loin même si on a la tête fourrée dans ses calculs et qu'on craint pour sa vie. Tout est douteux à Rouiba, son opulence autant que sa prétention d'être le poumon économique de la capitale. L'agriculture est un vice qui n'a plus de troupes. L'industrie bricole dans le vacarme et la gabegie. Les rapports d'experts le proclament; mais qui les lit? Le commerce est mort de mort violente, les mercantis lui ont ôté jusqu'à la patente. À ceux qui s'en inquiètent, des nostalgiques de la mamelle socialiste ou des sans-le-sou, les bazaris jurent que c'est ça l'économie de marché et que ça a du bon. Leurs complices du gouvernement, qui ont fini de chanter la dictature du prolétariat, apportent de l'eau à leur moulin en discourant jusqu'à se ruiner le gosier. Et si le Coran, le règlement et la pommade sont de la conversation, ce n'est pour ces camelotiers ruisselant de bagou qu'artifices pour emmancher le pigeon et boire son jus. Soyons justes, on ne saurait être commerçant florissant et se tenir éloigné de l'infamie; l'environnement est mafieux, le mal contagieux; un saint troquerait son auréole pour un étal. Restons calmes, compagnons d'infortune, l'arnaqué d'aujourd'hui est déjà l'arnaqueur de demain. «Parions qu'il fera mieux, on y gagnera!» se disent les témoins en cherchant parmi eux une victime près de ses sous. Les rapports avaient prévu la dérive; mais qui les a lus?

Ainsi était Rouiba; il y a peu.

Or voilà que le terrorisme a ajouté les couleurs du feu de l'enfer, le vacarme des explosions, l'odeur du sang et de la poudre, et semé dans les têtes de nouvelles maladies. La décantation, annoncée par des voix compétentes, a contrevenu aux lois de la gravité. Elle a mélangé le bon et le mauvais et produit le pire. Depuis, les voix se sont tues pour aller pleurer la dureté de l'exil loin du pays. Nul ne connaît les limites du pire; Dieu lui-même, l'omniscient, l'incommensurable, le maître de tous les sommets et de tous les abîmes, s'y perd. Plus fort que son vieil enfer qui ne saurait être vraiment déplaisant, venant de Lui, il y a celui de Rouiba.

La foule, qui assistait à la mise en terre de Si Moh, bruissait comme un essaim d'abeilles dérangé dans ses coutumes. La rumeur marchait à tire-d'aile. À la dernière pelletée, tout a été dit sur la mort de Moh. La balle assassine serait islamiste et la réponse au riche commerçant qui en avait marre de se faire pomper par les moudjahidin, les combattants de la foi. D'aucuns, qui croient dur comme fer que l'État machine le terrorisme, tenaient pour évident que le meurtre, la liquidation, disaient-ils en s'approchant, est l'œuvre de… approchez : la SM; « Sport & Musique », déconnent à mort les jolis crâneurs à partir de leurs salons capitonnés et du dixième verre de whisky de contrebande. La piétaille, elle, est plus sobre, plus respectueuse de l'ordre établi. Dans sa bouche, le mot se charge d'un sens terrifiant; l'effet est colossal : les oreilles ne bougent plus ! puis, alors que le silence est pesant, s'allongent comme le périscope d'un submersible en patrouille ou se dressent en ressorts lâchés ; c'est à cet instant paradoxal qu'un lièvre, surgi d'on ne sait où, vient semer la panique en détalant des rangs. Le bruit des semelles active les mémoires ; elles sont riches d'innombrables terreurs policières aussi aberrantes les unes que les autres. Elle s'en impressionne à perdre le sommeil, à veiller dans le délire en évitant de trop parler, à rejeter l'hypothétique, à mettre en suspicion l'irrécusable, à s'agripper à l'absurde quand il surgit dans la tourmente, à souhaiter mourir avant qu'il ne soit trop tard ; est-ce toujours à l'aube que chante le coq ? C'est bête cette manie de se délecter de frayeurs pour ensuite faire eau dans ses cauchemars. Qu'y pouvons-nous sauf les langer ? Quel Arabe accepterait de se dégarnir et d'exposer ses miches à la convoitise, hein ? Partout, sans les lâcher d'un pouce, la trouille les escorte comme le vice escorte l'ambition ; on ne sait qui est devant, qui est derrière et pourquoi il y a tant de dégâts. « La peur s'exorcise par une peur sept fois plus grande », jurent les croyants qui ont toujours de drôles de recettes pour passer entre les gouttes ; « c'est là un niveau difficile à atteindre », ajoutent-ils pour aussitôt se laisser emporter par la folie. « C'est bien sa manière d'agir », se murmure le groupe des fatalistes, des défaitistes et des blasés qui ne vont ensemble que par dépit ; ce qui n'est pas chez eux sans ouvrir la voie à toutes les supputations sur les façons concurrentes de tuer ; car, après tout, chaque faction de cette corporation a une marque de fabrique qu'elle doit promouvoir.

Les suspectés et les relaxés par piston aiment à prendre des airs et à étaler œdèmes et cicatrices pour laisser entendre que tout n'a pas été dit. Quand on aime la quiétude, on ne peut vivre en paix. Après trente années de bagne, la SM est le seul vrai repère qui leur reste ; ils s'y accrochent ; refusent de croire que la chose est morte avec son créateur, le Dictateur ; ils la sentent partout, elle ou son fantôme, toujours à leurs trousses. Comment les rassurer sans se compromettre ? Est-il fraternel de leur apprendre que ses hommes, victimes de la guerre de succession, se sont reconvertis dans les affaires, celles qui ne réclament qu'un fax et une adresse bidon pour infliger aux économistes et aux astrologues la même leçon d'humilité, et que la sécurité du régime est entre de nouvelles mains autrement plus crochues ? Il est des vérités exorbitantes qu'il faut ignorer.

Les concurrents de Si Moh, de redoutables requins en djellaba, furent plus que suspectés. Des noms circulèrent parmi la foule. Ici, elle se tassa ; là, elle se mit à caqueter. Les parents et amis du défunt qui s'affairaient autour de la tombe sentirent des regards. Qui connaît la fortune de Si Moh et la richesse de ses manigances, si ce n'est ses proches ? Qui pouvait mordre ce vieux renard sur le qui-vive et prompt à planter ses crocs, si ce n'est ceux qui gîtent dans sa tanière ? Ne trahit que celui qui sait, et l'on n'est jamais trahi que par les siens. Pour le dire, on égrena des proverbes arabes criants d'à-propos ; la trahison a beaucoup inspiré les penseurs arabes, c'est connu, mais quel crédit accorder à leurs paraboles ? Ils sont pétris de religiosité et frappés au coin du bon sens paysan, ce qui leur confère le pouvoir d'assener des vérités définitives sans jamais clore le débat. En fournissant aux lutteurs des mots fatals et des fondements à tiroirs pour s'acharner, ils l'installent dans le temps géologique ; on compte en millimètres sans regarder à l'heure ; interrompre la transe est la plus sacrilège des manières.

Il y a bien dans le tas une ou deux douzaines de rats de cimetière, reconnaissables à leur mine grise et hérissée, qui, parce qu'ils s'imaginent du genre humain, se sentent concernés par la mort de tout ce monde à leurs pieds et parmi eux, le ci-devant Moh ; mais sans que cela tire à conséquence ; la tournure d'esprit du musulman overdosé est de se croire indispensable et, de plus, comptable agréé par le Créateur de ce qui vit et périt ici-bas. C'est une vie énigmatique, et dangereuse pour le passant qui ne fait que passer dans la vie. À ces gens, il manque un boulon et c'est dans les ossements qu'ils le cherchent. Ils regardent la vie comme un dû à la mort et en Dieu ils voient un liquidateur de comptes. « Ina lillah oua ina illih radjihoun », répètent-ils en peaufinant la musicalité de la sentence. C'est tout ce qu'ils ont retenu du Livre. Le pacte est calcul comme la vie est une ruse biologique ; Allah donne et reprend ; l'homme prend et redonne ; ça n'enrichit pas mais tient éveillé. Mentalement, ils dressent la liste des partants et aimeraient les voir emprunter la voie express. Pour ces commerciaux de l'épouvante, il n'y a pas assez de cendres dans le cimetière pour s'en couvrir la tête et atteindre au nirvâna des califes. Une planète morte ferait leur affaire.

Racontars et belles versions marchaient vite. Tantôt, dans l'intimité embaumée des cafés maures, ils se rejoindront pour se féconder dans l'anarchie et accoucher du jamais-vu sur la planète ; jusqu'à la prochaine victime ; jusqu'au prochain scandale.

À l'autre bout du cimetière, un autre enterrement ; celui d'un certain Abdallah Bakour, soixante-cinq ans, sans femme, ni profession ni véritable logis, assassiné par une main inconnue ; le même jour que Si Moh. Pour toute foule, trois chats : un fossoyeur délabré, beuglant de douleur à chaque coup de pioche ; un vieil imam étique, lisse comme un galet d'ablution, blanc de la tête aux pieds, déstabilisé dans ses fondements par la nouvelle cadence des mises en terre, chevrotant une fatiha avec la conviction de quelqu'un qui n'attend plus rien de bon, ni des hommes, ni de Dieu, ni du président ; et Gacem, prostré, l'œil fixé sur la dépouille de son frère, gisant sur un brancard de fortune.

À l'écart, Si Larbi observait les deux tableaux, l'un riche, l'autre pauvre, soumettant ses nerfs à rude épreuve. Le hasard se plaît à faire scandale. Moh est un escroc, un noceur de la pire espèce, soutien financier des intégristes, maître d'œuvre de la corruption qui agite l'administration de la ville ; mais les voilà, ses amis, ses ennemis, les hommes de paille, les victimes au regard plus bas que terre, les scrutateurs de la haute et basse pègre, rassemblés dans une trêve surréaliste, unis dans la même prière. Quant à Abdallah, il s'en allait comme il avait vécu : seul et misérable. Larbi ne se trompait pas, Gacem sacrifiait au rite, le cœur était loin. Il n'avait jamais eu au demeurant de véritables liens avec son aîné, parti en France en 62, quelques mois après l'indépendance, revenu au bled en 90 pour y finir ses jours. Il y avait aussi le reste qui éloignait : un écart d'âge d'un quart de siècle, le temps qui a une dérivée pour chacun. Pour Gacem, petit entrepreneur de maçonnerie, le temps est une calamité qui salopait sa vie ; trop lent, trop rapide, jamais en accord avec le mouvement des affaires ; pour Abdallah, le temps, depuis longtemps déjà, n'avait d'autre rythme que celui des saisons qui égrène les ans, ni d'autres contrariétés que la gelée de printemps et la pluie de criquets en été, quand la fenaison appelle à la prudence et à la touiza.

Si Larbi s'était inexplicablement pris de sympathie pour cet homme qu'il n'avait connu que mort. Lui-même n'était plus très jeune. Sous peu, il allait boucler son bail et se retirer. Veuf depuis deux années, il se voyait finir sa vie dans la solitude des braves. Son caractère l'y prédisposait. Ses deux fils, vieillis avant l'heure, menaient calvaire ailleurs. Ils végètent dans l'administration des postes et de l'enseignement qui sont au plus mal. Ils y poursuivent d'entrée une fin de carrière mélancolique en mégotant sur la santé. Maigre consolation : il n'y a plus tant de courrier à distribuer et sept élèves sur dix manquent déjà à l'appel. Mais voilà, nous allions tous être torturés et tués, il suffisait d'attendre son tour; demain est le jour où le gouvernement se retrouvera seul, face à ses complices. Quelle chaleur pouvaient-ils lui apporter ? La vie s'est appauvrie au point de s'éteindre. Solliciter leur amitié, leur compagnie, une pensée, serait trop demander; la réaction serait affligeante, il le savait; pourquoi les provoquer ?

Au commissariat de Rouiba, une affectation qu'il ne méritait pas, il ne servait à rien; depuis le décès de sa femme, il inquiétait par ses absences. Trop de turbulences agitaient le pays; la folie religieuse, les embardées du pouvoir, les allées et venues des opposants, la guerre des camorras, le rodéo des walis, l'hystérie des mercantis, la délinquance des aouled, omniprésente dans le grouillement des rues, n'en sont que les plus apparentes. La partie visible de l'iceberg, qui plonge sa masse dans une mer de doutes ténébreux, de remises en cause sporadiques, de haines lointaines impérissables et d'espoirs inaccessibles. Le pays avait piqué une crise sans pareille dans le monde, dit-on. On lui a donné tous les noms connus, plus quelques autres qui restent à comprendre. Les partis — il y en a un pour chaque jour de l'année —

en inventent de nouveaux toutes les heures sans se fatiguer. Guérisseurs au chômage harcelant le malade de leurs cris, leurs remèdes sont époustouflants d'étrangeté. S'ils ne précipitent sa fin, ils vont le transformer en citrouille avariée. Triste perspective. Peut-on à l'avance savoir si on a la main verte ? Pouvait-on imaginer un quelconque lien entre la modernité et la sorcellerie meurtrière ? Pouvait-on soupçonner la démocratie si désordre et si dangereusement avide ? On lui prêtait tant. Voilà qu'elle réclame les intérêts sans qu'on soit assuré d'être quitte.

La vérité est qu'après avoir épongé les pépettes du pétrole, les défroqués du parti unique, soi-disant libérés de leurs vœux mais toujours missionnaires secrets des grands maîtres du Clan, s'appliquent à jouer la division et à faire du chambard pour annihiler l'effort de vérité. Le rideau de fumée est une ruse de guerre intarissable.

Agir est mieux que parler. Pour faire tourner la machine, on recherche des jeunes et un max de folie. En face, les terroristes et les délinquants, aguerris à l'excès, n'ont pas bouclé leur vingtième année et ne manquent de rien pour en abuser. À cet âge, on ne marchande pas, on prend ou on casse. Or, Larbi avait la mentalité et les lenteurs d'un médiateur.

Ainsi le commissariat vit une menace permanente. Pressé par le danger, le vieux flic se réfugia au dernier étage de l'hôtel de police, dans un cagibi borgne, au fond d'un tunnel tourmenté que l'architecte de la bâtisse n'avait tracé dans la hâte — entre 49 et 51, dit le fronton — que pour s'extirper de son dessin machiavélique, et s'occupa comme il put. Les affaires de bureaux, foisonnantes, immortelles, fondement religieux de l'incohérence nationale; les litiges entre voisins, désespoirs de l'humanité; les faits d'hiver et d'été, à vrai dire les mêmes vieux remous qui reviennent cent fois par jour, que les jeunes inspecteurs rejettent du regard entre deux bourrasques, c'était pour lui; il ne s'en plaignait pas. Piquées par les baroudeurs du contre-terrorisme et du grand banditisme, les voitures de service volaient et tuaient par monts et par vaux; Larbi n'avait d'autres moyens que ses pieds pour mener ses investigations à la petite semaine; son train 11, disait-il aux mauvaises langues de rencontre en soupirant son trop-plein de fatalisme. À Rouiba, on s'habitua à le voir aller et venir, toujours d'un pas tranquille, malgré la certitude sur le temps d'être la cible d'un intégriste en maraude et de figurer sur la liste secrète des policiers abattus à l'air libre d'un carrefour, au sommet d'un escalier public effondré, au pied d'un immeuble ravagé par l'abus, au milieu d'une palabre, à la lisière d'une rixe, dans le bruit d'une corrida autour d'une femme adultère, à la sortie du marché, dans la fournaise d'un café maure, quelque part sur le chemin du retour. N'importe comment, telle était l'extraordinaire stratégie des islamistes. On ne saurait imaginer plus follement compliqué.

L'affaire Bakour lui échut naturellement. Il fit les premières constatations dans l'ombre du plus beau des substituts; une vieille peau imbue de ses lointaines origines, connue comme le loup blanc pour ses noires ambitions. Il est du douar du ministre, ce qui lui donne des longueurs d'avance. Son teint cyanosé et son horrible bégaiement cachaient si mal sa perfidie qu'on voyait bien que c'était un de ces caves à qui une longue vie souterraine n'a appris qu'à mordre. Juché sur la méchante bassesse qui lui tenait lieu de destrier, il menait sa fin de carrière au pas de charge. L'ambition tardive, c'est téméraire et compagnie. Nous en parlons comme d'une chose révolue car nous avions le ferme espoir qu'il serait en train de mourir comme un chien au moment où nous rendrions compte de ses méfaits. Il trouva qu'on le dérangeait pour pas grand-chose. « J'ai d'autres chachats à fouettéter ! » cracha-t-il en se cravachant le flanc, le cou raidi par un trop long séjour en justice. Le ton était sec, le propos définitif ; l'affaire était scellée avant de prendre l'air. « Ce pisse-froid est fini autant qu'un rat mort mais il a de la suite dans les idées. Procureur, il le sera, mort ou vif, dût-il étrangler son chef, ici-bas ou dans l'au-delà », pensa le policier en souriant jaune. L'heure est à sauve qui peut ; le vieux Bakour est mort assassiné dans la misérable baraque lui tenant lieu de logis et ni la police, ni la justice, ni son frère ne pouvaient trop y regarder. Il y avait tant à craindre dans cette ville paumée dans l'hystérie, tant à redouter dans ce pays marié au malheur.

L'affaire Moh allait en revanche les mobiliser tous ; mais pas au point d'y croire ; le risque serait grand de voir l'enquête aboutir et exposer les limiers à leur succès. Moh est un grand. Il y a des montagnes à escalader et de vertigineux gouffres à enjamber juste pour leur dire bonjour aux grands, quand ils sont vivants ; alors, assassinés ! Le petit monde de Rouiba, fouineur et hâbleur comme c'est pas possible, est sans illusions sur le chapitre. Il sait ces choses que les enfants appellent jeu de quilles. Il ne manque jamais du reste de le souligner dans ses interminables séances de papotage qui font qu'il n'avance pas. À l'ordre du jour, le crime sous toutes ses formes. Signe des temps, le sang a détrôné le sexe, hier seigneur des débats. Le touche-à-tout se plaît maintenant à radoter sur les crimes non élucidés. Sous sa pierre de touche, apparaissent des conclusions insoupçonnées et insoupçonnables, de celles que l'on voit trop par ici, qui font se tenir la tête à deux mains et dans le dos installent un froid venimeux. En retour des choses, son vice de l'élucidation le pousse à s'étonner de ce que certains soient encore en vie et pas inquiétés pour autant. Car enfin, l'important n'est pas de savoir si un homme est vivant ou mort, mais si ses ennemis sont clairs ou pas dans leurs intentions. À Rouiba, on déteste que la victime manque à son bourreau, on refuse qu'elle perce son jeu. Mais si la réserve est de mise pour l'une, échapper au soupçon est le moins qu'on attende de l'autre ; sinon, de quoi parler ?

Ce fut l'occasion d'évoquer, encore une fois, comme pour entretenir la mémoire, la fin étrangement opportune du Dictateur. Il est mort alors que rien ne lui résistait. La vie n'était pas belle en son temps, du moins on avait du panache ; ça ne tue pas un lapin mais une motion bien enlevée ça vous posait son homme et on en débitait des kilomètres. Celle, merveilleusement tragique, du président Boudiaf, l'homme providentiel, le probe, le juste, le rebelle, le faiseur de miracles, invité à une machination expiatoire dont il était la fabuleuse offrande, exécuté sous les yeux du peuple comme un mouton d'Aïd ; et celle de tant d'autres : d'hier, dont on sait si peu que l'imagination se perd dans l'horreur ; d'aujourd'hui, dont on ne sait rien, si ce n'est qu'un jour comme les autres, ils ont disparu, nous laissant sur une vague impression de défaite, avec un nom de guerre sans identité. Dieu, qu'ils savent tuer et que leur sourire est désagréable !

Les morts en terre, la foule des vivants évacue le cimetière ; à pas rétifs, la tête lourde, le cœur gros, le regard vitreux, la pensée paradoxale ; « c'est en ville, parmi les vivants, que la mort frappe », se disent-ils, perturbés, en cherchant ce que pourrait être le pendant de cette anomalie. Mais la tentation de vivre au cimetière parmi les morts n'habite que son gardien et ceux que la défaite a frappés en plein vol.

Anesthésié par l'ambiance, l'inspecteur la regardait se disloquer en groupes atomiques et se diluer dans les allées étroites. À son tour, après un dernier regard, il quitta le champ et, lentement, regagna le commissariat, à l'autre bout de la ville.

Un tracas le poursuivait... une ombre qui trottait derrière lui sans pouvoir le rattraper, une chose inopinée... qu'il aurait vue ou entendue, qui serait choquante.

Une idée germa dans sa tête, informe comme ces lubies qui naissent d'elles-mêmes sans emprunter les chemins balisés du conscient. Les choses marchant vite dans le subconscient, l'idée accoucha d'un projet dingue comme une belle envie de meurtre jaillissant des tripes. Et, malgré lui, il se trouva décidé à le mener à son terme quoi qu'il pût lui en coûter. Les réactions devant l'injustice sont ainsi, incontrôlables. La nouvelle le galvanisa sans lui laisser le choix. C'était une émotion inquiétante. Les envies bondissantes et les caprices qui y répondent n'étaient pas dans sa nature. Il était d'humeur étale et aucune des illusions qui lui restaient n'avait assez de force pour l'emballer.

Il fit une halte au café de la place, pompeusement nommé Café de la Place alors que neuf autres dans les parages portent la même ambition. L'originalité arabe : tout faire pareil et crier au voleur. Toujours bondé, ce trou à rats dégueulasse ; les mêmes figurants ingurgitant le même horrible café de contrebande. Ils occupent l'ordinaire à démêler le vrai du faux de la dernière livraison de morts. Ils n'y mettent aucune subtilité ; il va sans dire que leurs conclusions ne disent rien qui vaille, bien qu'ils se pénètrent d'importance pour proférer des insanités. Ils sont boulimiques d'inquiétudes compliquées qui réveillent en eux les peurs ancestrales et ne laissent place à aucune espérance. Pour cuisiner pareils ragots, il faut des ingrédients de la même veine ; les uns véhiculés par le téléphone arabe ; en ces jours de cruauté, il a gagné en intensité ce qu'il a perdu en précision ; complexés par leur funeste ignorance, les gens affirment ne plus trop y croire mais s'y rebranchent dès qu'on leur tourne le dos ; les autres, livrés par la presse ; elle ne connaît que la virulence ; elle est dans la puberté et en cela difficile à vivre. Le nœud du problème est que la presse est branchée sur le fil de la rue où les badauds, inquiets par religion, dévorent du papier jusqu'à plus soif, sans se soucier du qu'en-dira-t-on. Le cercle est vicieux. Le rompre a été un temps du domaine du possible mais aujourd'hui le mariage du ouï-dire et de l'écrit de son écho est consommé et leurs malheureux avortons, ouï-lire et lu-ouïr, sèment à leur tour de bien étranges histoires. Pour les mohicans dont les heures sont comptées, il y a bien là de quoi méditer sur l'infinie brutalité de la mort lente.

Parce qu'il aimait la clarté, Larbi s'efforça de comprendre ce qui l'avait poussé à une telle passion. Il se savait pacifique. Il avala deux noirs sans voir clair dans son jeu. Pour la route, il adopta deux ou trois motifs ; ils l'aideraient dans sa croisade à défaut de la justifier. L'ennui lui parut un argument sérieux. Depuis le décès de sa femme, il le serrait de près; il se devait de réagir et d'entreprendre. Les autres le firent grimacer. L'anarchie régnante les avait démonétisés, commercer avec est un risque majeur. «Force reste à la loi», «La justice doit triompher». Slogans creux pour le nombre aux abois et la minorité aux affaires; papiers jaunis sur les murs des commissaires politiques, abjurations mortelles pour le grand émir, provocations occidentales pour les arabophones du palais. Pour lui, ils avaient valeur entière. En trente années de police, les occasions de les mettre ou de les voir mis en pratique avaient été plutôt rares mais, comme les vieux, il croyait que le temps était un remède à tout. Il n'est jamais trop tard pour bien faire, se dit-il, un peu pour se racheter, un peu pour se donner du cœur à l'ouvrage.

Il insista pour payer ses boissons et, d'un pas plus vif, reprit la direction du commissariat, à l'autre bout de la ville.

Au Café de la Place, le brouhaha explosa. Les mauvaises langues redoublaient de férocité.

À moins d'être un coquin, on ne peut réussir dans le bâtiment. Dans la profession, on s'emploie à passer pour des victimes du désordre mondial, ce qui suppose une totale méconnaissance de ce qu'est l'ordre chez soi. On déploie une telle autre variété d'efforts qui, s'ils étaient mis au service de la cause, rendraient le logement abondant et à la portée des nomades tout en laissant un gentil profit à ces méchantes gens. Ainsi n'est pas, le système tourne à l'envers et ses hommes n'ont pas le sens du bien. Le regard innocent n'entrave que pouic. Son remue-ménage est indescriptible et sa finalité obscure. Voyez : il exploite près de deux millions de bras, avale bon an mal an six à sept millions de tonnes de ciment, autant de fer et de bois et une quantité invraisemblable de clous ; il a dévasté le pays, brisé ses perspectives, ruiné ses atouts ; dénudé les plus belles plages de la côte et étalé à la place de leur lit de sable rose des kilomètres de buses d'égout en arêtes de poisson que la mer réfute de tout son être. Le problème n'est pas là, mais que dirons-nous aux touristes quand ils repasseront sur nos terres enfin pacifiées et demanderont : « Qu'est-ce qu'on mange à midi ? » La poussière dans les maisons, l'abrasion de la plèvre, les nids-de-poule, les décharges sauvages, la crise économique, le terrorisme, c'est lui. La démence des jeunes, le chagrin des filles, la mort de Blanche-Neige, l'inceste comme exutoire, les vieux qui moisissent dans les décombres, les pères qui ne dessoûlent plus, les juges qui renoncent, les émeutes à venir, c'est encore lui. Il brasse des chiffres d'affaires qu'on ne peut lire que divisés par la vitesse de la lumière, avoue des pertes sidérantes qui sont des signes patents de richesse mais au bout du compte ne livre rien. De toit, point. Le tour laisse pantois ; les montagnes accouchent de plus grandes souris. Elle a mille mains et mille visages mais à elle seule la pénurie ne peut tout expliquer. C'est là que les gredins jouent la défense. « Supprimez l'administration, nous produirons du logement bon marché », chantent-ils dans les enceintes officielles. Si, croyant leur clouer le bec, on objecte les efforts consentis, ils se lèveront comme un malade qui va mordre son chien, pour dire que, sauf erreur de leur part, un arrangement n'est qu'un moyen de propager une illusion. Ils se rapprochent de la vérité ; que faire ? Il est plus sage d'en rester là, à dépouiller des attachements et à redresser des plannings prévisionnels, que de se retrouver porté à les accuser d'être les artisans de la crise dont ils se plaignent. Il ne sortira rien de les pousser dans leurs retranchements. La contre-attaque lèvera des lièvres qui viendront chahuter l'auditoire et compliquer les choses, déjà compromises par le terrorisme. Fort opportunément, leurs complices du gouvernement ont pour règle de détaler sitôt leurs discours achevés et d'emporter avec eux micros, caméras et cendriers.

Dans le bâtiment, l'argent coule à flots. On aimerait le dire de la flotte au robinet mais l'hydraulique est une autre histoire. Si un parallèle était possible, il faudrait imaginer ce qui ne se peut : un vieux cadavre dans lequel cinq litres de bon sang chaud continuent vaillamment d'entretenir une illusion dépassée. « Quand le bâtiment va, tout va », dit-on. Dans cette contrée de sans-logis, par surcroît dépouillés de leur laine, il est urgent de rejeter cette vérité trop souvent claironnée. Le conseil est charitable, le vase n'est pas loin de se briser une nouvelle fois. Un adage doit dire ce qui est, pas le contraire. Dans une version opportune, on l'énoncerait : « Quand le bâtiment bloque, tout baigne », encore faut-il expliquer ce que cela signifie et par quels détours s'obtient une rallonge budgétaire. Qu'adviendra-t-il si un miracle se produisait ? À question, réponse : le coquin ne deviendra pas un saint, ni le galérien un bourgeois heureux. La friche est à l'un ce que la fraîche est à l'autre.

Ainsi pensait Larbi en pénétrant dans l'enceinte de l'entreprise de maçonnerie « Gacem Bakour, travaux en tout genre ». L'homme était devant sa guérite, guettant clients et importuns. L'inspecteur ne dit rien que l'entrepreneur se répandait en jérémiades :

— Le ciment a disparu, le bois de coffrage est introuvable, le rond à béton n'est disponible qu'en cinquième main, mais les impôts n'ont pas froid aux leurs. Sur les transporteurs et leurs amis, j'dis rien, ça vous f'rait pleurer.

— Donc tout va bien, conclut l'inspecteur pendant qu'il balayait l'entrepôt : la caverne des quarante voleurs.

Rien ne manquait ; de quoi construire un palais de nabab et laisser du rabe pour abriter une centaine de pauvres.

La réponse vint lui rappeler qu'on ne ferre pas un requin avec des risettes. L'engeance est dégoûtante et le restera tant que les esprits tourmentés des Algériens hanteront des toits que leurs yeux n'ont pas vus et que leurs pieds ne fouleront pas du vivant, au lieu de braver les dangers de la mer. Pour ce mécréant, l'affaire est d'abord divine :

— Allah est grand, mon frère. Avec son aide, nous ferons plus si nous avons plus et… euh… autant si nous avons moins. Bon, j'vais vous servir un café par hospitalité, nous sommes des musulmans après tout.

L'inspecteur déclina et s'approcha du but. Il prit l'air de quelqu'un qui cherche un compagnon pour dénigrer la méchanceté du monde. Une approche naïve ne ramènerait que des rumeurs et elles n'auraient que le mérite de rimer avec lenteur et perte de temps. La méfiance des maçons est légendaire et n'a d'égale que leur mauvaise foi. Ce sont leurs moindres défauts. Il faut les aborder en crabe, en sifflotant des airs familiers et user de traquenards inédits pour les coincer.

— Remettons cela un jour de clémence et de miséricorde. Parlons de ton frère. Raconte-moi sa vie. Qui a pu le tuer ?

— Allah seul le sait, ainsi que le criminel. Qu'il le damne dans cette vie sans l'épargner dans l'autre !

L'inspecteur ajusta son jeu. Il faut encore parler. Il se fit complice.

— Rabbi saura quoi faire mais ici, avec ton aide, nous allons lui régler son compte, tu peux m'en croire. Parle-moi maintenant.

— Abdallah était un homme pieux, on t'le dira et c'est la vérité. Je peux t'le dire, j'aurais voulu lui ressembler. Hélas, la vie que je mène dans ce métier de dingues, plein de corrompus et de calomniateurs, ne me laisse pas même le temps d'être honnête avec mes amis mais je crains Allah et...

— Parle-moi de ton frère. Tes amis, on les connaît, c'est pas ce qu'on fait de mieux.

— Abdallah est mon frère mais Allah ne nous a pas tirés du même nombril. Lorsque sa mère est morte, le père s'est remarié et je suis venu au monde. Entre Abdallah et moi, y a un vide de vingt-cinq ans. Ça représente bien deux douzaines de frères et sœurs dont la vie nous a frustrés mais la bénédiction d'Allah est aussi dans la parcimonie, vrai ou pas ? En 54, le père est mort à son tour. La mère et mon frère ont fait ce qu'ils ont pu pour faire de moi un homme. Tu vois, j'manque de rien sauf de l'essentiel que me disputent mes ennemis. Excuse-moi, Si Larbi, ça sert à quoi ces questions, Abdallah est mort, tu peux rien.

— Que faisait-il à cette époque ?
— Il était ouvrier agricole au domaine Villatta... c'est du côté de Réghaïa. Il reste rien de ce paradis colonial. Le béton l'a bouffé et ce qu'il a épargné, les bidonvilles l'ont avalé. Abdallah en a pleuré lorsqu'il est revenu de França et qu'il a vu ce qu'on a fait de ces terres et des vingt années qu'il a passées à les bichonner du lever au coucher du soleil. Après l'indépendance qui, soit dit entre nous, revient chère aux innocents, Abdallah s'est retrouvé au chômage. Ils ont fait de ces terres un domaine autogéré et octroyé à des béni arryane, des fils de la nudité qu'i ont sortis du bonnet de Djeha. I les ont organisés comme au bureau ; ça s'fait ça ? Y avait un présidène qui sortait jamais de sa 404, un certain Double-Six qui gagnait son pain aux dominos avant le 19 mars, deux vicieux pour le contrer, une armée de gratte-papier qui savaient rien faire sans lunettes et des plantons derrière chaque arbre, si méchants qu'on se demande encore si c'est Dieu ou le diable qui les a créés, mais pas un chat pour gratter la terre. Au lieu de bosser, les chefs passaient cinq jours à se tirer dans

les pattes et le sixième, i montaient empoisonner la chorba au ministère, el solta comme i disaient en faisant dans leur froc, qui les expulsait à coups de slogans bien sentis et de coups de pied au cul bien tournés... enfin, le contraire.

— C'était ça ou la guerre civile pour le partage des terres des colons. Mais laissons, continue.

Gacem renifla. «Ils ont toujours un verset pour justifier la dictature», se disait-il en dévisageant le policier de ce regard en coulisse que l'on prend chez nous de bon matin pour jauger les nouveaux venus et les classer dans l'une des catégories sociales, les seules qui soient disponibles par ici : ceux qui l'ont dans le baba et ceux qui l'ont mis en premier.

— Ces vagabonds ont chassé Abdallah. I l'ont accusé de dénigrer les discours du Raïs et de n'en faire qu'à sa tête. I lui en voulaient d'avoir été au service d'un grand colon qui avait jadis dédaigné leurs bras cassés et de toujours le citer en exemple quand i les entendait réfléchir à comment faire sauter la planète. «Missié Villatta disait ceci... «Missié Villatta faisait comme cela»; ça les enrageait, les galeux. I leur a jeté à la face : «Avec son travail, Missié Villatta nourrissait les riches et les pauvres d'Alger et expédiait le surplus partout dans le monde. I dirigeait seul et n'avait pas besoin d'acheter un ministre. Vous n'arrivez pas à vous nourrir mais vous parlez comme si le pays vivait de votre sueur.» J'étais avec lui pour emballer ses affaires. J'avais quoi, huit, dix ans, mais j'ai vu qu'il avait raison. Cette fripouille n'a pas changé. Hier, c'était la mendicité et le bonneteau, aujourd'hui la politique. C'est la mode de chez eux pour mieux se damer le pion. Il est dans ce syndicat de fellahs qui n'ont jamais manœuvré une tchappa et ne cesse de ridiculiser le gouvernement. «Regardez où ont mené vos slogans, i ont détruit nos terres et des fellahs qui les bichonnaient i ont fait des plantons arides du cœur!» Ah, ces fils de putes! Qu'est-ce que tu veux, mon frère, brouiller les cartes et pleurnicher, on adore. C'est vrai que si le paradis était entre ses mains, l'enfer serait la seule issue pour arriver à Dieu.

— Abrège, j'ai à faire.

— Tu voulais que j'te raconte! Eh bien, Abdallah a fichu le camp fi França. Il a bricolé chez l'un et l'autre, mais toujours dans la terre. De ferme en ferme, il a atterri chez les Villatta. El mektoub, mon frère. Tu vois, si moi et toi on est là à discutailler, c'est le destin, sinon on serait ailleurs.

— C'est sûr... ensuite.

— Alors Abdallah a retrouvé son patron. Allah est témoin qu'il ne nous a pas oubliés comme le font les émigrés d'aujourd'hui. Sitôt qu'i obtiennent la résidence et peuvent saluer leur premier flic, i pensent qu'à s'faire du blé sur notre misère. Et que j'te vends mes francs pour ta fausse monnaie, et que j'te raconte des bobards, et que j'te cède des occases volées au prix du neuf. Tfou, putaines! Abdallah était un homme. Jusqu'à la mort de ma pauvre mère, le mandat tombait à date fixe. C'était pas grand-chose mais ce qu'on mangeait était bon.

— Il n'est pas venu à l'enterrement ?
— Euh... de quoi ?... j'lui ai dit plus tard... j'voulais pas le peiner.

L'inspecteur, qui savait la profondeur du mal, se sentit envahi par le dégoût mais ne laissa rien paraître que le désir d'en apprendre encore. Gacem n'avait rien dit pour une raison : il ne voulait pas voir se tarir la source de devises.

— Bien, continue.
— Plus tard, quand j'ai voulu monter un bizness à moi et voler de mes ailes, i m'a aidé. I m'a donné quarante-cinq mille francs ; c'était toutes ses économies. Je les ai changées pour quatre-vingt-dix... soixante mille dinars... vous savez comment ça s'passe, on évite la banque, c'est des voleurs. Avec ça, j'ai démarré. Au début, c'était juteux, mais ces derniers temps, c'est affreux, on s'fait égorger en plein jour et ceux qui nous volent sont les premiers à nous insulter ; et les autres, des aveugles qui n'ont pas vu arriver la misère, nous traînent dans la boue en nous accusant de leurs malheurs...

Le policier était excédé par ce verbiage de syndicalistes à vie. Sont capables de nous noyer comme des pierres, ces jean-foutre-là. Ce qu'ils récitent est beau mais jamais vrai, c'est le drame. Ah ! que ne les met-on à la peine, ils apprendront qu'une main calleuse est plus fière qu'une langue bien pendue. Il pensa qu'il devait rester vigilant et conduire fermement son interrogatoire. Gacem était un suspect, même si pour le moment il était urgent de ne pas s'y arrêter. Il avait encore le temps de le surprendre.

— As-tu revu ton frère après son départ en France ?

— Je l'ai vu en septembre 90 lorsqu'il est rentré au bled. Quand j'ai eu besoin de lui, c'était en 79... oui, en 81, le nouveau Raïs, qui aimait la vie et les belles voitures, venait d'ouvrir la vanne aux affairistes ; c'est là que j'ai décidé de jouer mon as ; j'lui ai fait savoir par un frère qui se rendait fi França pour des soins ; il avait le cancer... il en est mort tout de suite après sans me dire merci. Mon ami le lui a dit et parce qu'il était intéressé par ces devises, i s'est presto organisé pour qu'Abdallah me téléphone chez sa femme, ici à Rouiba, où je guettais son appel. J'lui ai raconté mon plan. I m'a répondu : « Ce que j'ai, j'te l' donne, ton ami te les apportera. » Tu vois, il était ainsi, le cœur sur la main.

— Raconte-moi son retour. Sois bref.

— Qu'est-ce que tu veux que j'te dise, Si Larbi ? C'est un vieil homme qui est rentré mourir parmi les siens. J'l'ai pas reconnu. Le climat de là-bas ne lui avait pas réussi. Il était blanc comme un poulet d'électricité et tu sais, fi França, le courant vient de la bombe atomique qu'on fait marcher paraît-il avec des cailloux maléfiques. Sitôt à la maison, il a jeté sa casquette d'émigré et réclamé un turban. L'oued revient toujours dans son lit, mon frère, y a pas à tortiller. La femme nous a fait un couscous, un vrai de vrai, roulé selon la religion de Mohamed, que je ne suis pas près d'oublier. Il en a mangé comme s'i voulait se rattraper des vingt-huit années de là-bas où i devait seulement rêver de son odeur.

— Une fois ici, que fait-il, qui voit-il ?

— Avec la canaille qui me guette et me harcèle, j'avais plus d'temps à lui consacrer. Au bout d'une semaine, c'est fini, on se voyait plus. Tu sais, i m'a pas demandé son argent. Je l'avais pas... je l'ai pas ! Aujourd'hui, le franc cote seize dinars alors qu'à l'époque, quand on avait du nif, on l'échangeait avec un bénéfice double. Tu comprends quelque chose ? Les passeurs appellent ça les pertes de change mais moi j'dis que c'est du vol pur et simple. À c'tarif c'est soixante-dix briques que j'avais à cracher. J'serais sur la paille, cousin ! Je suis un tâcheron, tu vois, j'ai rien. À mon avis, il a ramené pas mal de francs. Au noir, ça t'fait un magot, hein ? C'est par là qu'i faut chercher celui qui lui a ôté la vie, tu crois pas ?

« Voilà qu'il me tutoie et me parle de fausses pistes. Il joue au con. Si c'est la direction à prendre, je commencerai par me le faire. Je vais d'ailleurs compter ses gamelles et lui mettre le nez dedans », se promit-il, assuré d'y dénicher une tripotée de crimes contre la veuve et l'orphelin.

— Tu as raison... ensuite.

— Ensuite ? Il a passé le premier mois à se balader. Il a arpenté Rouiba de fond en comble. I se croyait en Inde avec tous ces gens collés aux murs. Tu parles, il l'a quitté comme ça et i la retrouve comme ça, dit-il en se hachant l'ongle puis le bras jusqu'au cou. Un jour, comme j'lui demandais si la vie était belle, i m'a répondu : «J'ai laissé un paradis, je retrouve un enfer.» C'était pas gentil mais c'est vrai. Après, i s'en est allé à la rencontre de la campagne; elle lui manquait. Il a parcouru des kilomètres et des kilomètres sans jamais la voir. Le village avait fait tache d'huile, il a des banlieues maintenant! Où que te mènent tes pieds, c'est le même spectacle : des enfilades de murs fatigués, des ruelles qui se resserrent comme pour t'empêcher de venir fouiner, de la merde jusqu'au cou et des foules qui n'attendent qu'une chose : que le soleil se couche. Tu en sors avec des cafards et des envies d'émigrer par le premier bateau. Quand j'ai vu sa tête, j'ai compris : la terre avait disparu! On avait rien vu, occupés que nous étions à la trahir. I s'est replié sur lui-même. Il a jamais été causant mais là, c'était le silence de la mort, Allah me pardonne. Il a loué une bicoque dans un terrain vague près du cimetière chrétien et s'est mis à vivre en reclus. J'ai essayé de le secouer; j'ai fini par abandonner. Un jour, des amis scandalisés sont venus me dire qu'i passait ses journées jusque tard le soir dans le cimetière chrétien. I l'auraient vu désherber, ramasser les ordures, se raconter des histoires... et que sais-je? À croire qu'i l'espionnaient, ces gaouâdin! J'ai pas cru, je suis monté voir. Je l'ai trouvé devant le caveau des Villatta. I rêvassait.

I m'a pas entendu l'appeler, c'est te dire. J'l'ai plus revu depuis cet instant où i m'a regardé sans me reconnaître. C'est tout ce que j'ai à te dire, mon frère. On est peu de chose, Allah seul est grand.

Si Larbi avait une question sur la langue. Comment la balancer sans détruire la confiance où il avait attiré ce type ? Avec les loups, louvoie, lui disait son vieux solitaire de père. Donc, accepter les digressions de ce criminel du bavardage.

— Comment as-tu appris ce qui lui était arrivé ?
— Par Abdou, un taxi grisette qui opère dans le secteur du cimetière chrétien. Il adore annoncer le malheur, ce vautour. Quand tu le vois, tu sais qu'ta journée est terminée mais généralement on fait du mieux pour l'éviter. C'était samedi, vers neuf heures ; je m'apprêtais à rejoindre mes chantiers. D'après lui, des aouled l'auraient trouvé dans sa baraque, égorgé d'une oreille à l'autre. Tu connais ces enfants de putaines, du matin au soir i maraudent comme des chiens ; le pays en déborde ; de vraies sauterelles ; même le fer, i le bouffent ! c'est de la gaufrette pour eux ! J'me demande si c'est pas eux qui l'ont saigné. Oh, i sont capables ! Bref, je me suis rendu sur les lieux avec Abdou. I tenait à me suivre pour avoir à raconter mes malheurs. Les curieux, les vautours, les chiens étaient là, la police, le juge... et toi aussi !
— Tu l'as rencontré avant sa mort ?
— Non, je t'dis que j'le voyais plus.
— Tu étais où, vendredi ?
— Vendredi... quel vendredi ?

— La veille de samedi, le samedi dont on parle.

— Ce que je fais le vendredi : tourner ici, bricoler, trier les factures, brûler les fausses. Ensuite, j'ai couru à droite et à gauche pour les provisions de bouche. À l'heure du Dohr, j'ai été à la mosquée avec les frères ; la prière du vendredi, tu peux pas y échapper ; le devoir accompli, on a fait une virée sur Fort-de-l'Eau. On a sifflé un verre avec de la kémia saucée et on est rentrés avec le couvre-feu. Je crois qu'on s'est pété la gueule à plus voir la route. Vous savez… l'ennui aidant… on a nos petits vices, quoi.

— Qui n'en a pas ? C'est bien, Gacem, tu m'as aidé. D'ici qu'on se revoie, fais marcher ta cervelle. Ça m'aidera à retrouver l'assassin de ton frère.

Ils s'étaient tout dit. Larbi repassa sa veste, invoqua Allah et, pour être en repos avec lui-même, fit un geste de salut à Gacem et à ses deux ouvriers clandestins — des réfugiés maliens ou autres car sales à ce point ça cache quelque chose. Planqués derrière un bric-à-brac monstrueux, la bouche ouverte, une oreille traînant à dix mètres, les yeux saillant dans le noir, ils s'occupaient à effrayer les fantômes. De fait, ils se fatiguaient à ne rien faire. Il fit trois pas vers le soleil, s'arrêta, hésita, puis revint vers Gacem pour lui lancer de but en blanc :

— Ton frère connaissait-il Si Moh… Mohamed Lekbir ?

— Si Moh ? Euh… non… pourquoi ?

— Ton frère et lui ont été assassinés le même jour, enterrés à la même heure. Tu sais, c'est notre boulot de soulever ce qui ressemble à des coïncidences et de poser des questions aux amis qui ne les voient pas. Tiens, j'en ai une du genre. Toi, mon ami, puisque tu connais Moh, tu le connais bien ?

— Aaah Si Larbi, vous me faites des niouquis dans le dos ! C'est honnêtement que j'ai répondu à vos questions. J'suis pas naïf, je sais que vous m'en voulez. Allez-vous m'accuser d'avoir assassiné Si Moh ? J'vais répondre et vous penserez ce que vous voudrez, dit-il avec la mine de l'enfoiré qui clame son innocence. Oui, j'connais Si Moh. Qui le connaît pas à Rouiba ? Dans chaque sou qui circule dans cette ville de putaines, y a une moitié qui tombe dans son tiroir. Qui peut dire qu'i le connaît pas quand un magasin sur trois lui appartient ? quand ses camions sillonnent le pays d'est en ouest ? quand i tient dans sa main les fonctionnaires de la ville et qu'à sa table dînent des colonels, des walis, des ministres, des ulémas et même des artistes ! Oui, j'connais Si Moh. Je suis un de ses sous-traitants, je m'approvisionne chez lui. Pour mes services, i me règle cash et pour mes achats, i ferme l'œil. Mais je vous l'dis, nos relations c'était le bizness. Je sais même pas s'il avait connaissance de mon existence. J'l'ai salué une fois ou deux. Pour le travail, c'est à ses commis que j'avais affaire. C'est tout.

— T'emballe pas, ami. Tu connais Si Moh sans le connaître, c'est tout ce que je voulais savoir. Qu'est-ce que tu as été imaginer qu'on doive ignorer ? Un conseil : si la police t'interroge, réponds sans réfléchir car si piège il y a, il est ailleurs. Si tu t'agites comme maintenant, pour le coup c'est elle qui va réfléchir et je te le garantis, c'est pas ce qu'elle réussit de mieux. Que la paix soit sur toi et tes esclaves.

L'hôpital de Rouiba est une usine; une méchante usine à l'étroit dans ses murs. C'est aussi un chantier perpétuel. C'est pas compliqué, les bétonnières n'ont jamais cessé de vrombir et les dumpers de cahoter dans ses allées défoncées. Aux saisons poussière ont succédé les saisons gadoue et aux années blanches les années noires. Les travaux s'étaient comme réglés sur le mouvement des astres. Au fil des ans, la constance prit une tournure à l'évidence nuisible. D'aucuns, qui voyaient dans la lenteur un certain sacré, se sont persuadés qu'ils participaient de ces choses dont le sens se perd dans l'infini. « La précipitation est du diable », soupiraient-ils quand on leur faisait remarquer que ça commençait à bien faire. On pouvait s'expliquer là-dessus mais l'éternité aurait-elle suffi? Le bruit omniprésent se maintint, lui, invariable, au niveau douleur. Son absence, la nuit, était un supplice.

Dans une première phase, d'une décennie pleine, l'ancien petit hôpital colonial, qui avait si longtemps somnolé au cœur d'un vaste parc où le laurier-rose était roi, s'est étendu horizontalement. En fonction des budgets — établis selon des directives négociées au sabre dans le cercle des entrepreneurs — des bâtiments cubiques ont surgi de terre, ici, là, puis entre les deux, comme palais à l'ombre des derricks. Sur les terrains de réserve d'abord ; un no man's land de quelques hectares, livré aux ronces et au matériel réformé dont les carcasses pelées abritaient une grande variété d'animaux sauvages, et aux rencontres secrètes. Puis à la place des parkings, au grand dam des docteurs, jaloux de ce privilège grisant. Un peu après, ce fut le tour des espaces verts. La laurière fut violée et le laurier déchu de son long règne fastueux. Les malades, qui passaient le plus clair de leurs journées enveloppés de son ombre parfumée pour échapper à l'enfer des chambrées, s'opposèrent à la mainmise ; en vain ; on n'arrête pas le progrès quand il vient détruire. L'insurrection fut matée par une grève des cuistots. Le siège dura un certain nombre de repas et se termina par la déconfiture des rebelles. La faim emporta quelques héros, échauffés par d'habiles meneurs, au point de jurer devant Dieu et ses créatures la défaite dans la famine plutôt que la fête dans l'infamie ou quelque chose d'autre d'aussi boiteux. Même ratatiné, un Arabe se veut grandiloquent. La manœuvre avait été orchestrée par la direction. Cela se sut plus tard, lorsque cette dernière, l'intendant-chef et les kapos des cuisines en vinrent à se chamailler à propos d'on ne sait quelle histoire de quotas de viande rouge ou blanche.

Pour casser le mécontentement, on prit des mesures. Tels des stratagèmes militaires, elles furent conçues dans le secret et appliquées avec surprise. L'équilibre alimentaire des malades fut rétabli grâce à un plus dans la ration de pain et de fayots. Bon, c'est vrai, on parla d'abondance de rats crevés dans les caves sinistrées, d'égouts qui refoulent et de plaies qui gangrènent sous les pansements; on se plaignit d'une nouvelle épidémie qui faisait chanter ses victimes et exploser les constipés dans un grand bruit clapoteux. On rogna sur les trottoirs pour élargir les dessertes et favoriser le stationnement des chefs de service. On ajouta de ces attentions que les grands attendent des petits. On dessina sur l'asphalte les numéros gagnants de leurs superbes carrioles sur lesquelles ils veillent au détriment de leurs prunelles. Où qu'ils se tiennent, ils ont un bout d'œil sur leur engin, ce qui leur affecte un air évasif des moins honnêtes et explique les effusions malencontreuses. Sur un panneau bilingue, se laissant aborder par la droite et par la gauche, ce qui est une autre facilitation, on stipula que le stationnement leur était strictement réservé. À proximité, on planta un larbin parmi les plus obséquieux et on lui ordonna de leur adresser de belles courbettes et de laisser entendre que c'était le début d'une histoire d'amour. Flattés mais inquiets, ils se départirent de leur méfiance pour s'armer d'une plus grande défiance. Ces mandarins assoiffés de pouvoir nourrissent une haine viscérale pour l'administration ; ça se trouve aussi qu'ils ont la rancune tenace et le bras long. Des bancs en fer de forge furent posés — mais on découvrit qu'ils étaient profondément scellés au sol — dans les espaces morts entre les cubes. Huit mois sur douze, le soleil s'y dore comme fauve repu. On entend griller les mouches dans les parages. Ceux qui prirent sur eux de lui disputer le monopole moururent d'insolation avant l'arrivée des secours ou rejoignirent le service des grands brûlés. Lorsque le thermomètre se retourne, un laps de temps au tournant de l'année, la froidure s'en empare et défend sa part de villégiature avec un acharnement mesquin. Ah ! ces bagarres de printemps quand les malades pressés par la même idée se jugent tous aptes au repos ; quelle pagaille ! il ne leur manque que la santé pour en venir aux mains. On compléta par des bacs à plantes en amiante ciment. L'intention était louable. Jamais ces poubelles ne furent vidées ; elles disparurent sous les immondices et on ne parla plus de ce que, un temps, on avait envisagé d'y semer.

À ce stade, l'hôpital était transformé en drame architectural. Son atmosphère carcérale s'avéra mortifiante. Une signalisation cafouilleuse fut installée pour guider les visiteurs dans leurs recherches. Elle fut cause d'indescriptibles échauffourées. Les visiteurs, pour la plupart de pauvres pèlerins, ne comprenaient rien à la terminologie savante qui s'offrait à leur vue sur les panneaux fléchés que des régressifs orientaient dans le sens contraire du vent : ORL, Pédiatrie, Gynécologie (*ji-nik-o-logis*, en patois), Pathologie générale, Traumatologie, Cardiologie, Urologie, Administration — interdit aux visiteurs (une main dépravée crut bon de préciser : réservé aux bras cassés). Penauds, bafouillants, ils s'interrogeaient les uns les autres, n'osant ni héler ni accoster les femmes et les hommes en blanc qui sans cesse courent d'un bloc à l'autre en se lançant des saletés par-dessus les têtes. En fin de compte, l'hôpital ressemblait à une usine en grève. Harassée, déboussolée, éclatée en groupes compacts constitués sur des affinités malheureuses, la foule occupait l'entrée des bâtiments et s'y répandait en grommellements d'un autre temps. Doublement vainement puisqu'en plus d'user sa salive elle gaspillait son temps de visite. Peut-on écouter déblatérer des attardés et faire montre d'intelligence ? L'un n'allant pas avec l'autre, l'abnégation pour les frères s'arrête où commence le mouvement de foule. À ce stade, la réponse raisonnable est la répression. Les vigiles que l'ennui maintient en marge de la société mais non loin de ses rumeurs arrivent à point pour casser du gréviste.

À la fin de la dixième année, le chantier s'acheva — brutalement. Personne n'était préparé. Le silence tomba sur l'hôpital comme une bombe. On se boucha les oreilles et on scruta les nuages ; il ne pouvait surgir que de là-haut ; Rouiba, étant le contraire d'un havre de paix, ne saurait produire du silence, encore moins de cette qualité. On surmonta sa douleur pour goûter le bonheur levant et honorer Allah. On chassa les derniers ouvriers et on décréta la fête inaugurale. Il y eut des youyous et un couac. Quelqu'un regarda sous ses ongles et parla d'un retard de sept années. C'était perfide. On chercha à savoir par rapport à quoi. On expliqua en rafales que le programme avait commencé avec une certaine avance sur le retard initial alors que les conditions de démarrage étaient loin d'être réunies. On ajouta que dans la dixième résolution de la huitième session du comité central issu du quatrième congrès, tout avait été dit sur le bien et le mal. Bon, on admit que c'était une performance. L'impertinent détracteur (c'était le concierge) fut le premier à rallier cette vérité historique. En grande pompe, on réceptionna les nouveautés. On fit venir la zorna et des filles tatouées entichées de danse bédouine qu'on avait envie de clouer au mur rien qu'à les voir tortiller du nombril et balancer des œillades. La liesse dura sept jours et sept nuits. On se fit charitable et plein d'élan; on distribua de la viande et des friandises aux malades, et du lait sucré aux mourants; on balada longuement les invités de marque en jetant sous leurs pieds les plus fins mensonges; rien ne semblait les réjouir; l'estocade était pour la fin : au détour d'une ruelle fleurie, on prit un escalier descendant duquel sourdait la dangerosité; le vestiaire des filles qu'on avait pour la circonstance équipé de miroirs jusqu'au-dessus des lavabos connut ce jour la plus belle des corridas. Il s'en trouva qui firent les dégoûtés au motif que les hôtesses étaient majeures et vaccinées alors que l'étroitesse de leurs hanches promettait du sang et des larmes. Au public traumatisé par la fanfare, on refila des dépliants dégoulinants de couleurs dont le brillant voulait forcer le respect pour la révolution et appeler au don de soi; elles suscitèrent des envies pressantes de tomber malade pour se laisser dorloter par les derniers progrès de la technique introduits à l'hôpital et l'abnégation évidente de ses fabuleux accessoires : des blondes d'un sex-appeal foudroyant. C'était atroce. On se promit d'en tomber amoureux fou et de pousser la jalousie plus loin que ne le peut supporter le foie. Sous les blouses satinées artistiquement entrouvertes se dessinaient des perspectives brûlantes. Le cerveau a ses vues que les yeux n'ont pas. Dissimulés dans les plis, les reflets, les couleurs, et partout dans les méandres, il y avait des phallus et de noires béances ourlées de luisance replète, qui composaient un hymne à la luxure; l'agencement des manettes dans leurs fentes était une merveille de réclame subliminale; les manœuvrer s'imposait à l'instant même. Tout dans ces beautés jurait qu'elles étaient vicieuses à tomber un plein nuage de saints. Leur sourire évanescent appelant la mâle domination était une invite à des voyages aux confins de la volupté. Comment résister ? On se prenait de sympathie pour ces maladies qui tiennent son homme au lit pour le restant de ses jours. Le plaisir est dans la durée ; fi de toute idée de retour ! l'éphémère, lui, est un désagrément appelé à se répéter ; sous la menace du manque, il professe la morne habitude. La supercherie était là, bien cachée : les photos avaient été découpées dans une revue publicitaire de matériel médical suisse, le must en la matière, le summum du luxe au service de la santé, alors que l'équipement de l'hôpital était bulgare et ne répondait qu'à l'insulte, encore fallait-il avoir l'usage de cette langue difficile. La légende était courte mais d'inspiration orientale ; elle portait aux nues le bon vieux génie arabe.

Après cette longue attente, il y eut quelques mois d'accalmie. Or, le calme devint léthargie et menaçait d'aller plus loin. Quelqu'un (on n'a jamais su qui), échappant par miracle à la torpeur générale, proposa de meubler le vide par des actions d'organisation. Cela annonçait du sérieux ; on adopta sur-le-champ. Plus tard, on regrettera son gentil bordel. Quand le bien avance, le mal accourt ; on le savait déjà avant les réformes, avant que des prophètes menés à l'assaut par un président tombé du ciel ne viennent s'interposer entre Dieu et nous. La belle unanimité eut son effet d'irrésistible entraînement sur le collectif bêlant d'ennui. On occupa l'amphithéâtre. Pétri d'une modestie politicienne, le directeur tint le haut bout de la réunion en allant se rencogner au fond de l'amphi dont le cul culmine à plus de six mètres d'altitude ; silencieux, paterne, mais dangereux avec ses faux airs de n'y comprendre goutte. Face à la tribune, au pied du versant, les intervenants et les accapareurs de parole parlaient dans leurs dos, d'une drôle de voix, comme s'il leur poussait des yeux dans la nuque; l'écho tourna du mieux qu'il put; le son satura tant et plus; quelqu'un incrimina Larsen Upin, l'inventeur du tympan crevé. Bon, la sono finit par cramer sous la torture et le mensonge. L'expérience des réparateurs qui passaient par là par hasard parla de sagesse : les pièces de rechange mettront dix ans pour arriver en express de l'étranger, si la commande part sur-le-champ et échappe à la vigilance du ministère; il fallait aussi que le diagnostic, certifié imbattable, le restât sur les dix années à venir, ce qu'ils ne voulaient garantir même contre un empire car en un si long temps, expliquèrent-ils en termes convaincants, il peut se passer beaucoup de choses indignes des musulmans : le vol de l'ampli, l'évasion de l'opérateur, l'inondation de l'amphi, l'affaissement du faux plafond, une invasion de rats par les chemins de câbles; quoi d'autre! On évacua les lieux. Çà et là, on tint des tables rondes. Tous dirent leur mot, ceux qui tournent autour du pot, ceux qui crachent dans la soupe et ceux, les plus fatigants, qui s'égarent; les belligérants avaient tous un joker pour le cas où les événements se précipiteraient; on but du café à dégoiser les yeux fermés mais d'autres parlèrent à ne plus voir tourner l'heure; le concierge se leva d'un bond puis tomba à la renverse, raide mort; mauvaise coordination, erreur de dosage, son bol contenait dix mesures de remontant et autant de descendant. Puis on passa à l'acte : on retraça l'organigramme ; on mit une case pour chacun plus quelques-unes de secours pour les promotions de dernière minute ; c'était formidable, ça avançait bien ; on refit des papiers et des tampons ; dans une ambiance glacée de constat d'huissier, on brûla la vieille paperasse et on dispersa les cendres face au vent ; on déplaça du matériel et des malades ; il y eut de l'embrouille, des choses ne cadraient pas, des trucs bizarres ; on en vint à bout en démobilisant les faux malades et en extradant les clochards récidivistes ainsi que la petite douzaine de fonctionnaires de la ville, de vieux tortionnaires à la retraite qui se la coulaient douce, abrités derrière leurs archives secrètes ; on désossa les gros équipements, équitablement, pour que chaque service ait une relique bien à lui. Il y eut un retour de feu : les douze salopards furent rétablis dans leurs droits alors même qu'on s'apprêtait à fêter leur mort accidentelle à OK Corral ; le commando venu d'Alger repartit sur les chapeaux de roues en promettant qu'on le reverrait. On compacta les archives et chacun emporta son lot dans son bunker en révisant son itinéraire ; au vu de critères nouveaux qui sentaient l'animosité d'antan, le personnel fut muté, permuté, transmuté ; le mouvement débusqua un lièvre à cinq pattes ; à croire ses grognements, il parlait aussi ; on se retrouva avec un résidu d'une centaine d'agents démunis de blancheur d'âme mais non point de la carte verte du Parti que personne n'avait jamais vus à la lumière; le trésorier payeur qui était myope comme une carpe jura par Allah s'en taper; les comptes étaient recta à la virgule près. Son attitude plut en haut lieu; une révision de comptes se portant aussi bien eût été du dernier ridicule et n'aurait eu pour conséquence que perte de temps et d'argent. Les clandestins firent surface pour interjeter appel auprès de la Guima et prirent pour défenseur le bureau local du Parti. En ces temps où le glorieux le disputait au grandiose, le bruit le disputait aussi au vent; le Clan aimait à se mobiliser pour les siens quand ils se fâchaient avec la mesure, les causes perdues d'avance pourvu qu'elles soient futiles pour donner du clinquant au plaidoyer, et celles que l'activisme avait enterrées sous la poussière des ans; une façon de prouver que la toute-puissance ne lui avait point ôté le goût de l'intrigue et de l'exploit; un parti révolutionnaire se doit de rester ombrageux et de corriger l'administration de temps à autre. L'affaire est quelque part entre les mains d'une commission. Un jour, à un arrêt de bus qui ne venait plus, on a cru apprendre qu'elle aurait rendu les prolégomènes d'un projet de rapport préliminaire; renseignement pris, c'était le fou de l'orphelinat de filles qui renouait avec l'anonymat pour dénoncer des trafics connus d'Alger à Tombouctou; on croyait en avoir soupé de ce feuilleton; l'équinoxe de printemps approchait, c'est vrai. En attendant de voir la queue de la chose, on embaucha des mercenaires, on les logea sous les combles et on afficha des tracts barrés d'une croix gammée pour intriguer les trouble-fête afin qu'à leur tour ils inquiètent leur éminence. Faire faire pendant qu'on fait semblant de rien, c'est l'abc du complot. Atteint dans l'honneur, l'hôpital dansait la gigue des Gargabous. Cela fut cause d'une zizanie déchirante. L'irréparable avançait à pas de géant. Ne pouvant honorer les diktats des cliques, la direction s'acharna en sous-main à les rendre ouvertement inconciliables; chose facile qui ne requérait qu'un peu de fiel dans la mécanique; ceux qui étaient d'accord pour ne rien gagner si les autres perdaient jusqu'à la dignité rejoignaient d'eux-mêmes ceux qui acceptaient de perdre l'âme si les autres ne gagnaient rien qui vaille de s'accrocher à la vie. La neutralisation installa une paix morose dans les tranchées. Le dirlo ne quitta pas pour autant le sentier de la guerre. En tapinois, il entreprit de révéler aux adversaires, pris isolément, ses ennemis véritables et finit par gagner la ville à sa cause : le bâtiment. Les troupes en conflit désarmèrent pour attendre des jours meilleurs; toute honte bue, les fines bouches ne purent que rallier. En force et sans protocole, ils prirent d'assaut la direction du budget du ministère de la Santé, accompagnés du précieux sésame.

C'est ainsi qu'un matin brumeux commença la deuxième phase : l'extension verticale. On prit la peine de souligner qu'elle débutait avec sept années de retard et que le budget d'amorçage n'avait été obtenu qu'à l'arraché. Elle dura une décennie. L'enfer avait une deuxième porte, identique à la première. Des grues grimaçantes de rhumatismes accompagnèrent le retour bruyant des dumpers et des bétonnières. Sur les premiers cubes, on en posa d'autres. Les complices n'ont pas su gérer la complexité de cette partie délicate, on ne peut dire moins sans tomber dans la diffamation. Peut-être n'ont-ils pu faire autrement si du sournois les tarabustait. Qu'importe, le résultat parle. On vit le loufoque : la pédiatrie et la gériatrie superposées ; saisissant, le raccourci réduisait la vie à un conte martien ; des vieux visitaient des tout jeunes et des jeunes des tout vieux ; dans les couloirs, on voyait des nains dansants, des gnomes avachis, des lutins débordants de santé, des farfadets poussiéreux, des aliens ronchonnant sans contrariété, et d'autres, munis d'apparences trompeuses ; l'étrange battait son plein ; le repérage s'avéra un souci de plus ; on usa d'artifices pour retrouver les siens, ce qui réjouit le patron du mystérieux pavillon, un petit bonhomme lunatique que rien n'effrayait tant que la disparition du genre humain, convaincu que les retrouvailles étaient le résultat heureux de son nouveau système d'identification des malades : le baguage au pied ; on ignore s'il a persévéré dans son idée d'en faire communication à l'OMS. On vit le scandaleux : le service sida, une nouveauté à l'hôpital qui allait beaucoup faire parler d'elle, au-dessus de la morgue ; il est vrai que celle-ci connut un regain d'activité ; était-ce cependant un motif pour imputer à ce mal, dont c'étaient les premières incursions à Rouiba, toutes les morts de l'hôpital ? Il y a le terrorisme qui se répand et, avant, le système qui tuait à petit feu, sans préjudice des grandes fièvres, revenues en force depuis que le verbe a perdu de son mordant. Savoir raison garder il faut, mais comment le dire aux fous ? N'oublions pas l'affreux : l'extension de la maternité s'étant opérée en direction des communs, preuve d'un amour sans remède, l'on vit les meutes de chats géants qui prospéraient à l'ombre des marmites délaisser les rogatons de cuisine pour venir se repaître de placentas et guigner les nouveau-nés sur les rebords de fenêtres. L'ignorance béante du collectif de ce qui avait mis les matous dans cette économie désastreuse fut comblée par les dogmes conçus dans les bidonvilles des montagnes environnantes. Aux sceptiques, il fut répliqué que dans ces lieux reculés, prolifiques en mort-nés, on savait ce qu'il fallait savoir du chitane et des perfidies du chat. La machine à peur se mit en branle. Le silence se fit prière, la parole pénitence. Le coin se mit à sentir le soufre et à bruire à chaque naissance. Impossible de douter, les forces du Mal faisaient bon ménage avec les femmes, au détriment de leurs lardons.

On vit que le reste était incompréhensible et se tenait mal. La population de l'hôpital, personnel et matons, malades et visiteurs, locataires et resquilleurs, enregistra une hausse vertigineuse. On n'y avait pas pensé, les oreilles étaient encore pleines des chants patriotiques de la dernière crise (un congrès raté, des résolutions loupées et un déluge de nouvelles suspicions à digérer). À court d'idées, on peut être vaillant, rien ne l'empêche. On prit un train entier de mesures. Actions de régulation, tient-on à dire maintenant que tout va de travers. De grandes vertus sont attachées à cette expression magique, mise en vogue par les derniers réformateurs. «Réveillez-vous» du FMI était leur chevet. On leur doit tout un nouveau vocabulaire, à ceux-là ; il est cybernétique ; il ne donne pas de pain mais l'air intelligent et un phrasé musical. Son déchiffrement est en cours. Un jour — pourquoi pas ? — mais si on arrive à se mettre d'accord, il fera l'objet d'un livre blanc. Sa lecture justifiera une nouvelle guerre.

À l'entrée de l'hôpital fut dressé un gigantesque tableau synoptique, bariolé de hiéroglyphes sumériens. À ses pieds, des vigiles illettrés mais pompeux vendent cher leur conviction de garder un temple de la science. Il faut discutailler jusqu'à la lie sans attendre d'eux un frémissement. Sous les flashes de leurs Ray Ban, on se sent bébête, misérable ; on croit s'entendre demander la lune, on bafouille des inepties vertigineuses, on s'invente des excuses rares ; l'insistance ayant un côté obscur, on se dit qu'on est manipulé par un nouveau Service ; il y a de la subtilité dans la peur ; subitement, on s'affole à la pensée d'avoir été enrôlé dans un plan terroriste visant l'éclatement de la centrale nucléaire. « Keep out, danger », lit-on à la place de « Défense de stationner ». C'est vrai que l'hôpital s'est doté d'un canon atomique dernier cri ; mais qui le sait en dehors de l'électricien, dont l'origine irakienne n'est pas prouvée, et du plombier, mais lui croit que c'est une lampe à souder... C'est lui, ce maudit panneau, la cause des encombrements déments qui obstruent l'entrée. Son étude prend une heure aux connaisseurs armés d'une boussole et d'indices probants. Aux autres, elle donne un air louche et se solde par des torticolis de faux intellectuel. Des persifleurs l'appelèrent le mur des lamentations. Le bruit étant chargé de ténèbres, on murmura qu'il provenait du clan des professeurs ; plausible, attendu qu'ils furent les seuls à y voir une révélation sur les origines du dirlo et sa bande ; plusieurs d'entre eux étaient revenus plus racistes que doctes d'une lointaine vadrouille sabbatique à Villejuif. Personne n'avait songé au magasinier, un agrégé de philo qu'on avait embauché parce qu'il était amusant, après qu'il eut perdu ses jambes et sa raison à l'hôpital à la suite d'une ablation de cor à son pied gauche. Les aouled, et ils sont nombreux en toutes saisons, se gondolent au pied de cette bande dessinée de bienvenue. Les pictogrammes, mettant en scène et en mauvaise posture des humanoïdes en forme de zigzag et pour tout dire dans un état furieux (des mains les ont armés d'appendices éléphantesques), à moins que ce ne soit la trombine ahurie de leurs cancres de parents, les font hurler. La jeunesse remarque tout et ne respecte rien.

Si Larbi n'aimait pas notre hôpital. Ce n'était pas tant la conséquence du séjour calamiteux qu'il y fit lors de la grande intoxication qui décima la moitié sud de la population ; ni celles qui suivirent qu'il ne put encore éviter. Ce n'était pas tant son côté usine en faillite dédiée à la casse ; ni cette pauvre populace funambulesque, abasourdie, râpée, fourbue, mais accrocheuse, qui divague et laisse accroire que d'immenses malheurs se sont abattus sur la planète ; ni les dégaines repoussantes qu'affiche son personnel pour à la fois se défendre des attaques massives du peuple, affirmer son rang, dire ses déboires et au bout du compte attirer l'attention sur les crimes de l'administration. Il ne pouvait souffrir la corruption qui y sévit et se ramifie en d'inextricables réseaux. Comment accepter de voir se marchander ce qui ne peut se vendre : l'humanité. Las, le souk de l'hôpital est inhumain ; les incubes et succubes qui le régentent font dans ce qui leur sied et désespère le client ; ils empochent sur l'hospitalisation des malades, leur pitance anémique, le médicament périmé, le sang contaminé, le fil chirurgical grenu, le film brûlé, les seringues brisées ; ils grappillent sur les menus services comme veiller un opéré à l'occasion, répondre à ses SOS quand il émerge de la mort chimique, aérer sa literie à défaut de la brûler au phosphore, tempérer le vent infernal des gogues, prolonger son séjour jusqu'à ce que la guérison devienne une hypothèse crédible. Mais gaffe ! ce qui se conclut la veille se renégocie le lendemain à l'ouverture de la Bourse. La parole étant ce qu'elle est et le dinar aussi déprimé que peut l'être un singe tombé d'un podium en sucre, les transactions se font par référence au franc du jour, lequel affiche une santé de fer. Tous ne le savent pas. Certains en sont restés à l'époque du prestige, quand la monnaie locale était le baril à quarante dollars, et d'autres au mythe de la fraternité révolutionnaire. La loi de l'offre et de la demande est impitoyable quand l'une s'exprime en devises rares et l'autre en billets de Monopoly ou en superlatifs troués. Beaucoup ne comprennent rien aux arcanes du change et encombrent inutilement le marché. Pendant que le bazar bouillonne et couillonne dans le chahut et les algarades, ne cédant de répit que pour de courts et âpres conciliabules arabes, leurs complices du gouvernement pleurent sur les ondes des larmes de crocodile et menacent du balai de mystérieux contrevenants n'ayant ni raison sociale, ni bureaux fixes, ni l'ombre d'une évidence, mais des liens de parenté choisis.

Qu'est-ce qui n'a pas empiré ? La démocratie naissante, au lieu d'arrondir les angles, a aiguisé les couteaux. Les gens n'eurent pas le temps de souffler une bougie que la liberté d'expression leur déchira la gueule. Les poings et les armes parlent seuls ; le premier mot est le coup de la fin. La peur du Système s'est adjoint la peur de l'autre ; c'est plus présent; on parle de terreur au quotidien. Le pensionnaire, prisonnier de sa maladie et de son grabat, s'interroge avec effroi sur l'appartenance politico-ethnique de son docteur, de son infirmière, de ses voisins de lit, des servantes de salle, bien que celles-là ne passent que quand ça leur chante; mais allez savoir ce qui peut germer dans la tête d'une souillon cabocharde. Après des lustres de ville, leur rusticité demeure désespérante et leur raison sujette à caution. Bon, c'est vrai, entre-temps la ville et la campagne se sont avalées mutuellement et recrachées par l'autre bout. La rumeur qui court les couloirs dit que ces saletés font commerce de leur cul dans la buanderie, section séchage-repassage, porte sud, qui ne désemplit pas. Ah mais!... voilà qui expliquerait le mystère des disparitions périodiques de certains! et du coup, celui des auréoles farineuses maculant les draps en leur centre, aux quatre coins, sur les côtés et à cheval sur les deux faces. Problème idiot certes mais qui longtemps retint l'attention. L'hypothèse branlette nocturne, un moment étudiée, n'ayant rien prouvé malgré tout ce qu'il a été possible d'imaginer en matière de contorsions, on versa tout naturellement dans le surnaturel; aux ignorants, il offre de plus grandes possibilités d'explication. La rumeur n'a pas été jusqu'à nommer le gourou de l'affaire mais au contraire elle usa de leurres pour balader les curieux; on visita l'hôpital de fond en comble; on découvrit une nouvelle race de rats, organisés en clans ennemis, d'autres sales bêtes dont on apercevait les ombres sautant d'un mur à l'autre, et dans de lointains souterrains d'avant-guerre, des êtres n'ayant d'humain que le haillon que la lumière des torches rendit fous sur-le-champ, et, horreur, des monceaux d'os rongés, mais pas la queue d'un gourou ; en définitive le lascar passa pour un saint prématurément supplicié. La raison de son mutisme est que ces malades du vagin étaient redevables des bienfaits de son entremise et s'y étaient attachés. Cent biftons la visite, cinq passes par jour et ils feignaient l'indigence, les hypocrites ! et bleus qu'ils sont, enclins à l'angoisse de la mort et au plaisir solitaire sous l'infecte couverture, les musulmans, incroyablement contraints par le cycle ablutions/prières, ont donné dans le panneau ; bordel ! Sur les infirmières, des peaux de vache à l'étroit dans leur rôle de seconds couteaux, sur les petites stagiaires qui fraient dans les eaux des profs et sur les filles des bureaux qui viennent traînailler par là avec des airs de propriétaire, la rumeur des couloirs ne dit rien : elle mate à s'en péter les plombs et se pose des questions dramatiques. Il est vrai que le nu intégral sous des blouses maculées d'encre et de sang, ça glace. Le nouveau pensionnaire doit établir ce diagnostic et soigner son jeu. L'issue du séjour dépend de son art du camouflage. Faire le mort est un pis-aller de dernière chance dont on ne peut abuser et espérer vivre assez pour assister à sa renaissance. C'est en des circonstances pareilles que sourd en soi le triple regret de ne pas être polyglotte, versé dans les mystères géologiques de son pays et jouir de quelques talents de comédien. L'hôpital, où tout est à nu et à vif, souffre le martyre. À ce stade, on voit mal ce qu'il peut faire sinon revendiquer le statut de peuple en faillite.

De par son métier, l'inspecteur avait une habitude invétérée de l'hôpital et savait ses troubles et remous. C'est d'un pas prudent qu'il se rendit au service de médecine légale, hébergée dans les murs, faute de patrimoine. Son patron est Cheikh Dracula, alias Doc Tarik pour les innocents; la petite cinquantaine débraillée, cynique, assoiffé de sang; conforme à l'image du légiste imposée par la télé. Mais qui a jamais vu de vrai un légiste pour se porter en faux contre le cliché? Il ne lui manquait que le sandwich dégoulinant de ketchup qui réveille l'intérêt du téléspectateur. Larbi appréciait ces manières, mais pour s'en moquer. «Peut-être fais-je flic de série?» se dit-il en s'efforçant d'oublier l'image gélatineuse qu'en donnent les feuilletons égyptiens de dix-neuf heures dans le but d'inculquer aux masses le goût de s'éloigner du civisme et de s'abandonner à la mollesse criminelle. Dans l'atmosphère formolée de son réduit, le toubib bataillait avec une grille de mots croisés. Il s'en curait le tarin. Apprenons ceci : après le foot, les mots croisés sont le hobby chéri de l'Algérien lettré. C'est une façon de vivre acquise lors des années chape de plomb et botte militaire. C'était une époque. En décryptant du matin au soir, on avait l'impression de faire intelligence avec les grandes puissances et de marquer des points, c'était bon. Les chefs d'alors ne pigeaient que dalle à cet exercice biscornu mais très vite ils virent tout le mal qu'ils pouvaient en tirer, la chose étant abrutissante pour ses adeptes. Le quadrillage sans issue de la grille n'était pas si étranger dans la soudaineté de leur intérêt. Sous couvert de promotion de la culture moderne, ils œuvrèrent à sa propagation. Il y eut excès et l'élite (pon-pon-pooon, pon-pon!) sombra dans l'énigme des mots. On le sous-estime car beaucoup gagnent à se taire mais le phénomène est à l'origine de la perte de sensibilité dans les bureaux et, par là, du dérèglement de l'économie administrée dans son ensemble. C'est ainsi que l'économie souterraine, tenue par d'obscurs illettrés, a fini de manger son pain noir et s'attaque à présent au commerce extérieur et à la banque centrale. On ne sait comment, ces caïmans savent tout de l'histoire du cheval de Troie et de l'art d'imiter le cri du hibou.

C'est en pleine crise que le surprit l'inspecteur.

— Alors, hakim, un mot récalcitrant, une extraction difficile?

— Tiens, Larbi! Vivant? Les islamistes t'auraient oublié ou est-ce la baraka?

— Qu'elle me reste fidèle jusqu'à ma retraite; après, je m'en fous, je n'ai ni jardin à bichonner ni vice à cultiver. «Vivant il n'avait rien, mort il ne laisse rien», dit-on, n'est-ce pas?

L'échange de débilités dura un temps puis cessa

de lui-même. Ils se déportèrent vers la salle des coffres. Quelque chose puait dans le coin.

— Hakim, je voudrais des renseignements.
— Tu as frappé à la bonne porte. Ton client?
— Abdallah Bakour, un vieux bonhomme égorgé dans sa... baraque.
— Connais pas.
— Quoi!
— Pas passé chez nous, le gus.
— Et c'est normal ces morts qui vadrouillent hors du circuit légal?
— Oh, Maigret, d'où tu sors? Y a rien de vrai chez nous. À la police, vous seriez les derniers à le savoir? Mon pauvre ami, si on devait ouvrir tous les morts qui nous visitent, il faudrait une armée de légistes et d'autres moyens que ceux-là : une table branlante, un frigo essoufflé et une caisse à outils qui dégoûterait un plombier. Dire que j'ai fait la Sorbonne et que j'envisageais de m'enrichir en Californie, madre mía!
— Tout de même, protesta mollement l'inspecteur.
— Et la justice, poursuivit le charcutier sur sa lancée, tu y penses? Crois-tu qu'elle est mieux lotie dans ce bordel? C'est pas parce que vous, les macoutes, en êtes au stade industriel pour nous enquiquiner que les autres sont heureux. Regarde autour de toi, Si Larbi, la santé est le parent pauvre du système. Cela dit, nous n'avons rien reçu de vous ou de la justice. Que je sache, la famille du disparu ne s'est pas davantage manifestée.

Le policier ne réagit pas à cette harangue sotte. Il en avait plein le couffin des jérémiades. C'est lamentable. À force, ça fait sous-dév', ça tue. Après le bâtiment, la santé! À qui le tour?

— Que peux-tu me dire sur Lekbir, alias Si Moh?

— Le rapport a été remis à qui de droit. Adresse-toi à eux, camarade.

— Je te demande pas le rapport Primula mais de satisfaire ma curiosité.

— Moh a été tué d'une rafale de klach dans le flanc, six balles lâchées de trois pas, et deux coups de pistolet tirés à bout touchant dans la pompe; ça va? Il a aussi reçu un coup de poignard dans le cœur, peut-être deux... difficile d'être affirmatif, l'organe a été déchiqueté. Il y a deux estafilades sur la cinquième côte.

— L'heure du crime?

— Entre huit et douze heures.

— Pourquoi cet écart?

— Question de moyens et de temps, Colombo. Le crime a été signalé à la police à treize heures par un des fils Lekbir. D'après le procureur avec qui je bricole des choses, personne n'a entendu de coups de feu...

— C'est cela qui arrive quand on refuse d'écouter ses oreilles, diagnostiqua l'inspecteur.

— On peut tout envisager si on va de ce côté. Moh est sorti de chez lui à sept heures trente après avoir pris ses médicaments, café, whisky et une pincée de chnouf, puis il s'est rendu à son bureau.

Son fils l'a trouvé mort à douze heures cinquante. À treize heures, il vous alertait. Voilà pour l'autopsie. Plus simple, tu meurs. Même si j'avais les moyens que je réclame à cor et à cri depuis mon premier suicidé, je n'aurais guère été plus précis. Ce bonhomme était pourri de son vivant, diabétique, alcoolique, drogué, pédé et j'en passe. L'enveloppe était pourtant belle pour ses soixante-quatre ans...

Si Larbi était pris dans des calculs d'une insondable petitesse rapportés à ce fait que mille honnêtes citoyens ont été torturés et tués dans le même temps que Si Moh avalait tranquillement son bulletin. L'histoire du poignard le chiffonnait; elle faisait fausse note. Comment l'interpréter? Il y avait tant d'hypothèses et tant d'infamie. Quelle signification donner à ces coups? Vengeance? Ça se conçoit; la lame, c'est une arme de proximité; on tue son Si Moh, on le larde, il ne reste qu'à tirer deux balles dans le cœur pour masquer l'intimité que l'usage de l'arme blanche peut inspirer à des gens compliqués; plausible mais voyons voir, la rafale, c'est au début ou à la fin qu'elle a été lâchée? Sur un homme ou sur un cadavre? Que penser de cela : Moh a été tué par trois méchants, le premier armé d'une arroseuse, le deuxième d'un pétard, le troisième d'un surin? Quel commando! Il fallait du sérieux pour justifier un déploiement aussi lourd et une mise à mort aussi hétéroclite. Le dérèglement national est si théâtral que les ans passent avant les jours, soit, mais enfin. Selon la rumeur, le vol n'est pas le mobile du crime ; rien n'a disparu du bureau. Alors ? Crime politique ? Guerre entre concurrents ? Pourquoi le méfait n'a-t-il pas été maquillé en crime crapuleux ? Par les temps qui courent, la ruse serait passée mieux qu'à la poste qui pratique la rétention pour attirer l'attention sur les micmacs de son ministre et aurait mis à l'abri sicaires et commanditaires. Autre hypothèse : Moh a été tué d'un coup de poignard, puis on tire une rafale pour faire croire à un attentat terroriste, puis deux balles de PA pour...

Larbi capitula ; les cogitations à vide ne remplissent pas la poche. Il lui manquait trop d'informations pour trier ses hypothèses : le rapport d'enquête préliminaire, celui de la balistique, une visite des lieux, une discussion franche avec le fils Lekbir. Il lui fallait surtout être en charge de l'enquête ; ce n'était pas le cas.

Le légiste le tira de ses rêveries par le truchement d'une bourrade dans le foie.

— Alors, Larbi, on veut se compliquer la vie ? Occupe-toi de ton mort et laisse les autres se débrouiller, c'est un conseil gratuit. Laisse-moi te le dire : ni ton commissaire, ni le procureur, ni ton compère l'Ours n'avaient l'air enchantés de ramasser l'affaire Moh. Eh bien, vois-tu, ça m'étonnerait qu'ils apprécient de te voir apporter ton grain de sel ; surtout ton chef qui n'est pas commode, mais ça, tu le sais mieux que moi.

— La ville entière s'intéresse à l'affaire, pourquoi quand je le fais on s'en formaliserait ?

— Un flic ne fait que ce que la justice lui ordonne. Corrige si je me goure de pays, camarade !

— Avant-hier, j'étais au cimetière. On enterrait mon client, comme tu dis, ainsi que Moh. Le premier, un pauvre vieux, honnête et pieux, en tout cas inoffensif, s'en est allé seul. Son frère était là pour les convenances, cela se voyait comme cette tomate velue sur ta figure. En revanche, la ville entourait la tombe du Moh, et ne viens pas me dire qu'elle ignore qu'il lui suçait l'os. Tu vois, ce tableau m'a révolté. Il n'y a pas loin, la mort d'un Abdallah aurait attristé la ville et celle d'un Moh l'aurait réjouie. Corrige si je me goure de planète, toubib !

— Un flic moraliste, c'est nouveau ! Tu es drôle, mon bonhomme, excuse-moi de te le dire.

— Peut-être, mais je ne peux accepter un renversement de valeurs aussi absurde.

— Ouais ! riposta le légiste.

Le bla-bla sur les valeurs le tuait. Pour parler de valeurs, il faut que ça pousse dans le pays et savoir à quoi ça sert. Sur la table de dépeçage, un mort est un cadavre. De valeurs, point. Des vivants, même forts de leur étiquette arabe et de leur foi terrifiante en Allah, il se faisait un point d'honneur de les voir en cons ambulants.

Le légiste n'est pas le meilleur ami de l'homme.

— Crois-tu efficace que je passe à la morgue me rencarder sur mon client ?

— Te fatigue pas, mon vieux, c'est pas avec eux

que tu avanceras. Ces cannibales sont trop abîmés pour seulement te dire l'heure. Va ton chemin, homme de bien, ton client est sous terre, personne ne s'y intéresse, tu le dis toi-même.

Le vieux policier éprouva un plaisir merveilleux lorsqu'il retrouva la rue ; irrémédiablement sale, impunément hors la loi, trop cafouilleuse pour qu'on comprenne dans quel monde on est, mais vivante.

L'hôpital de Rouiba n'est pas seulement une usine en faillite, un lupanar clandestin, un marché noir. C'est un merdier pour les vivants qui s'y aventurent et le plus malencontreux des enfers pour qui y trépasse. La santé n'a pas sa place dans cette auberge.

Dans son cagibi, Larbi pionçait comme un brave. C'était apparence. Entre veille et sommeil, il errait dans un état comateux entrecoupé d'éclairs. Une tornade s'était abattue sur le commissariat et l'avait brisé. Épaves dispersées à la périphérie, ses troupes se roulaient dans la boue. Les jeunes avaient récupéré et déjà rassemblaient leur colère. Le tumulte qui lui parvenait des étages inférieurs à travers sa ouate de douleur était annonciateur du pire.

La veille, au tournant de vingt-deux heures, cinq de leurs frères avaient été pris dans une embuscade alors qu'ils effectuaient une ronde de routine au cœur de la zone industrielle. On les retrouva entremêlés dans le fourgon transformé en passoire ; morts, atrocement mutilés ; n'ont même pas eu le temps de riposter ; l'œuvre des islamistes. Les vigiles des usines avaient tout entendu, tout vu à travers les halos de lumière blafarde des rares lampadaires en service ; ils prenaient le café en bande et ne voyaient pas le temps passer. Un cri de guerre, un hurlement qui les avait glacés : « Allah akbar », suivi de staccatos rageurs. Il y aurait dans ce déferlement une curiosité à relever : les balles islamistes ont des sonorités à couper le souffle, effroyables, catastrophiques, qui évoquent des barbaries légendaires dont les siècles passés, croyions-nous, avaient emporté le secret, alors que celles de la république sont d'une consistance bête, comme une sanction administrative dont on se remet vite pour peu qu'on rengaine sa susceptibilité et qu'on oublie ce qui se dit sur les hommes du président. À quoi est dû ce différend ? À la hargne qui surdose les premières ? Au cri suprême d'« Allah akbar » qui les propulse ? À l'effet de surprise ? À l'innocence des victimes ? Au baroque des tueurs ? Et ces odeurs de corne brûlée qui planent dans l'air, voire de putréfaction alors que la dépouille est fébrile, qu'en est-il ? Berlue encore ? On aimerait savoir tout ça et quel nom donner au pogrom de musulmans dépouillés de leur religion et de leurs biens. Les flashes de lumière crachés par les canons ricochaient sur la carcasse et tiraient de sa dérive dans la nuit des images chaotiques. Un vigile inexpérimenté avait été si secoué par ce branle-bas qui lui avait baratté le cœur qu'à la première question des policiers il dégueula ses boyaux ; une fois vidé, il se mit d'une voix caverneuse à dégoiser des choses fantastiques ; on finit par piger son galimatias ; il annonçait une nouvelle malédiction d'Allah et un déluge de coups en provenance du chitane. C'est bégayant et tremblant qu'il fut éjecté. Encore un que la raison aura lâché. Bon pour la rue et ses hordes de prophètes cacophoniques. Appelés à la sobriété, les collègues racontèrent la suite sans lésiner : des ombres surgies du ventre de la terre... des djinns peinturlurés sautillant sur le sentier de la guerre... on ne voyait que leurs yeux bardés de khôl et leurs barbes amarinées au pire... l'odeur même n'était pas celle d'un animal... Les islamistes ? Ouah, c'était eux, au nombre d'eueuh... six... ou dix... ou une trentaine à peu près (la presse ira jusqu'à trois cents pour apporter sa pierre à la campagne d'intox contre l'aile droite de l'état-major), armés de haches et de bazookas, la tête roulée dans un chèche... ont gesticulé autour du fourgon renversé sur le dos... on aurait dit qu'ils se disputaient le privilège de porter l'offrande aux pieds d'Allah... le vainqueur a achevé les blessés au doug-doug en rotant de joie tandis que les mécontents récupéraient armes et bagages sur les corps qu'ils manipulaient comme des abats sans valeur ; c'est fini... étaient repus... ont rejoint un véhicule qui les attendait plus loin, feux éteints. Un seul véhicule ? Non, une camionnette débâchée, Mazda ou Pigeou. L'une ou l'autre ? Pas moyen de trancher. C'est vrai qu'elles se ressemblent comme deux boîtes de boulons. Peut-être devrait-on y remédier par une circulaire comme en son temps l'avait fait le Parti en spécialisant les couleurs des autos, au vu de critères connus de lui seul ; mais ils se sont avérés faillibles; à dix-neuf heures, dernière heure des retardataires, tout se fondait dans le gris et le désespoir, au grand courroux des espions; l'interdiction pure et simple des bagnoles de couleur fut envisagée en haut lieu, puis abandonnée; dans le désert, les berlines officielles, des noires folkloriques, auraient été des cibles pour les mauvaises langues; dilemme politique pour les dignitaires : comment en jeter sans éveiller le soupçon? Ils se rabattirent sur les villes qu'ils débaptisèrent en une nuit pour leur donner des noms hindous et les piller incognito. Avant de disparaître dans la nuit, l'un d'eux, debout sur la plate-forme, campé sur des jambes qu'il avait grêles et crasseuses — détails qui passionnèrent les enquêteurs —, défouraille une rafale d'adieu en maudissant le taghout, le tyran impie. Arrachés à la stupeur, les gardes piquèrent du nez vers le sol (quinze jours d'arrêt de travail et plein de criailleries syndicales en perspective).

De permanence plus qu'à son tour, n'ayant qu'un F3 désert à habiter, Larbi fut le premier à recevoir le choc, alerté par le gardien-chef du CVI, le Complexe Véhicules Industriels, joyau de la souveraineté nationale; l'usine Berliet pour le commun des mortels, resté coincé sur de vieilles marques de confiance. Toute la nuit, il grelotta au téléphone alors que le central, envahi par les familles des victimes, des officiers des brigades spéciales antiterroristes, le maire, le wali, des magistrats, et des inconnus imperturbables que tous semblaient craindre sans vraiment les reconnaître, se transformait en bunker d'une armée défaite.

À midi est tombé le calme ; un calme lourd, ponctué d'explosions incontinentes, douloureuses. Les autorités s'étaient transportées au siège de la wilaya pour plancher sur le rapport. Alger s'impatientait ; le démenti est prêt mais il faut l'appuyer sur des faits. À vingt, elles ne seraient pas de trop ; il faut bien s'entendre avant d'écrire quoi que ce soit. C'est heureux que les terroristes n'aient pas incendié ces usines fétiches qu'on inaugure chaque nouvelle ère dans le faste et la démesure. Sans cette ferraille, la gloriole des chefs tiendrait à quoi ? Dépassé par les événements ou engagé dans un double jeu, le ministre de l'Intérieur déquille ses hommes comme à la foire ; il ne met pas de gants. Il s'est dit un temps qu'il se serait donné pour idole une certaine image de lui-même ; mais les sbires, loin d'être dupes, ont vite su que la couille molle gesticulait sous la botte d'un général major. La tuile était grosse ; le coup sera fatal ; des têtes tomberont, le vizir tient à ses avantages en nature. Restitué à ses policiers, le commissariat essayait de retrouver la routine. Impossible pour les jeunes que la soif de vengeance jetait d'un mur à l'autre.

Si Larbi s'efforçait de dormir sans réussir à aller au bout de sa peine. Il était prisonnier d'une glu de douleur. Des pensées tantôt claires, tantôt confuses s'imposaient à lui et le maintenaient dans la prostration.

L'ombre du Moh surgit du néant et longuement rôdailla autour de lui. Elle se fit hargneuse comme un cabot qu'on refuse d'entendre. Il le vit acculé par trois islamistes, accoutrés à la manière afghane, incongrue dans ce pays défroqué de ses nippes révolutionnaires qui réclame ses hardes berbères ancestrales plus éperdument qu'une friponne sa virginité après une vilaine toquade. Ils se lèchent le pouce et font le geste de palper de gros billets; ils exigent l'impôt du djihad que l'affairiste excédé refuse mordicus de casquer. Il repoussa la tromperie, le Moh n'était pas homme à mourir pour un prélèvement à la marge; il aurait fait avec; mieux, il aurait cherché à tirer parti de ses largesses en commanditant quelque autre crime plus abominable.

Dans un brouillard de lumière intense et de poussière en transe, accroché dans un coin vieillot du passé, il vit apparaître un petit village plongé dans une sieste séculaire, hors d'atteinte des bruits du monde. De ces villages dont seuls les natifs comprennent l'existence. On les mesure d'un regard; un regard qui se pose sur tout par la force attractive du vide; splendeur du vide quand on a le cœur plein des images de son enfance : un soleil stagnant; des ombres qui roupillent à mort; des maisons basses ocrées, des fenêtres celées et des portes branlantes qui grincent; de rares loupiotes, la nuit, signalant les demeures bourgeoises des colons; elles font quartier à part qui déjà sent la ville de campagne et son hobereau désœuvré; des services publics dégarnis, privatisés par la force des choses. Souvenir, es-tu là ? De vieux ronds-de-cuir chancelants et de vieilles demoiselles rabougries y trônaient par habitude en faisant les cent pas par la pensée ; cela avait un air martial qui terrorisait à dix lieues à la ronde ; nous étions des musulmans pacifiques, ne brutalisant jamais que nos femmes et nos sœurs et l'on n'égorgeait nos animaux que pour les manger ; nous vivions sous leur regard qui savait tout du droit colonial, en attendant de les voir s'éteindre dans la plus terrible des solitudes ; cela n'advint jamais malgré l'âpreté des lois naturelles ; seule Mémé Rosalie, du bureau des autorisations refusées, put mourir envers et contre tout, le sourire aux lèvres ; elle n'était pas de ce monde, elle faisait du bien, désobligeant ceux-ci qui tenaient à souffrir sans faillir d'une larme et ceux-là qui tenaient à sévir sans faiblir d'un muscle. Des intérêts étroits, grossis par la peur de les perdre ; peu de vicissitudes pourtant, susceptibles d'en déjouer les visées ou de les faire aboutir ; un vent du sud qui n'a rien de berceur ; c'est le méchant sirocco, courant de razzia en razzia ; assoiffé à en être cinglé, il pousse en mugissant une langue ensablée vers le nord aquatique ; en pure perte ; les orages grommellent de loin en loin, juste pour dire qu'ils ont à faire ailleurs ; un besoin qu'ils vont soulager au pied des montagnes, là-haut, au septentrion ; quelques rares pluies qui s'évaporent avant que de toucher terre ; elles déclenchent des palabres drues ; arc-boutés sous le vent cinglant, on évoque des crues mémorables qui ont décimé tant et plus, hommes et troupeaux, mais fleuri les cactus et produit leur lot de miraculés qui s'en mettent plein la jarre en jouant les inspirés ; entre les dents, on se maudit les uns les autres ; il y a comme ça, dans ces villages rescapés d'une histoire absurde, plein de gens qui portent la guigne dans leurs cœurs desséchés ; les maudire soulage de sa peine et ouvre des perspectives de félicité ; le mal étant consommé, une fois de plus, on ne comprend toujours pas par quelle perversité la vapeur d'eau arrive à agglomérer le sable en boulettes crissantes ; une explication scientifique, si elle pouvait les atteindre, les perdrait ou les rendrait dangereux pour la routine de leur univers ; il faut parler de la puissance d'Allah et de celle bien moindre du chitane et de leurs manipulations secrètes ; en insistant sur leur imprévisibilité, on est mieux compris. Suspendue au temps, une impression de danger imminent, sans nom ni réalité, qu'on peut faute de mieux appeler ennui et qualifier de mortel ; des espoirs insensés au regard des moyens disponibles ; on s'y accroche par désespoir ou parce qu'on a un enchanteur sous la main ; des champs de blé partout, tracés par des mains approximatives, éparpillés sur des terrains trop vastes pour eux, salopés par l'ergot et le coquelicot et clairsemés par la voracité de chèvres sauvages dont on retrouve, le soir venu, le caillé sur les meïdas du Derb, le quartier nègre ; la nuit y est plus noire qu'ailleurs et la misère plus encombrée ; et les chiots à deux pattes y grouillent comme des cafards luisants ; des nuées vibrantes d'insectes ; des multitudes de moineaux pilleurs et de corbeaux qu'on dit porte-malheur ; d'interminables cordons de chenilles processionnaires qu'à la tombée de la nuit on prend pour des couleuvres regagnant le nid à la queue leu leu ; des fourrés grouillants ; quelques touffes d'arbres à l'ossature sahélienne périssant sous les assauts sournois d'un progrès rampant depuis le nord ; des cigales qui scient les nerfs ; un lion ou deux, remontés du sud ou renvoyés d'un vieux cirque désargenté, auxquels on impute les disparitions bizarres ; quelques légions de hurleurs (des coyotes ? des enfants des bois ?) tenus pour responsables des calamités mineures ; des chevaux mécanisés par la routine ; des ânes plutôt séditieux qui attirent le regard avec les belles massues en accordéon pendulant sous la panse qu'ils éventent de leurs queues en plumeau ; cul emplumé, cul aéré ; des moutons dissimulés plus au sud dont on ne parle jamais ; c'est du bien au soleil qui ne remonte, une fois l'an, tard le jour, lorsque le crépuscule fait les ombres fantastiquement lointaines et le cœur avide de tendresse, que sous forme de balles de laine déguisées en fagots de bois mort ; des aouled en pagaille, dépenaillés, tuméfiés, infestés de furoncles et de poux, amis des prurigos et de la teigne, malins comme des singes, sans scrupule ni remords ; toute la mobilité du village est dans leurs pieds ; elle offre à leur hargne un champ de manœuvres illimité ; s'il en est qui sautent sur des mines ou s'éventrent sur les barbelés, il s'en trouve vingt et trente pour reprendre l'étendard ; la chronique martienne n'est que virevoltes et éboulements que les culs-terreux rapportent en claquant des dents ; leur instinct est tourné vers le bas ; on ne voit comment, ils savent tout du sexe et des rendez-vous secrets pris en son nom qu'ils vont contrarier par un attroupement vigilant sur les lieux de copulation puis faciliter, moyennant le prix du reniement, par un retrait glapissant, générateur de doutes et de déboires dans le voisinage ; le cyclone change de coin pour de nouveaux sinistres ; direction le Rex, Tarzan et Chita sont à l'affiche ; ou le revendeur d'illustrés, un vieux nain resté petit ; il aurait dégoté les numéros manquants de *Blek le Roc, Tarou roi de la jungle, Pecos Bill, Tartine Mariole, Foxie et Croa*. Dans leur sillage, des chiens éborgnés, d'autres démembrés, boitillant en rond, des chats en catalepsie, des moineaux manchots, des mulots équeutés, des musaraignes dépiautées ; des filles en larmes et hoquets, la robe enfoncée dans l'anus, formant corolle sur les fesses tétanisées ; cul en fleur, cul en pleurs ; ça y est, le cri du tendron a donné l'alerte ; les saligauds du village abandonnent leurs positions et accourent prendre part au viol ; des mendigots aveugles vitupérant l'enfance sans père à coups de stéréotypes malékites en agitant des sébiles vides et des bâtons pleins de prétention ; des boutiquiers pris de court, des marchands de tapis ambulants (des Arabes de grands chemins dont on se méfiait même assis et le ventre plein), aux guibolles cisaillées, piétinant leur dépit, le regard éperdu, les traits déviés, la crainte misérable ; ces grippe-sous ont un nez inouï pour flairer le piège et une langue fameuse pour repousser les invitations à la chasse ; aux bouches des masures, des vieilles pas possibles, bouillantes d'indignation, balancent à la volée des seaux d'eau précieuse ; elles en ont jusqu'à la saint-glinglin à déverser leur fiel et stigmatiser le ventre des mouquères, le seul de la création à mettre bas pareilles monstruosités ; elles ont le caractère envenimé par une séquestration séculaire et le corps très abîmé ; teint bistre, gibbosités multiples, verrues pendouillantes, poils en dards de hérisson, regard satanique ; leurs tatouages en disent long sur la folie qui les habite ; pas moyen de se tromper, elles sortent de l'enfer, renvoyées par le prince des démons ; plus loin, hors de portée, des vieillards hilares perdent leurs chicots à force de trépigner au lieu de moisir en silence ; à grands gestes, ces spectateurs professionnels, friands de gags et de malheurs, font mine d'ameuter la garde impériale ; chacun sait qu'elle est démobilisée depuis plus d'un siècle mais les souvenirs, à mesure qu'ils se perdent dans le lointain, sont plus vivaces chez les vieux qui battent la breloque ; ils craquent pour les enfants terroristes et les poussent avec passion sur la voie du mal ; ces débris hennissants ne savent plus ce que tempérance veut dire ; jeter de l'huile sur le feu est une joie licite, la seule qu'ils connaissent pour oublier la misère qui leur pend au nez, leur empoisonne l'humeur, leur lime les os ; ils y ribotent sans retenue ; il n'y a que la mort qui peut les désintéresser de la farce ; « Il les emportera bien quand même à la fin », se disait-on, mortellement exaspéré ; il est navrant de les voir après coup mettre en avant leur âge extrême et une certaine conception de l'islam pour échapper aux représailles ; misère de misère. Bref, des ruelles léthargiques, éjectées de leurs gonds arthritiques ; des retours au calme qui prennent un temps infini ; un calme étrangement précaire au regard du vide qui l'entoure. À contre-jour, dans un nuage poudreux, des hommes, dont l'âge n'a guère d'importance, n'étant ni vieux ni beaux, déambulent avec leurs fantômes ; abrutis de soleil, les paupières soudées, les commissures sanieuses, nus et visqueux comme des serpents sous plusieurs épaisseurs de coutil huileux, de laine grossière et de poil de chameau ; on perdrait beaucoup de son temps à savoir ce qu'ils mijotent ; ces crétins ne parlent que par allégories et ne pleurent de misère que par malignité ; sous le bout filtre, le chèche safrané à petits pois comptant trente-trois tours qui leur enserre le chef, un désert de sable et de pierre, oblong par sorcellerie, sur lequel dépérissent des cactus ; ni air de flûte, ni fée dansante, ni gazouillis dans les parages ; sous la croûte, une masse ravinée d'engrammes antédiluviens et, quelque part, enfoui, empêtré, un esprit coriace qui ne se délie que dans l'invraisemblable et le factice ; et qui y resterait jusqu'au Jugement si l'injonction suprême « Salli alla n'bi!», «Salue le Prophète!» n'était là, éternellement disponible, pour les ramener à la vie; tapis derrière une oisiveté en trompe l'œil et des simulacres d'apathie, ils ne cessent d'échafauder des plans, en les combinant à l'infini, en des traîtrises sublimes, sans merci aucune, de pures merveilles qui les laissent un temps abasourdis avant de les jeter dans l'abattement tant grande est leur peine de pouvoir jamais les mettre à exécution; reste le guet-apens; l'affaire est bestiale mais avec des formules et l'invocation des saints, on nuit en homme de bien. Leur existence surprend; elle est un défi à quelque chose qui ne doit pas peser lourd dans la balance; de pauvres vieilles histoires plein la caboche, dont ils héritent à leur insu, aux premiers âges, au cours de bavardages qui n'ont rien d'innocent; ils ont la vie à tenir sur le viatique mais le dilapident chaque jour avec délectation, voyant qu'à l'usage il est inusable; des racontars entre vrai et faux, où l'insinuation et la révélation se tiennent malignement la main pour maintenir le village en une petite haleine poussive, uni dans une complicité d'une incertitude absolue; des dires qu'ils décochent dans le dos, l'œil en fer à cheval, en se malaxant les claouis et en se flattant le gland, persuadés qu'ils feraient sensation si exhibition il y avait, car c'est de ça qu'ils parlent, du rut et de ses ravissements, sans poser d'autres questions que celles qui dressent les tribus les unes contre les autres; la fornication, l'illicite, qui vaut son pesant de troubles, c'est leur marotte; ils ont le cœur empoisonné par tant de rêves ratés et de viols en réserve ; dans une autre vie, ils ont vécu autour d'un piquet, geignant de plaisir ; ne dit-on pas pour les dépeindre qu'ils ont un phallus dans l'œil, le crémaster sous la langue, et un scrotum niché dans l'estomac ? « Ô mes frères, invoquez le Prophète et écoutez sans prêter mauvaise intention à mes paroles ! Il était une fois... » L'auditoire, fasciné, et alarmé, est déjà prêt à écouter pour la dix millième fois une histoire qu'il connaît par les deux bouts ; bon prince, il feint d'ignorer où va le conteur ; à l'arrivée, la meilleure nouvelle appartient au dernier ; gravement, il le laisse déballer, prêt à le corriger ou à lui venir en aide pour le rabaisser ou lui arracher le crachoir au premier essoufflement. L'un dans l'autre, le coup étant parti et les heures renouvelables à l'infini, le répertoire du village passe en entier : l'imam violeur d'enfants ; le laveur de morts nécrophile ; le gardien du cimetière accaparé par une créature d'outre-tombe, belle à ruiner son homme et possessive comme un mollusque ; le taleb épileptique, rendu cynique par ses lectures persanes, qui saute sa grand-mère et la fait chanter ; la vieille maquerelle du bordel arabe, morte en sainte, entourée de ses filles et d'une horde incalculable de bâtards, rescapés de manœuvres abortives très efficaces quand le miracle s'en mêle ; le marabout de la Butte aux Damnés, Lihoudi le puant, ce juif fameux perdu dans la région depuis Jeanne la folle et Torquemada le pieux, converti à l'islam avec la complicité du caïd et d'un imam itinérant, qui avait fait de sa kouba un lieu de perdition, lorsque, brisé par des contradictions mystiques, il sombra dans une folie purement charnelle. C'est l'histoire qu'ils préfèrent; au juif, on peut beaucoup prêter et gagner encore en estime. Une version postérieure ajouta que le malodorant youpin avait pactisé avec Azraïl et que l'écho de ses intrigues était parvenu aux oreilles du dey d'Alger, lequel, après avoir pris langue avec son maître, le sultan de Constantinople, lui envoya une ambassade pour s'enquérir de ses urgences. Le roman, qui laissait entendre que le caméléon israélite menaçait l'ordre barbaresque, vit le jour au moment où le décret Crémieux élevait les juifs d'Algérie à la dignité de Français; l'encre n'avait pas séché que l'alerte était donnée au fin fond de la colonie. Des arrière-pensées politiques l'ayant inspirée, cela n'échappa à personne, elle fut mise en suspicion; pour ces attardés, l'affaire était plus compliquée que politique; elle passa dans la clandestinité et devint pernicieuse; là, entre deux alarmes, en des conciliabules touffus, on la débarrassa de ses sous-entendus indigènes et on l'accommoda moderne pour la rendre intelligible aux Français de souche; l'antisémitisme les reprit et leur mit les nerfs à vif; les Arabes se virent retrouver la dignité. Les Français réfléchissaient trop, on les roulait plus facilement que ça. La preuve de son caractère subversif vint soixante-dix ans plus tard, en l'an 40, lorsque le gouvernement de Vichy abrogea ce décret révolutionnaire. Bon, plus de trace ni odeur de juifs dans le village mais la nature a horreur du vide et le maître des blagues de son portefaix. Qui portera sa croix ? C'était la question du jour ; ceux-là même qui avaient propagé cette version de combat la déclarèrent apocryphe et œuvrèrent dare-dare à son oubli ; ils craignaient de voir la vieille haine du Français pour ses gentils petits Arabes se réveiller et remplacer sa phobie du juif. On pria pour le retour des puants et on pointa du doigt les noirauds du Derb ; un peu de haine ne leur ferait pas de mal ; on ne pouvait pas non plus que les plaindre, ils en profitaient pour rien foutre et rigoler de tout. Le plan était d'une simplicité biblique : on tarabustait l'imam pour dire une de ses belles prières qui apportent la pluie ; l'eau attire les crapauds, au chant du crapaud le noiraud accourt se désaltérer, là il trouve un juif assis, prêt à lui offrir autant d'outres qu'il peut payer. Plus tard, on sut que ces plus et ces moins avaient été bricolés dans l'arrière-boutique de l'horloger, siège des anticolonialistes, où depuis la chute de l'émir et son exil en Orient, de père en fils, jamais on ne cessa de remonter les esprits rétrogrades. Le cadi bossu et borgne et possesseur d'une queue plus longue que sa jambe valide (l'autre prenait fin au genou) qu'il déroulait à tout bout de champ pour fustiger sa femme, laquelle, un jour qu'il rêvassait la bouche ouverte, la lui enfonça d'un geste à travers le gosier jusqu'à fleur de l'anus pour ensuite le fouetter au sang avec un bon nerf de bœuf ; était-elle révoltée d'être zébrée pour des riens ? Que nenni ! Au cours de l'histoire, on apprend qu'elle a été manœuvrée par une entremetteuse de génie, hérissée de verrues sordides à glacer un rebouteux, qui avait ourdi le plan de tirer quelques louis d'or et un surcroît de prestige du replacement de sa splendide beauté. Le sourcier, rendu fou par ses échecs et la solitude qui l'en consolait, qui a préféré se noyer au fond d'un puits le jour où il trouva de l'eau dans son carré percé de toutes parts, plutôt que de mettre à disposition des frères les services de sa soudaine clairvoyance ; le fin mot est que l'infatigable puisatier avait creusé sous le village un fantastique réseau de galeries qui lui permettait, moyennant un roseau évidé, d'avoir vue sur d'autres orifices, plus vertigineux qu'un bonnet de magicien, qui tiennent en haleine les assoiffés et les vulgaires ; un jour, une rivière souterraine inconnue au bataillon des rêves, là-haut à la surface, fut libérée par un coup de pioche espéré d'Ibliss depuis son bannissement du paradis ; elle emporta dans sa colère ce curieux laboureur et le ramena sans vie dans sa cheminée d'origine. Le loueur de vélos évadé du bagne de Cayenne où l'avaient emmené des vices prodigieux ; c'est une histoire à la Bibi Fricotin où on ne regrette pas de perdre la rate. Le forgeron, avaleur de chevaux, fers et selle en salade, et faiseur de secrets les nuits sans lune ; question poudre, il avait plus appris dans sa forge que le sorcier dans ses grimoires, rappelait-on en lorgnant le taleb dont la bêtise était légendaire ; il savait aussi parler aux femmes ; toute cavalière qui venait ressemeler sa monture se voyait mise à l'enclume et battue comme plâtre jusqu'au lever du soleil. Le chien parlant qui raconte les aventures de son maître, un derviche aveugle ayant fait vœu de silence mais pas de chasteté, ce qui leur ouvrait les meilleures portes sur les fesses les plus convoitées ; pendant que les duègnes buvaient les paroles du chien, le maître lapait du nectar dans le nombril de la bien-aimée ; il n'avait pas son pareil pour frétiller de la queue sans faire de boucan ; des variantes étaient permises ; pour acariâtres qu'elles sont, les matrones n'en sont pas moins femmes qui savent que le chien est le meilleur ami de l'homme ; ils en riaient comme des bossus mais à la vue d'un aveugle de passage, ils couraient ligoter leurs chiennes et s'assurer que le forgeron couvait ses crimes. La femme-homme, Aïcha radjel, la monumentale hommasse, morte de saleté au pied du bain maure, fermé à la mixité et à l'étrange ; le boudin qui boursouflait son pantalon prenait une si grande place qu'on ne voyait pas où l'animal cachait sa deuxième jambe ; le bain est bien le lieu pour comprendre la poussée d'Archimède mais ces gens n'avaient rien de sain ; les hommes l'y poussaient pour voir sa figue et tenter le coup de force, les femmes pour lui tirer le boa par la queue et lui faire fête ; mais la loi de ségrégation pesant sur le hammam fut plus forte que l'énergie du désespoir et tous moururent dans l'ignorance du sexe et des vices extraordinaires de la femme-homme.

Sorti de là, le vide, cosmique, qui rend absurde toute prise d'élan; du temps et du silence à gogo pour contrecarrer toute précipitation et différer toute résolution. Dans ces villages lointains boudés des cartes, en ces terres dont l'avarice est immémoriale, sous ce soleil blanc qui monte si bien la garde, la vie c'est rien que du temps qui passe, mendiant misérable et dégoûté. Il y a aussi le vent du sud, siphonné tout de bon, qui mugit plus bêtement qu'un veau qui se croit abandonné. Il est des solitudes impossibles à meubler et des meubles qui n'ont de place nulle part. À cet égard, la présence des hommes est insolite dans ces trous à lézards. Elle ne s'explique que par la force brutale des choses, sauf à considérer un dessein supérieur dont ne seraient exclues ni la dérision ni l'intention de nuire; dans pareils coins, le mystère du monde prend tout bonnement des allures de gag abstrus. Et l'on n'a de cesse, pourtant, d'y revenir sur ces chemins dangereux, en rêve, en chair, ou en os.

Il se vit enfant, haut comme un petit, la tignasse poussiéreuse, la peau à même les os, torréfiée à première vue, ridiculement blanchâtre sous la gandoura aérienne. «Beau comme un cancre laid», songea-t-il, attendri. Il était à un âge où la laideur est belle, pourvu qu'il lui manque la raison. Là, c'est la maison natale. Sur la rue, une porte et une persienne condamnée, point. Par décret du premier aïeul et sous la garde inflexible des pères, elles constituent des frontières intangibles. Le reste à l'arrière-plan, caché, encastré dans le dédale arabe; des chambrettes badigeonnées de couleurs introuvables, béantes sur une courette de forme inacceptable; des femmes qui tournicotent en s'apostrophant à propos de riens qui auraient leur importance; ce dont elles rient n'est que charades contre lesquelles s'éteint la lumière des hommes, et les rend dingos; un figuier dégénéré faisant office d'étendoir; le pot à merde du vieux et son nuage de mouches dégoûtées; des balles puantes de laine végétant au soleil; un métier à carder tout en crocs bâillant d'ennui dans l'attente que les feignasses se décident à le bercer; une petite faune inutile : un chat malade qui guette sans jamais ciller, une tortue roublarde, un lézard antique comme le Déluge, et dans le sein d'un bric-à-brac rongé n'ayant d'autre fin que de faire pauvre, une compagnie de souris armées jusqu'aux dents. Le tout baignant dans une atmosphère de paix souveraine; suave en ces heures d'après-midi, après que les fées du logis ont desservi la meïda, rincé la gamelle, empilé les tabourets et aspergé le sol pour capturer la poussière et rafraîchir les fourmis. Dans la chambre du fond, le vieux ronfle à plein tube, d'une manière bizarre depuis le dernier simoun. Assise en tailleur dans les parages, Ma le veille comme un enfant souffreteux en roulant tristement la tête. Elle sait que la résignation qu'elle s'est pieusement forgée va bientôt être mise à mal par quelque mauvaise surprise. Elle somnole avec ses craintes que de temps à autre, dans un tremblement nerveux, elle chasse comme des mouches. L'accalmie est grande mais le ciel peut tomber à l'improviste et la crue réveiller les oueds. C'est le moment pour les sœurs de s'agiter. Elles ne sont que deux mais font la paire. Toute chose, elles se mettent à l'écoute de leurs corps effervescents ; les oreilles tintent ; il y a du nouveau dans le murmure des lymphes ; c'est encore ce mauvais djinn, orgueilleux tout plein et obscène à déprécier la vulgarité des hommes qui hantent le bordel, enfermé quelque part dans une fiole humide, qui d'une voix sucrée promet la lune pour prix de sa liberté ; elles échangent des regards et font mine de bouder, un court moment mais si compliqué quand un génie est de la partie ; avec des airs de comploteurs inquiets, ces gigasses que la puberté poussait au scandale courent s'enfermer dans leur cage, déterrent leur trésor et s'y trempent avec une ferveur de sainte. *Nous deux* et *Cinémonde* avaient forcé la muraille de Chine et occupaient des caches où la main du samouraï jamais ne passe ; la proverbiale vigilance arabe fut pareillement trompée au sortir de la Grande Guerre, le mal déferla sur nous alors que nous ergotions sans répit sur le prix du grain. Bien sûr, il y eut des orages, des gorges tranchées, des corps lapidés, des bébés brûlés, des vies saccagées, mais que faire... Elles n'y comprennent que les images mais trouvent leur compte ; leur ingénuité de petits reptiles enclins à la sorcellerie galope vers ce qu'elles croient à portée de main. Il y a un jour dans leur vie où elles ont toutes ce rêve :

devenir l'opprobre de leur famille et la cause d'une guerre tribale que s'arracheraient les poètes et les charmeurs de serpents. Ces lectures, c'est un prêt secret de Josefa, la belle voisine, une veuve tourmentée que la disparition de son homme a fini d'isoler. Vivant, elle en était déjà folle, de son gitano de mari, un rempailleur de chaises beau comme un dieu que toutes les femmes du village lui enviaient ; un feu miraculeux s'en prit aux meubles ; aux yeux écarquillés des enfants qui allaient le quérir par le village, le tresseur de paille passa pour un pompier de rêve. «Quand je serai grand, je serai gitan», rêvaient-ils tout haut. La graine était semée sans que l'imam y pût rien ; il avait assez fait dans son jardin pour se la ramener avec ses lamentables moinillons. Les hommes, qui s'étaient réjouis de sa mort, une mort de Gitan, rapide et mystérieuse, souffrirent en secret de ce gaspillage et multiplièrent les rondes dans le quartier. «Ce sont des cochonneries!» s'écria Ma lorsqu'un jour de chambardement printanier ces revues dédiées au nu et à la pâmoison lui tombèrent sous la main. Elle resta interdite à la première vision : une vamp n'ayant pour habit qu'un nuage de dentelles et une paire de faux cils réfutait la morale bédouine de tout son corps ; elle poussait la perversion jusqu'à sourire au chitane. Affolée, elle ajouta : «Votre père vous égorgera s'il voit cette honte sous son toit!» Une femme seule ne peut exister, Allah ne le veut pas ; on doit les épouser dans l'heure ou les tuer avant de succomber ;

des en liberté, nues au soleil, ça se conçoit mais ce ne sont pas des musulmanes et les écrabouiller est une hassana valant quarante mille ans de plus au paradis. Quarante jours après le décès du malheureux, il ne voyait en la veuve qu'une femme sans mari, autrement dit une créature des ténèbres, une accoucheuse de stupres; il en étouffait de honte à l'idée qu'il respirait le même air qu'elle. Quand on l'entendait réciter la chahada et trébucher à l'entrée, on savait qu'il venait de croiser son parfum. Pour les filles, ce n'était pas le meilleur moment de le servir. Un sexe vacant est un tunnel pour l'enfer, lui a-t-on fiché dans le crâne à l'âge où l'on s'éveille au désir; au bout, c'est le chaos; ça réveille le patriarche, ça détruit les garçons, ça donne à penser aux hommes, ça fait réfléchir les femmes, ça fait bêtement gigoter les filles, ça fait des siennes chez les vieillards désarmés et des gorges chaudes chez les voisins abrités; la pagaille. Pauvre vieux, il n'a jamais su que le village n'était que pagaille ardente sous la cendre des apparences; il est mort inutilement innocent, sans avoir rien connu que le joug de la piété servile et la misère de la peur pie. Au premier bruit, un ange noir sonne l'alarme; les filles planquent leurs cochonneries sous le crin pour tout à trac ronronner avec une innocence qui en dit long sur leur dépravation. En dépit des supplications de Ma, cette graine, obnubilée par sa métamorphose et ses élancements, arrivait toujours, aux heures consacrées de la sieste, à s'échapper et à se faufiler chez l'Espagnole. Murée dans la solitude, vautrée dans une nudité d'odalisque drapée de sa chevelure, elle rêvasse sans jamais lasser sa vulve; confite dans une molle détresse, elle les accueille avec un soupir cotonneux, en ouvrant des bras couverts de bijoux de romanichelle et de fossettes séraphiques, comme si elle les invitait à la rejoindre dans ses rêves gélatineux. Dans une pénombre propice au péché, les délinquantes font provision d'images chatoyantes et de drames à l'eau de rose livrés au goutte-à-goutte par la libraire du chef-lieu; puis se mettent à papoter autour du lit, dans ce langage universel qui unit toutes les femmes du monde dans la même pauvre illégalité, fait de gestes, de grimaces, de regards, d'exclamations, de rigolades franchement horripilantes; d'où leur vient cette science qui ignore infirmités et interdits et outrepasse les frontières? Elles boivent les révélations étourdissantes de crudité et de sombre magie que la nymphomane leur distille à voix basse avec un art achevé de la torture; prisonnière du veuvage et du commérage que l'organisation secrète des femmes maintient au plus haut de l'infamie, la belle a brutalement sombré dans la vie végétative; elle s'est drôlement complu dans ses profondeurs! Elle émergeait de ses vapeurs armée de vices dégueulasses, quelque peu innocentés par sa douce folie, pour taquiner les pucelles, titiller leur émoi et tirer un bonheur lubrique du trouble qui voile leur regard, gonfle leurs seins et fait se serrer leurs cuisses jusqu'au tremblement. Un jour, elle se suicida. La solitude, l'inutilité, la répétition, les rêves piégés dans un mauvais tourbillon, un fantôme qui la persécutait... que sais-je. Elle aurait avalé un crucifix en argent massif, deux cuillerées de bleu de Prusse et trois boules de naphtaline ; la proportion était calamiteuse ; réaction chimique, dégagement d'un gaz mortel voisin du gaz moutarde ; la morte était bleue et déjà virait au mauve. Les filles n'ont pas osé donner l'alerte ; six jours pleins, ombres pâlottes et fugitives, ne pipant mot, respirant à petits coups secs, elles redoublèrent d'ardeur dans la soumission filiale ; elles allèrent jusqu'à baigner la tortue, refréner leur répulsion pour les araignées velues et les souris vertes qu'elles tracassèrent de la pointe du balai, et oublier les démangeaisons de leurs tétins. Au septième jour, le cadavre se signala de lui-même. Coïncidence, le ciel était gris, les bêtes sur le qui-vive et, à travers champs jusqu'aux confins de la commune, un homme venu de loin, dont l'apparence sans envergure frappait les esprits, annonçait aux pâtres, aux colporteurs, aux transhumants des tribus du Sud et jusqu'aux gardiens des dunes, que le temps était venu de se repentir et de s'acquitter de ses devoirs envers le fisc ; à ceux qui l'écoutaient, il disait : « En vérité, je vous le dis, aimer son prochain n'est pas gratuit. » Le curé et l'imam tombèrent d'accord pour tout ignorer de l'affaire ; le maire, qui n'était pas à une trahison près, prit sur lui de brouiller les cartes. Les femmes, qui souffraient tant de l'existence de la belle, se réjouirent de sa disparition ;

elles jetèrent au feu amulettes et drogues et se précipitèrent chez El-Hadja pour défaire les sortilèges contractés par zèle religieux et amour de la perfidie ; l'heure était venue de reprendre langue avec le démon de la chair et dénouer l'aiguillette à leurs imbéciles d'époux et maîtres devenus dangereusement taciturnes à force de se masturber le bourrichon sans résultat. Puis on respira et l'on se fit belle ; séance d'enfer au hammam ; henné, cendres tamisées, argile gluante, pierre ponce, souak, lait d'ânesse (pouah, c'est imbuvable ce truc !), khôl, pétrole lampant, huile kabyle filtrée autant de fois qu'il y a de grains de bonté dans le chapelet arabe ; pluie de ploum-ploum pour accorder les senteurs disparates sur un air de parfum ; c'est le moment de sortir les fillettes en proie au cruel mimétisme ; accroupies sur les bourrelets, face au mur embué, elles mitonnent le réceptacle en marmottant des formules de grande magie ; avec sa toison et ses épines fourchues, il faisait antre de bête sauvage mortifiée par un injuste hiver ; le pubis délaissé est rasé de près, huilé et blanchi à la poudre de riz ; puis soumis à l'influence néfaste d'un gri-gri arrivé par miracle entre leurs mains ; il pouvait accueillir son pèlerin repentant et le manger proprement. De retour au gourbi, fumigations à base de verges de bêtes fauves desséchées, ramenées des Indes par les négriers de Laghouat, la porte infernale du désert où pullulent eunuques et griots ; sept tours de kanoun en irruption au-dessus de la couche pour dégager esprits chagrins et anges asexués et attirer les âmes détraquées; on doit y croire d'un coup mais on n'est pas obligé de nier que la couche absorbe des odeurs incroyablement débilitantes; regards de convoitise sur la bercelonnette de bois blanc décorée naïf; elle est placée sous le signe de Fatima et héberge une grande variété d'amulettes et de bestioles; elle se languit sous la poutre maîtresse et laisse accroire par son silence que le ventre de la maisonnée qui a tant donné s'est brusquement tari.

Pendant ce temps, dans l'étuve des cafés maures se dévoilait la vie intime de Josefa. Sous les tables branlantes et les burnous, ça pendulait sec, ça carillonnait comme chez le curé à l'église, ça gaulait à tout va, ça giclait en tirs croisés sporadiques; de mémoire d'homme, le village n'avait connu masturbation collective plus fantastique; le tapis de sciure disparut sous la gélatine; il y eut des têtes fêlées et des membres brisés; on s'en souvenait à l'heure des urgences, le coït impliquant tenue et verve; le maréchal-ferrant se bricola un mandrin articulé qui le rendit quitte de tout effort dans ses sales besognes; le marchand de beignets tunisien, une bête graisseuse qui faisait peur aux chiens, opta pour une nouvelle religion et se fit pédé au profit des aveugles; ils firent des émules dans tous les corps de métier; l'économie rurale eut son mois noir; on frôla la disette sous le regard affamé de l'arrière-pays, tandis qu'à l'horizon les caravanes voguaient vers un monde meilleur loin des chiens. Ah, Josefa! ta vie apparut si parfaitement dissolue que la vertu devint crime et le crime l'histoire du pays ; plus corrompue qu'aucune âme chrétienne ne pouvait jamais l'être ; et Dieu sait que le grand mufti du Caire ne fixe aucune limite à leurs travers sauf celle de venir chatouiller un musulman dans l'exercice de ses droits. De l'avoir tant désirée, ils la parèrent de vices hors du commun, de ceux qui mettent l'imaginaire en grand danger et la santé au plus bas mais qui imposent silence aux envieux et aux oiseaux de mauvais augure. Elle en devint passionnante. À l'embellissement de la morte, ils mirent du respect, quasi religieux, mais il n'était que maraboutique, donc frauduleux ; et, de plus, minutieux comme si vraiment ils jouaient gros ; ils en attendaient quelque retour de leur manœuvre, un secret qui leur serait livré en douce, qui ferait d'eux des hommes comblés. À la vérité tous apportèrent leur pierre, même les étrangers au village dont la retenue n'avait pas à souffrir d'épanchement avant qu'une descendance irrattrapable ne vienne leur faire miroiter le droit de se compter parmi les vertueux. On entendit le mozabite, épicier de son état, un délire de mocheté consanguine, dont l'atavique avarice, mystique chez ces fondamentalistes de l'épargne, n'avait jamais été prise en défaut, même en ces temps de famine qui cycliquement essorent le village et le livrent au typhus, à l'usure du juif et à la prédication des derviches ; un méfiant qui se gardait de son ombre, à ce point qu'il conduisait tous les complots contre sa personne sans que personne jamais y gagnât un sou ; comme il refusait de mourir de rage quand on s'amusait à malmener un beau billet de banque sous ses yeux dévorés par le trachome, mais peut-être savait-il qu'on venait de le dessiner sur du kraft craquant, on le soumettait à la torture en sollicitant sa munificence pour l'achat d'un canari destiné à un chat malade ou d'une plume de faisan pour nos vieux chapeaux de paille ; on chiquait une détresse incommensurable pour rendre sa haine du prodigue plus farouche ; c'était beau de le voir s'amocher à vue d'œil ; mais l'épreuve se terminait à son avantage ; contre des manifestations d'amitié et la promesse d'un sucre d'orge à l'Aïd, il enfouillait nos leurres, mis à plat dans une liasse qui ne rendait la monnaie qu'en présence d'un cadi à jeun ; à ses gloussements de taupe malveillante, on devinait qu'il allait en faire un usage très subtil ; notre roublardise était loin d'avoir la force de sa science criminelle ; on se reniait en moins de deux pour une demi-barre de nougat. Et le Kabyle, marchand de tissus et de volailles et patron d'un vieil autocar Chausson qui serpentait à maigre allure entre le village et le chef-lieu en transportant plus de bobards et de fausses alarmes que d'honnêtes voyageurs ; un monument d'orgueil montagnard dont l'hypocrisie avait déjoué tous les regards et toutes les filatures, même celles des gendarmes qui déjà le soupçonnaient de vouloir échapper à leur légitime curiosité ; ce sagouin peu commode, par ailleurs musulman scrupuleux et chatouilleux sur le chapitre de l'honneur, était un calculateur émérite ; il avait quatre marionnettes comme tous ses cousins de là-bas mais chaque printemps, au motif d'un pèlerinage ancestral, il partait les renouveler dans sa lointaine Kabylie ; toujours plus jeunes, les guêpes, et folles d'amour pour le premier cavalier venu qu'elles poussaient au suicide en lui montrant leurs seins à travers les barreaux ; pas vu, pas pris ; sous le joug des vieux, les femmes mentent pour tromper le temps ; quatre à douze lapereaux par an dans la nature ; à lui seul, l'air de rien, le vieux bouc avait colonisé le village, en moins de temps qu'il n'en fallût aux autres éleveurs pour pactiser autour de l'idée qu'il était trop tard pour le castrer, par magie, guet-apens ou procédé judiciaire ; au fil des expéditions, l'écart d'âge se creusa entre lui et ses compagnes ; vint le moment où il ne pouvait l'enjamber sans se rompre le cou ; sa garde baissa ; lorsque les pisteurs, qui s'accrochaient encore à ses basques, virent l'incongruité, d'une voix, ils crièrent au prodige ; ils avaient décliné eux aussi et se trouvaient en cet âge sénile et soupçonneux où, dans toute supercherie qui se présente, on recueille pieusement le miracle divin. Donc, tout le village avait secrètement connu Josefa ; il ne se trouva personne pour céder la place au mari — sauf erreur, Mario était son nom —, ce qui fit se hausser les sourcils du curé et se froisser ceux de l'imam qui avait vainement essayé de la convertir à ses vices ; en terrain neutre, ils mirent le prodige en examen mais avant que de s'entendre sur la place des tresseurs de paille dans la lignée des charpentiers et des chameliers et de voir la couleur de leur évangile, ils commencèrent à se castagner à propos des subventions de la mairie et du rendement par trop déséquilibré des quêtes. On pesa les apports ; on les mit bout à bout, on les superposa, on les emboîta, on recommença mille fois en veillant à la chronologie des événements ; on les soumit à toutes sortes de pierres de touche, les foireuses qui ignorent l'aloi et la foi et les mauvaises qui font des étincelles, mais la figure jusqu'à la trame n'avait rien d'humain. Tout cela prit du temps, or les gens étaient pressés. Le plan était si chargé que le doute s'abattit sur les derniers témoignages. Il fallut encore perdre du temps alors que le danger était partout. La frêle Espagnole, la folle ingénue, la suicidée d'amour ne pouvait avoir tant subi. Un compromis devenait urgent pour clarifier le rébus ; en prendre, en laisser, raboter ici, couper là, combler les lacunes par trop flagrantes, limer les susceptibilités sans briser l'entrain et aboutir quand même à quelque chose d'harmonieux, s'avéra un travail de forçat à vie. Son achèvement prit des années de palabres à rebondissements. Les mémoires étaient lentes en ces temps macabres et les réactions disproportionnées. Au bout du compte, on lui confectionna une histoire sur mesure, de toute beauté, et on la conta fidèlement aux nouveau-nés. Dans l'affaire, la belle est tombée dans l'oubli. Mais là où elle est, les échos du passé devraient lui faire regretter le paradis des Bédouins. Dans le conte versé au patrimoine, la petite Gitane esseulée a été transformée en princesse d'Arabie, gazelle aveuglante pour les poètes du sultan, chienne insatiable pour les corps de garde, de retour d'un safari au pays noir des éléphants blancs, perdue dans ce pays frère qui allait lui offrir tant de mirifiques consolations. Le temps n'efface rien de ce qu'il écrit, ni les faits ni les rêves, il brouille tout et laisse les hommes face à leurs problèmes, à leurs femmes et aux gendarmes que rien ne distrait.

Il se vit solitaire et mélancolique, assis sur le seuil de la porte, tournant le dos à la sieste et aux minauderies gluantes de ses sœurs, plus chiantes que chattes en chaleur. Il s'adonne au spectacle de la rue ; déserte pour cause de mort brutale ; tout est faussement calme ; bon c'est vrai, c'est comme ça tous les jours à l'heure où le soleil se met d'aplomb pour ébouillanter son bas monde mais les hivers sont rudes par ici ; les percherons des Grands Moulins du Sersou sont là, à l'ouvrage, attelés par six ; pas de dodo pour eux. Leur puissance placide fascine ses petits yeux ; toute la sainte journée, sans haine ni colère, ils tirent d'immenses chariots protestants lourdement chargés en parsemant le chemin de crottin et de gaz humide qui imprègne tout sans supplanter les émanations fécales des gourbis ; les malheurs des hommes et ceux des bêtes ne se fondent dans le même désastre que lorsque les premiers, confondant vitesse et précipitation, s'estiment heureux ; l'imperturbable noria a creusé des habitudes infranchissables qui les guident d'instinct, ce qui autorise le cocher à consommer sa sieste auprès de son harem ou vaquer où l'emportent ses idées fixes; un cocher honnête a besoin de ses croupes sous les yeux pour s'arracher, sinon il chôme. Les mouches bleues suivent en essaim et volettent au-dessus des crottes; disputes orageuses; question de priorité; ces débiles s'empêchent mutuellement d'atterrir alors que la piste est constellée de merde; dispersion par jets de pierres; hop! les crottes seront ramassées par les vieilles négresses du Derb; depuis leur jeune âge, on ne les a jamais vues que vieilles et endeuillées; dessiccation sur les tôles ondulées des bicoques; ça prend trois jours pour se transformer en coke; ce combustible tient bien au feu et donne du fumet à la tambouille. Du regard, il suit le convoi qui navigue entre les silos à blé plantés à la sortie du village et la petite gare mexicaine jouxtant le quartier arabe. Dans les nids coiffant les hautes tours, les cigognes font du raffut; elles claquent du bec et battent des ailes. Juchées sur le clocher de l'église qui sonnaille à poings fermés et le minaret de la mosquée qui nasille sur un tempo dépressif, en se regardant en chiens de faïence, leurs consœurs répondent avec des accents empreints de sérénité; le bénitier est plein de grenouilles et autour de la margelle d'ablution grouillent des sacs à puces; le tapage ajoutait aux pesanteurs de la sieste sans risque de réveil précoce. Sur les berges de la gare, des esclaves en jute transbordent les sacs dans les wagons; ils s'y emploient dans un morne va-et-vient, balançant sur une planche qui tardait à rompre sans prévenir, déhanchant de droite et de gauche pour amortir le faix qui leur plie l'échine et les dissuade de la fantaisie. Ils accompagnent leur calvaire en psalmodiant d'atroces mélopées, soporifiques à mourir pour de vrai. Elles racontent une histoire d'amour, toujours la même depuis que les Arabes ont domestiqué le cheval; elle démarre alors que le héros et l'héroïne, rejetons de deux tribus sœurs et héritiers de leurs cheikhs, apprennent à gambader sur le sable chaud d'une oasis de rêve; en mille vers, elle nous dit le gazouillis des oiseaux auquel répondent le clapotis d'une source mielleuse et le friselis du vent sur le sein d'une houri; à ce stade, on comprend que la métaphore parle bien du paradis d'Allah; elle nous dit ensuite que l'enfant est beau comme le soleil et la fillette, douce et fraîche comme un rayon de lune; et que, sous le regard admiratif d'Allah, la sagesse des pères est sans pareille. Ils ont un plan, ces deux-là; il est stratégique; ils se consument en guettant le jour convenu où ils pourront unir les fruits de leur sueur et voir grand l'avenir. Mais patatras, l'histoire bascule dans le registre de la vanité; les psalmodiants blêmissent et manquent d'en larguer leur semoule; ils rêvaient d'une fin d'une beauté inénarrable. Ce qui tient lieu d'exposé introductif à ce genre d'intrigue ne dit rien sur le pourquoi du dérapage; en ces temps, de telles choses allaient de soi; il y avait de la magie et de l'absurde en tout;

follement, elle parcourt un siècle de querelles, de chevauchées, de trahisons, de razzias, de négociations secrètes, de sérénades plus martiales que larmoyantes ; dans l'affaire, les morts ne se comptent pas ; sauf à considérer que le siècle vaut douze mois dans l'esprit du conteur, on est forcé de conclure que les deux tribus amies se sont décimées depuis quatre-vingt-dix-neuf ans et que le poète fait du chiqué et nous mène en felouque ; quoi qu'il en soit, le drame se termine en queue de poisson, dans une autre histoire, à une époque non précisée, en des lieux incertains. Telle est l'économie du texte. Mais l'intention première du conteur arabe, pour ce qu'il vit de sa langue, est de retenir les nomades suspendus à ses lèvres. Il lui revient de ménager des transitions insidieuses entre les épopées ; la fin de l'une, qu'il faut un peu bâcler pour éviter l'endormissement, étant le commencement de la suivante et à ce titre elle se doit d'être un appât de nature à réveiller les chiffes molles et captiver les récalcitrants sans les vexer. L'art du hâbleur de souk tient à la bonté du rapiéçage, et à l'imbécillité des chameaux qui ne profitent pas du suspense pour se carapater. Un souk pris au dépourvu par le feu, c'est le rêve de tout enfant livré à lui-même. Dans ses pensées s'insinuait l'odeur du blé qui enivrait le village de son enfance. Pour un moment, elle chassa celle du commissariat qui le tenait à la gorge depuis trente ans ; au menu : relents de mégots, sueur du jour, sang coagulé, vieille crasse et pisse croupie.

Il se vit jeune, l'air d'un homme inachevé, essoufflé, dégoulinant à chaud et à froid, maigre à soulever des vents d'inquiétude ; il crapahute dans le djebel de l'Ouarsenis, spectaculaire avec son blindage granitique et ses herses en bois d'arbres dans lesquelles se prennent les nuages. Devant, derrière, en file indienne, d'autres hommes, armés, lourdement chargés. Objectif : rejoindre les maquis de l'Algérois et les renforcer en hommes et en armes pour servir de réserve et de point d'appui aux fedayin de la capitale, en passe d'être décimés dans la bataille d'Alger. Massu s'y taille une gloire et la France une sale réputation. Mais la France aime ses généraux et se sacrifie volontiers pour eux. Le tic nous est resté avec celui de violer les enfants qui nous vient des Turcs et celui d'égorger les femmes appris des Arabes, mais pas sa manie de tout mettre en vers et musique.

Dans le ciel, un vautour en chasse, un petit zinc jaunâtre, les ailes marquées aux couleurs éternelles, tournoie au-dessus de leurs têtes en vrombissant des menaces. Le chef hurle des ordres. Il fallait presser le pas avant que le filet de l'ennemi ne se refermât sur eux. Ils coururent à en perdre le souffle, la tête enfoncée dans les épaules, les jambes fustigées par la broussaille. Dans un talweg béant comme une plaie, ils se crurent tirés d'affaire. Les paras étaient là, l'œilleton au ras des monticules ; un groupe d'intervention rapide du 11ᵉ Choc, fer de lance des opérations Ouarsenis et Courroie ; à ses heures perdues, ouvrier des coups fumants de l'armée française, engagée de plus en plus dans la guérilla et ses techniques Viêt-minh, que l'état-major en grande pompe dissipait dans les salons de l'Aletti; mais les Algériens, mieux enracinés dans le désert et le désespoir, la jouèrent à qui-perd-gagne et l'emportèrent à l'usure. Le pilote avait anticipé la course cinq sur cinq. La première balle fut pour son voisin; il traînait la patte et constituait une cible facile; sa tête explosa; emporté par l'élan, il poursuivit sa course absurde alors que le sang giclait de son visage à gros bouillons bulleux; dans l'air glacial, un panache blanc s'étirait derrière lui. Il y avait de la majesté dans le sacrifice, Larbi garda l'image d'un coq egorgé pris de folie. Une rafale lui cisailla les jambes; dans son rêve, dérangé par un staccato sidérant, il en sentit la vieille morsure. Le combat dura-t-il cinq minutes ou cinq heures? Plus tard, on lui dit qu'il fut foudroyant et que le jour où les bicots comprendront vite n'existe pas dans le calendrier. Le chef ordonna le repli. Des djounoud encore valides vinrent le déharnacher et se mirent à le couvrir de pierres et de branchages. Alors qu'il était enseveli, il entendit le chef le rudoyer: «On viendra te chercher plus tard; tiens-toi tranquille et prie»; le ton était celui d'un futur ministre, fier de son auto et de ses mobiles, jaloux de son commerce. Il connut la frayeur de sa vie. Il venait de prendre conscience qu'on l'avait enterré vif et que son avenir était de mourir dans les affres. Sa tête fourmillait à la recherche d'une issue miraculeuse.

Il lutta contre la panique qui l'aspirait. Au bord du précipice, il s'accrocha à sa qualité de musulman pour en soutirer du secours ; c'était juste ; il s'entendit bredouiller les premiers versets de la sourate du caillot de sang ; elle n'était pas de circonstance mais c'est la seule qui lui vint à l'esprit : « Iqra ! Lis ! Lis au nom d'Allah qui créa l'homme d'un caillot de sang ; lis et Allah qui n'est que bienfaits, qui enseigna à l'homme ce qu'il ne pouvait savoir... »

Un long silence ; puis des battements d'aile. Les Français débarquaient d'une libellule. Il les entendit haleter, compter les morts, comparer des états de service, rigoler, vanter le nouveau canon sans recul et le coup de reins de la colonelle et dire des grivoiseries sur une certaine Zora aux grands pieds. Une ambiance de pique-nique s'installa dans le site. Il retint son souffle au détriment de sa vessie. On piétinait à la lisière de la tombe. Par un interstice, il entrevit une silhouette dont la tête rasait les nuages ; elle pila comme si elle venait de débusquer un nid de scorpions et se mit à héler : « Hé, les gars ! Hé, mon lieutenant, mon lieutenant, y en a un ici ! », et avec le canon du Garant, repoussa les branchages. Ils connaissaient l'astuce des maquisards qui enterrent leurs blessés pour les soustraire aux recherches et faciliter leur retraite. La folie s'empara de lui. Dans un élan de foi, il eut la force de se mentir : « C'est l'honneur d'un djoundi de mourir au combat. » La formule énoncée, son courage s'en trouva anéanti ; il n'avait ni arme, ni armure, ni baguette magique. On le libéra de sa gangue. Un troufion, tenant en son bec un drôle de langage, lui parla ainsi : «Lazare, lève-toi et grouille!»; puis, s'esclaffant comme diable, lui envoya une godasse dans le flanc. Longtemps Larbi se demanda qui était ce Lazare et quel malheureux souvenir hantait les infidèles. Il l'apprit des années après l'indépendance, dans un péplum hollywoodien lancinant de poésie. C'était quand la parabole est venue nous ouvrir toutes grandes les portes du ciel cathodique; bénis soient le saint satellite et la MGM; Dieu nous garde du démon, de l'Unique et de la faim; et aussi de la vie dans le désert. Il se sentit flatté de cette connivence par-delà les siècles et les continents. Il y vit un présage. Un autre demanda : «Mon lieutenant, je le brûle?» L'officier donna des ordres. On garrotta ses jambes, on lui confectionna des béquilles, on lui offrit de la gnôle, on lui accorda le pardon qu'Allah réserve aux nécessiteux pris par l'urgence; on lui dit que l'imam d'Alger, grand pressé devant l'Éternel, en consommait par tonneaux et qu'il ne s'était jamais plaint que d'en manquer. Le préposé aux soins dit : «Si monsieur le fell n'a besoin de rien, qu'il se magne le cul sans faire le con!»; puis il lui piqua le dos pour le voir souffrir. Sa claudication fit mal à sa dignité mais il était heureux d'être en vie et de croire en Dieu.

Revenu de sa réunion, le commissaire hurlait pis que fou pris au piège d'un raisonneur. L'accouchement du rapport l'avait tourmenté. Ses complices de l'administration voulaient le bourrer d'omissions sans laisser place à la vérité. Ses morts n'auraient pas compris. C'est exigeant, un mort en service commandé. «Vous voulez venger les frères ? D'accord, dites-moi comment, abrutis ! Vous allez sortir dans les rues et canarder tous les pédés qui portent un kamis ? C'est ça ? Dites-moi si c'est ça que vous voulez !» Puis, avec le ton las de celui qui sait ce que protège le mur du silence : «C'est ce que cherchent les salopards et vous voulez les aider.»

Les hurlements cessèrent. Une porte claqua. Un silence stupéfiant s'installa que déchirait de temps à autre la sonnerie du téléphone ou le cri quasi humain d'une bête qu'on dépèce au sous-sol. Dans le silence, la douleur est intolérable. La sensation n'était pas nouvelle ; des jours durant elle ne l'avait pas lâché alors que sa chère femme venait de l'abandonner. La déchirure fut fulgurante, rien ne laissait entrevoir le drame. Une nuit, en rentrant du service, il la trouva étendue dans la salle de bains ; morte. «El mektoub», déclara le médecin sans trop savoir, surpris de se voir en pyjama entre deux policiers, loin de son lit. Larbi eut du mal à l'admettre. Il ne savait pas ce qu'elle endurait derrière ses manières effacées depuis que le pays, plus que jamais avide d'exploits militaires, avait raté son saut dans la démocratie occidentale et chuté dans une barbarie sans nom. Personne ne se doutait qu'elle était parmi nous, réglée comme une montre, passée en fraude dans le cartable de nos sales gosses et que la fraude a une histoire qui ne s'arrête pas à l'urne. Dans sa solitude de femme, dans son train-train d'épouse, dans ses hantises de mère, elle mourait à petit feu, rongée par l'inquiétude et le chagrin, mais lui ne voyait que la douce et agréable chaleur qu'elle donnait à son foyer.

L'assassinat du président Boudiaf l'avait entraîné dans un autre abîme. En disparaissant, sa femme avait emporté ce que trente années de vie commune avaient emmagasiné de tendresse. La mort du Héros avait détruit le fragile espoir d'un peuple n'ayant jamais vécu que l'humiliation, qui se voyait menacé du pire et qui, miraculeusement, s'était mis à croire en ce vieil homme providentiel, inconnu de lui parce qu'effacé de sa mémoire par trente années de brouillage organisé.

Il en était là, une nouvelle fois, anéanti.

Il se vit face au commissaire. Il revenait au service. Sa femme reposait en terre. Les parents, les amis, les voisins étaient repartis. Ils avaient mangé, bu et usé jusqu'à la dernière platitude; les pleureuses s'en étaient donné à cœur joie; elles s'étaient lacérées jusqu'à la dernière goutte de sang pendant que les récitants feignaient d'y croire de toutes leurs forces. Son F3 lui parut soudain dangereux. Il s'attendait à une solitude sereine, il se croyait solide. Il fut confronté à une invasion de monstres inconnus au sommier : empuses gluantes, lémures glacés, ombres mortifères, esprits cataboliques; ils se nourrissent de l'ivresse des hommes déchirés. Dans un sursaut, il comprit que la sauvegarde était dans le turbin, dans le contact avec les autres épaves.

Croupir dans la détresse est déjà la folie. Il prit figure humaine et sortit au soleil. C'était bon, dehors ; tout baignait dans la même démence et l'impéritie était la conduite de chacun ; le ciel était rouge, l'azur replié, la terre avide, les arbres à l'envers, les tacots déglingués, les gosses en surplus, les gens et les nouvelles plus incroyablement affreux ; seul le gouvernement était beau et volontaire et menait sa barque ; c'est vrai que c'est étrange mais si on réfléchit, la clairvoyance n'est pas vraiment utile quand l'embarcation est sur cales.

On ne peut pas que souffrir. À un moment, on doit décider de vivre.

Le commissaire lui signifia sa décision de le verser dans les affaires sans intérêt. Il lui parla rudement, il était ainsi, de son âge, des risques qui le guettaient à chaque soupir et de ceux qu'il ferait courir à ses coéquipiers. « Tu es trop affecté par la mort de ta ménagère. Il te faut des affaires pépères sur lesquelles tu peux rouler en solo sans te presser. Si j'y arrive, je te ferai muter à la direction régionale. Pour ta pension de retraite, c'est mieux. Et puis là-bas, tu auras des horaires fixes et plein de petits à-côtés dont tu me diras des nouvelles. Allez, dégage ! »

Le vieux policier sentit ses yeux se brouiller et son corps se liquéfier. Le sommeil était là, trappe grande ouverte. Il s'abandonna au vertige. Il eut le temps de se dire qu'il lui tardait de mourir à son tour.

La semaine fut difficile pour les Rouibéens. C'était la première fois que la foudre islamiste frappait aussi fort leur ville. Jusqu'ici, elle piquait à l'unité, à l'improviste, à la périphérie, de petites gens sans relief ni mystère. À chaque bruit, on se sentait nain dans un pays de géants mais on n'avait pas le temps de se repenser que l'oubli était là. On passait au cimetière par habitude, par lassitude. « Du moment que ma tête et mon toit sont épargnés, c'est que ça ne va pas aussi mal qu'on le dit », se disait-on en chemin avec philosophie et un peu de fièvre pour préserver son allant et maintenir en soi ce minimum d'égoïsme sans lequel l'individu ne saurait se mouvoir. Mais là, les satanés barbus l'avaient fait gros, on ne pouvait que se sentir acculé. Le coup fut terrible même si tous le guettaient. Beaucoup portent en eux la fascination des catastrophes prophétisées.

Or, un malheur ne vient jamais seul dans un pays délaissé.

En rejoignant le rang des peuples martyrisés par la religion, Rouiba a vu se resserrer sur son cou l'acier des brigades spéciales antiterroristes. La mention «spéciales» à elle seule fait frémir, l'anodin étant déjà le programme officiel. Objectivement, c'est un bien et un mal, entortillés comme serpents en colère. Les gens sont tordus autrement, ils se divisèrent, chacun ne voulant voir qu'un aspect de l'affaire. Ils sont pourtant embarqués dans la même galère et le chemin de celle-ci est bien celui de l'enfer. On le sait, va, qu'ils ne consentent aucun effort pour échapper à la subjugation dès lors qu'ils y trouvent motif à complications ; ils ergotent, ils ergotent, en supporters chauvins qu'ils sont, mais ils sont loin de savoir où passe la ligne de démarcation entre terrorisme et contre-terrorisme. Ils virent se multiplier les barrages, les vrais et des faux, et les abus les plus incompréhensibles ; ils durent obtempérer et soumettre leur résidu de dignité à la rudesse de ces troupes d'un genre nouveau que la rue appelle les «ninjas». Ainsi furent-ils baptisés à leur première apparition ; c'était à Alger, en juin 91, lorsque les islamistes, charmés par leurs succès de rue, s'étaient mis en tête de se la faire courte et de prendre d'assaut la forteresse du régime : la présidence de la République ; la Riassa, d'où le Raïs ne sort que pour recevoir des vivats et accomplir le tour du monde. Où étaient-ils cachés, ces ninjas ? Leur accoutrement noir, moulant comme un préservatif, et leur fourniment sophistiqué, genre

Guerre des Étoiles, avaient un air de déjà-vu. Ciné ?... Télé ?... BD ?... On chercha. Les enfants de la parabole et de la bombe parlèrent de tortues japonaises venues de l'espace ; on les rabroua d'un revers de poing, la nouvelle suggérait un nouveau colonialisme ; dangereux ; les gens ne sont pas préparés ; pour l'heure, ils s'enfoncent dans les affaires intestines et n'ont pas le cœur à s'élever ; n'étant pas des intimes de la froide analyse, ils ne voyaient quoi aviser et de surcroît avaient peur du reproche ; comment aussi se mêler du compliqué quand le simple est ardu et occasionne tant de dégâts ; dire à son président qu'on ne l'aime plus valait-il une si rude rossée ? Éloigner les fillettes de son regard, était-ce un acte de subversion ? L'agilité féline que ces ninjas déploient à la Rambo et l'anonymat que leur assure la cagoule de service ajoutaient une touche froide à leur étrangeté extraterrestre ; aujourd'hui, ils font partie du tableau ; c'est leur absence qui inquiète, ou leur présence quand ils sont de l'autre camp ; mais comment distinguer un ninja d'un autre ? Les engorgements de Rouiba, dont personne n'a jamais su débrouiller les justes causes, tenaient dans ces barrages un argument de poids. L'absentéisme dans les ruchées des bureaux enregistra un pic ; faute de combattants, il passa inaperçu ; la peur abolit les frontières et rend le regard fuyant. On ne signalait les disparitions que quand, par leur permanence, elles frappent le regard. En vrai, elles posent problème ; le disparu pouvant être un des leurs, un tueur mandé pour une mission ailleurs, ou une de leurs victimes, non encore identifiée ; signaler sa disparition trop tôt est une dénonciation, tardivement une complicité ; la marge est étroite et requiert l'art du renard ; il peut aussi être question d'une taupe des Services exfiltrée, ce qui situe les déboires sur un autre plan. La solution de repos est de disparaître soi-même.

Les arrestations se multiplièrent. Elles révélèrent que, sans être un abattoir islamiste à l'instar de Blida, sa sœur jumelle de la Mitidja, naguère amoureusement nommée par les siens «la ville des roses», et d'Alger dont on ne se souvient qu'elle fut «la Blanche», chantée par les poètes et les épaves du port, accrochés aux nuages par pur désespoir, que pour déplorer sa défiguration et la noirceur d'âme de ses marchands, Rouiba était à son tour gangrenée. La fièvre verte était installée dans ses quartiers périphériques.

La presse s'abattit sur nous comme un vol de gerfauts hors de leur charnier natal et plusieurs jours d'affilée nous consacra ses meilleurs scoops. Les Rouibéens apprirent que leur ville occupait une place de choix dans la stratégie des islamistes : qu'elle est une base arrière pour les tueurs activant à Alger et une base avancée pour les escadrons d'égorgeurs nichant à portée de vue dans les maquis des monts Zbarbar et Bouzegza ; que son économie de bazar fonctionne comme une pompe à fric au profit de leurs relais urbains, bourgeoisement installés à ses commandes. On fut surpris de ce sens de l'organisation qu'on ne leur connaissait pas dans le civil lorsque, massivement, ils accablaient la fragile illusion démocratique. On les croyait juste bons à harceler Allah de leur véhémence, vitrioler les filles, scier les poteaux, vociférer à tue-tête entre deux éloges du crime et encombrer le réseau fax. Là n'est pas tout. Une piste avait été suivie par un journaliste féru de sciences économiques et de filatures en tout genre. Il fit remarquer que la consommation de médicaments à Rouiba était deux fois plus élevée que la moyenne nationale et posa la question : où va la différence ? Pour aussitôt répondre d'une manière qui intrigue encore les chercheurs myopes : dans les maquis, pardi, dans des casemates oubliées depuis l'indépendance et l'occupation des biens vacants. Il conclut que les religieux faisaient coup double ; ils raréfient le médicament à Rouiba, ce qui accroît son mécontentement légendaire, et s'assurent une intendance confortable. Et ce qui était valable pour le médicament, il nous apprit, chiffres à l'appui, qu'il l'était pour la semoule, le sucre, le café, la poudre de lait et plein d'autres commodités. On vit la famine nous cerner. On se rua sur les magasins, oubliant qu'ils étaient vides. La révélation lui coûtera ; peut-être la vie, peut-être une promotion pour le gagner à la cause. S'il échappe aux terroristes et à la mafia du médicament, ce qu'on demande à voir, il n'a aucune chance avec leurs complices du gouvernement. D'en haut, ils voient tout et ne craignent rien. Sur le chemin qui mène au pot aux roses, au bout de l'enfer des apothicaires, si tant est que le hardi va-t'en-guerre vainque les divisions blindées de la bureaucratie, puis les milices de l'ombre, puis l'organisation de l'armée secrète, puis les juges du KKK, l'attend l'ultime, la terrible épreuve : un tabouret de ministre, plus menaçant qu'un pouf à l'heure où il faut se remuer pour gagner le pain de ses enfants, prêt à lancer ses ventouses pour plier le vil aventurier. Ah! que de héros, que de sages, que de baroudeurs ont laissé l'honneur si près du but... ah mais!... voilà que notre téméraire sent l'épuisement le gagner, son cœur cogne, ses couilles tombent à terre et dévalent la pente; il se tient la tête, une extase incompréhensible le saisit. Se souvient-il de sa quête? Va-t-il déguerpir? Pissera-t-il sur le velours? Chiera-t-il sur la main tendue? Bon, on n'est pas au cinoche.

Les gens apprirent tant et plus; ils n'en soupçonnaient ni l'étendue, ni la profondeur, ni combien est trompeur le regard sous le reflet; ils croyaient tout savoir; les vieux surtout, qui n'oublient pas qu'ils ont vécu et tâté à la guerre d'Algérie; ils ont des antécédents bien astiqués et c'est forts de ce lustre qu'ils avancent dans leur compréhension du monde en gestation. Toute nouvelle information les conforte dans la comparaison des malheurs passés et présents. S'ils continuent à parler, enjolivant le passé, acquis à la Légende Merveilleuse, dénigrant le présent, noircissant l'avenir, les rappeurs finiront par croire que la guerre d'Algérie a été une affaire fastoche rondement menée par les anciens dans le calme et la bonhomie et ce qu'il faut de sang pour causer du tort aux générations déferlantes. Or l'indépendance était censée apporter quoi, seraient-ils en droit de hurler. C'est quoi un héros de la révolution encensé par la télé qui vit de boniments et d'affaires louches? Les radoteurs ne soupçonnent pas la dangerosité de la vérité quand soudain elle éclôt au milieu du mensonge. Les gosses ont l'histoire à fleur de peau, ces temps-ci; ils ne se retrouvent pas dans ses tourbillons alors que leur conviction profonde, arrangée depuis la maternelle, est qu'ils sont les preux descendants des colériques Banu Hillal, au cœur de l'histoire mondiale. Que le génial inventeur du zéro soit aussi nul est une nouvelle qui les perturbe, n'en rajoutons pas. Comment tout leur expliquer maintenant? Comparaison n'est pas raison et raison n'est vérité que par art ou la complicité du Parlement, rétorquons cela à ces lascars à défaut de leur opposer des doutes quant à leur faculté de piger quoi que ce soit qui marche à l'électricité. On leur parle de dérive des continents, ils racontent qu'au maquis ils savaient d'un coup d'œil reconnaître un faucon d'une belette. Comprendront-ils que c'est dans le dos des soldats que se perdent les guerres menées au front?

Un canard, connu pour ses travers langagiers mais d'abord pour ses accointances avec la défunte SM (mais où est donc Ornicar le furtif?), s'intéressa spécialement à l'assassinat de Moh et fit entendre des arrière-pensées. Sous le titre «Règlement de comptes à Rouiba », il fournit une soupe de bobards glanés dans les cafés de la place, de brutalités tirées de l'imaginaire collectif et de potins exhumés du frigo de la maison. Le tout amalgamé, assaisonné, livré sans pince-nez. Dans le fatras, l'inspecteur Larbi releva ce réquisitoire :

« Une rumeur vise à accréditer l'idée que le meurtre de M. Lekbir est l'œuvre des islamistes. On veut bien. Nos fous qui ne revendiquent jamais leurs attentats ont bon dos. Dans une société qui règle ses comptes, ils font œuvre d'éboueurs. Pas regardants pour deux sous, ils ramassent tout. Ainsi, eux seuls savent par l'examen des rejets où va la république. "Si ce vampire de Moh a été liquidé, c'est justice supérieure, qu'importe le bourreau." Suivez mon regard, le ciel est dégagé. Voilà ce qui se dit dans certains milieux, et qu'on voudrait nous voir gober. Mais il y a autre chose qui montre, s'il le fallait encore, que ceinture dorée n'est pas synonyme de bonne renommée. Dans cette ville malade d'opulence, la mafia politico-financière se porte à merveille. Il suffit pour s'en convaincre de visiter ses quartiers de résidence que des voix locales qui ne manquent pas de cran appellent Medellín, Dallas, Vegas, Copacabana. Nos mafiosi seraient-ils civilisés au point de régler leurs vendettas autour d'une piscine ? Aucun doute ne vient nous perturber quand, succombant à je ne sais quel besoin, on écoute ce qui se dit. M. Lekbir — connu par ici sous le sobriquet de Moh, lequel évoque pour nous les caïds de la pègre arabe d'avant guerre et de là les gredins qui régentent nos syndicats intercommunaux — a, en quelques années, édifié une fortune très au-dessus de ses moyens. La performance mériterait d'être connue dans ses mécanismes et systématisée au profit du nombre. Il se trouve qu'en dehors du palais des Mille et Une Nuits qui lui sert de repaire à Medellín et d'un bureau effarant de luxe égyptien au centre-ville, Moh ne possède rien qui soit à son nom. Nous avons cherché. Les figurants la jouent à bouche cousue quand ils ne déclament pas les versets les plus hermétiques du Coran. Après trente années de régime socialiste, mystérieux et cachottier, où seule la SM savait qui est qui, on découvre avec effroi, après des élections somme toute conformes à l'usage, que personne ne sait rien sur personne que les Services ne sachent déjà. Si Moh n'est pas natif de Rouiba, pas un des siens ne sait d'où il est sorti ; Si Moh a édifié un empire, personne ne voit comment ni ce qui gargouille dans son ventre ; Si Moh tirait des kilomètres de ficelle, nul ne sait quels pantins gigotaient à l'autre bout. Mais à Rouiba, le Moh était quelqu'un. Ce pays est merveilleux. De vauriens équipés en héros éternels au bazar du Parti, il fit de magnifiques dignitaires qui coulent une sénilité sublime ; de boutiquiers moyenâgeux, il fait de splendides milliardaires ambulants ; de pauvres illuminés, il produit d'illustres prédicateurs que des foules imbéciles portent au pinacle ; de cancres en bonnet, il tire de somptueux ministres que toutes les armées du monde nous envient; de mariolles infatigables, il fait des experts épuisants de science infuse. Bouturage et clonage sont les deux mamelles du système.

« Laissez-moi vous conter une histoire. Moi, je la tiens pour véridique et si elle ne l'est pas, on peut au moins en garder les enseignements. C'est l'histoire de... disons Ahmed ben Ahmed.

« En 1955, ce bouseux avait vingt, vingt-cinq ans et gagnait sa croûte en travaillant la terre du colon. On lui donnait toujours du boulot, le bougre présentait bien : fort comme un bœuf, infatigable comme un mulet, plus épais de la tête qu'une meule à grain. Sauf que ça ne durait qu'un jour en raison de son caractère de chien, son appétit féroce des enfants, et sa passion criminelle pour la bouteille. À la suite d'on ne sait quelle frasque, l'animal s'enrôle dans la troupe du général Bellounis. Pour nos jeunes amis, accrochés à M6 comme à une bouée, on rappelle que ce Bellounis est un cul-terreux qui, un matin de 55, s'est mis en tête de partir en croisade contre l'armée française et l'Armée de libération nationale réunies. C'était voir grand. Le minus a eu le temps d'obtenir la reddition de quelques douars de montagne avant que le 2e Bureau ne le récupère avec sa horde d'épouvantails pour en faire une armée de polichinelles et la charger d'une mission impossible : occuper les maquis, contrer le FLN, passer aux yeux des tribus pour les seuls et véritables libérateurs. La combine fut éventée plus vite qu'elle se nouait. L'armée de Bellounis, comme un chien harcelant un aveugle, tourna en rond dans les djebels du Djurdjura ; elle ne vit pas l'ombre d'un fell. L'aventure avait une fin : le généralissime fut abattu par les Français dès qu'ils cessèrent de l'aimer. Ses hommes rejoignirent le FLN ou la harka mais quelques-uns, des membres de son état-major, dont le Moh, purent passer entre les mailles du filet et se volatilisèrent dans la nature avec le trésor que le brave général s'était amassé en un tour de main armée. On a cru entendre dire qu'ils s'étaient mis en réserve, à Tunis, de certains gros pontes du FLN qui se nourrissaient de projets d'avenir concomitants à la mêlée à venir. Le cessez-le-feu, le délire de l'indépendance et les années de plomb passèrent. Or, voilà qu'à la faveur des années folles de la libéralisation du pays, nouvelle étape de sa libération, dont le credo est le fric et les saints ressorts l'embrasement des mœurs et l'outrance des débordements, nos brigands réapparaissent ; en d'autres lieux, sous de nouveaux habits. Le moment était venu de faire fructifier le magot et d'en jouir au grand jour. Ce qu'ils firent, grâce à notre très puissante administration qui truque toutes les cartes mais point n'est besoin de le claironner sur les toits, c'est un tuyau crevé. Voilà, c'est dit, que chacun imagine ce qu'il veut ! »

Larbi était stupéfait par l'outrecuidance du journaliste ; mais séduit par son conte ; et intrigué. De quelle officine provient l'encre dans laquelle le coco a trempé sa plume ? Même morte, la SM c'est vaste, c'est étanche, c'est submersible dans la masse, ça prend d'autres formes. Voilà qui allait relancer Rouiba sur la disparition du Moh, éclipsée par la tuerie des cinq policiers et le débarquement massif et brutal des ninjas. Il va s'en dire plus qu'il ne s'en révélera. Les Arabes vont refaire le monde et fermer le jeu pour ne plus se laisser surprendre. On ne comprendra plus ce pour quoi ils se feront de nouvelles guerres. Ils sont aussi capables, pour garder le mot de la fin, d'enterrer leurs griefs et de ressusciter le défunt afin de rendre sa mort vraiment inexplicable. L'extase arabe : une idée creuse, quinze kilotonnes de morbidité, une étincelle de génie ; bonjour les oiseaux.

Journal sous le bras, Larbi descendit chez Hocine. Les couloirs du commissariat étaient à une heure d'affluence, ce qui lui fit faire mille détours et enjamber plus de cent cadavres ; à les voir si cabossés, il paraît impossible de pouvoir les identifier avant le passage de la benne ; inutile donc de prendre des gants avec eux. Il est en charge de l'affaire Moh. En son absence, les frères l'appellent le Grizzly et quelquefois simplement l'Animal. Apprenons qu'il descend du Djurdjura (père présomptif du Jura pour les Kabyles qui ont un caillou dans la tête et la bougeotte aux pieds), de son piton le plus tourmenté, et qu'il a tout de l'apparence et du caractère d'un ours des montagnes et pas des mieux léchés. Son parler, riche en grimaces, ajoute à la confusion, la rendant par certains côtés criante. Contre les apparences et les on-dit qui le donnaient pour un mal embouché, Larbi l'avait pris en agréable fraternité.

— T'as lu le journal?

— Hum! bougonna-t-il en reniflant l'article que son compatriote lui désignait du doigt, puis, se ravisant, il le ramassa dans un balayage rapide. D'la merde de scribouillard! fut sa conclusion.

— On se demande où ils vont la chercher.

— Bougent jamais de leurs chaises, ces enculés de plumitifs! Ils écrivent comme ils chient.

— Ton enquête avance?

— Couci-couça. La priorité est aux tangos. Le coup de la semaine passée ne doit plus se reproduire ou alors ça voudrait dire qu'on n'a plus de couilles. Le Moh peut attendre. Ses assassins ne vont pas s'envoler, surtout qu'ils vont s'imaginer qu'on s'en désintéresse.

— C'est juste. T'as une idée sur ces gens?

— C'est à voir.

— D'après ce qui se dit, Moh a été tué d'une rafale de klach, deux balles de pistolet et deux coups de poignard; comment t'expliques cela?

— Pff! je m'explique rien, j'ai des hypothèses et quelques idées.

— On peut savoir?

— Les tangos sont hors du coup, c'est pas leur style.

— Ouais, ils opèrent en pleine rue, au grand jour, la morgue en plus. Un crime confidentiel ne leur apporte rien.

— Ouais, ils veulent généraliser la peur pour

niquer le moral des gens. Ces dingues ne reculent devant rien. Deux, la famille est plus innocente qu'il y paraît. Tous ont un alibi suffisamment vague pour qu'on y croie assez. Pour certains, le fils aîné, tiens, ça reste à voir. Je le sens pas, ce bâtard, avec son air d'islamiste modéré donneur de leçons et buveur de sang. Je les vois mal le scier de cette façon qu'ils avaient de couper les poteaux. Se le faire au couteau, au pistolet, banco, un klach par-dessus, ça passe pas. C'est quand même des tueurs civilisés. Le crime crapuleux est à exclure. Pour autant que la famille savait ce que son chef y planquait, rien n'a disparu du bureau. Le coffre n'a pas été cassé, il recelait pourtant plus de deux cents bâtons.

— Et tes hypothèses ?

— Hé-hé, on veut tout savoir ! Ton boulot ne t'suffit pas ?

— J'aurais voulu travailler sur le Moh, c'est vrai. Le chef dit que je suis trop vieux et qu'il veut m'expédier à la casse en bonne santé.

— Ouais, c'serait con de morfler un pruneau dans le bide à deux doigts de la quille.

— Conclusions ? relança Larbi.

— Crime politique ou vengeance. Pas facile, ce genre, t'as pas à quoi t'accrocher. On verra plus tard, dit-il en s'étirant des quatre pattes qu'il avait grosses et velues. Amène-toi, on va siffler quelques packs de bière chez l'ami Kiki avant qu'on nous l'égorge.

— Défense de fréquenter les tripots durant le

service. Deux, nous reprenons l'entraînement au tir aussitôt que le patron nous dénichera un local à l'abri des curieux. Trois, nos déplacements vont être organisés ; tu vois ce que ça veut dire de nuages. Tu verras le détail en te reportant à sa note, elle est affichée jusque dans les wc. Devait avoir une rage de dents quand il l'a torchée.

— On est prisonniers du commissariat, quoi ! Putain, les barbus nous le mettent jusqu'à la garde ! ya zebi, si on peut plus prendre une bière tranquille...

Happé par le défaitisme, il s'abîma dans une réflexion propre à un homme égaré dans le désert. Des projets de désertion étaient dans l'air. Pour le Grizzly, la bière est son miel, il en avait trop bu pour apprécier le lait. C'est curieux, l'inquiétude pénètre toujours par où on l'attend. On lui a parlé d'une interdiction de picoler durant le service, voilà qu'il s'imagine dans un désert peuplé de mirages aquatiques. Le vieux Larbi sourit sans pitié. Notre administration est de l'automne et, si l'on en croit le robinet, la sécheresse est installée pour dix ans. Ses écrits tombent en poussière plus vite qu'ils ne poussent sous la plume des scribouillards. L'effet terreur ne dure que le temps de leur colportage à travers les bureaux. Le Grizzly s'en remettra. Quelques heures d'abstinence n'est pas un temps mortel pour un musulman sincère.

Nos poulagas sont de ceux qui aiment à caresser la chance dans le sens du poil. Ils n'ont que ce mot à la bouche. On pourrait croire, mais ça les vexerait, que c'est la guigne qui remplit les prisons de passants indolents, de femmes violées, d'enfants évadés et de cadres qui croyaient bien faire. Ils en usent certes de manière primitive et sobre mais le code admet l'outrance dans les cas difficiles. Alors ils l'appellent Rabbi, Allah, le Très-Haut, El Karim, lui accrochent de pleins chapelets de merveilleuses qualités et sur eux-mêmes dissimulent des queues de lézard ou des dents de morts vertueux, puis lui proposent des certitudes qui ne sont pas de ce monde. Nos agents sont muslims, ça leur donne des avantages. D'un autre côté, ils ne voient Dieu qu'en habit noir de juge et l'on sait que, pour les juges coriaces, la chance n'est qu'une malversation comme une autre. L'intrigue ne manque de profondeur qu'en surface. Derrière le hasard qui souvent leur joue des tours pendables, ils voient du sûr : les bandits ne l'emportent pas au paradis. Au regard de cela, l'aliénation n'est pas si suspecte ; elle les soulage de l'angoisse, des brimades, des coups bas et de ce qu'ils avalent chez le gargotier, récidiviste de métier, criminel par goût. Quand on ne croit en rien, s'en remettre à la chance, à Dieu et aux étoiles est une bénédiction. Larbi leur reconnaissait tous ces mérites et les rares succès qui égayaient sa carrière de fonctionnaire. On lui souriait depuis quelques jours. C'est d'un pas léger qu'il se rendit chez le magistrat instructeur de l'affaire Bakour. Il s'attendait à trouver un dur à cuire avec un palmarès gros comme ça, c'est un jeunot au poil dispersé, rougissant et tremblant, qui le reçut. Il retrouvait ce paradoxe qui l'avait souvent chatouillé : au charbon des affaires insignifiantes, la police diligente immanquablement de vieux chevaux fatigués de vivre et la justice des dindonneaux frais émoulus et pataud, cependant que pour les grands feux, elles dressent la diligence inverse. Purée, à quoi occupe-t-on les autres, qui savent et tiennent la forme ? Il y a dans cette distribution, dans ces duos judiciaires, dans ce parti pris, quelque chose qui ressemble à un mystère. Or, que demande le peuple sinon que tout aille de pair et de soi dans le meilleur des mondes ? Le greffier, d'un âge plus que respectable mais vif comme la foudre, qui l'avait introduit en le cabinet, s'était dressé sur la pointe d'une commisération empruntée sur-le-champ pour venir lui chuchoter la dernière sur le fourbi en préparation dans ce qui reste de la wilaya 4 pour reprendre le contrôle de la zone autonome d'Alger et assassiner l'ambassadeur de France ; c'est le fou du palais, rescapé de trois guerres et de toutes les purges qu'on a bien voulu nous faire ; il parle, il parle, sans qu'on voie qui est le traître, qui est le héros, qui est la victime ; il se débat dans un passé touffu ; à moins de soixante-dix ans d'âge dont deux à se relever de la Première Guerre mondiale, cinq à faire la suivante, sept au maquis contre une grande puissance, dix à dénoncer les faux maquisards qui régentent Alger et encore dix à hurler de prison en prison, puis encore dix à cagnarder dans les bas-fonds d'un tribunal, on ne comprend rien de ce qu'il clame avec une conviction qui, par ailleurs, a fait sept fois le tour de la planète ; de ses mains en porte-voix, il dissimulait le battement de ses lèvres d'insecte mais son teint bleuâtre et ses yeux soufrés étaient un spectacle inquiétant ; il ajouta : « Notre nouveau juge est un Arabe. On les prend au berceau pour mieux tromper. Tu es son premier mort. Fais semblant de rien, parle-lui comme si tu savais rien de ce qui se trame ; c'est un gentil petit, il marchera. » Bien qu'ayant percé le double jeu du vieux rat, l'inspecteur se sentit flatté. Bêtement, il promit. Sitôt installé dans le cabinet, les choses périclitèrent. La timidité du jeune homme le saisit à la gorge tandis qu'une chaleur froide escaladait son échine jusqu'à la racine des cheveux ; invasion de picotements par la racine des pieds. Le juge lui parut plus anxieux qu'il n'était. « Il doit me recevoir plus rébarbatif qu'au naturel », inféra-t-il en s'efforçant de rétablir son assurance de vieux routier. Bernique ! un malaise ça va, deux, bonjour la mayonnaise. C'est dans une purée archibète qu'ils engagèrent la confrontation ; la première d'une vie mal vécue qui ne promettait rien de bon. Étrangement, un courant de sympathie (une connivence de timides ?) s'était établie quelque part et tentait de se frayer un chemin dans une poix qui ridiculisait leurs gestes et donnait à leurs paroles un ton de récitant calamiteux appelant la huée. Pourtant tout les séparait. Le fossé de l'âge n'était ni le plus large ni le plus profond. Le jeune juge était le produit de l'école ; on ne choisit pas sa secte. Derrière le paravent officiel, peu reluisant mais tapageusement républicain, elle couve un dessein secret. On raconte qu'elle œuvre à la mort des enfants. Ce n'est pas pour rire que ses bâtisses se nichent à la sortie des villages et que dans les villes elles barrent les issues des quartiers populaires. Avec son latin scellé, son organisation sexiste, son évangile raciste, son rituel militariste, ses pratiques fascistes, ses drapeaux afghans, la complicité active des corps constitués et le pauvre je-m'en-foutisme des parents, que veut-elle ? Les scolarisés sont cuits. Si rien ne vient les sauver, comme nombre de leurs aînés, ils finiront dans les bras de fer du terrorisme après un lamentable séjour dans la galère du chômage en milieu suburbain dégradé.

Si Larbi se considérait de la bonne vieille école, alias l'école coloniale ; Jules Ferry 1832-1893.

C'est loin, c'était une époque. Elle sentait le village et sa petite atmosphère ; son quant-à-soi tatillon, ses salutations déférentes, ses secrets crevés, ses buissons vagabonds toujours propices et bien fournis, l'odeur émouvante de la naphtaline qui racontait la ténacité du combat héroïque contre les mites, le bon poêle de fonte qui ronchonnait sous les crachats des petits péquenots et les cachous mielleux de l'instit communiste qui en marge de la république débauchait à qui mieux mieux dans tous les milieux. On récitait de fort jolies choses, agréablement rythmées, en rapport étroit avec la nature et ses attractions, des ribambelles de chiffres et de dates lointaines qui avaient l'air de signifier quelque chose d'important. On se sentait fortiche avec sa mémoire de zoulou, ses bons points et ses traits bien droits. C'était rien mais ça faisait rêver nos parents à notre place du certificat de fin d'études et d'un emploi assis à la commune mixte. Tout ça, notre enrôlement bien réglé, nos mines studieuses, la fierté maladive de nos vieux, enrageait le taleb car prenait sur sa suprématie et annonçait la ruine de son commerce en sorcellerie ; la tribu le payait cher en obséquiosité et en victuailles ; mais c'était instructif de le voir, dans un français châtié, faire allégeance aux autorités coloniales pour nous ramener sains et saufs sur le chemin de la perdition ; zebi ! c'est nos peaux lisses et notre intérêt inné pour le sexe et la délation qui lui manquaient ; quelle crapule ! Et quand juillet arrivait, appelant l'écolier aux fastes de l'aventure dans une campagne avachie qui avait un besoin vital d'animation, c'était l'oued paresseux qui giclait de son lit; ça débordait aux quatre coins de la commune. Avec son école fermée et ses gosses dispersés aux confins de la sauvagerie, il y avait comme du désespoir qui envahissait les gourbis. Le cœur de ces villages incultes, c'était leur école, et l'instit, leur chouchou. C'est gentil l'ignorance quand elle veut se marier le savoir. Puis, soudain, alors que le démodé marchait bien et que les frileux portaient de beaux burnous, il y eut le temps où l'on chuchotait beaucoup à propos de moudjahidin qui seraient sortis de la Légende. Oui, notre légende! celle que se racontaient nos aïeux du temps de Jugurtha le rebelle en comptant les étoiles qui restaient à vivre dans le ciel de Rome, et celle de la Kahina l'insoumise quand nos montagnes enneigées brûlaient de ses cris, et celle de l'Émir quand, fou de déception, il prit fait et cause pour les chrétiens de Damas. Leur long sommeil les aurait courroucés; ils couchaient les poteaux télégraphiques, rompaient les ponts, renversaient les tortillards en leur balançant des versets depuis la falaise. À ceux qui avaient de l'instruction, qu'ils enlevaient dans les ténèbres de telth el khali, ils réservaient un sort peu enviable dont ils ne revenaient que sans vie; aux humbles, aux demeurés, aux bêtes de somme, aux aveugles, ils offraient la promesse d'un avenir sans labeur ni raison; aux bandits d'honneur, aux poètes, aux joueurs de flûte, ils prédisaient une fin sans gloire;

aux despotes, aux calculateurs, aux gens troubles, aux violeurs d'enfants, ils parlaient à mots couverts d'une caverne où tiendrait toute la lie du monde ; aux gibiers de potence, aux maquignons, à ceux qui avaient abandonné père et mère, à ceux qui trafiquaient le pain et le lait, ils annonçaient un destin hors du commun ; en la femme, que rien ne distrait du rêve et du chant, ils voyaient une paix à vivre pleine de dangers ; ils en parlaient avec des gestes de faucheur de foin ; les profondeurs de la terre étaient leur cachette, les nuages pleins d'éclairs leurs destriers, le Coran leur grimoire à malices ; c'était magique pour nous qui n'aimions que les rêves désordonnés mais le village, pris dans des calculs nouveaux, devint attentif à tout et à rien, et peu à peu perdit sa vigne. Comme ses pairs rendus oiseux par l'âge et l'éloignement des repères, Larbi aurait été bien en peine de distinguer les tenants des aboutissants de cette école et de la dépeindre avec succès. « Liberté — Égalité — Fraternité », ça avait l'air simple au frontispice de l'école mais en bas c'était plus compliqué que tout. Doit-on lire pour comprendre ou comprendre ce qu'on lit ? Il faut pouvoir trouver réponses à ses questions. Un arbre, c'est une écorce plus une âme et toutes les interpellations de la nature ; pourquoi de ce bois fait-on des phrases creuses et des armes de combat ? Bien que ça attire les ennuis, la vieille garde aigrie et critiqueuse s'en réclame avec fierté de cet héritage que les jours sombres, elle proclame butin de guerre. Putain d'eux ! un butin, c'est jamais que du vol! La phalange chagrine se réduit en peau de chagrin, mais se veut héroïque dans le réduit. À un contre cent mille, c'est la démence. Entre se fondre dans la masse et tenir sa langue ou prendre ses jambes à son cou, elle a choisi d'attendre l'assaut final ; elle bavasse en petits cercles vigilants, faisant étalage de vagues réminiscences : les vieux, étant à un âge où la vie n'est que rêveries et légendes, se morfondent dans Hugo et Lamartine dont ils récitent les vers comme des versets immuables ; les bureaucrates rassis, naturellement portés à la déclamation, puisent sans vergogne chez Monsieur de La Fontaine qu'ils vénèrent dans l'exercice de leurs fonctions ; «rien ne sert de mourir, revenez nous voir quand vous serez à point» ; les mordus de la dissidence n'ont de contentement que pour Voltaire et Rousseau, ce qui fait hennir les sadiques gavés de poésie orientale et les caciques qui en sont à se traduire en teuton pour réduire en cendres le francophone, le Kabyle et l'ami du juif ; quant aux voluptueux, ils respirent les fleurs du mal et mènent la vie dure à leurs femmes ; écoutez-les rire et pleurer et graillonner dans les vapeurs épaisses des bouges et voyez si vous distinguez ce qui est de Baudelaire de ce qui serait de leur cru si Khayyam n'avait tout dit sous l'empire du feu. Tout cela sonne faux et appelle le reproche. Un : cette école, sourcilleuse sur le chapitre de la ponctuation, leur a inculqué des références sans rapport avec l'économie rurale et les constructions orales ; ce fut bon à prendre en son temps, quand ça ouvrait du chemin sur la ville, soit, mais pour faire quoi au juste maintenant que les vents ont tourné ? Deux : elle leur a donné pour ancêtres des Gaulois, des barbares, des païens paillards et pouilleux, eux qui n'ont plié que devant les Arabes ! Pourquoi ce détour ? Crénom ! En vérité, que sont-ils ? Ne leur cachons pas la vérité, elle fait mal mais guérit du mensonge ; de simples et pauvres Berbères, ils sont, voilà ; des rejetons de barbares non identifiés à ce jour, autrement dit des bâtards que tous les riverains de la mer Blanche du Centre sont en droit de reconnaître en filiation ; hier encore déguenillés comme des épouvantails oubliés dans un champ exposé aux vents ; qui se livraient avec la conviction du possédé à un maraboutisme décadent venu du fond des âges ; se nourrissaient d'un islam allégé qui faisait la part belle à l'excès ; qui firent le djihad aux colons en prêchant le paradis du dieu Plan ; qui décidèrent de conquérir la science en la guettant du ciel comme on attend la manne ; en appelant cette clémence, sur laquelle ils comptaient pour agiter un pied de nez à la barbe de leurs anciens maîtres, ils se frottèrent à une vague matérialité qu'ils mirent en miettes en moins de temps qu'il ne faut pour en tirer un copeau ; ils se firent construire de magnifiques usines, galvanisées, enrubannées, colorées, équipées de pied en cap de robots programmés en japonais, tandis qu'ils passaient leur temps de soleil à scier des cous à l'ombre des palmiers ; et... bon Dieu, quelle mouche les a piqués ?... contre toute attente et sans que personne les ait sonnés, ils inventèrent la Nouvelle École, dans la hâte et la fièvre, le cœur plein de remords de repentis et la tête bourrée de schémas enchevêtrés, et la baptisèrent Fondamentale quand elle n'était que le début d'un crime contre l'humanité. Emportés par l'élan, ils s'enfoncèrent dans un chemin qui les a conduits au... Yémen ! Ils étaient fourvoyés, mais plus que jamais remontés contre le Gaulois, cet usurpateur de peuplades qui s'est multiplié en nos terres sans même recourir à la complicité de nos filles ; elles n'étaient pas belles ou quoi ? Là, dans un désert en fusion, pris d'une lubie soudaine ou dégoûtés de leurs desseins oiseux, ils prirent sur eux d'adopter pour ancêtre un homme du cru : un brave Bédouin qui mâchouillait béatement son gât à l'ombre du soleil. Cette herbe miraculeuse, hallucinogène et émolliente, exempte de vertus aphrodisiaques et d'un prix nul, est son confort et son seul vice. Il n'avait rien demandé, ne comprenait rien, ne revendiquait rien, encore moins pour ses aïeux dont il sait l'histoire vierge de tout crime. Retournée dans tous les sens, on n'y trouve ni trace, ni ombre, ni témoignage de quelconques errements en dehors de leurs limites territoriales. Dans cette fournaise, à part les criquets pèlerins, qui songerait à aller se refaire à l'autre bout de la corne, dans un autre désert dont le seul nom, Sahara, fauche les pieds ? L'esprit de contradiction a ceci d'affreux : à force, le forcené se prend à la gorge ; le séparer revient à le tuer et le tuer c'est éliminer deux fous dont l'un est peut-être dans le vrai. Conclusion : un Berbère est un Berbère et le Berbère ce qu'on voudra sauf un étranger dans son pays.

Le juge parlait un arabe trop parfait pour avoir du sens et signifier quoi que ce soit ici-bas. Il se heurta au pataouète de Larbi. D'entrée, ils prirent des chemins qui ne se croisèrent que parce qu'ils se tenaient dans un espace fermé. Le jeune s'en tenait à la lettre et à la procédure qu'il déroulait comme un géomètre pieux. Le vieux suivait son flair, parlait de pistes, d'intuitions, d'impressions et n'avait l'air sûr de rien.

— Au nom d'Allah le miséricordieux, le compatissant. Le salut sur son prophète Mohamed et les nobles envoyés qui l'ont précédé. Ô Allah, éloigne de nous Ibliss et affermis nos pas sur le chemin de la vérité que toi seul connais. Cela proclamé, résumons-nous, Si l'inspectour : le 4 de ce mois, à neuf heures sept, le dénommé Abdallah Bakour, soixante-cinq ans, sans profession, demeurant dans… euh… une maison, sise dans un terrain perdu… euh… vague, appartenant à la mairie, a été découvert par des enfants, maudit soit le diable, couché dans son lit. Faute d'autopsie, nous dirons que son décès est consécutif à… euh… un égorgement par arme blanche, et pour être précis un couteau. Allah a écrit chaque brin de vie et la puissance du monde est en lui, n'est-ce pas. (Vif acquiescement du policier.) Le commissariat a été averti par… euh… un… comment dit-on en arabe, taxieur ? Ah oui, suis-je bête : un professionnel de la voiture automobile à péage réglementé par la puissance publique. Mais ce taxi n'avait pas de papiers, donc pas le droit d'exister... c'est... comment dit-on ?... un taxi grisette, hi-hi-hi ! Entre-temps la... euh... maison a été envahie par des gens curieux... la curiosité est un défaut effroyablement grave pour qui se prétend musulman ; le jour du Jugement, ils seront foudroyés et abandonnés à l'ignorance éternelle et là, personne ne saura qu'ils sont à plaindre. Le policier de permanence du commissariat, au lieu d'alerter la médecine légale, s'est adressé à l'hôpital pour lui demander d'enlever le corps qui a fini à la morgue, laquelle... euh... trop encombrée, un jour après... oui, c'est ça, a demandé à la famille de reprendre sa dépouille. Celle-ci effectua l'enterrement le jour même. Et l'omniscience est à Allah seul. C'est bien ça, Si l'inspectour ?

— Dans l'ensemble, oui, sidi le jouge, avança prudemment le policier.

Le jeune juge rougit, hésita, puis lâcha d'un trait :

— Si l'inspectour, je me vois dans l'obligation de rapporter à mes maîtres les anomalies commises dans la procédure. (Après une rapide inspiration, il se fit une mine sentencieuse.) Faute d'autopsie, nous nous trouvons dans l'impossibilité de fixer l'heure de... euh... sa dernière heure, c'est grave ; mais Allah qui hait le falsificateur vient à bout de toute difficulté.

— Je comprends, sidi le jouge. Je tiens à dire que dès que le crime a été signalé au commissariat à... euh... neuf heures vingt-trois, je me suis rendu sur les lieux en compagnie de sidi le... substitout pour procéder aux constatations. Il est vrai que la... euh... maison était envahie par les curieux. Les policiers dépêchés sur les lieux pour les préserver des intrusions ont perdu du temps. Vous connaissez les bouchons de Rouiba, sidi le jouge. À mon humble avis, la mort remontait à une dizaine d'heures. Quant à la disparition du corps, elle résulte d'une méprise de l'officier de permanence, nouveau chez nous. Il ignorait que la médecine légale est hébergée à l'hôpital. En appelant à ce numéro pour indiquer qu'il y avait un corps à évacuer, il ne voyait pas qu'on l'avait branché sur la morgue. Or nous savons que ces gens ne sont pas en possession de leurs esprits. Souvenez-vous que ce jour nous étions sous le choc de l'assassinat d'un notable signalé de la ville, Si Mo... euh... Si Lekbir, sa tente couvre la moitié de la ville. Cela prouve, sidi le jouge, que Rouiba manque des moyens nécessaires à une bonne administration de la justice. Les anomalies sont courantes. Nous le déplorons car cela harasse notre travail...

— Bien, bien, je verrai avec sidi le procurour ainsi qu'avec votre commissar et maintenant, par Allah et son Prophète, dites-moi où en est l'enquête.

— Dans les faits, au même point, sidi le jouge. Cependant, j'ai eu la chance de lever quelques indices qui ouvrent une piste. Si elle tient la route, l'affaire serait infiniment plus compliquée que nous l'envisagions.

Le juge se ramassa et se fit ouïe.

— Par le Prophète et ses compagnons, je vous écoute !

— Au départ, j'ai travaillé sur ce qui m'avait paru évident en raison de l'insécurité ambiante, un crime de maraudeurs ou d'ivrognes, c'est l'ordinaire dans ce coin. Bakour est un nouveau venu, c'est un émigré, donc soupçonné de détenir des devises ou des objets de l'étranger ; il est âgé, vit seul. On tue pour du dinar, vous pensez. J'ai mené enquête dans ce faubourg, j'ai alerté nos espions. Je me suis tourné vers sa famille qui se réduit à son frère. Pas de mobile apparent, un alibi valable, une situation financière à l'image du pays, elle ne reflète donc pas la vérité, toute la vérité, rien que la vérité ; Gacem n'est ruiné que pour les indigènes et les étrangers. Ceux qui savent et picolent sur son compte, ainsi que les deux pouf... euh... femmes, hachak, qu'il finance, elles sont depuis longtemps fichées par nos services, rapportent qu'il dépense sans compter. Je vous dis cela parce que entre les deux frères existe une dette de sept cent mille dinars. Cependant, j'en suis convaincu, elle ne constituait pas un problème entre eux. Abdallah n'en réclamait pas le remboursement et Gacem, malgré les apparences de fauché qu'il se donne, avait les moyens de s'en acquitter. Voilà la première partie de mon enquête, je ne l'ai effectuée que par acquit de conscience. Ce qui me turlupinait, c'est que rien n'avait disparu de la... euh... maison, rien n'a été dérangé. Le crime ressemble à une exécution. Abdallah a été égorgé dans son lit, durant son sommeil, proprement si je puis dire. Tout indique que le criminel n'a fait qu'entrer, tuer et sortir, sans se laisser distraire.

— Je vois. Il y a une deuxième partie à votre enquête si j'ai bien compris.

— J'y suis venu par hasard. En farfouillant dans mes papiers, une nuit de sommeil hanté, un déclic s'est produit dans ma tête. Je me suis remémoré deux détails que j'avais machinalement enregistrés. En visitant la cabane de Bakour avec sidi le substitout, j'ai trouvé dans ses affaires, elles se réduisent au contenu d'une valise, un certain nombre de factures, plutôt des reçus... vous savez, ceux que délivrent les commerçants mais seulement quand on menace de les étrangler. Ce n'est pas notre habitude de conserver les factures, encore moins les reçus, en dehors de celles de la Sonelgaz et des P et T et si on le fait c'est parce qu'elles sont chargées d'une taxe privée et qu'il nous incombe de le prouver à ces méchantes gens affiliées à la secte des assassins. J'ai accepté cette bizarrerie vu que Bakour a longtemps vécu en France. Il a pu être contaminé par cette habitude des Français de tout ranger. Secundo, ces reçus correspondent à des achats surprenants chez un pauvre bougre, dont on ne trouvait pas trace dans la bicoque. J'ai vérifié ; il y a des reçus pour des achats de pièces de marbre taillé, de ferronnerie, de plâtre, de cadenas, de peinture... et même de fleurs ! Le tout pour trente mille dinars environ, ce n'est pas rien. Il y avait de quoi s'étonner mais ne voyant pas de lien avec sa mort, je l'ai négligé puis oublié. Le second m'est venu à l'esprit parce que j'avais le cafard. Au cours de mon enquête, quelqu'un, Gacem sûrement, m'avait dit qu'Abdallah passait son temps au cimetière chrétien. Je n'y ai pas prêté attention. Bakour est un solitaire, qu'il passe ses journées à rêvasser parmi les morts n'avait pas de quoi surprendre ; les gens bien portants passent bien leur vie à s'emmerder dans les cafés maures. En mettant bout à bout ceci et cela, j'en suis venu à me demander si la vie de cet homme est aussi limpide qu'il y paraît. On est toujours enclin à encenser les vieux sur leur bonne mine et à penser que leur vénérable blancheur s'est construite sur une vie sans taches. C'est à peine si on admet qu'un jour ils sont nés, qu'ils ont vieilli au fil du temps, beaucoup fricoté avec les quatre-vingt-dix-neuf péchés mignons et pas mal rêvé aux sept plus grands crimes. Si on ajoute, ce dont je suis convaincu, qu'il a été tué par un pro, donc agissant sur ordre ou contrat, on est dans le mystère.

La déception se lisait sur le visage du magistrat. Il attendait des faits carrés, des preuves sans fioritures. Il voyait mal comment le droit et la procédure pouvaient s'accommoder de ce qui n'est pas saisissable.

— C'est tout ?

— C'est pas tout, sidi le jouge, mais ce que je viens de vous dire est suffisant pour reconsidérer l'affaire sous un nouveau jour.

— Ah bon !

— Eh oui ! N'est-ce pas étonnant qu'un homme n'ayant pour ressource qu'une misérable retraite que l'inflation éponge avant tout achat, consacre plus de trente mille dinars à l'entretien d'un cimetière ? Un cimetière chrétien par-dessus le marché, livré aux injures du temps, aux beuveries des clochards, au pillage des voleurs, au saccage des détraqués ? N'est-ce pas étonnant, probablement pour faciliter son... euh... travail, qu'il loue une bicoque attenante au cimetière au lieu d'habiter avec la seule famille qui lui reste ? Pourquoi conserve-t-il les justificatifs de ses achats ? Et je ne parle pas des efforts qu'il a déployés pour remettre en état le cimetière. Un agent de la mairie, sur ma demande, y a fait un tour. Il a dit : « Il a fallu à ce vieux fou une dose extraordinaire d'acharnement pour arriver à ce résultat. À la mairie, avec tous nos moyens, on sait plus faire ça. » Pourquoi ?

— Oui, pourquoi ?...

Le policier était embarrassé. Il avait bien une idée mais comment expliquer à ce bambin accidenté dans sa formation ce qu'était ce pays et ce qu'il représentait pour ceux qui y vivaient avant la guerre, avant que des haines subites n'y lèvent les vents de la folie qui n'ont rien à voir avec l'appel de la liberté ; la liberté, si vous écoutez bien, pas cette chose qu'ils appellent souveraineté qui nous tient collés au mur et qui a fait de nos oreilles des entonnoirs à scandales. Les choses sont simples et n'ont besoin que d'être bues; d'un tas de mensonges, on peut filer un beau tissu et le porter avec innocence. Ainsi l'ont voulu ceux qui les ont formés-dressés, dirait un maître-chien qui n'a pas la langue dans sa poche. Faut-il que le rêve de liberté s'accompagne du besoin de haïr? Peut-on grandir et voir petit? Mais assez avec les mots, la leçon est faite et l'art acquis. D'un côté, il y avait les Arabes, les meilleurs, bafoués, exploités, promis au génocide des impies, mais par la grâce du Seigneur unis comme les doigts de la main et héroïques à décourager la mort et ses légions. De l'autre, la soldatesque et les colons, des infidèles âpres et cruels; et, pour s'y perdre à douter de soi, des traîtres partout. Qui lui a jamais parlé du reste, qui avait des couleurs et sentait bon la vie et ses gentilles turpitudes? Les petites fraternisations qui n'avaient rien de politique, les nuits moites d'un bout à l'autre de l'année, les cigales qui ressassent, le jasmin aux balcons, les filles qui s'amourachent de but en blanc sans regarder à la question épineuse de la circoncision; les bosquets qui halètent les deux charabias, les chats qui miaulent où bon leur semble, les mémés qui pleurent la misère du monde dans un seul et même élan; les émulations sportives où niqueurs, buveurs, briseurs de nuques et autres jongleurs donnaient la mesure de leurs talents; les messes basses dans les tavernes, les connivences en marge des cultes, les rixes où seule compte la force des mots, pas la couleur du raisin, les scènes de ménage entre cœurs-blancs et pieds-noirs, versets contre psaumes, abominations contre damnations, qui plaçaient les juges d'outre-mer devant un manichéisme outrancier ; et les autres, pris entre deux feux, qui vivotaient sans enfreindre les lois — les corailleurs maltais, les pêcheurs grecs, les maçons espagos, les tailleurs de liège portugais, les Bohémiens qui apparaissaient et disparaissaient par enchantement, laissant peu de temps aux fatmas de les dénoncer avec quelque vraisemblance (dirons-nous que la loyauté de ces femmes pour l'ennemi n'avait d'égale que leur haine des frères ? Chut ! ce serait vouer leurs filles à une mort certaine ; la prescription ne favorise que les traîtres nés à certaines dates, dans certains douars) ; les juifs, si nombreux que ça en était une merveilleuse malédiction, noyés dans la masse indigène, dont l'air mesquin plaisait aux Arabes mais dont le dos voûté et le regard oblique étaient pour les chrétiens signes d'une dégénérescence vieille comme le monde ; les Noirs d'Afrique noire, des déracinés rejetés par les titulaires de la Révélation, qui rôdaillaient à la recherche d'on ne sait quels gros festins alors qu'ils n'avaient que leur ivoire écorché à monnayer ; il y avait aussi des Anglais ascétiques, des Suisses bedonnants, des Nordiques pédérastes et quelques vieux Allemands qui préparaient la Troisième Guerre mondiale, mais c'était le gratin. Il éluda.

— Je ne sais pas. C'est dans le passé de Bakour qu'il faut chercher. C'est par là que nous parviendrons à son assassin.

— Que savons-nous sur ce passé ?

Le jeune prenait goût au travail. Pour un Arabe que rien ne presse, c'est méritoire. Le vieux apprécia. Ira-t-il jusqu'à se désintoxiquer et reprendre sa formation du tout au tout ? Que dira le ministre qui n'en a pas fini avec nous autres, vilains francophones que nous étions dans une autre vie ? Les juges qu'il avait subis au cours de sa carrière étaient des calamités. Hommes, femmes et enfants de ce pays en portent la marque, sans parler du cadastre, du Trésor et du cheptel. Mais bon, le terrorisme est là, ce n'est pas le moment de juger les juges. Celui-ci était un tendre ; il posait des questions, dans un arabe qui se veut purissime mais raisonnablement humble ; mieux, il puisait sans rougir ni s'étouffer dans « la langue étrangère » par excellence ; taxieur, grisette, inspictour, il a dit. C'est du FRANÇAIS, vingt dieux ! Pire, il écoutait les réponses... en DERDJA ! Ce pataouète souffre de mille maux ; il n'est que cris, onomatopées, clins d'yeux, jeux de mains, mots de vilains, parce que contraint à la rue et aux apartés louches par un arabe officiel, irrédentiste et brutal ; rudimentaire à ce point, il ne fait pas l'affaire des bègues ; sa précarité est telle qu'on ne peut avancer une idée sans la vider de son essence ; il explose à la moindre fièvre, cafouille à la plus vile des difficultés ; devant une belle plante, à peine sait-il faire les yeux ronds ; il cahote dans les platitudes mais il trace son chemin ; il n'a pas fini de renouer avec son amazighité, de se franciser un peu d'arabe, d'arabiser ses séquelles coloniales et de touiller tout ça, qu'il se propose d'absorber un peu d'anglais d'aéroport, quelques salamalecs turcs, du hindi de portefaix, du taiwanais trafiqué, de l'hébreu de banque. Où s'arrêtera-t-il ? On perd son âme à faire du trabendo par monts et vaux. Mauvais départ pour le juge, il badine avec la Langue Sacrée. Plus que tout, elle hait les atermoiements séculiers et les privautés de la traduction. Qui que tu crois être, sois arabe et tais-toi ! On se méfiera de lui, on lui fera des misères, puis on le saignera sous le regard du remplaçant. Il n'y a de vraie justice qu'arabe et de vrai Arabe qu'injuste.

— Rien de précis. Les Bakour ne sont pas de Rouiba. Abdallah s'y est installé à son retour en Algérie en 1990. Avant son départ pour la France, il vivait au domaine Villatta, une propriété dont le renom s'étendait au-delà des mers ; elle régnait sur plus de six mille acres à l'est de Rouiba, près du lac de Réghaïa. Ce domaine a disparu. La région a été urbanisée, si on peut qualifier ainsi cet envahissement de cités poubelles, de palais surgis de cauchemars princiers, de taudis nains, de mosquées pirates, de maisons secrètes, d'ateliers clandestins, de commerces illicites, de décharges sauvages, de mares à pneus, de casemates terroristes, d'écoles squattées par les déportés, de charniers à ciel ouvert, et que sais-je encore qu'il vaut mieux ignorer. Sa famille, qui se réduisait à sa marâtre et à son demi-frère, vivotait dans un douar des montagnes de Palestro. En 63, Abdallah l'installe à Rouiba, pour des raisons de sécurité probablement, et émigre en France. Il se remet au service de ses anciens patrons qui possèdent une exploitation dans la région de Toulouse. C'est tout ce que nous savons, et ce peu nous le tenons du frère. À Rouiba, personne ne le connaît; ni à Palestro; le douar de sa mère a disparu, avec le choléra m'a-t-on dit. À Bordj-Ménaïel d'où il est originaire, nul ne se souvient de lui. Comme vous le voyez, c'est un parfait inconnu.

— Étrange, non?

— Pas vraiment quand on sait que notre ignorance ne s'arrête pas là. La guerre de libération a fait un million et demi de martyrs dont le gros n'a jamais été répertorié. Le chiffre a été sacralisé; on ne peut ni ajouter ni retrancher mais quelques morts naturels reposent parmi eux, sûrement, et un paquet de pensionnés par contumace qui se portent aussi bien qu'on peut se porter sur le tard de sa vie; en vrai, on y trouve de tout et peut-être aussi des gens qui ne sont pas de la planète. L'imposture est à l'héroïsme ce que la fausse monnaie est à la bonne. Je me demande quelquefois où et quand j'ai fait le maquis tant il y a de gens qui l'ont fait à mes côtés. L'indépendance fut le signal d'incroyables mouvements de populations, le retour de nos réfugiés des pays frères voisins, pays que nous détruirons bien un jour, ingrats que nous sommes;

un exode rural colossal s'ensuivit, conséquence du désastre économique. Le tout sur fond de complots, de mutineries, de tueries entre les leaders de la révolution et leurs troupes engagés dans la course au butin. Les gens fuirent chez l'ennemi par contingents entiers; d'autres se réfugièrent dans les forêts et se nourrirent de glands, de caroubes et, Allah nous pardonne, firent du marcassin une monnaie d'échange; c'était l'heure des règlements de comptes et des mariages forcés. Plus tard, les politiques de développement ont achevé le travail, déracinant ce qui tenait encore, greffant dans le désert ou dans des cités assemblées comme des boîtes de conserve où rien ne pousse, rien ne subsiste. Souvenez-vous aussi des destructions de l'OAS, le sac des mairies, l'incendie des archives. C'est ainsi, sidi le jouge, le pays n'a plus de mémoire. Ce trouble fait plus qu'arranger ceux qui ne parlent que de l'avenir, vu qu'il est porteur d'intérêt et d'une plus grande amnésie. Bakour n'existe pas et, s'il a existé, c'est parce que vous et moi, sidi le jouge, nous nous intéressons à son assassin.

— Alors? demanda le juge, secoué par le plaidoyer du policier.

— L'enquête suit son cours, sidi le jouge. Nous avons une piste. Elle est bizarre, j'en conviens, mais j'ai bon espoir.

Le cimetière chrétien de Rouiba a belle allure. Sa muraille de granit qu'adoucit une patine moussue laisse apparaître dans un phénomène de contre-jour qui lui est propre les formes sombres, complexes, hiératiques, des parties supérieures des monuments funéraires. Étrange vision dans le Rouiba d'aujourd'hui que cette apparence de forteresse médiévale de la vieille Europe ; sensation d'étrangeté renforcée par la désuétude de ce lieu oublié, toujours là, fermé sur ses secrets, de plus en plus anachronique. Du haut de ses minarets et de toute la puissance de leurs haut-parleurs, Rouiba appelle à la dévotion comme à la guerre sainte. Elle ne prie plus que pour clamer son islamité recouvrée et insuffler la ferveur guerrière à ses milices. Son boucan a des accents qui puent la mort absurde des guerres de religion. Le vieux cimetière est cerné ; aucune échappatoire ne s'offre à lui. Contre les pauvres trépassés de jadis, le cœur des humains vivant après eux s'est endurci et n'a rien de fraternel. Notre Père céleste, Dieu lui-même, le Tout-Puissant, l'Insaisissable, est serré de près par ces gangsters de la foi. Il n'en attend aucun quartier. On voit bien à son silence d'outragé qu'il est à court de parades.

Quand le cimetière était en activité, jadis, en ces temps où vivre et mourir entretenaient une liaison intime avec de vieux rites immuables, inexorables et excentriques à la fois, alors même que de nouvelles idées trop vivaces pour être vraies balayaient les terres arides, une campagne imperturbable l'environnait. Un chemin de terre branché à la perpendiculaire sur la route nationale y menait entre deux rangées de peupliers géants que les vents et les oiseaux rendaient infatigablement bavards. Un oued hésitant, tantôt avachi dans son lit de boue, tantôt dressé sur ses ergots, venait abriter sa faune coassante à l'ombre de ses murs. Le décor a changé; à l'insu des hommes et des jours. On croirait que le cimetière, effrayé de sa solitude et de son avenir bouché, s'est déplacé pour venir se réfugier au cœur de la ville. C'est sur son artère vertébrale qu'il exhibe à présent son imposante grille tarabiscotée, prise entre deux piliers massifs. Il pèse sur la précarité ambiante; il fait du sous-développement adjacent une tare impardonnable et de ses litanies un aveu de culpabilité. Son silence, s'il pouvait l'appuyer de quelque manière, serait une réprobation plus forte au vacarme de ses nouveaux voisins, haillonneux à intéresser tous les corbeaux désœuvrés de la terre ayant en vue un champ de maïs à épier, charriant des allégations dont pas un rat ne voudrait. Bah, les cimetières mangent froid, la fureur est un os qu'ils rongent en dormant. À l'est, l'ouest a disparu et l'oued s'est perdu. Longtemps, il fut un dépotoir pratique; une belle animation y régnait sous un ciel criard avec ses mouettes affamées et ses moutons errants; ça faisait une sortie pour les ménagères que la sécheresse des murs déprimait et un détour plaisant pour les marchands de vaisselle ambulants; les chômeurs que l'ennui traquait comme des bêtes y tuaient le temps comme ils pouvaient sans s'inquiéter du lendemain; la vie heureuse étant comptée, on ne le fréquentait qu'aux heures claires, l'aube appartenait déjà aux fuyards talonnés par la police secrète et le crépuscule aux filles égarées pourchassées par les vengeurs du temple. Tout a une fin; on se résigna à le combler, il devenait menaçant pour la santé publique. Les chantiers de la ville y ont déposé leurs parts de gravats et les pirates la preuve de leur mépris des lois. Dans cet enchevêtrement où gisent des constructions entières avortées par les malfaçons et les malversations, les clochards de la ville ont élu domicile fixe. Le jour, engloutis dans un sommeil catastrophique, ils s'époumonent dans des rebuts de buse qui les habillent comme des cercueils. La nuit, tout aux libations, ils libèrent leur détresse en beuglements et en imprécations qu'ils crachent à la face de la lune. L'écho du brame balaie la ville et lui fout les chocottes. Les premiers temps, on crut le cimetière habité.

L'émotion fut extrême. Il s'agissait de fantômes chrétiens, manifestement sous l'empire de l'alcool ; pas question de leur faire confiance ! Le gong de minuit devint fatidique ; il annonçait des fins de nuit cruciales. Le sonneur de minuit jeta l'éponge et disparut en Amérique au dire des passeurs. Qui donc sonne le glas ? Le quartier s'enveloppa de l'atmosphère suffocante des vieux films d'épouvante en noir et blanc... ah, que le noir était profond, le blanc lugubre et les arbres tourmentés ! si prenante, si l'on s'en souvient, que l'apparition d'un vivant parmi ces ombres gémissantes agrippées au suaire mural provoquait la panique dans les cinoches populaires. On s'en écarta pour revenir en crabe par le trottoir d'en face, comme attiré par des appels ou décidé à jouer son va-tout. Les gens de par ici adorent déconner avec la mort. D'où tiennent-ils cela, ces flemmards incultes ? Croire en Allah suffit-il pour ignorer l'humilité et tuer ses voisins avec une telle rage ? Il faut de la santé, de la science et de bonnes raisons de se risquer. Face à face, face à elle, ils ne résistent guère à l'envie de jouer au matamore et de mesurer leur déraison. Qu'espère le mort entre les mains de son laveur ? On reste muet de les voir y aller quand même, vers ce qu'ils imaginent être une bricole, en empoignant à pleine main leur armement génital, lui lancer des sommations, la tancer crûment, lui rire au nez comme des ivrognes, lui donner le dos à l'instar de ces toréadors de pacotille quand ils sentent que la bête a l'esprit ailleurs et le regard sur le grouillement des gradins. Seraient-ils dégoûtés de vivre qu'ils montreraient plus de décence. Un coup, ils la trompent et s'estiment heureux ; un autre, c'est elle qui les ramasse ; c'est rapide, d'une précision inouïe ; elle les cloue au sol sans leur laisser le temps de voir venir et de dire à quelle comédie ils jouaient. On leur répète que se faire seulement frôler par l'Ombre, c'est du définitif, ils n'en ont cure. Mais peut-être est-il dans le destin des Arabes de vivre dans l'illusion que leur destin est de mourir sans rien devoir à la mort. Un vieux toqué qui marmonne dans les cafés maures et gesticule dans les carrefours populeux parla de croisades et conta par le menu la troisième chute de Saint-Jean-d'Acre. C'est en voyant Miloud le fou dans *Chroniques des années de braise* de Lakhdar Amina qu'il eut son coup de foudre et depuis il invente des canulars en s'en prenant à nous. Saint-Jean-d'Acre, c'était son dada ; c'est pas courant ; le monde se contrefiche de cette affaire. Un original parmi d'autres qui vivotent sur des bouts de mémoire éparpillés qui ne leur appartiennent que par supercherie. L'histoire fit le tour des cafés en réveillant chez les abonnés des frustrations hétéroclites, incomplètes, contradictoires ; l'idée d'en tirer une ligne de conduite les abandonna au premier essai ; ils se retrouvèrent à grogner des inepties et à vomir leur bile au gré de ce qui vient à l'esprit quand on vit à crédit et qu'on rumine à vide. C'est que le contexte s'y prêtait ; rien ne gazait dans leur chienne de vie, tout se disloquait à la première poussée. La nouvelle parvint à certaines oreilles ayant un fil à la patte branché sur la permanence du Parti. Bon, c'est vrai, il y eut des va-et-vient, des conciliabules tardifs et moult plénières; mais une résolution quand même! La kasma avait vu qu'il lui revenait de résoudre dans l'œuf ces états d'âme chaotiques. Son nez la démangea; il pensait juste: qui dit frustration dit rébellion, qui dit désordre dit sanction de la centrale à l'encontre de la base défaillante. Ça ne dit rien à un âne bâté, mais pour un militant chevronné, c'est l'abc. Une action s'imposait; laquelle? Miraculeusement, elle apprit que Saint-Jean-d'Acre était un vieil ermite musulman qui créchait en Falestine en ces temps calamiteux. Eurêka! c'était un miracle engagé. Elle organisa une marche de soutien à l'OLP, seul et unique représentant des Algériens dans la région. Elle y mit quelque fièvre pour soutirer un bel engouement des masses. La banderole de tête réclamait rien de moins que le retour d'El-Qods, notre Jérusalem, dans le doux giron arabe, le calicot de queue la tête des traîtres; c'était fort. On aurait entr'aperçu au creux d'une vague du fleuve de pancartes fièrement brandies une affichette proclamant en un vieux cyrillique banni des usages: «Les Arabes sont des traîtres»; mais bon, l'essentiel n'est pas là; l'œuvre d'un interdit de parole qu'on retrouva plus tard à l'arrêt du bus s'égosillant en tamazight et à qui on coupa la langue. Le FLN a beaucoup aidé l'OLP, c'est vrai mais à vérifier; à contre-courant de l'histoire, c'est maintenant suffisamment prouvé pour frapper les esprits ; mais retarder est-ce trahir ? Dans cette guerre lointaine, un mort sur deux lui revient ; et après la guerre, il y a le problème des pensions à résoudre et celui des passe-droits à régler. Bien qu'usée, la ficelle eut l'effet escompté : la paix revint en catastrophe, brisant les élans, paralysant les cœurs. Ce fut pour le cimetière une période de bonheur et de doux souvenirs. Les clochards déguerpirent, contaminés par la rumeur qui de leur chahut avait fait un déferlement de spectres animés d'intentions revanchardes. Mais ils revinrent vite, en force, tout heureux de leur méprise et de la bonne frousse qu'ils avaient fichue à la ville. Pour se venger et endormir la kasma, la mairie s'empara de ce terrain épouvantable et le versa séance tenante dans le registre des réserves communales. Il n'y a pire sanction pour un lopin de terre que de finir en assiette de projet communal ; c'est la fin des haricots pour lui. Une bicoque rapiécée fut installée en son milieu, avec mention peinte sur la porte : « Propriété de l'État. Défense d'uriner. » Une main anonyme tremblotante ajouta un dessin charbonneux : un tuyau renflé à un bout, se terminant par deux boules symétriques, arrosant d'un jet un ovale agrémenté d'une frisette d'un seul tenant. Davantage de précision eût été superflu ; une légende en javanais explicitait l'intention de l'artiste : « ji ti nik, atâye » ; comprenons ceci : je t'encule, hé pédé ! Pour la mairie, c'était une façon de planter le drapeau et de dissuader les convoitises. Les clochards n'en avaient pas, ou de très futiles; ils reprirent le train-train des orgies et élevèrent le plus petit des leurs à la dignité de roi des rois. La nuit, par temps calme, on entend leur cérémonial et, au plus fort, le fameux serment bachique, et les réprimandes sèches que leur adressent les chats-huants nichant dans les ifs pour qui rester inébranlable dans la droiture est une fin en soi.

Au pied des deux autres murs, sur des hectares de terres rendues marécageuses par le comblement de l'oued, ont proliféré des quartiers de misère. Sinueux, étranglés, bourbeux, surpeuplés, convulsifs, ils ne cessent de se remettre en question. Courroucée par ces manœuvres dilatoires, la mairie les raya d'une plume de ses souvenirs. Depuis, ils se sont organisés en bidonvilles libres et guettent le moment de proclamer leur indépendance.

Le cimetière connut des périodes fastes et des périodes noires. La chose se décidait à Alger et à Paris, selon que les négociateurs s'entendaient ou pas sur le traitement des contentieux opposant les deux pays depuis les accords d'Évian. Pour un contrat, c'était un piège en bonne et due forme; trente années après le divorce, nous voilà ruinés et avec plus de nostalgiques que le pays ne comptait d'habitants et plus de rappetout qu'il n'abritait de colons. Celui de l'entretien des cimetières chrétiens en Algérie, peu connu du public, n'en est pas le moins important. Pour les rapatriés, il est au cœur de leur mémoire. Ainsi, tour à tour, ces lieux furent-ils délaissés, saccagés, souillés, squattés, puis, sur un ordre d'Alger, vidés, nettoyés, restaurés et régulièrement inspectés.

Dans les vieilles bourgades, l'urbanisme campagnard, féroce et chaotique, en avala quelques-uns comme il l'avait fait des ruines aînées : turques, byzantines, romaines, carthaginoises ; la pierre est belle, bien taillée, abondante. Les françaises sont habitées mais on ne peut pas non plus en quelques heures détruire un pays fort en expédients et riche de rêves en béton. C'est que la contrée s'est couverte de nécrophages ; elle se repaît des vestiges de son histoire ; par là, elle fait retour sur elle-même et apprend à se connaître ; le dernier éteindra la lumière. On se libère comme on peut. D'autres, à l'écart, oubliés, furent dévorés par la broussaille puis par le feu. L'occasion était à saisir ; le fumier est introuvable et l'engrais chimique inabordable, comme arrêté dans le plan de sabotage de l'agriculture. Les champs de morts furent labourés et ensemencés dans la honte et la peur. Mais avant l'été, pleut l'oubli et germe l'espoir et sous le soleil de juillet la moisson appelle l'allégresse. Les rendements ridiculisèrent les ambitions du gouvernement, ce qui fit réfléchir les modérés. Dans le feu, le germe du mal est évincé ; la galette sent bon le pain du juste et la marmite fume de manière licite. Alors, comme les choses passent, on se donne peu de temps pour oublier. On s'acquitte mieux de ses remords quand il fait chaud et que les nuits sont courtes. Avec la moiteur de la sieste automnale vient le temps de louanger Allah. Sa miséricorde confine au laxisme, certes; mais Allah ne peut-il pas tout se permettre? Au reste, rien ne dit qu'il n'a pas mis les morts à l'abri des vivants avant de fermer son œil auguste.

Depuis que les émirs sillonnent le royaume et sèment l'effroi, la république s'est repliée dans ses murs, reniant ses mythes fondateurs, oubliant serments et obligations, abandonnant femmes et enfants dans le naufrage. Les institutions locales, débordées et sans moyens, suivirent la même mauvaise voie; la vigilance n'étant pas leur fort, elles furent incendiées à la première éclipse. Les milices libres élevèrent des murets mais c'était pour faire la popote et guetter le passant. Le pays allait à vau-l'eau et prenait une gîte fatale. Son abandon conservait néanmoins un je-ne-sais-quoi, un petit parfum d'une vie après la mort. Dans la tourmente, on sentait que, quelque part dans la nuit des Aurès, il y avait un amiral sur un relief de dunette, la main sur le cœur, prêt à accomplir des miracles pour peu qu'il arrive à s'emparer du pouvoir. On laissait en effet entendre que la démission de l'État n'était qu'un repli tactique, le temps que les méchants mettent leurs familles à l'abri, et que son retour sur la scène serait fracassant. Qui vivra verra. Les cimetières chrétiens entraient dans une ère de déclin et de faillite bien plus prononcés; survivront-ils?

En pénétrant dans le cimetière, Larbi fut frappé par l'intense quiétude des lieux. Divine surprise, le cauchemar extérieur n'avait pas droit de cité. Le claquement du pêne dans l'énorme serrure vertde-grisée éveilla en lui un château fort pansu du Moyen Âge dormant sur ses lauriers ; dans les profondeurs tombales, il dérangea un marmottement lointain, un murmure vieillot qui s'effrite grain par grain ; il y eut comme de vagues cliquetis d'os, des froissements de parchemins, des chuintements diversement modulés et peut-être bien un râle d'étonnement avant que le silence ne reprenne sa consistance sidérante et la quiétude sa terrible oppression. On ne se sentait pas si seul. Le grincement de la grille était lugubre à souhait ; le crissement du gravillon tapissant les allées était à l'avenant ; les ifs, centenaires mais fiers comme des gardes solennels, vibrèrent à sa présence ; le policier le crut ou crut le croire, la croyance n'étant pas la certitude comme l'approximation n'est pas l'exactitude. Lui-même se sentait un intrus ; c'était la première fois qu'il visitait un cimetière chrétien, il s'attendait à tout. Pour un musulman piégé à la naissance, c'est duraille. Étrange sensation. La mort lui parut soudain impie. Serait-elle sectaire ? Nos ennemis ressentent-ils la même frayeur en visitant nos mausolées ? Il se reprit. Tout bien pesé, ces lieux ne sont familiers qu'à ceux qui doivent y reposer. Pour l'étranger — que viendrait-il voir ? —, ils ne peuvent être qu'inhospitaliers, impénétrables. Il en était surpris. En croyant tanné par la répétition, il prêtait tant à la mort ; il lui passait avec un fatalisme non dépourvu d'une sombre jubilation jusqu'à l'intolérable brièveté de la vie. Il lui arrivait aussi, les jours d'orage et de grands meetings, de penser en regardant autour de lui qu'on ne peut être un musulman sincère que si à la naissance on est déjà mort.

Il parcourut les allées rectilignes se croisant à angle droit. Devant chaque carré, il s'arrêtait et studieusement déchiffrait les inscriptions balafrées des stèles; des noms à consonance italienne, espagnole, grecque, slave; quelques-uns parlaient français, un pathos de mère inconnue qui sentait l'outre-mer et ses nostalgies, et d'autres autant que l'Alsace-Lorraine; cette région limitrophe a donné deux parts à la colonisation; l'élite préférait mourir à Paris, les grands-ducs visités, et s'éterniser dans des cimetières célèbres; des dates déjà lointaines; des bribes de souvenirs arrivèrent à la queue leu leu et s'évanouirent avant qu'il ait réussi à dissiper la brume des préventions en vigueur. Il se sentait intrigué, gêné. Que signifient cette statuaire et ces forteresses modèle réduit? se demanda-t-il. Un mort doit gésir à même la terre, sous son tumulus; une pierre relevée suffit pour indiquer le lieu où il se dissout; quel besoin d'en rajouter, la Mort n'en tient pas compte. Il haussa les épaules. À chacun ses tares.

Il retrouva le caveau des Villatta. Une grille en barrait l'accès; repeinte depuis peu; une chaîne cadenassée s'enroulait autour de ses barreaux. Neuf, le cadenas; un modèle chinois, le seul qu'on trouve sur le marché, difficile à crocheter, même avec sa clé d'origine et sa notice d'emploi en cantonais moderne. Le monument, le plus imposant du cimetière, signait la place qu'occupaient les Villatta parmi les feudataires de cette région, la plus fertile d'Algérie d'après les archives coloniales et au dire des opposants de l'apocalypse à qui il ne reste que le vent du désert pour porter leurs mensonges. Il imagina un vaste domaine inondé de soleil; c'est toute l'image de l'Algérie coloniale : une saignée de tuf entre deux rangées de palmiers aériens menant à une demeure chargée de prétentions; temple grec, palais mauresque, hacienda mexicaine, château en Espagne; rien de bien français sinon la manière d'être; colonnades, piliers, pergolas, volutes de stuc, vasques, marbre, cariatides déhanchées, tommettes, claires-voies, murs de chèvrefeuille, remparts de romarins, massifs de bougainvillées, cactus de Barbarie, des boulingrins chèrement payés qu'une pelade congénitale au pays maintient dans la misère; tout y est. On se croirait en Californie avant l'invasion communiste, ou à Moretti avant le sac mongol. L'endroit est riche de son histoire, de l'épopée de ses fondateurs, de la générosité de ses vignobles, ses vergers, ses champs ondoyants à perte de vue, sa main-d'œuvre abondante, fidèle comme un bon héritage. Il imagina les maîtres, mastoc et rougeauds, dans une bibliothèque inviolable, aux murs briquetés de classiques dorés, fiers de leur réussite, jaloux de leur pouvoir, conscients de ce qu'ils représentent pour Alger et Paris, inquiets de l'avenir mais fermement résolus à l'affronter. Ils seraient un peu ultras; le regard sombre et la colère à fleur de peau.

C'est l'époque qui le veut ; l'humanisme d'antan a fait long feu ; il est au complot car l'air est à la guerre. Il imagina de belles jeunes filles bronzées sous la tonnelle et entendit leurs rires.

Bien qu'ignorant l'état antérieur du cimetière, bouleversé selon les dires de l'agent communal mais sans doute mentait-il de trop ainsi que le font à plaisir ceux que l'on va humblement consulter, Larbi admira le bel ouvrage accompli par Abdallah. Hormis la morne solitude contre laquelle on ne peut rien, les lieux étaient dans un état impeccable. Dans un coin inhabité, un amas de cendres révélait l'ampleur du travail de débroussaillement. En revanche, le long des murs mitoyens avec le bidonville, le sol était à l'agonie. L'eau morte, une végétation tétanisée, des pacotilles gluantes, des odeurs de diarrhées récurrentes racontaient ses derniers instants ; l'œuvre de l'ignorance en marche qui aime à offenser, à profaner, à détruire. La tentation de rejeter ces immondices par-dessus le mur le tenailla. Irrité par l'impitoyable sottise des frères, il s'autorisa une bordée d'injures qui ne visait personne en particulier mais les pouffiasses arabes en général qui mettent au monde de si beaux salauds. Revenu à lui, il puisa dans la scélératesse des lois mille raisons de les absoudre. Pour un misérable au bout du rouleau, des morts si bien lotis font honte. L'amour-propre blessé n'a que le choix de la violence quand la pauvreté est là pour désarmer tout espoir d'une vie meilleure.

Grâce à sa patience légendaire et au trousseau

de clés récupéré dans la valise d'Abdallah, il accéda au caveau des Villatta. Sa curiosité, plus forte que ses scrupules, lui fit descendre les quelques marches en limaçon. Il mit pied dans une cave sombre, froide. Un silence consistant résonnait de notions infiniment lentes. Il s'ébroua. L'obscurité se dissipa. La vue des cercueils reposant sur des tréteaux massifs acheva de le glacer. Un moment, il resta pensif, s'efforçant de comprendre son homme; à quoi pensait-il, ce musulman bien de chez nous, arrimé à une piété robuste car simple et naïve ? Quels étaient ses motivations, ses sentiments, alors qu'il parcourait le cimetière parmi ces morts d'une autre époque, d'un autre monde, environnés d'une symbolique funéraire hermétique à ses yeux, comme de leur vivant étaient incompréhensibles pour lui leurs coutumes, leurs passions, leurs calculs ? La sollicitude de l'homme est ainsi; elle a ses chemins qui ne sont pas toujours ceux qu'on lui trace.

Une tablette de marbre scellée au mur portait une inscription dont il déchiffra péniblement les caractères déformés par l'arthrose :

LA MORT A ÉTÉ ENGLOUTIE
DANS LA VICTOIRE.
Ô MORT, OÙ EST TA VICTOIRE ?
Ô MORT, OÙ EST TON AIGUILLON ?

Consolante quand sonne le glas et qu'on a du mal à respirer. Il la jugea inspirée par la bravade et non par de pieuses pensées qui ne pouvaient valablement contraindre les premiers colons débarqués sur cette terre d'Afrique. Une invasion n'est pas un pèlerinage. Il y avait les Balubas à repousser, les arrières à assurer, la soif à combattre, les chevaux à tenir ; et le ciel n'était clément ni le jour ni la nuit mais implacable. L'auteur en était Émile B. Villatta, né en 1894, ravi aux siens en 1960. Les autres, plus jeunes, Jules 1901-1940, François 1926-1942, Anne 1904-1961, Josiane 1918-1929, vivaient sous la férule du patriarche. Il en était ainsi.

Il était temps de partir. Le policier n'avait rien appris mais l'homme était conforté dans ses intuitions. Abdallah était un romantique, attaché à des valeurs crevées de nos jours : l'amitié qui ignore les frontières et les intimidations des chiens de douane, le respect dû aux morts, l'humilité face à la vie, l'amour de la terre. En 62, ce laborieux, effrayé par ses nouveaux maîtres, des sots arrogants, frénétiques et dilapidateurs, rompit la corde des slogans et s'en alla à la recherche d'un rêve. Il courut frapper à la porte des Villatta. En un siècle, à force de bras, ils avaient d'un marécage infernal mitonné un paradis lumineux. Seul l'amour pouvait oser pareil défi. Mais comme on est à cran sur ce chapitre et que les élections reviendront bien un jour, on dira la passion possessive du colon et on oubliera l'amour que le travail patient fait germer dans les cœurs les plus endurcis ; peut-être ainsi échapperons-nous à la torture et à la mort. Si Larbi comprit, ou cherchait-il seulement à s'en convaincre, que le vieux Abdallah n'était pas rentré au pays pour seulement y mourir. Le pays n'attire plus ses vieux émigrés ; il n'est plus ce qu'il a été et ils n'ont plus le cœur d'élever de nouvelles illusions. Peut-il en être autrement lorsque les enfants de l'indépendance, ainsi que l'ont fait leurs pères après s'être battus comme des lions pour l'obtenir, le fuient dans la panique au péril de leur dignité ? Abdallah est rentré avec une mission : entretenir le cimetière. On le lui a demandé, il a accepté. Ses dépenses, son travail, les résultats obtenus, combien vains, parlaient pour lui ; ils disent l'étrange cheminement du bien.

Le policier pensa qu'il idéalisait le vieux bonhomme mais il ne doutait pas de ce fait, qu'entre Abdallah et la famille Villatta, il y avait un contrat moral.

La panique était dans l'air. Les signes avant-coureurs étaient là, à leur paroxysme, et ne trompaient pas. Devant l'imminence, on paralyse. Dans la rue, au bureau, à l'usine, dans les foyers et les cafés, les gens, plus démoralisés qu'un condamné devant les oscillations d'une corde, utilisaient les dernières forces à dissimuler. L'inéluctable rend muet ; ils n'osaient se dire ce qu'en leur for intérieur ils ressassent depuis la dernière inhumanité : la mort est aux portes et le 22 mars 1993 à quatorze heures tapantes, elle viendra les enfoncer et dévaster le pays. On était à J–1. Tous avaient à l'esprit les images glanées dans les plaies vives de la planète avec lesquelles la télé arrose les foyers, animée par l'idée machiavélique d'édifier les gens. Ils pourraient se faire guides à Kaboul, à Mogadiscio, à Sarajevo sans perdre un touriste ; tout est bien repéré : les zones de combat, les points de passage, l'antenne de l'ONU, les refuges souterrains et le palace empoussiéré où partouzent les grands reporters. Mais elle usait d'une langue incompréhensible. «Regardez ce qui vous attend, bande de tarés!» semblait-elle dire avec, dans la fréquence du matraquage, une intonation subliminale. Pourquoi ce ton hargneux? Nous accuse-t-elle d'avoir tué ces pauvres gens et détruit leurs maisons? Nous reproche-t-elle de ne pas l'avoir fait? Elle passe notre stupeur pour courir les ministères où des phénomènes de cirque occupent leurs journées à se mirer et à sauter devant des micros au garde-à-vous et des œilletons réfléchissants; imberbes ou barbus, gros ou gras, palmés ou griffus, un rien les hérisse alors qu'on ne sait à quelle espèce ils se rattachent ni quel pays ils représentent. De quels exploits parlent-ils? Où? Quand? La république brillerait au firmament des nations; d'où voient-ils ça? Le jour, la nuit? Le président aurait rappelé ses directives; est-il sourd? Le chef du gouvernement est génial; pourquoi? Nouvelle du jour : les ennemis de nos amis sont nos amis. Hier c'était : les amis de nos ennemis sont des pleutres! L'horoscope avait encore vu juste. L'entendement se claquemure. Le malade zappe par trois fois; sur Arte, le temps de voir que des gens assis faufilent du noir dans une ambiance de deuil inébranlable; merci et adieu! un peu de pompe et de tralala sur le pourtour, ce ne serait pas une atteinte aux mœurs; il y a des pétitions plus utiles que d'autres; sur TF1, avec l'espoir qu'il trouvera assez de force en lui pour résister au suicide; sur France 2, qu'on pouvait appeler France 1 puisqu'il n'y a de France que la France, une et indivisible, qui stoïquement émet aussi en dehors des heures de bureau ; puis s'éteint dans un sommeil de brute.

Des lettrés, gagnés par la superstition, signalèrent à la masse des ignorants que Mars est le dieu de la guerre et que le mois du même nom est connu depuis la plus haute antiquité comme étant celui des fous. On ajouta que « 22 ! » est le cri d'alerte des voyous, des vauriens et de leurs complices au guet. On articula les considérants pour inférer que le 22 mars Alger exploserait plus fort que Tchernobyl. Pour enfoncer le clou et déjouer toute velléité d'accuser le malheur de racisme, on ajouta qu'à deux siècles de là, en 93, un certain pays du Nord qui pourtant ignorait tout de l'islamisme a connu la terreur avec un grand T. La faute en revient à ce maudit ternaire qui n'est pas favorable au faible et à l'innocent. Il ne l'a pas été davantage dans sa formule 39, quand tuer à grande échelle devint une science d'avenir. Ils mirent dans leur démonstration ce qu'il fallait de froide gravité pour qu'on n'y revienne pas une énième fois.

Ainsi briefés, les ignorants, écarquillés aux azimuts, se souvinrent de leurs douars qu'ils avaient fuis pour des raisons ayant perdu de leur acuité au fil des ans et de mille détails en rapport avec l'arrivée du printemps en campagne : les boutons de fleurs qui explosent comme des grenades à fragmentation ; la lune si douce, si fraîche, qui roussit certains soirs pas comme les autres, embrase le ciel et brûle les pousses de ses rayons mortels ; les nubiles, d'ordinaire oisives et avides de sucre, qui se mettent à raffoler de ce qui est visqueux et fade et qui, à la faveur de la nuit, se transforment en goules; horrible souvenir qui en réveille de plus gros; la terre qui barrit, le vent qui éreinte les arbres, l'eau qui suinte des tombes, les murs qui vagissent, les ombres ailées qui défigurent la lune, les heures qui courent vers on ne sait quel puits, les voyageurs qui arrivent fourbus, le turban défait, les pieds en sang, pour ne plus quitter la douce folie des gens qui ne vont nulle part; les marabouts dont on voyait se révéler la vraie nature, mettant ainsi fin à nos illusions pour le reste de l'année; les femmes, tout l'hiver gourdes, recroquevillées dans un silence méfiant à petite portée du kanoun, donc chiches de leur corps et de ses sourires, qui se redécouvrent malfaisantes et s'abouchent pour aller en cortège de maison en maison, allumer les ragots de la nouvelle saison et qui, chemin faisant, mettent le feu aux champs à coups d'œillades incendiaires; les garçons en état de somnambulisme qui rôdent autour des bêtes, elles-mêmes métamorphosées, les grimpent par surprise et les mordent jusqu'à l'os; les vieux qu'on croyait paralysés qui vont se perdre dans l'arrière-pays, se pendre dans les bois, se jeter dans le précipice ou qui, sans raison, brûlent la maison, ou bien, se souvenant d'un drame de jeunesse mal éclairci, font parler le baroud ou annoncent leur départ immédiat pour le Hadj; les hommes, brusquement éjectés de la nonchalance hypocrite qu'ils baladent depuis les semailles, qui s'épient comme des Sioux sur les sentiers isolés pour en venir aux mains et aux gourdins ; leurs pensées sont si funestes que les bêtes, qui sont émotives, déménagent en catastrophe leurs nids ; que pourraient-elles opposer à des paysans instables et querelleurs ; les chemins qui se détournent du raccourci routinier pour se faire déroutants et qui ne sortent à découvert, contraints et forcés par les revers topographiques, qu'après mûre réflexion ; les prix qui flambent alors que l'abondance annoncée ruine les marchés ; c'est à perdre la raison ; à tous les souks, le même coup, six et double six, ya rachem ; les chevaux de labour qui crachent dans la soupe, rompent le licou et se ruent sur les génisses ; les chats qui se fondent dans la même griserie et miaulent à la mort à la vue d'un rat noir ; les chiens qui disparaissent chaque nuit, à l'heure du loup-garou, accrochés à des ombres pointues, et ne réapparaissent qu'au chant du coq ; mais le stupide dictateur, détérioré par les irruptions de la basse-cour, n'a plus de fierté ni sa belle voix de tête ; rabaissé au rang de lapin craintif, il se ronge dans le clapier en émettant d'inaudibles gloussements. Ce n'est pas sans dégâts que l'Afrique change de saison et de régime. Une période où l'on voit mal ce qui distingue l'ample et tranquille mouvement naturel de la vie de la régression intempestive des choses, circonscrite à rien mais générale à tout ; l'usage prudent de son intelligence de la folie de ses sens ; la vie de la mort. Une période trouble faite d'interférences et d'aveuglements qui ne se résout que dans la transgression. Ils y étaient en plein, lettrés et ignares tombèrent d'accord là-dessus. La peur transcende les clivages sociaux et fournit des visions communes.

Si tous tremblaient, certains scrutaient le cauchemar à venir avec délectation. Si l'on s'interrogeait sur les motifs qui avaient amené le gouvernement à laisser courir, c'était pour flétrir son impossible amour de la cruauté. Prendre l'argent des gens et la vie des enfants ne lui suffit pas. Il est vrai qu'il est des cas où la complicité supplante le crime ; ainsi manœuvré, le criminel n'est qu'une victime originale dont on dira au tribunal qu'elle fut un jouet. On alla jusqu'à la déclarer illégale. Sollicités, les pinailleurs en droit avancèrent un argument en béton ; juridiquement irréfragable, promirent-ils. Ils apportaient aux palabres une excitation de nature... euh... scientifique ? Bingo ! En lapant à petites dents, le petit-lait est plus enivrant que la bière. Selon eux, le pays étant sous le régime qu'on sait, il y a tromperie sur la marchandise ; l'empêchement est dirimant, on ne peut rien ; on ne saurait dans le même temps écrabouiller les gens et autoriser une marche dont les dessous n'étaient pas clairs. C'était juste et bien beau mais ça ne cadrait pas avec les faits ; ils avaient un côté fou. Le but atteint, les Athéniens avaient oublié qui ils étaient : ils avaient de leur chef décidé d'une marche et la voulaient éclatante ! Réveillés d'un hiver torride, ils croyaient venue l'heure de proclamer le terrorisme hors la loi et de condamner son personnel au silence ; or tout indiquait que les obscurantistes avaient opté pour le chaos ; et pour montrer qu'ils avaient la tête farcie, ils prirent pour cibles des arbres, des chiens, des ambulances, des cortèges funèbres, des cimetières, des transports d'enfants, des écoles et ce qui fut leur sanctuaire : les mosquées rebelles. C'est folie et absurdité mais on le sait à présent, nos fous sont subtils et très cohérents dans leurs abracadabrants projets. Le compteur s'affola. D'un jet, il passa cette frontière qui sépare l'accident de la catastrophe, le meurtre au détail du génocide à la moulinette. De la peine nous passâmes au désespoir et vîmes qu'il n'avait point de bornes. En quelques jours, ce furent des dizaines de gendarmes et de policiers, nombre que le téléphone arabe, sourd aux flonflons de l'appareil, multipliait par dix, par cent et par dix fois cent. Embrouillé dans ses rumeurs chauffées à blanc par le rush des usagers, il racontait tout bonnement la mort de la police et de la gendarmerie, sans oublier l'armée que l'on croyait à l'abri dans ses casernes, et les gardes champêtres dans leurs bois, que l'on disait, malgré nos alarmes répétées, trop insignifiants pour intéresser qui que ce soit hormis les loups affamés.

L'horreur fut dépassée lorsque les coups frappèrent l'innocence puis le savoir et la beauté des femmes que les intégristes mettent dans le même sac. Ce furent de vieux retraités qui ne quittaient plus leurs babouches et leurs gandouras pleines de vent; ils baladaient leurs soucis au soleil sans penser à rien de bien méchant; ah, misère, que foutaient-ils dehors alors que leurs enfants ont tant changé? Ce furent des gosses de pauvres, des aouled, porteurs de tous les virus connus; entre musardise dans le vacarme de leurs rêveries et recueillement à l'école, ils jouaient leurs chances dans les rues comme naguère on flambait nos billes quand pointait la saison des noyaux d'abricot; ah, Dieu, que ces petits sont étranges! la misère leur va comme un gant; il y a du bonheur dans leurs yeux et du miracle dans leurs rires; on les adopterait s'ils n'avaient touché à l'école et appris la leçon. Ce furent de jeunes filles riantes qui chinaient la laideur des boutiques pour donner du brillant à leurs rêves d'épousailles; ah, Dieu, qu'elles sont volages nos filles et que le printemps tarde à venir! On va toutes les perdre si on ne leur fait pas rentrer dans la tête qu'il y a un temps pour l'insouciance qui n'est pas celui des barricades et un temps pour convoler qui n'est pas celui des lacérations. Parents, apprenez à vos filles la patience et dites-leur que le temps de l'amour est révolu par ordre divin; elles comprendront que les islamistes y sont pour quelque chose et le reste viendra de lui-même; mais si référendum il y a, reprenez-vous ou nous aurons une constitution vouée à la mollesse de l'amour; nous avons un pays à rebâtir et des gens à juger. On ne peut pas non plus d'un morceau de raï faire un hymne national, nous sommes un peuple de pirates, après tout. Ce furent d'éminents universitaires, de prestigieux docteurs, d'honorables imams, de hauts fonctionnaires blancs comme neige, reconnus pour leur compétence et leur pugnacité à dénoncer la junte. Ce furent des poètes ; la dernière petite poignée ; le Dictateur avait oublié de les éteindre ; ils vivotaient à la marge, à mots couverts, et ne faisaient de tort qu'à eux-mêmes. Leur liquidation fut perçue comme le couronnement de l'innommable, le point d'orgue d'une infamie savamment programmée. On lut leurs livres comme on dévore un testament. On découvrit qu'ils avaient le don de vision et l'art de dire ; on fut forcé, non sans respect, de reconnaître que les fous le savaient sans les avoir lus et qu'ils avaient pris de vitesse les légataires nonchalants.

L'horreur dégénéra en torpeur maussade lorsque les coups atteignirent les cimes ; des cibles censées inaccessibles, indifférentes aux dires. Ce fut cet énigmatique ministre du Travail dont on ignorait l'existence et à quoi il passait ses journées, et celui qui personnifiait le danger absolu pour l'Afrique blanche, le maréchal Mobutu. Ils s'en sortirent avec des sparadraps. Personne ne les plaignit ; mieux, on cria à la mascarade, à l'incompétence, à la trahison et on exigea leur abdication. Quand on est droit, on meurt debout ou on claque la porte ! insinuait-on entre amis d'enfance sur un vieux code du temps de la résistance passive, on ne va pas faire l'imbécile dans un lit de satin pour une malheureuse secousse.

Dans les rues, on vit se multiplier les engins de guerre, hérissés de tubes, impressionnants de dureté, débordants de suspicion, et les bolides radioguidés de la police dont la frénésie avait pour but d'affoler les mères de famille. On marchait au pas saccadé, hésitant entre se figer sur place, bras en l'air, et courir ventre à terre aux abris ; les fusils en bavaient. On voyait aussi des voitures voilées faire les cent pas, la main sur le turbo, et des ombres adossées aux arbres, prêtes à brûler la ville. Tout cela se voulait tranquille. Mais la force ne dissuade pas les islamistes comme elle ne rassure pas les hommes épris de justice et de paix.

La journée du 21 fut effroyable. Elle restera dans les mémoires. Le jour J était arrivé. Les gens se débattaient dans le désespoir ; le questionnement était intense. Une certitude dans cet océan de désarroi : les islamistes vont profiter de la marche pour accomplir le chaos, ils ne peuvent y couper, il y va de leur santé ; ils vont tirer sur la foule des marcheurs, jusqu'à l'ivresse, jusqu'au délire, jusqu'à l'éblouissement.

Va-t-on sortir et affronter l'adversité ? Se barricader chez soi ? Qui sera aux provisions ? Et si on faisait fuir les enfants au bled... mieux, chez les cousins en France, on dira à la préfecture qu'ils sont nés là-bas et qu'ils se sont échappés parce qu'ils étaient jeunes et mal conseillés. Pourquoi pas en Kabylie, elle se veut le bastion de la démocratie ? Certes on le dit, mais pourra-t-elle résister aux islamistes quand ils brûleront Alger et se retourneront contre elle ? Acceptera-t-elle des réfugiés arabes ? Mon œil ! le FIS est une invention des Kabyles pour se libérer des Arabes. Serait-ce le remake du complot berbériste de 49, le complot des marabouts ? Comment réagira l'armée ? Va-t-elle sauter le pas et se débarrasser des civils ? Et les autres ? Qui ? Elle ! elle veut oublier sa grandeur d'antan et se dépêtrer de son héritage ; elle a fermé ses portes, muselé ses ministres forts en gueule, gelé ses affaires avec l'islam ; elle reconnaît ses fautes passées et n'aspire qu'à mourir de vieillesse. Le christianisme est mis à mal par une capote anglaise, comment pourrait-il résister au torrent du djihad et du sida ? Où est le rapport, on parle d'apocalypse et de visa ? Bon, et eux ? Eux ! i s'foutent de tout ; i sont en campagne, les pom-pom girls les empêchent de voir le revers de la médaille ; la CIA est fichue, hein ? Les démocrates ont toutes leurs chances, là-bas, hein ? Ouais, mais s'ils gagnent c'est la merde pour nous autres : ils vont nous enquiquiner avec les droits de l'homme, c'est avec ça qu'ils ont enculé l'URSS. Qu'ils viennent leur causer des droits de l'homme à nos barbus, ils verront de quel bois ils se chauffent et comment ils le débitent ! Plus fort que leur nucléaire, il y a l'incendie islamiste ; il les grillera, tu verras ! La VIe flotte existe-t-elle maintenant que Lénine est mort ? L'armée a-t-elle bétonné la frontière ouest ? Lui n'hésitera pas à envahir la maison sitôt qu'on aura fini de nous égorger ; il le désire depuis si longtemps, c'est un rapace. Certes, mais à bien voir, l'invasion d'un roi qui a ses qualités n'est-elle pas préférable à celle des mollahs de Téhéran et des mabouls de Kaboul ? Dites, si on lui livrait le Polisario qui nous revient cher et qu'on lui abandonne Tindouf et qu'en sus on ferme l'œil sur son commerce de drogue à nos frontières, hein ? Il demandera le reste, couillon, lui est grand, c'est un roi !

Que faire ? Où aller ? Dieu nous garde.

Puis on s'en prit aux instigateurs sans les nommer par leurs noms de commerce. Qui sont-ils ? Que désirent-ils ? Que signifie tout ceci ? C'est la junte, un putsch sera la conclusion de la marche. Dieu t'entende ! Non, c'est le Front, encore et toujours lui ! Il n'a pas désarmé, il ne désarmera jamais, il est prêt à tout pour reprendre le pouvoir ! Tout quoi ? Le diable ne les connaît que trop, il ne veut plus d'eux. Mais point, mes frères, ce sont les barbus qui manipulent par le truchement des leurs, infiltrés jusque dans nos familles. Taratata, c'est França, l'ennemi de toujours que nos succès dérangent ; hizb França prépare son retour dans les containers de l'humanitaire. C'est la revanche ; l'autre va se la ramener avec son couplet larmoyant et un sac de semoule sur la tête, ce sera le bouquet.

À vingt heures, en ouverture du journal parlé, une voix hachée par l'angoisse annonce que le gouvernement a pris ses dispositions et en appelle ardemment (était-ce dans le texte ou le trémolo du speaker ?) au civisme. C'était pour tromper.

D'où sort ce papier ? Pourquoi le ministre de l'Intérieur n'est-il pas venu le lire en personne ? Serait-il mort sans qu'on sache par quelle main ? Peut-on faire confiance à la télé ? T'es fou ? Elle est infestée de crapules qui ne nous veulent aucun bien ; vois son ministre, écoute ses programmes ; vilains comme ça, c'est quoi ? Ils veulent nous pousser dans la rue ? Quelles sont ces dispositions qui auraient été prises ? Qui va les appliquer ? Les conscrits qu'ils martyrisent depuis la maternelle ? Les recalés du tableau d'avancement ? Comment réagiront-ils à l'ordre de tirer ? Quoi, i sont complices, c'est sur nous qu'i vont tirer, qu'est-ce que tu crois ; c'est écrit sur tous les murs ! Que faire ? Où aller ? Si nous devons mourir, mettons un prix élevé à notre peau ; Dieu sera avec nous !

Le 22 au matin, le soleil brillait de tous ses feux. La fournaise, comme un fait exprès, promettait de battre des records. On espérait la pluie. Toute la nuit, elle n'avait cessé de tomber à gros bouillons. On caressa l'espoir de la voir tout emporter. On oublia le Coran, la Sunna, les années passées à croire, les habitudes ancrées dans le rite, les bénéfices accumulés. On rêva d'un autre déluge, d'un Dieu qui hait ses adorateurs et les laisse périr dans les eaux. On rêva que pour une fois demain jamais ne vienne. Mais les rêves comme les crues n'ont qu'un temps pour passer.

Jusqu'à midi, la journée montrait les apparences du dépérissement sans fin. Les murs suintent l'ennui, la morosité et une infinie résignation pour en nourrir par osmose leurs fidèles compagnons, les hittistes. Les bus, toujours étonnamment bondés et contrariés dans leur marche trottinante, ferraillent à fendre cœur dans les terribles rues de la capitale ; les bagnoles slaloment comme des bêtes dans le désordre et le tintamarre des cornes en poussant d'horribles cris de tôle froissée ; des gens pressés d'aller nulle part ou qui en reviennent dégoûtés ; mais allez le leur dire. Rien que de très normal ; c'est Alger, ça roule pour rouler, ça freine pour freiner, ça parle avec le vent, ça n'a pas de raisons de vivre. La populace piétonne a sa gueule sans laquelle on ne la reconnaîtrait pas ; râpée, accablée de préoccupations indécrottables, pleine d'une mélancolie bougonne ; elle va son chemin si lentement qu'on s'ennuie de la voir passer ; des terroristes fatigués. Les femmes, toujours secrètement affairées, portent une indéfinissable tristesse qui suggère tout un monde souterrain ; ça a son charme quand soi-même on quête la joie sous les habits du deuil ; mais derrière cette absence rêveuse, calamiteux par habitude, les frères voient quoi ? Un embusqué qui a ce qu'il faut dans sa manche pour trahir la religion de Mahomet, QSSL : un couplet sur la beauté, un autre sur la liberté et tout un week-end de bonheur à partager. Ils en tirent quoi ? Un prétexte pour les bastonner à leur décaper les os. Ils se porteraient mieux s'ils se posaient des questions innocentes. Sous ces latitudes ensoleillées, une vie de femme n'est pas le farniente qu'on imagine mais autre chose qu'elles nous apprendraient si elles jouissaient de la capacité civile et religieuse de parler vrai. Soyons lucides, le danger n'est pas une adresse qu'on évite à la légère ; est-il dans les moyens de l'homme de vaincre la femme ? Le diable est de son côté et Allah ne peut réviser son plan sans perdre de sa grandeur. Pour échapper aux injures de l'époque elles ont une solution : être et ne pas être ; il leur faut s'inventer des airs qui concilient la limpidité avec l'opacité, la liberté avec la soumission, la paix du cœur avec la guerre intestine, l'idée qu'elles se font du bonheur avec les soucis du ménage et le service du roi. À défaut, car à l'impossible femme est tenue, qu'elles disparaissent sans bouger de place. Elles en sont loin, mais elles savent assumer, ces drôlesses. Rompues au malheur, elles rasent la lèpre des immeubles que la rigueur des hivers a transformés en falaises crayeuses où nidifie une nouvelle espèce de chenilles aptères, en léchant les vitrines saturées de bimbeloterie turco-asiatique, sans perdre de vue la nécessité de dégoter au retour un alibi en or. Les vieux avancent contre leur gré ; il y a une atmosphère d'exécution capitale autour d'eux ; dans leur regard, tristesse et intensité ont atteint ce point où la vie et la mort portent le même bonnet de l'illusion ; ils semblent toujours implorer le ciel et déplorer tant de choses sur terre ; mais voilà aussi qu'à la vue d'une belle jeunesse, ils en viennent à changer d'avis et accélérer le pas ; admirer le diable en pareille situation n'a de répréhensible que l'hésitation. Sur leurs épaules pèse le poids d'une vie qu'on imagine avoir été continûment désastreuse. À ce point, on jure au complot; on pense à une ligue Parti/Patronat/Syndicat; les confréries traditionnelles en sont, sûrement; les ulémas flairent le complot à mille lieues et accourent à la curée plus vite que mendigots aux mariages religieux. On subodore la complicité de plusieurs gouvernements. Ils s'y entendent, ceux-là, question de mal faire. D'un grand pays, ils ont fait un petit; de ce qui était paré de mille paillettes, ils ont fait un obscur objet de scandale. C'est la ruine incarnée, ces gens-là. Vous pouvez sans crainte les croire capables de faire d'un jeune qui promet un vieux tartignole bon à rien, et ce en moins de temps que n'y parvient une misère mémorable. Qui tire les ficelles? Parlons bas. Pour avoir vu des poules mouillées claquer des dents, on sait que la vérité fait mal; l'homme lige, le satanique souffleur de feu, a mille noms et mille autres visages; rappelez-vous, depuis ce temps il est de tous les coups. Quoi? Silence, malheureux, ça ferait des terroristes de plus! Par elle-même la vie ne sait pas être aussi vache; elle est mamelle, elle est don, elle est félicité; il n'y a de malice que dans sa brièveté et ses modes d'extinction. Mis à part les incohérences climatiques et la férocité des moustiques, que pourrait-on lui reprocher? On bute sur une énorme difficulté de compréhension. On y échappe en se disant que si le châtiment est aussi grand c'est que quelque part il est mérité. Ces gens sont cachottiers, on ne peut le cacher; leur merde, ils la poussent sous l'ombre du voisin puis viennent ronronner au soleil ; ce sont des paysans venus nous faire croire que la famine des villes est plus opulente que la disette des champs ; on veut bien, mais puisqu'ils ont abandonné les vastes étendues où paissent les quatre vents et où le soleil épanche ses feux, pourquoi traînent-ils leurs rêves de grandeur ? Pétris de terre ingrate, de bois rugueux et de pierre n'ayant rien de philosophale, ils ne connaissent de clarté que celle du jour ; encore n'en sont-ils pas friands ; c'est après le crépuscule et avant que l'aube ne les surprenne qu'on les comprend le moins ; prudence, à l'heure de l'effort ils détonnent si fort qu'on voit sa pendule se déglinguer dans l'incompréhension ; un reçu de loyer impayé et un titre de chômeur en poche, c'est pas ce qui fait un citadin. Nouons nos mouchoirs pour ne pas oublier de les chasser à la prochaine pluie. Les jeunes, machos en diable, divorcés de tout, travaillés par on ne sait quel mal, baguenaudent le nez en l'air. Ils rappent plus qu'ils ne marchent, à la manière du Bédouin qui voit clignoter une enseigne lumineuse : le dos voûté, la savate traînante, un bras ballant, l'autre lissant la tignasse, la hanche oscillante, comme actionnée par une came, les couilles exorbitées pour cacher les fesses de la discorde, l'axe du mouvement devant rester aléatoire et la manière inimitable ; le but est de se faire reconnaître de loin des autres desperados ; il y a une histoire de codes de quartier là-dessous, on s'y perdrait. S'ils marchent, c'est pour changer de place ; le point de ralliement est un secret que la torture ne peut obtenir ; il faut les suivre en raclant des pieds, chiquant le bouseux sitôt débarqué sitôt perdu ; dix pas plus loin, sans crier gare ni «Allah est grand!», ils s'arrêtent et s'agglutinent au reste de la bande qu'on aurait pris pour une réunion de lampadaires tant leur immobilisme est flagrant ; comme aussi ils se composent un visage usé pour paraître vieux et dégoûtés, on peut les confondre avec des ermites en congrès (attention, on peut tomber sur de vieux beaux qui jouent les jeunes blasés, ils sont dangereux) ; on comprend de suite qu'ils vont camper la durée d'une lune. L'ennui étant le seul bien de ces nomades des villes, ils font des haltes interminables, des bivouacs usants qui ne sont pas faits pour décarcasser, pour le pressurer jusqu'à en tirer une sève mortifère dont ils se délectent avec un sombre plaisir. Déconnectés de la vie et de ses empressements, ces bouhis désœuvrés ne se rendent pas compte qu'ils font bouchons de trottoirs. Bon, demain il fera jour. Sur la chaussée, ce n'est guère plus lumineux ; les voitures d'occase pullulent et n'avancent qu'à va-que-je-te-pousse-par-le-cul ; les belles de luxe, taïwanaises à cent contre un, renâclent en poussant des cris harmonieux qui excitent à mort les vieux tacots. Rien de spécial, c'est Alger, accompagnant sa décadence à sa dernière demeure ; la frénésie et les piranhas ne sont là que pour faire croire que les affaires vont bien. Mais rage et désespoir et éternelle jalousie, crânement relégués là où sans bruit ils délabrent comme vieillesse ennemie, confèrent à leur agitation une expression tragi-comique. On hésite entre pleurer leurs mauvais penchants et rire de leur fin prochaine. On rebrousse chemin, ce qui revient à les cingler du mépris de l'indifférence. Étrangers, si vous avez un projet en tête et un programme à conduire, restez à l'hôtel et téléphonez, les hittistes tiennent toute la ville ; apprenez qu'ils font des crocs-en-jambe aux filles en talons et tirent des mollards à la figure des passants bien mis quand, tombant de leurs rêves d'une vie ailleurs, ils se retrempent dans le bain. Pensez aussi aux islamistes qui tuent sans discernement et jusqu'au décollage de l'avion et la distribution des mignonnettes qui est le début d'une vie de débauche méritée, montrez que vous haïssez tout ce qui ressemble de près ou de loin à un taghout.

Le drame est dans l'air. Les militaires aussi sont là. Des ninjas, cagoulés, de noir vêtus comme des corbeaux. Armes au poing, l'œil en alerte, ils occupent les carrefours et les abords des édifices publics. Çà et là, des ambulances sous les arbres que les passants font mine de ne pas connaître. Elles sont muettes, ce qui en soi est captivant, mais bon, les nouvelles statistiques sont là, une ambulance est plus souvent une morgue ambulante qu'un taxi clandestin. Dans le ciel, des scarabées tournent en crabe au-dessus des bastions islamistes. Dans l'humidité crasse du ciel d'Alger, ils vrombissent en clapotant, ou inversement, ce qui n'est pas bon signe. Des enfants louches les suivent du regard avec des envies plein les yeux de les descendre au tire-boulettes.

Alger a son air de bourg assiégé qui attend l'assaut final.

À midi, les administrations et les entreprises d'État, de plus en plus pâles, l'université populaire, les écoles coraniques, les garderies de fourmis se vident de leurs habitants dans une coulée incompatible avec les normes de la paix. Sous la pression, les premiers sortent par les fenêtres, les impostes et les soupiraux, par giclées fulgurantes. Si on attend son tour, c'est l'heure de la réouverture et du tamponnage frontal. Faisant fi des cris, les concierges s'empressent d'en boucler les portails ; sans graisse, ils pleurent comme des gorets. Les commerçants suivent le mouvement et baissent le rideau. Sur des boutiques vides, ça fait mesquin ; c'est ailleurs, que les margoulins font le gros de leur bizness.

Il y eut alors comme une hésitation. L'instant fatidique était arrivé. Que faire ?... Où aller ?...

Des noyaux se forment, entre confrères de bureaux, entre frères de bar, entre compagnons de bus, entre chômeurs de la même école, entre victimes de la même injustice. À galérer ensemble, d'un malheur à l'autre, peut-être se sont-ils découverts être les enfants dispersés d'un même père, ou, comme la vie n'est pas chienne, peut-être se sont-ils trouvé une cousine commune, légère de la cuisse, à se partager. S'il y a du mal sur un plateau, y a forcément du bien sur l'autre. On parle à voix basse en louchant par-dessus son épaule ; on chuchote des « i paraît » suivis de drôles de choses ; on murmure de vagues commentaires sur le reste dont on n'a jamais entendu parler mais qu'on aurait aussi bien su rapporter si on avait une connaissance dans les rouages de l'État et une autre dans le commerce des armes. Imperceptiblement, les amas se rejoignent et se fondent dans la même eau. On se regarde en coin, un peu surpris ; bon, on est entre soi ; ni barbes, ni regards haineux, ni étoiles de shérif ; c'est net ; le signe de reconnaissance, c'est la peur au ventre qui fait le teint cireux, l'œil vitreux, l'haleine fétide ; on se salue avec courage. Peu à peu, on oublie la menace, on se purge de la trouille ; le dos s'allonge, la crinière se redresse, la voix s'éclaircit et retrouve le cri de la meute ; la confiance revient, puis l'espoir qui n'en est jamais loin ; le bonheur, soudain, est là, lui aussi. C'est la fête ! On rit, on siffle, on s'interpelle, on fait de l'esprit bouffon, on chahute, on s'esclaffe comme des butors ; on prend goût au raffut, on va marteler les bagnoles et les rideaux des magasins ; on aime cette désinvolture destructrice ; les joueurs de klaxon s'y mettent et dominent lâchement ; tatati tata ! tatati tata ! On se désenvoûte par le grabuge comme pour se convaincre que cet instant magique n'a rien d'une nouvelle berlue. Manipulées par l'instinct du mal qu'elles ont chevillé au corps, les femmes font bouquet à part ; il y a une idée de tentacules dans leur isolement; les odeurs musquées se déroulent dans toutes les directions avec une grande précision, on n'y échappe pas. Nonobstant la ségrégation raciale, elles s'épanouissent, s'ouvrent comme des fruits mûrs et dans un même cri poussent les premiers youyous. Il y a une jouissance puérile dans leur chahut d'aparté; on peut pas croire qu'elles sont sérieuses et que la politique les intéresse; les ululements ricochent sur les immeubles décrépis et reviennent amplifiés par d'autres youyous; des cris d'intérieur, de fêtardes rompues à la nouba des mariages; c'est la contagion. Côté hommes, on ne sait pas faire autant de tapage; on est de naturel distant; on voudrait parler, suggérer un dessein, expliquer qu'à nul autre il n'est comparable, imiter un grand chef, intimer des ordres, déjouer des complots, prendre de vitesse ses assassins; on se méfie des femelles, leur proximité rend bête; la moustache est le siège de phénomènes électriques; ça va cracher; on plastronne à mort, on se donne des bourrades de Vikings, on se remonte le saroual jusqu'à s'étrangler les claouis, on se prend pour un tyran légendaire, on monte sur ses grands chevaux; les voisins font surenchère et tombent dans le ridicule; avec la frime, le problème, ce sont ses excès. La foule grossit à vue d'œil, devient multitude; son expansion n'est plus perceptible; on ne sait s'il faut la voir nombreuse ou innombrable; on ne sait où est sa tête, ni son ventre, ni sa queue qui s'étire comme chevelure de comète; on ne sait rien mais la joie se propage à la vitesse du feu ralliant la sainte barbe.

Dans le magma rôdent des solitaires ; des tueurs lunatiques ; c'est le temps du takouk ; hagards et tremblants, ils hument l'air, cherchant une proie pour planter le dard et exalter son mal ; dans les parages exubérants des femmes-poulpes, leur vigilance n'en perd pas une miette. Au premier regard qui accroche, les psychopathes se vident de leur pus comme un furoncle pressé ; l'œil chaviré, la bouche ouverte, ils dérivent à la recherche de leurs fantômes. À la lisière du monde, des mannequins, dont l'air huppé indique qu'ils descendent des beaux quartiers, les fiefs de la tchi-tchi, la jeunesse dorée, observent avec ahurissement le peuple en transe ; on dirait des Parigotes en escale vers les îles, luxueuses, effrontées, sectaires, s'adonnant corps et âme à la vie frivole ; impies et scandaleuses oui, mais jolies comme des cœurs ; en culotte, on les tuerait ; venues en curieuses, se mentent-elles, elles sentent s'éveiller en elles de drôles de sensations, mélange instable de peurs paniques et de désirs désastreux ; un air de raï du pays leur monte à la tête et les fait vaciller ; la rengaine n'est que râles et voluptés primitives ; impossible de traduire ce charabia guttural en paroles d'amour ; elles se trémoussent petitement sur le dernier tube de Vanessa Paradis qui revient les obséder. La vie prend des couleurs et la direction de l'enfer ; quelques-unes s'abandonnent, submergées par la beauté du scandale et la vivacité du mal des rues ;

par petits sauts où se décèle l'entrechat, les nitouches se délocalisent pour échapper à la loi ; frissonnantes, les yeux baissés, les mains en bouclier sur le monticule pubien qu'on devine onctueux au toucher, elles entrent dans la plèbe en fièvre comme on entre dans un bain brûlant. Emportées par la marée, elles découvrent en elles des fantasmes d'une familiarité folle ; la révolte des gueux, c'est aussi des viols mémorables au château ; elles s'imaginent au centre d'impensables orgies qui ne s'achèvent que dans l'anéantissement. Dans la mêlée, l'idée devient réalité, le trouble tornade ; le mal qu'elles ont essaimé prend corps, durcit, devient pieu, puis vient s'immiscer dans leurs chairs blondies au beurre de lait et glisser le long de la ligne de plus grande pente ; l'idée d'un empalement sur le pouce les pénètre brutalement ; c'est âcre, délicieusement coupable ; elles goûtent cet instant de pure violence tandis que dans leur vagin, les vagues montent à l'assaut des digues ; elles pantellent dans les bras de la horde, dissimulant leurs gémissements de chattes épuisées par un rut massif derrière des youyous plébéiens articulés du bout des lèvres ; la vue du feu est une surprise pour qui a le cœur las. Dans l'état d'apesanteur, la découverte est vertigineuse. Des vigilants ont vu le cirque ; des bouhis affamés ; ils manœuvrent comme des squales attirés par le sang ; une envie carnassière s'est érigée en eux. Les copines se tiraillent, ouvrent grande la bouche, battent des cils, commettent la folie de se scinder ;

redevenues faciles, les proies sont coupées de la retraite, cernées, puis acculées; le cœur bat dans les oreilles plus sourdement qu'un tam-tam dans une caverne dédiée aux transes infernales; à leur place, on penserait à l'Inde et à ses temples maudits quand Indiana Jones trouve la faille après une journée de marche harassante; le tumulte s'accélère, s'emballe, se brise net; hypnotisée par le regard du serpent, la bête halète et fond, résignée à mourir du plaisir âpre de son prédateur. Elles seront dégustées dans une cage d'escalier ravagée par les rats, sur la banquette d'un tacot qui ne se souvient plus de quelle planète est venu son tuteur de quatre sous, ou dans une chambrette de passe chez les chômeurs diplômés de la Cité-U; y a toujours un sinistré pour secourir un homme comblé. Pour les habitants de la planète ennui, c'est jour de sortie; il faut profiter et baiser à couilles rabattues sans démancher pour rouler une chique; des chattes aussi soyeuses, ça se bouffe à mains nues, debout, que ça dégouline sang et eau et que ça crie au secours. Dans leurs rêves d'oisifs en cage, ils se sont persuadés à la force du poignet d'être des tueurs hors pair. Les voilà au pied du mur. L'apprendront-ils à temps ? La dèche fait l'envie plus grande que les moyens de l'assouvir et la tchi-tchi, qui est du sang de ses sauriens de parents, est une mante religieuse. Le fruit ne tombe jamais loin de son arbre. Mais il n'est pas dit que les démunis et les affamés doivent savoir ces choses.

Quelqu'un lance un appel : « Tous à la place des

Martyrs ! » ; un autre insiste : « Tous à la Grande Poste, allons-y ! » On ne veut ni entendre ni se laisser dicter sa conduite. Mais la foule a des oreilles et une forme d'intelligence. La bête prodigieuse a capté les remous des instigateurs. Elle bouge. Son mouvement, comme une hypothèse que la réalité peine à inscrire dans les faits, reste latent un temps indéfini. L'individu en prend connaissance à l'improviste ; pendant qu'il caquette, il fait un pas, deux, tombe dans le travers de l'habitude. La foule s'échauffe à l'insu de ses adhérents. Elle trie ses hésitations, transcende les appréhensions que lui inculque sa masse, piétine la consistance d'un champ à bestiaux, puis prend son parti ; elle s'ébranle, gauchie par des années de privations mais subitement altière. Au fur et à mesure, elle corrige son organisation, la peaufine, synchronise ses gestes, cherche son rythme, le trouve, devient légère, fluide. C'est en armée glorieuse qu'elle défile dans les rues et fait irruption sur l'immense esplanade de la Grande Poste ; dans ce lieu marqué par l'histoire qui connut tant et tant de marches, de drames, de joies. Des rafales fusent des balcons. Encore des youyous. Ils font un effet bœuf sur la foule qui redouble de force dans ses trépidations. La clameur atteint son apogée, s'élève au-dessus de la ville, l'enveloppe de sa houle et la secoue dans ses fondements. Alger s'abandonne à l'exorcisme...

On est dans un passé lointain, d'avant les grandes invasions ; il y a du mystère dans l'air, on ne sait ce qui se passe : le ciel est bleu, le soleil rond, les nuages blancs, et toujours cette odeur de loukoum accrochée à l'air ; les signes sont à la folie ; on appelle les ancêtres, les esprits bienfaiteurs, on demande que la fertilité revienne, que le ciel déverse la clémence, que les fauves s'en aillent, que les ennemis perdent leur force, que les hordes des confins chutent de la terre... Puis la fantasmagorie retombe, au milieu du délire, alors que l'issue paraissait lointaine. La transe est achevée, la foule est transformée : elle est le peuple.

Le silence s'installe. Soudain, il s'amplifie pour atteindre la démesure. Une respiration brahmanique le porte, grêlée de murmures et de chocs qui ne signifient rien. Haletant, grave, puis inquiétant, le peuple se fait solennel.

Alors, dans un bruit cosmique, il explose ; libère sa colère trop longtemps brimée, trop souvent soudoyée. Il parle ; fait face ; vilipende ses ennemis ; fustige leurs complices du gouvernement ; ne dit rien de leurs larbins qui font tant de mal derrière les guichets car les conspuer serait les considérer ; dit ses aspirations ; dicte ses ordres aux hommes du pouvoir ; prend à témoin CNN qui l'observe du satellite. Ces derniers, ses chefs, réunis en cellule de crise quelque part dans une casemate sur les hauteurs d'Alger, se tiennent le ventre ; ils parlent à voix basse, consultent l'exégète qui consulte ses livres, bigophonent comme des fous à des empotés qui ont perdu la langue, boivent sans soif, fument par le nez, reprochent aux laquais leurs chamarrures et aux guetteurs leur insouciance de pédérastes. Tout à coup, ils se dévisagent, frappés par l'idée qu'ils ont été baisés par leurs compères, plus qu'ils n'en ont abusé dans l'exercice de leurs fonctions ; madame va faire une jaunisse ; elle va demander le divorce et changer de camp ; le problème n'est pas là, les femmes ça va ça vient, mais des comme ça avec des enfants aussi laids, ça vous fait passer pour un impuissant ; habilement, ils se décident pour une trahison dont on parlera dans les annales ; merde pour les constantes et le repos du Raïs, ils parleront sur TF1 qui sait tout monter en épingle ; ils se sourient comme des loups qui se seraient rencontrés au détour d'un chemin peu fréquentable. Ils se rappellent la belle époque, quand le Dictateur, au chaud dans son burnous, discourant de choses et d'autres, souriait à ses ennemis en lissant sa moustache ; ça complotait à tout berzingue et trahissait au nom de principes toujours plus grands. La démocratie, c'est étouffant, on doit sans cesse y penser et dire qu'on aime lire et payer ses débordements ; l'oiseau qui garde à l'esprit la mesure de sa cage est un oiseau doublement prisonnier. Si ça dégénère, c'est la curée, le lynchage sur place, l'écartèlement entre deux tanks, l'exil chez l'ennemi, douce et chère França, terre de fromages et de bons vins, refuge de tous et de toujours ; pire, la saisie des biens. Un peuple berné est débile quand il croit comprendre. Mais bon, il faudra encore lui expliquer sans craindre de le lasser avec les détails ; il finira par se croire civilisé, oublier chèvres et chevreaux et s'acheter un Walkman et des lunettes de soleil réfléchissantes à endormir les filles ; ce sera un jeu d'enfant de le culpabiliser sur ses origines ; on peut briser son roseau, comment oublier son air ? Ils voient ses mouvements, notent ses doléances, constatent qu'elles n'ont pas évolué depuis l'invasion arabe, font du calcul mental, l'œil projeté sur des écrans de toutes nationalités. En trois phrases bien scandées, il leur a dit tout le scandale de sa vie, a nommé ses tourmenteurs, décidé des supplices à leur appliquer. Certains seraient à tuer autant de fois qu'ils ont régné d'années ; faisable, mais comment ? Et il remet ça, d'une voix plus forte, plus rauque, pour atteindre à l'hystérie.

D'un balcon, quelqu'un, dans une gandoura immaculée, l'air d'un fonctionnaire terrorisé, hurle d'une drôle de manière. Ça vient du premier, à l'aplomb de la célèbre librairie-pizzeria où on trouve de tout, sauf le vendredi où il ne coûte rien de pleurer dans son lit de deuil, entouré de ses enfants, en rêvant des dimanches d'antan. Son pétard est mouillé, il chuinte. C'est clair, il ne sait pas expectorer, sa vie est paralysée. Il est feutré par routine, ascétique par vice ; serait-il de ceux qui refusent de comprendre le maniement du tampon ? Il fait des signes désespérés ; se tait, épuisé ; puis, mû par on ne sait quelle maladie, reprend ses criailleries. Sa famille vient à la rescousse et fait chorus. De proche en proche, le message gagne les sourds : «... Télé annonce... oui, la leur... partout... villes et douars... Kabylie aussi... populations spontanément amassées... oui, aucune menace... les morts habituels, pas un de plus... défilent dans les rues... mêmes slogans, même combat... confirmé par la BBC!»

La nouvelle anglaise fut saluée par un déchaînement de joie. De mémoire d'homme, on n'avait jamais vu cela à Alger, pourtant experte en explosions. L'émotion fit des ravages. Des femmes s'évanouirent par brochettes. Géant magnanime, la foule les confie aux vieilles qui, sur les seuils des immeubles, entourées d'une marmaille hirsute plongée dans l'étonnement, suivent d'un regard embué l'écoulement du flot humain en bredouillant des prières apaisantes; elles demandent si les maris sont au courant et expliquent qu'elles ont déjà été égorgées dans leur jeune âge pour s'être évanouies de tout leur long devant des étrangers; sacrées vieilles, toujours à rechigner! Si les femmes ne sont pas primesautières, qui le serait? Réponse évasive; c'est pas le moment de dévoiler son jeu et d'affoler les gisantes. Des pédales titubaient avec l'air d'aimer ça. Elles furent balancées dans les ruelles en arête, peuplées de poubelles éventrées et de tacots désossés. Un homme, ça marche debout et ça va droit au but.

Le peuple était héroïque, invincible et chacun profitait de sa force, buvait de sa vie, faisait moisson d'espoir.

À quinze heures, alors que la foule, intoxiquée par sa vanité, mollissait à vue d'œil, l'on vit se raidir les ninjas qui, de place en place, encadrent la marche. Par radio, on vient de leur conseiller de se préparer au massacre. Les marcheurs s'avisèrent de ce que les hélicoptères, qui patrouillaient vaguement dans le ciel, avaient changé de mouvement comme des oiseaux au long cours agressés dans leur vol monotone. La rumeur prit corps et se mit à rouler. Pour faire mal, elle se concentra en un mot, lourd de sens : (les) islamistes! Dans leurs bastions de Bab-el-Oued, Cité La Montagne, Cherarba, La Glacière, La Faïence, Bachdjarah, El-Harrach, Léveilley, les religieux organisaient une contremarche. Aussitôt, on annonce qu'ils cinglent sur le centre-ville qui fait européen avec ses arbres et ses trottoirs, ses banques, ses bars, ses filles en bermuda, ses truands en cartable, ses fonctionnaires à l'affût, ses publicités contre Dieu ; on entend le mot « encerclés » courir dans tous les sens. La foule frissonne d'horreur. Elle est abasourdie par l'énormité soudaine de la situation. Elle se remémore octobre 88 ; ce fut un drôle de mois, il a mis une vie pour venir et cinq jours pour passer ; la marée humaine, le ciel bas, les gaz asphyxiants, le napalm, les machines enragées, les sirènes qui hurlent, les issues qui s'ouvrent et se ferment suivant un plan diabolique, les murs qui avalent les gens, le sang des égarés dans les caniveaux, les tortionnaires livrés en express, les aouled qui courent après les ennuis... ou l'inverse car le désordre c'est tout sauf des enchaînements logiques, les chiens sur une patte, subjugués par le paroxysme ; et là-haut, sur les balcons, des femmes, mises brutalement face à leur responsabilité, pleurant comme jamais d'avoir tant enfanté. Elle en grossit démesurément la déjà lointaine réalité. Son grondement périclite puis s'éteint dans un silence terrifiant. Au fond de l'abîme, elle entend mourir le glas qui annonce sa fin. Elle se sent déchue, avilie. Elle n'est que masse informe, troupeau fasciné conduit à l'abattoir. Elle pige son erreur. Elle a été manipulée. Elle s'en veut. C'était débile de ne pas avoir envisagé que la colère du peuple contre la rage des inquisiteurs et l'euphorie des caciques serait récupérée à d'autres fins : celle du pouvoir qui entend investir dans les idéaux démocratiques sans rien devoir à personne ; celle des rouges qui ont une théorie sur la violence et une carte à jouer ; celle des charognards devenus fous à force de geindre. D'un autre côté, c'était folie de penser qu'on pouvait tirer le diable par la queue sans qu'il morde. Les religieux avaient attendu que les manifestants s'épuisent au soleil avant d'entrer en action. Ils sont tout de calcul, ces exterminateurs, et d'une patience inhumaine. Leur attaque sera foudroyante. Eux sont armés, jusqu'aux dents, jusqu'aux ongles, jusqu'au bout de la folie.

Le pire était là. Ce que l'on craignait dans le secret se dessinait à vue d'œil. Alger, encore une fois, allait prendre un bain de sang. Ce sera le dernier.

À mi-chemin entre Alger et Rouiba, à proximité

de rien qui vaille la peine d'être aimé, Larbi dépérissait dans un fourgon matraqué par un astre implacable. Vainement, il cherchait réparation dans le somme. Tout ce que Rouiba comptait de forces de police était là, bouclant le carrefour noué de Bab-Ezzouar, la Porte aux Fleurs, où il est facile de mourir de honte, dont les radiales desservent, d'un côté, différents quartiers d'Alger, par son périphérique sud, et de l'autre, l'aéroport Boumediene ainsi que les zones industrielles de Rouiba et Réghaïa. Elles font partie de la dernière ligne du dispositif de sécurité installé autour de la capitale.

Les hommes n'avaient rien à se mettre sous la dent. Marquer la présence, interdire aux véhicules l'accès d'Alger, rembarrer ceux qui se dirigeaient sur les zones sensibles, torturer les égarés, abattre les récalcitrants. Depuis dix heures, ils battaient la semelle sur un macadam pâteux qui relevait toutes les empreintes. À l'approche de midi, la circulation avait disparu. Plus effrayant qu'une ville sans bagnoles, c'est quoi ? Une vie sans terroristes ? Les flicaillons, que l'âge ingrat menaçait de ses foudres, s'emmerdaient comme des rats ; ça manquait d'animation ; mais ils avaient en tête des idées pour justifier leur engagement ; lorsqu'une auto se présente dans le champ, ils l'encerclent et dans un bel ensemble la mettent en joue ; clic-clac ; ils tirent une jouissance nerveuse du délire fervent qui agite le corbillard ; puis, longuement, d'un air pointu, toisent les occupants dans le coma avant de procéder à la destruction du véhicule. À la vue d'une passagère dangereusement jolie, ils se prennent pour des paras couverts de gloire, sautent sans parachute et prennent d'assaut le blindé pour une fouille en règle ; ils y vont de leur personne, pattes et museaux, cherchant le full contact et les odeurs intimes, émettant à leur tour les signes inhérents aux amoureux détraqués que les filles font semblant de prendre pour des tics passagers. L'approche est obscène mais ce n'est méchant que par rapport à la gentillesse des filles. Larbi fit des remontrances sous couvert du règlement et du droit d'aînesse ; fiasco ; faut être des ninjas pour voir les gens s'aplatir et dénoncer de bon cœur père et mère. La canicule, le mystère de la vie, le compte à rebours de la Troisième Guerre mondiale, tout ça leur tapait sur les sens. Obnubilés qu'ils étaient, un rien les braquait : un parfum, une rondeur, une dentelle, un grain de beauté haut placé, une blancheur qui disparaît dans les ténèbres, un regard qui se dérobe, un sourire qui se brise, un bout de langue qui se rétracte, un genou qui se soustrait. Sous la pression du feu, le désir voit son objet en pièces détachées ; mais un esprit détérioré se contente sans plus de drame de ses dérangements.

Dans le fourgon, la radio débite les messages qu'échangent les postes avancés avec le centre Alpha que les petites gens, toujours trop oisives, situent dans une cave hantée des hauteurs d'Alger. La routine, plus énervante que rassurante. De temps à autre, une merde est signalée : des gens profitant de la situation, un casse par-ci, un viol par-là, une défenestration là-haut, un charmeur mis en pièces par des vieilles, un bruit de détournement (une caisse, une mineure, une rue, une mairie?), un richissime syndicaliste tabassé par des chômeurs, des députés qui se tirent dessus pour un os de merle, un ministre appréhendé par Interpol, un autre qui a boxé sa secrétaire après les heures de service, un inspecteur du travail qui menace de s'immoler par le feu. Ridicule! et ruineux pour les agences de presse qui se morfondent à guetter l'embrasement du satellite stationné au-dessus de nos têtes. La réponse du QG giclait de la boîte, plus véhémente que vulgaire : «Laisse pisser, hirondelle 3!»; «Fais pas chier, coucou 6!»; «Tu nous les casses, pipi de malheur, on n'est pas là pour ces couilles!»; «Reste à ton poste, couillon de la lune, c'est un piège des tangos!»; «Et zebi, tu l'as vu, âtaye!».

L'annonce de la mobilisation des fiefs islamistes jeta l'effroi. Cramponnés à leurs bidules, les policiers les vérifièrent d'instinct; puis libérèrent les crans de sûreté et comptèrent leurs chances de s'en tirer. La radio était au max, amplifiant la friture électrique au détriment de la voix humaine; rien de feutré dans ces engins; du matériel soviétique, inefficace mais increvable, réformé depuis la chute du mur de Berlin, ressorti pour frapper les esprits. En dépit du danger, Larbi s'était rivé l'oreille à la machine.

Le fourgon bourdonnait pis que ruche en feu.

— Qu'est-ce qui s'passe?

— Les barbus bougent... préparent quelque chose...

... *crrch... crrch...*

— L'armée renforce ses positions, les blindés ferment les points de passage...

... *crrch... crrch...*

— Pourquoi elle les bombarde pas? Elle attend qu'le sang leur sorte des yeux?

— Ta gueule!

— Tant qu'i restent chez eux, on s'en tape...

— Zebi! i nous narguent, ouais!

— Vos gueules, putaines!

... *crrch... crrch.... crrch... crrch....*

— Waach? proféra un larynx proche du cancer.

— À Bachdjarah, les pourris parlementent avec l'armée... à Kouba, aussi.

— Qu'est-ce qu'i manigancent?

— Boucle-la, on saura!

... *crrch... crrch...*

— Ont reçu l'ordre de les disperser... sans faire usage des armes...

— Ces fils de putes veulent de ça! dit un macoute en masturbant sa crosse.

— Tu parles trop quand tu t'la branles!

.. *crrch... crrch... crrch... crrch...*

Une heure passa. Puis une autre. Ça peut durer toute une vie à ce train. Les hommes s'étaient murés dans le vide. Hallucinés, ils fixaient la radio, faisaient corps avec elle, attendaient tout d'elle. De quoi allait-elle accoucher?

Subitement le ton changea. Les messages qu'elle crachotait n'avaient plus la charge dramatique qui les maintenait au paroxysme de la tension.

— Alors ?

... *crrch... crrch...*

— Ils se dispersent... leurs graines jettent des pierres... ouais, ils refluent... ça se tasse, les gars, ça se tasse... el hamdou lillah !

Dans le fourgon, la tension tomba à la verticale, soulevant un nuage de poussière qui évacua les agents dans la fournaise extérieure. Éblouis, titubants, ils n'en croyaient pas leurs yeux tant le silence était blanc, le ciel grand, la vie familière et les gens drôles. Ils reprirent position et affichèrent l'air avachi, faussement bonasse, du policier en faction pour des prunes.

Un siècle plus tard, ils apprirent que la manif était terminée, que le peuple s'était dispersé comme il était venu mais que dans certains quartiers subsistaient des foyers d'agitation. C'est à la police secrète d'aller voir si elle n'y est pour rien. « Tout danger est écarté », crut bon d'ajouter Larbi pour que les jeunots reprennent du poil de la bête et cessent de réfléchir.

À dix-huit heures, ils reçurent l'ordre de rompre et de regagner la base.

L'atmosphère avait quelque chose d'irréel. Le ciel était là mais c'était trompeur. La paix et la guerre auraient-elles conclu ? Que peuvent-elles se céder ? Hier est fini ? Demain sera-t-il un nouveau jour ? Verrons-nous un président avec des amis propres ? des vizirs qu'on peut envoyer à l'étranger sans s'en mordre les doigts ? des femmes libres d'aller et venir ? de l'eau au robinet ? des baisers à la télé ? les Arabes quitter le pays ?

Une fois de plus, la réalité et l'illusion s'étaient fondues sous nos yeux sans que nous y comprenions goutte. Tout est devenu latent. Il faudrait beaucoup de mots pour en parler. Quand l'enjeu est la vie et la mort si proche, quand le début et la fin se mêlent en tout point, l'air qu'on respire a le goût du vide. Il vaut mieux se taire et disparaître dans ses rêves.

Ce jour restera dans les mémoires, avec ses mystères qu'il faut déchiffrer. Dieu que la mort est parlante et le bégaiement de la vie tuant !

HISTOIRE DE MARIAGE

Si Mourad, le grossiste du quartier, marie sa fille. Elle en a l'âge, treize ans, toutes ses dents, en outre elle présente les signes d'un dérèglement mental dangereux pour l'honneur de la tribu.

À l'heure indiquée, débarquent cinq mille hommes, femmes et enfants, vingt camions de moutons, deux orchestres, l'un en burnous et ghaïta, l'autre en toile cirée et synthé, l'imam et ses gardes du corps. On s'assoit comme on peut, on lie connaissance, on construit des alliances avec les voisins pour, le moment venu, s'approprier les meilleurs morceaux de méchoui et faire main basse sur les gâteaux au miel les plus gras.

Les orchestres commencent à faire du bruit, qui très vite fait oublier le dernier orage.

Mais voilà que des serviteurs se mettent à courir parmi les convives. On annonce l'arrivée de hautes personnalités. Plus de tintouin ni de gestes inconsidérés, leurs gardes du corps ont des réflexes qu'ils ne peuvent pas toujours contrôler.

Les huiles entrent, saluent du menton, se mettent en tailleur, mangent, rotent, puis allongent les jambes pour voir la suite. L'imam se lève; il va officier. Il parle de dot princière, de générosité bien placée, de l'honneur de la tribu, de niquah licité par Allah, déclare le mariage consacré selon la loi de Dieu, clôt la cérémonie par un long silence religieux, puis se met à haranguer les gens à propos de ceci et de cela, le tout avec bonhomie. Les huiles y vont de leurs discours pour dire combien tranquille est la vie quand se taisent les menteurs et les étrangers dont le souci commun, évident et cynique, est de faire accroire que l'Algérie est à feu et à sang et que son gouvernement est un ramassis de vauriens. On hoche de la tête, on sourit, on remercie les huiles pour ces belles paroles, puis, tradition oblige, on leur pose des questions. Librement si la question est à sa place pour donner aux huiles l'occasion de dire ce qui a déjà été dit : les menteurs, la fausse guerre, les vauriens qui n'en sont pas en vérité, etc., etc.

Cela aurait pu durer jusqu'à l'aube si une katiba du GIA n'était pas passée par là, attirée en fait par les lumières, la musique, l'odeur de méchoui.

Passons sur les atrocités : les tangos égorgent ce qu'ils trouvent sur leur chemin, chauffeurs en livrée, gardes endormis, servantes en sueur, bébés mis au frais sous les arbres, enfoncent les portes, font irruption dans la grande cour, illuminée a giorno. Inutile de s'appesantir sur le désarroi des convives, les mouvements de panique vite réprimés, ni sur le comportement des sauvages. Tout se passe comme à l'accoutumée ; les hommes sont égorgés, les femmes éventrées, les bébés fracassés contre les murs, etc. Désolation, ruines, cris, odeurs de sang et de viscères. Dans le voisinage, réveillé en larmes, on téléphone partout mais rien ne vient.

Était-ce un rêve ? Le lendemain, nous vîmes Si Mourad vaquer à ses affaires, ni plus ni moins souriant que d'habitude. Plus tard, nous vîmes à la télé les huiles en question inaugurer une vague usine en papier.

Merci, cher Ali, de ton témoignage qui n'en est pas vraiment un. Il ne faut pas toujours croire ce que l'on voit de son balcon ; la nuit, tous les chats sont gris.

Le commissaire n'avait pas bonne réputation. Un sale type, genre «Casse à Caracas». Dans le silence qui étreint le commissariat, ses cris ne rencontrent de résistance que des murs. À force, ils menacent éboulement. Or, l'efficacité du système est fragile; à chaque coup de grisou, elle culbute dans le gouffre du zéro et ne réapparaît timidement qu'après une longue convalescence.

Ce matin, il était démonté.

Son rang de doyen, ses manières rondes et son art de l'esquive avaient mis l'inspecteur Larbi à l'abri du malheur. Son heure était arrivée. À la première détonation, les collègues évacuèrent le bâtiment sans se retourner. Le vieux Larbi a dû passer les bornes. Ça va barder pour ses abattis, vaut mieux décarrer, se disaient-ils en dégringolant l'escalier quatre à quatre. Certains s'égaillèrent dans les cafés maures et les rares refuges à bière épargnés par les gangs islamistes; on y apprend des choses pernicieuses et d'autres qui fouettent l'imagination. Le gros de la troupe marcha sur le souk El-Fellah, le Monoprix de l'État; pourri de dettes aussi phénoménales qu'inexplicables, il tenait debout par la vertu de la crise et le besoin vital de tromper l'ennemi sur ce que cache la paix sociale régnante. Le café et le sucre sont peut-être arrivés, envisageaient-ils avec optimisme; un optimisme serein car le cargo de livraison, un belge, donc sans arrière-pensées, tenait la une des canards depuis qu'il avait été repéré se faufilant dans la rade d'Alger sous un ciel retourné par les balbuzards. Qu'est-ce là?... une émeute? Ouaouh, encore! le magasin est pris entre deux feux : des hordes cherchent à s'y engouffrer en poussant des pieds et des mains, et d'autres, plus nombreuses, veulent s'en tirer sans rien perdre du butin. Sur la ligne de contact, ça crépitait sec. Dans un coin du parking, une escouade de gendarmes groggy massait péniblement des plaies contuses. Hé, c'est sérieux! Explications entre forces de l'ordre :

— C'est les tangos?

— Non, c'est l'huile... de la marchandise tunisienne de premier choix, ya khô... de la belle contrebande... le magasin a été livré sans précaution... au vu de tous... par ces temps de pénurie, c'est la folie!... les gens guettaient le camion de livraison... i s'f'saient passer pour des passants... depuis la levée du couvre-feu, à cinq heures du mat, paraît-il... on n'a pas vu le coup... on est juste passés voir si le lait hollandais, la farine canadienne, la semoule italienne et les cacahuètes turques étaient arrivés comme annoncé par radio-trottoir... c'est la razzia... i vont emporter jusqu'aux étagères!

— Faut-il constater?

— Inutile, i vont remettre ça demain; on parle d'une livraison de thé vietnamien et de haricots mexicains pour cette nuit. Pour assurer la soudure, on vivra sur l'habitant.

Règles à l'honneur dans les états-majors, cette semaine : à la guerre comme à la guerre; au bal fais ce qui t'emballe; gère tes arrières, tu avanceras; si tu prends, ça va pas, si tu prends pas ça va pas, alors prends et laisse aller.

Au commissariat, la furie du chef touchait à sa fin. Il est des jours bénis. Il braillait encore, tapait du pied, balançait de pleines brassées de formulaires, brisait des crayons, crachait du venin, mais il faiblissait à vue d'œil. Une heure plus tard, manquant d'air, il prit une mine atterrée pour avouer sa déception :

— J'en reviens pas qu'un vieux de la vieille comme toi fasse ça. Ya zebi, la voie hiérarchique, c'est sacré! Nul ne peut transgresser cette putain de règle! Et toi, tu trouves le moyen de la défoncer comme un crétin de débutant qui sait pas distinguer un cul d'un vagin! Qu'est-ce qui t'a pris d'écrire à ce consul sans me consulter? Hein!

— J'ai cru bien faire, chef. Ces derniers temps, vous étiez assailli... je ne voulais pas ajouter à vos soucis.

Le molosse se fit conciliant.

— Tiens-le-toi pour dit! Aucun problème n'excuse les manquements. Attendre, c'est notre boulot! Alors attends comme moi j'attends, comme le moudir attend et comme au-dessus on attend sans se faire chier. Attendre, c'est pas compliqué, bordel! Même les instances internationales attendent qu'on se décide à bouger!

— C'est vrai, acquiesça le malheureux, heureux d'entendre le boss prêcher l'attentisme.

— Cette lettre, je te la donne mais je t'interdis d'en parler à tes collègues; ça leur amènerait des idées à ces bras cassés. Je les vois d'ici avec leur langage de mulets écrire à Tataouine-les-Bains, au Vatican, à l'ONU. Clair?

— Euh…

— On en reparlera!

Le commissaire aimait tirailler son monde. Ordre supérieur, perversion naturelle, il avait à cœur de le voir souffrir. Ils sont ainsi parce qu'il en va ainsi. Qu'est-il devenu? Il y a du mouvement chez les humains; ça tourne trop, ça sent la faillite; ça meurt à tout bout de champ, ça court morgues et cimetières, ça erre dans la folie, ça déserte les rangs, ça se fait anachorète dans le Hoggar ou boy dans les bases américaines de Hassi-Messaoud où ça turbine à mort, ça émigre par le canal secret, ça brouille les cartes, ça se dit réfugié politique, ça prend pour refuge la précarité d'un émigré, ça se détruit au zambretto, ça se défonce au kif, ça se barricade, ça s'étiole au guet; ça ne vit plus, madame. L'arbre se dégarnit. La mauvaise saison tient l'année et frappe d'un bout à l'autre. Il n'y a que feuilles arrachées que le vent disperse.

Le vieux policier avait pris un risque. À ça de la retraite, c'est pas jouable; les fonctionnaires le savent huit jours francs après l'embauche, quand on leur explique que la titularisation tient des calendes grecques et qu'il faut travailler à se faire des parrains chez les durs du régime. Il n'y a pas loin, il aurait été bon pour la commission de discipline avec à la clé beaucoup de malheurs et des démarches d'appel à n'en plus finir. Mais par ces temps de chien, elle ne siège que pour s'entendre dire qu'il n'y a plus d'affaires ébruitées, que le mur du silence tient bon et que les fauteurs de génie n'ont rien laissé traîner. Il y a du bonheur dans le malheur. Quand on se tue à traquer le tigre, on est forcément heureux de retrouver ses chats et un foyer paisible.

En s'adressant au consul d'Algérie à Toulouse, Larbi avait obéi à une impulsion. Son enquête piétinait, la guerre a tout détruit, les clans se déchirent, les petits se bouffent le nez, l'ONU monte la pression, et le commissaire ne décolère que pour inquiéter.

Dans son lointain cagibi, l'inspecteur prit fébrilement connaissance de la réponse du consul. Elle faisait suite à la lettre par laquelle il le sollicitait pour recueillir des informations sur Abdallah Bakour et ses employeurs toulousains. Il avait mis dans son papier toute l'humilité dont il était capable pour le gagner. Il soulignait que sa démarche était une initiative désespérée ; sait-on jamais, aux AE on est investi d'une mission : tuer Kofi Annan, Bugs Bunny et Papa Noël.

La réponse était celle d'un honnête homme qui vit loin de son pays. On sentait le type qui n'a de soucis qu'avec son carnet mondain. Dans un style marqué par une longue pratique de l'administration étrangère et le vaseux qui s'y attache, le diplomate dit en préambule son inquiétude quant aux suites de l'affaire si elle venait à être sue des mauvais esprits, son assurance quant à l'absolue discrétion avec laquelle l'inspecteur la traiterait (était-ce un appel à l'étouffement ?), sa disponibilité à fournir son concours pour la manifestation de la vérité. Il ajouta :

« Je tiens à signaler que M. Bakour est resté inconnu de nos services jusqu'à juin 90, date à laquelle il prit attache avec le consulat à l'effet de se faire délivrer un passeport. Sa demande mentionne qu'il est entré en France par Marseille, le 17 octobre 1963, muni de sa carte d'identité ainsi que cela était possible à l'époque en vertu des accords d'Évian. S'agissant de vos questions, je ne peux fournir que les quelques éléments d'information que j'ai pu recueillir auprès de ses employeurs, MM. Pierre Émile et Jean Edmond Villatta.

« 1. Pour autant qu'il leur en souvient, M. Bakour a été embauché par leur grand-père, M. Émile Boniface Villatta, au cours de l'été 41, en qualité d'ouvrier agricole. Il était âgé d'une quinzaine d'années. À la mort de M. Émile en 1960, le domaine échut à son fils Charles. En 1962, la famille Villatta fuit l'Algérie et vient s'établir dans la région de Toulouse. Après le décès de M. Charles, en 1989, ses deux fils Pierre et Jean, à cette heure âgés d'une cinquantaine d'années, prirent la direction de l'exploitation. La famille entretenait avec M. Bakour une relation dépassant le cadre professionnel. "Il faisait partie de la famille", ont répété les deux frères. Avec leurs père et grand-père, les liens étaient plus resserrés. Il est vrai, ainsi que vous le supposiez, que durant plusieurs mois, entre 1955 et 1957, les deux frères ne peuvent être plus précis, M. Bakour a disparu sans mot dire, sans davantage fournir d'explications à son retour. Son patron l'a repris au domaine et n'a pas insisté pour connaître le motif de sa "fugue" ou, s'il l'a fait, cela est resté entre eux. À cette époque, M. Bakour avait la trentaine. C'était un bourreau de travail, honnête, timide. Selon M. Jean, c'est une hypothèse a posteriori, Abdallah se serait laissé prendre au chant des sirènes et aurait rejoint le maquis.

«2. Son séjour à Toulouse a été conforme à sa personnalité et à la nature de ses relations avec ses patrons. Lorsque, âgé et fatigué, il a décidé de rentrer au pays, les Villatta lui ont demandé, moyennant une rétribution qu'il a refusée, de veiller sur leur caveau à Rouiba. Vous avez dit qu'il s'en acquittait avec soin, les deux frères ont été émus d'apprendre qu'il y a mis surtout du cœur. La situation des cimetières français en Algérie est, vous le savez, un lourd contentieux entre les deux pays. Entre le devoir et les priorités, il y a place pour un débat sans fin sur les moyens. Pour les ex-Français d'Algérie, c'est un drame qu'ils vivent encore aujourd'hui avec beaucoup de douleur. Hélas, la situation est ainsi, elle échappe aux autorités du pays. Dans une saute de colère, M. Jean a dit : "P... de nous, il nous faut maintenant raquer sec pour que nos morts soient en paix !" Il n'a pas voulu en dire plus quand je l'ai prié de préciser. Je me contente d'attirer votre attention sur la sortie. Peut-être n'a-t-elle aucun sens, peut-être aussi en a-t-elle un en rapport avec votre enquête. Ces derniers temps, en France, beaucoup de choses bougent dans certains milieux et dans un sens qui n'est pas favorable aux intérêts de notre pays.

« 3. Sur les relations de M. Bakour en Algérie, il y a peu à dire. Il avait bien un ami qu'un jour il a présenté aux Villatta comme étant un cousin — mais c'est ainsi que chez nous dans les campagnes on présente ses amis aux étrangers et c'est ainsi qu'ils l'ont compris — qui lui rendait souvent visite au domaine. Ils croient se rappeler que l'homme a fait pour eux quelques vendanges. Il ne leur revient rien de plus qui puisse vous permettre de l'identifier, sauf que, encore n'en sont-ils pas sûrs, il était rouquin et plutôt insignifiant.

« Je vous apprends que les Villatta ont reçu un coup de téléphone d'un homme qui se prétendait un ami de M. Bakour. Il leur a annoncé le décès de celui-ci, sans autre précision quant à sa cause, et se serait proposé, moyennant un prix à débattre, de prendre en main l'entretien du caveau. M. Jean a raccroché au nez de cette "charogne" — c'est son expression. Il ignore si l'appel venait d'Algérie mais l'accent de son interlocuteur était celui d'un Algérien. Cela me révolte de penser qu'un tel personnage est un compatriote.

«Je termine cette lettre, conscient du peu d'informations qu'elle contient. Vous comprendrez que ma fonction ne me permet pas de pousser plus avant telle investigation. Je le regrette. Si cela ne contrevient pas à vos obligations, j'aimerais connaître les conclusions de l'enquête et avec votre permission en tenir informés les Villatta. On leur doit bien cela.»

Larbi étudia la missive à l'apprendre par cœur. Si elle venait confirmer certaines choses, sous un éclairage nouveau, elle ne manquait pas de le frustrer. Elle suggérait plus de questions qu'elle n'apportait de réponses. Qui est ce rouquin? Comment le retrouver? Quel rôle a-t-il joué dans la vie d'Abdallah? Que signifie la sortie de Jean à propos de la tranquillité de leurs morts? S'insurgeait-il contre l'idée d'avoir à appointer quelqu'un, et au prix fort, pour entretenir le caveau familial resté en rade à Rouiba? Sinon, de quoi peut-il bien s'agir? D'un chantage? D'un racket? Comment? Au profit de qui?

Les deux frères ont confirmé qu'Abdallah avait un temps disparu du domaine. Il serait monté au maquis. Étonnant, en vérité. Revient-on ainsi de la guerre? Abandonne-t-on le combat lorsque l'envie nous en prend ? De ces lieux, on ne revient que mort, prisonnier ou victorieux... on peut en déserter. Était-ce le cas ? Larbi ne pouvait le croire de ce brave homme. Au fond, ce qui le surprenait, c'est que lui ait envisagé la possibilité que, durant la guerre de libération, Abdallah soit monté au maquis et en soit revenu sans plus de mal. Par quel canal l'hypothèse s'était-elle insinuée en lui ? Il en était sûr, personne ne lui en avait soufflé mot. Alors... intuition ? Association d'idées ? Raisonnement ? Mais lequel ? Bien sûr, à cette époque, et c'est naturel, beaucoup de jeunes ont pris les armes. Pourquoi pas Abdallah ? L'hypothèse coulait de source. Nombre d'entre eux sont morts. Certains, comme lui-même, ont été faits prisonniers, et libérés ce fameux 19 mars qui a vu naître les marchands de biens et de mort qui nous gouvernent. D'autres ont déserté et, parce qu'un choix en appelle un autre, se sont engagés dans la harka ou la Légion étrangère. Mais personne n'en était revenu comme ça, comme on revient d'un voyage ou d'une fugue. Or, avant et après l'indépendance, Abdallah se trouvait dans «son» domaine, vaquant à ses tâches, et nul ne l'avait jamais inquiété. C'est donc qu'il n'avait pas rejoint les rangs du FLN ! Il n'y a pas d'autre conclusion possible ! Si tel avait été le cas, celui-ci l'aurait retrouvé où qu'il se fût caché, et exécuté. Ce sont les dures lois de la guerre et le FLN n'est pas près de les abandonner tant qu'il y aura vie sur terre. Où était-il passé ? Larbi soupira. Abdallah était un être simple, il n'en doutait pas, mais il laissait derrière lui un problème d'une insondable complexité.

« En attendant, je vais m'occuper de cette charogne de Gacem. Il va en avoir pour son compte ! » se dit-il avec dans le ton une tonne de ressentiment.

L'administration de la colonie, à l'instar d'autres dans le monde mais à sa manière inflexible et retorse, adore martyriser ses boys. Les maintenir dans l'attente d'une mort imminente est son truc préféré. Bien qu'élémentaire, la recette est efficace, mais elle en a d'autres, des ribambelles, plus sophistiquées, et quelques raretés prodigieuses qui lui permettent de faire face aux situations les plus difficiles. Ses machinations s'enclenchent sur une convocation qui arrive comme un coup de tonnerre dans un ciel bleu. L'imprimé lui servant de véhicule comporte bien une rubrique «motif de la convocation», suivie d'une alignée de points. L'élu, sentant sur lui l'œil de Moscou, se jette sur les pointillés ; las, l'attend la formule «pour affaire vous concernant», griffonnée comme une déclaration de guerre. Il en est qui meurent là, bouche bée, laissant derrière eux un dossier inachevé et un préposé sur sa faim. Pour les rebelles commencent la traque, les alertes sporadiques, les pilonnages de nuit, les silences insoutenables, les armistices trompeurs, les transferts factices, le manque de sommeil et par-delà le bruit des avions et les aboiements des chiens, le doute, le doute. Papier en main, le cœur pincé, l'estomac noué, la tête fumante de questions pourries, ils farfouillent dans leur mémoire, invoquent Allah, tentent de raisonner. De quoi s'agit-il ? Qu'est-ce que j'ai bien pu faire depuis ma naissance ? Vais-je m'en sortir ? Combien ça me coûtera ? Mes amis et alliés me soutiendront-ils jusqu'au bout ? Le pacte de défense mutuelle résistera-t-il aux offres de l'administration ? Elles resteront sans réponses ; en tortionnaires aguerris, les bureaux se sont donné pour piliers de ne jamais 1) se laisser émouvoir ; 2) encore moins intimider ; 3) se faire mener en bateau ; 4) abattre les cartes et dévoiler le nom du commanditaire. L'honneur national ne le supporterait pas. Ils voudraient y déroger qu'ils ne le pourraient pas, tant leurs combines sont filandreuses et leur mansuétude branlante.

Telles étaient les cogitations qui agitaient Gacem. En s'infiltrant dans le commissariat, d'ordinaire survolté mais là il prenait feu, il n'en menait pas large. Il n'était qu'un rouage de la mafia locale du ciment et du rond à béton, mais sa nature mesquine voyait plus loin que la pensée d'un mafioso d'envergure pris dans un vaste complot. Elle sondait éperdument. En vrai, il n'était pas sans savoir qu'on pouvait l'attraper par différents bouts sans vraiment le chercher. Il se connaissait quelques péchés. Mais quoi, il était là, pris au piège. Pas un instant il n'avait cru à l'enquête sur le meurtre de son frère. Il n'y était pour rien, à ses yeux c'était un quitus. C'est vrai que la convocation était à l'en-tête du service des cartes grises et qu'il n'avait d'autre véhicule que ses mauvaises pensées, mais on ne peut pas non plus toujours chicaner, tous les imprimés se valent.

Dans une salle d'attente qui sentait le cadavre envolé par les égouts, il passa en revue ses ennemis. Le coup vient de là. Il soupçonna son voisin : un cul-terreux des villes, de l'espèce chicaneuse ; il fricote dans le commerce des produits avariés mais il a trouvé à se formaliser pour quelques siens mètres carrés de terrain que Gacem n'avait envahis que par mégarde ; c'était la nuit et les chiens dormaient. Ce puits doit rester couvert, il a des dessous et n'en est qu'à ses premiers miasmes. Caftons pour nous soulager, l'affaire est belle : le terrain litigieux n'appartient ni à l'un ni à l'autre, imbéciles à pleurer, cependant spécialistes infatigables de la resquille, mais aux héritiers du prof de français qu'une fetwa de l'académie avait, un jour de rage folle, déclaré persona non grata ; en vérité elle était fatiguée d'avoir à le dissimuler à chaque alerte et de recevoir de partout de pleins tombereaux de menaces de mort ; le prof se serait éteint parmi ses vieux livres il y a fort longtemps si un pinson égaré par ici n'était follement tombé amoureux du poème dada que le vieux proscrit aimait à déclamer en touillant sa vieille marmite, et ne l'avait maintenu en vie, par quel miracle, très au-delà des limites tolérées; mais voilà, épuisés par tant de belle et longue amitié, ils moururent un soir pas comme les autres dans les bras l'un de l'autre. Le plancher débarrassé, la mairie, jouant un coup d'avance sur les héritiers, vendit le bien sous seing privé à une veuve de chahid dont le défunt mari, un gros bras de Barbès, vit son martyre loin de sa tombe. Acheter de la terre ancestrale à vil prix doit le payer d'être mort pour la cause de son vivant. Mais bon, un martyr n'est pas un saint. La bagarre des indus se fait décamètre en main, attirant l'attention des ignorants qui comptent avec les pieds et se mêlent de ce qui ne les regarde pas. Sauf à tuer les chiens ou un passant, ils en viendront à la barre à mine; ça va vite; il y aura mort d'homme et la vérité cachée, sauvée par le gong, sera celée par le procureur qui a des amis haut placés, un feu frère outre-mer et une rue à son nom.

Il porta ses soupçons sur la mairie; depuis que la rupture est le leitmotiv du pouvoir et le cri de guerre des vendus, elle est animée du désir de laver propre avec certains et de les jeter en pâture au peuple; elle les tient groupés dans le collimateur; pour Gacem qu'elle porte en grand mépris, son plan serait de lui mettre sur le dos la faillite des oueds de la région; elle en tenait le prétexte; une nuit, des gendarmes insomniaques l'avaient cravaté à la tête d'un convoi de camions chargés de gravier d'eau douce. Or la règle fait consensus entre gendarmes et pillards : celui qui est pris paie pour les autres sans faire de pet. Au lieu de cracher, l'animal rechigne et pose des questions : les autres étaient combien ? À quoi sert le gravier dans un oued qui ne sait plus ce que flotte veut dire ? D'un lit déserté, n'est-il pas louable de construire un toit pour sa tête ? Où a-t-on pêché cette nouvelle qu'il bâtissait un hammam alors que la bâtisse en question n'a pas encore reçu de destination ? Où a-t-on vu que l'eau faisait cruellement défaut chez lui ? C'était à devenir fou ! En vérité, le gendre du maire, qui guignait le terrain pour ériger des bains-douches, avait monté de toutes pièces cette histoire d'eau qui manque et de permis détourné de son objet. Le coup de l'oued n'était qu'une diversion pour le perdre ; le demeuré n'y a vu que du feu ; il en était à maudire la Sonelgaz ; elle est de tous les coups depuis que son réseau de mouchards a été mis au service du fisc et du contre-espionnage ; voilà des mois qu'elle le harcèle pour le remboursement d'une rangée de pylônes haute tension détruits accidentellement par ses ouvriers. Que ne s'adresse-t-elle, comme il se tue à le répéter, à celui qui lui avait loué le bulldozer coupable et que tout le monde connaît pour être de mèche avec les gens de la mairie et les exportateurs de ferraille de la région ?... Il regarda subitement du côté de la pouffiasse du Monoprix ; une misère qu'il avait levée derrière ses bois un jour de pénurie crasse, décapsulée un soir de beuverie incompréhensible de tristesse, et tringlée une petite poignée de fois par-ci par-là ; mais c'était il y a une paye.

Pour la terroriser, l'arrogant, ahanant court, lui avait mis sous le nez un avant-bras noueux, poing fermé, qu'il manœuvrait comme on remue un haltère. Puissant et direct, le salace et émouvant message pulvérisa ses défenses qui ne tenaient que par défaut d'assaillants. C'était modique comme proposition et pas très sérieux mais d'un bond la timide et inutile préposée s'est offerte d'un bloc par-dessus le comptoir. C'était ou l'embarquer ou renier sa nature. Il l'emporta sur son dos comme on enlève un sac de semoule; la honte! Avec ses dix-huit ans comptés, elle n'avait rien d'une jeunesse — pudique comme un clou rouillé, soudée recto verso, fagotée falbalas de Monoprix dans le pétrin — et se trimbalait comme un fait exprès un prénom à coucher dehors : M'barka! il sentait ses temps révolus; l'esclavage des femmes, le mariage à neuf ans avec des chenus qui ont crevé plus de gamines qu'ils n'ont de doigts aux pieds, les accouchements dans le sable, la vieillesse à dix-neuf ans et le trépas un siècle plus tard, entourée de huit générations de spectateurs qui se demandent, éberlués : qui c'est, la morte? On a beau les exhumer, les recoller, les décréter patrimoine national, leur consacrer réunions et subsides, deux trois quinzaines d'amusement l'an, presser les fonctionnaires du ministère de la propagande et du rabais sur la culture de les enjoliver en prenant d'abord la peine de dénaturer la démocratie pour torpiller ses attraits sur les jeunes, il demeure que nul ne souhaite les voir repasser par là. M'barka... c'est même plus un sobriquet de bonne! Les chiennes n'en voudraient pas, elles ne répondent qu'au nom de Lassie célébré par la TV. Les lycéennes, dont les plus actives se disputent le prénom mortel de Lynda, et les autres, dont on ne peut rien dire qui soit érotique à faire des guerres, des énoncés amazigh provocateurs dénichés dans les contes berbères d'avant l'invasion arabe, sont pétrifiées à la pensée qu'elles auraient pu naître dans un douar oublié des dieux. Si la solution de la crise identitaire doit ramener à ça, il n'y a plus de crise, se disent-elles avec un accent parigot sublimé. Que d'aventure le petit copain se prénomme M'barek et parle vieux jeu ne les émeut pas, pourvu qu'il tienne parole de ne pas les égorger à la première incartade et dépense des deux mains sans l'avouer à sa mère. Après tout, qu'est-ce que ça peut foutre dans le noir d'une taule où l'on ne passe qu'à la fortune du pot? On dit que les tartes sont les meilleures au lit, que la mocheté qui rime avec perversité est l'ingrédient idéal pour exalter le bon gros vice; manque de bol, la sienne de laideur rimait avec puanteur; elle schlinguait tenace le douar vermoulu, le produit d'épicerie rance et la fumure d'étable lacrymogène; elle en était imprégnée de l'intérieur; son haleine fétide parlait antique pendant que ses odeurs intimes évoquaient des caves humides et son parfum ardent des exaltations funérales. Il garda le souvenir trouble et délirant, ce qui ne va pas sans quelque mélancolie, d'avoir besogné dans une vie antérieure une momie en transe. Horreur et putréfaction ! Depuis ce coup d'envoi qui l'a illuminée, devenue salope olympique des arrière-cours, elle a mené sa chatte à un train d'enfer, de nouba en boufa, grillant par là ses maigres chances de lui faire attraper un raté en récompense ; aujourd'hui qu'elle a le bec dans l'eau, la radasse s'est mise sous voile islamique pour promouvoir cet évangile selon lequel le sexe c'est du pipeau. Putain, que ne faut-il entendre ! La pécore est travaillée par l'envie de lapiner, voilà qui l'a conduite à se fourrer dans le crâne le plan de lui jouer le coup de l'innocente encloquée par un méchant péquin. À lui, Gacem le maçon, qui en a niqué plus d'une sans jamais décliner son identité ! Avec ces roulures, faut jamais être le premier ou le dernier ; y a risque de se faire embringuer et de laisser des plumes ; c'est entre les deux, dans l'anonymat du nombre, que se trouve la tranquillité.

Il passa en revue ses amis ; du gibier fabriqué en usine ; des piliers de bars clandestins, de chantiers à l'agonie et de mosquées gonflées à bloc qui nous péteront à la gueule à la prochaine interruption électorale. Ceux-là ne sont pas les plus dangereux ; ils se seraient juré sa perte pour accéder à la contrition et goûter au bonheur de poignarder dans le dos un pécheur dans la mouise. Chaque vendredi saint, l'acariâtre imam leur rebat les oreilles avec ses allégories sur le vice et la vertu, et les bienfaits du talion, sans oublier aucune des admonestations percutantes du nouveau bréviaire qui d'un petit musulman foncièrement fataliste fait un islamiste, donc un redoutable homme d'action. Ils l'auraient compris et pris au mot.

Le périple dans ses litiges l'avait exténué. Il leva au ciel une trogne innocente pour reprocher à Allah les crimes commis en son nom.

C'est là, au fond de sa peine, que l'inspecteur Larbi vint l'accoster. Empoisonné par les remontées de ses contentieux, Gacem crachait du noir.

— Qu'est-ce tu fous ici ? lui demanda-t-il, patelin.

Le malheureux s'élança comme un assiégé qui voit arriver la cavalerie. Il la trouvait intenable, sa situation.

— Ah, Si Larbi, si seulement je le savais ! Voilà cinq heures que je poireaute sans qu'on me dise ni bonjour ni bonsoir. Qu'est-ce que j'ai fait ?

— Comment le saurais-je ? J'espère pour toi que tu n'es pas compromis dans une affaire de terrorisme. Ces derniers temps, les réseaux de soutien se démènent comme des diables. Puisque tu es parmi nous, sain et sauf, je vais te poser deux questions. Suis-moi.

Dans son cagibi, le policier s'installa comme un adjudant des îles qui prend possession du pouvoir et durant un laps de temps crucial, le visage fermé, s'appesantit sur un dossier à sangle dont l'odeur racontait des montagnes de souffrances, voire un génocide à grand spectacle. Gacem suait à grosses gouttes. Il était à point.

— Gacem, je voudrais que tu te reportes à cette

époque curieuse où nous étions des Français pas comme les autres et qui a fait de nous des Algériens comme personne sur terre, et que tu me dises si ton frère avait un ou des amis qu'il rencontrait souvent. Je sais, je sais, à cette époque tu avais des saletés au nez mais je suis sûr, tu étais plus rusé qu'un vieux rat d'égout.

— Je vous ai tout dit, Si Larbi! À l'époque, nous vivions à Palestro, c'était la volonté d'Allah. Je ne voyais jamais mon frère, il ne venait au douar que pour les fêtes religieuses et en cas de pépin.

— C'est gentil de me vouvoyer maintenant que tu me connais bien. Si tu veux qu'on retrouve l'assassin de ton frère, et je reste persuadé que tu y tiens autant que nous, tu dois nous aider. Prends ton temps, réfléchis, je reviens dans une minute.

Larbi se rendit au rez-de-chaussée auprès du policier d'accueil. Par bonheur, c'était le moins accueillant de tous. À celui-là les gens ne disent rien, ils passent d'emblée aux aveux. Il le mit dans le coup et, nez à nez, ils édifièrent tous deux un scénario rapide pour donner à la convocation de Gacem des suites fatales. Bâtie sur la réglementation en vigueur, l'intrigue magnifiait la violence bureaucratique. Elle leur procura un plaisir bref mais intense. Ce charognard de Gacem allait en baver. Plus il se débattra, plus il s'enfoncera. Ils ne voyaient pas comment il pourrait s'en sortir avant d'y laisser la raison. Satisfait de lui, Larbi remonta s'offrir un bol de goudron chez le Grizzly. Celui-ci l'accueillit avec un sourire bestial.

— Tu tombes bien, camarade. La racaille qui a massacré nos frères est localisée !
— Où... quand... combien ? s'écria Larbi.
— Zemmouri, hier, les gendarmes. La région est bouclée et cette nuit, mon frère, parce que Allah est juste, on pissera sur leurs cadavres. C'est le commandant Hour des ninjas qui dirige l'opération, ça va être du gâteau ! dit-il en se baisant la patte.
— Formidable ! Comment les a-t-on dénichés ?
— Facile. La nuit du massacre, un des vigiles du complexe devant lequel était garée la Mazda des tangos avait senti une odeur de poisson...
— Quoi ?
— Plus exactement de la sardine. Ça te la coupe, hein ? Comme ce nez fin n'en démordait pas et que pour lui ces bestioles sentent forcément le gasoil marin, les gendarmes ont cherché dans cette direction. Dans la région, tu le sais, il y a deux petits ports de pêche, La Pérouse et Zemmouri. Discréto, ils ont contrôlé les camionnettes des pêcheurs inscrits au rôle ; ça a vite payé, y en a pas des cents et des mille. Dans une Mazda, stationnée au port de Zemmouri, ils ont trouvé des taches de sang et des douilles de klach logées sous les cageots. Ils se sont souvenus que les tangos étaient repartis dégoulinants du sang de nos frères et que l'un d'eux avait balancé la purée pour crier victoire. Invité à parler, le bandit s'est mis à genoux pour raconter son histoire, celle de son chien et celle de sa première sardine. Ils n'ont eu pourtant

à le défoncer que d'un côté, c'est des lâches comme tu n'imagines pas.

— Où en est l'opération?

— Le filet est posé. Les darkis leur ont laissé une porte de sortie vers la forêt du Sahel où les ninjas les attendent dans la mire. Ils veulent pas de bagarre dans le village, ce serait Hiroshima, mon frère. Je crois que ça se goupille comme à l'atelier et cette nuit, je te le promets, nous irons pisser sur leurs cadavres ou ce qu'il en restera, du hachis pour Fox.

— Nous participons à l'opération? Il s'agit de nos gars...

— Zemmouri n'est pas notre secteur mais on ira voir dès qu'ils les auront zigouillés. J'ai entendu dire au bar que le patron arrange le coup avec les autorités. Secret défense, garde ça pour toi.

— Vu. Tiens-nous au courant. Je retourne cuisiner ma charogne.

— Bon appétit! persifla le Grizzly.

Dans les étages, une course-poursuite : un homme qui refusait de signer son arrêt de mort. Il n'ira pas loin.

La longue attente avait porté ses fruits. Gacem était mort.

— Alors, Gacem, la vie est belle? lui lança le policier, à mi-chemin entre le tortionnaire pressé et le grand-père qui va pourrir ses petits-enfants.

— Pourquoi on me fait ça, Si Larbi? Voilà six heures que je...

— Revenons à ton frère.

— Mon frère ?... ah oui. Il m'est revenu un truc. C'était à Palestro, au début de la révolution. J'avais cinq, six ans. Une nuit, Abdallah débarque à l'improviste. Un homme l'attend dehors. Il porte deux balluchons et un bâton ou un fusil... dans le noir, on confond. Ma mère se lacérait le visage ; en retenant Abdallah, elle disait : « Tu as été frappé par le diable ; cet homme que tu crois ton ami fera ton malheur ; c'est un brigand, ne l'écoute pas, retourne à ton travail. » En se contenant, il a répondu : « Ce que je fais, je le dois. Si on vient me chercher, dis que tu ne sais rien. Fais attention à Gacem, qu'il n'aille pas semer ça dans le douar. » On ne l'a plus revu de l'année. J'avais rien compris de ce qui se passait mais ma mère m'a tellement répété de n'en parler à personne que j'ai perdu tous mes amis au douar.

— Où est-il parti, à ton avis ?

— Jeuh... j'ai pensé qu'il était monté au djihad fi sabil el'lah.

— Et maintenant ?

— Euh...

— Bien... à présent, parle-moi des Villatta et de Toulouse.

Gacem se décomposa. C'est une loque pendouillante qui bégaya :

— Jeeuh... Jeeuh...

— Qu'est-ce qu'il y a ?... Ma question te gêne ?

— C'est queuh... j'ai rien à dire sur ces gens, jeeuh... j'les connais pas.

— Tu les connais quand même assez pour leur téléphoner !

— Jeeuheuh...

— Je vais te dire, crapule ! Toi et tes semblables, vous avez pourri ce pays et peut-être ne se relèvera-t-il plus car vos turpitudes font école pour les jeunes, ces pauvres nigauds dont vous flattez l'admiration qu'ils ont pour vous comme un signe de grande intelligence. Mais il y a une chose qu'on ne vous laissera jamais faire : le commerce des morts, qu'ils soient des nôtres ou pas. Reste dans tes trafics de ciment, merdeux ! Tout ce que tu risques, mais ça ne va pas tarder, c'est une erreur judiciaire comme seul le ministre de la Justice sait en fabriquer. Laisse les morts en paix ! Fous le camp, on t'a assez vu, charogne !

Avant que Gacem disparaisse, il le rappela :

— Pour ta convocation, vois avec le policier d'accueil, il t'expliquera !

Puis il s'affaissa sur la chaise. On souffre moins quand on s'abandonne à la peine. Il est des jours comme ça ; derrière des apparences anodines couve le drame ; un mot suffit pour le déclencher. Tout est pourri ! Le vieil homme sentit son moral se déliter et le dégoût l'envahir. Nous sommes des charognards, putain de nous ! Tous, pas seulement Gacem. Depuis trente années, installés dans la névrose, nous vivons sur les morts au point que la vie n'est qu'une contemplation hallucinée ; le vivant ne se justifie que par le mort, il en tire son droit à la vie, sa raison, sa légitimité. Le martyr de la révolution est devenu indigeste après trois décennies de consommation effrénée. On n'en pouvait plus de ce culte du héros, de cette débauche de cérémonies où fossoyeurs et pillards viennent étaler des mines de déterré, déployer des oraisons fabuleuses suivies de longues et graves ruminations. On ne supportait plus de voir nos louveteaux gris de peur, détournés de leurs jeux forestiers, ne fréquenter que des allées de cimetière en brandissant des portraits de martyrs roses de santé. Sommes-nous guéris de cette torpeur héroïque ? Quel mal nous guette ? Que serait la vie sans les morts, la joie sans le deuil ? Que deviendra la Ligue des enfants de Chouadas si leurs pères se mettent à vivre leur mort loin du tapage ? Qui consolera la Famille Révolutionnaire de ses fabuleux passe-droits ? On chasse de nouveaux territoires, on prépare de nouveaux festins, on affiche de nouveaux martyrologes. Là, les martyrs du djihad, morts de leur venin, saisis dans une exaltation fiévreuse ; là, les martyrs de la démocratie dont on parle avec des mots savants et dans le regard de grandes inquiétudes pour l'avenir d'ignorance fautive qui se profile à l'horizon ; là, les martyrs de rien, dont on ne sait que faire, mais on leur trouvera une utilité, comptabilisés par tranches de mille, tombés pour des prunes, d'une balle perdue ou d'un piège à cons dans des ruelles surpeuplées ou des champs désertés. Tous mijotent dans les mémoires en ébullition ; ils prennent du fumet. Repas liturgiques, agapes païennes, les banquets rituels de demain s'annoncent faramineux. On en entend déjà les premiers rots.

Les vivants sont des morts qui s'ignorent, des morts qui délirent. On ne peut à ce point se leurrer sans parvenir un jour à ses fins. On ne peut à ce point fréquenter les morts sans finir par leur ressembler. On ne peut à ce point parler de la mort sans oublier de vivre. Cruelle et sans joie, cette aberration tragique fait notre bonheur. Et nous, amants gâteux, lui sacrifions sans compter, avec au ventre la peur d'être à court d'ennemis et de manquer à l'appel du devoir. Mort, amour, parle-nous de tes débordements sans cesse renouvelés et cesse les infidélités que tu nous fais sous d'autres cieux.

Gacem braconne d'autres chasses, alléché par les senteurs fanées de la mort d'antan. L'infâme entendait prospérer sur des cadavres déclassés, se doutant qu'au train où va la vie, ils seront bientôt cotés à la bourse des valeurs.

Nous sommes des charognards, mort de nos os! Le pétrole qui nourrit notre ignorance et notre grossier appétit de puissance n'est-il pas une charogne, un résidu nauséabond de la décomposition des immenses forêts d'antan et de leur fabuleuse faune? N'est-il pas normal, après tout, qu'aujourd'hui nous en crevions?

Ce pays n'est pas gai; un sortilège le maintient au plus bas de la vie, et son peuple, tributaire de ses chaînes, le hante comme un fantôme vadrouille dans sa demeure.

C'était l'aube ; poisseuse, frisquette. Ce gué entre les rives du jour ne rime à rien ; n'y trouvent le bonheur que les rats et les cafards et les gens mal lunés. Son temps est heureusement compté ; elle se retire en lambeaux, à la va-vite, à petits pas indécis, à petites pattes grouillantes, tandis que le soleil se dresse à l'horizon, impérial. Éblouis, les oiseaux hésitent à quitter le nid mais ils pépient de mieux en mieux. Il fera chaud.

La forêt sortait de ses mystères nocturnes et se préparait à dormir tout le jour. Mais l'air était malsain ; les odeurs de la poudre et du sang imprégnaient jusqu'à la plus innocente brindille ; les arbres en frissonnaient de dégoût. Derrière leur impassibilité, on les sentait ébranlés. Il leur poussera des nœuds et des pustules coulantes. Dans leur mémoire élémentaire, le cataclysme est imprimé. Il ne s'effacera que dans le feu.

Hocine tenait la tête de la petite troupe de policiers et avançait à grandes enjambées, le naseau fumant. Il piaffait et s'exhortait à plus de haine. Il s'était promis de pisser sur les cadavres, il le ferait. Ça tombait bien, il avait le plein de bière et se tenait une belle envie de couler le *Titanic*. La veillée d'armes dans un boui-boui clandestin du Rocher Pourri, à un jet d'obus de Zemmouri, avait formidablement exacerbé sa soif de vengeance. Le bouge qui était plein de ses poivrots du soir fut réquisitionné comme on investit une position ennemie ; à leur mine, le tenancier comprit que sa devise «demin an aroze gratisse», gribouillée au-dessus de sa tête comme une promesse d'assureur, allait se vérifier avec un jour d'avance. Contre mauvaise fortune, il fit de beaux rictus et proposa ses services d'ancien mouchard près le commissariat de Barbès, quand Barbès, précisa-t-il, était ce qu'il était : l'enfer des balances ; et du moignon, montra ses balafres entortillées. Promis-juré, ses poivrots seront des tables d'écoute imbattables. Mais la joie de l'envahisseur était à la tristesse ; la nostalgie, la pauvreté des lieux, l'obséquiosité du loufiat, les balourdises des collègues, la hardiesse des cafards, l'agressivité des rats, l'humidité de la nuit, le sifflement du vent, le clapotis des vagues, tout cela faisait beaucoup et ajoutait à la frustration. Il faut du soleil et un brin de joliesse sous les yeux pour siroter sa bière et sourire à la vie.

Larbi traînait la patte. À sa grande honte, le spectacle de la mort lui répugnait. En arrivant au terme de l'étroite route goudronnée qui serpente dans la pinède pour brusquement se perdre dans le sable, il était au bout de ses forces. Des jeeps et des camions kaki, abandonnés dans le désordre, portières ouvertes, moteurs en marche pour certains, laissaient deviner la brutalité du débarquement ainsi que l'inéluctable dénouement de l'assaut final.

À bonne distance, sous le contrôle d'une poignée de darkis excités, une horde de civils accourus des fermes avoisinantes observaient la scène ; avec de grands yeux, ils tentaient de voir au-delà du barrage d'arbres. Les armes s'étaient tues. Dans leur regard se lisait l'histoire de leur vie ; et une fameuse peur ! les tangos étaient des leurs, des hommes de leur sein ; les femmes auront beaucoup à pleurer et à se déchirer, les hommes à regretter d'être nés si près du malheur ; les écoliers qui ont un cœur de pierre et l'instinct primaire vont tellement rêver de leur maîtresse qu'un jour ils la découperont en lanières ; ils en feront des lance-pierres et des arcs, et de son scalp un objet de fierté. Les lieux seront classés fief intégriste, les sans-travail réseaux dormants et les boutiquiers collecteurs de fonds. Une nuit, les darkis viendront les reluquer comme des rats contaminés et en capturer quelques-uns pour le dérangement ; la nuit d'après, des tangos enragés les réveilleront comme s'il y avait le feu au ciel pour leur rappeler que ce n'est pas parce que ça va mieux dans cet émirat grâce au sacrifice des leurs qu'il faut s'endormir ; ils en égorgeront une moitié pour l'exemple. Un jour viendra où les deux équipes se trouveront nez à nez; ça fera du barouf; mais bon, ce sont les contingences d'aujourd'hui : vivre ou mourir, subir ou fuir, accepter la fin imminente ou toujours l'attendre.

Les ninjas n'avaient rien laissé à la chance. Ils l'ont joué à pot de fer contre pot de terre; l'art de la guerre étant la suprématie et celui du ménage le harcèlement de jour comme de nuit. Après les avoir débusqués de leur cache, une vieille poissonnerie du port qui sentait toute la ruine du tiers monde, les darkis les avaient rabattus vers la pinède où les ninjas campaient à plat ventre. Le tonnerre des armes avait duré pour soudainement céder la place à un silence que même les oiseaux n'osaient rompre.

Larbi arriva sur les lieux du carnage. De leur sereine apparence sourdait la débâcle. Son cœur lâcha. Çà et là, des ninjas, adossés aux arbres, assis sur des souches, la tenue en piteux état, l'arme pantelante ou plantée entre leurs cuisses comme un sexe au garde-à-vous; certains se tenaient la tête, se massaient la nuque; d'autres, en état de choc, étaient froids comme des pierres; quelques-uns, briscards à vingt piges, fumaient tranquillement, le regard indifférent, le geste dégagé. Le reflux du sang autant que son afflux massif et brutal causent de bien étranges dommages.

Les corps des terroristes gisaient sur le dos, côte à côte, arrangés pour la prise de photos que réalisait un opérateur dépêché sur les lieux par le bureau du commandement militaire. Il y avait dans ses manières comme un engouement qui donnait à la scène une atmosphère de retour de la chasse. Larbi se remémora sa jeunesse, le fossé qui se creusait, les morts qui le comblaient, les journaux des ultras qui étalaient des cadavres de dangereux fellagas et prônaient un traitement plus radical, et la «voix des Arabes» qui menaçait de s'étrangler à force de harangues dans la nuit. Rien n'avait changé, ni le bleu du ciel, ni la litanie des jours, ni la teneur des communiqués ; pas même les Américains qui décidément ne soutiennent que les fanatiques et les dictatures à pétrole.

Debout, au pied des huit cadavres, le corps flasque, le souffle court, Hocine avait perdu sa superbe ; ce fut soudain comme un arrêt du cœur ; oubliée, sa promesse de pisser sur les assassins de leurs copains tombés à Rouiba.

Si Larbi s'approcha. Il se devait de surmonter la faiblesse qui le terrorisait à la vue d'un mort. Il salua le commandant Hour. Le centurion dominait ses trophées avec une modestie incomparable. Un homme superbe dont on dit qu'il tombe les femmes par centaines ; avec sa robe léopard et sa moustache à la Dictateur, c'est bien le moins ; un officier de grande valeur qui venait d'offrir une page à la révolution ; une légende que ses hommes admirent, que ses amis jalousent, que ses ennemis apprennent à redouter comme la peste. Si Dieu lui prête vie, il ira loin ; le mal a de beaux jours devant lui dans ce pays de cocagne malade de ses maux qui cherche la gloire sur les chemins de la perdition. Le policier se pencha sur les dépouilles. Un spasme le secoua. Les hommes y virent une réaction naturelle devant la boucherie. Le vieil homme était horrifié par d'autres choses, contre lesquelles on ne peut rien quand elles vont ensemble : la bêtise des intégrismes, la naïveté des jeunes et l'avidité des mercantis au pouvoir. Trois des huit morts étaient des gosses, ou pas loin, et les cinq autres pouvaient très bien être de vieux copains de la JFLN.

«Voilà encore une occasion pour le chef de s'arracher le crin.» Attablé à la terrasse du Café de la Fac, au centre d'Alger, l'inspecteur Larbi souriait au crime de lèse-majesté. Il faisait beau. Vue ainsi, la Grande Poste se découpe avec une netteté de carte postale trafiquée sur un plan bleu, blanc, rouge et vert où s'entremêlent dans une sensualité gênante le ciel et la mer toute proche, et pour tout dire l'orient et l'occident. Dans le lit encaissé de la rue Didouche s'écoule vers le monumental Palais des Postes le flot impétueux des voitures et des piétons. À ses pieds, il plonge en cascade dans le boulevard qui en contrebas côtoie le front de mer et d'un coup disparaît de la vue. On croirait que le but de ces hommes et de ces machines est le suicide par noyade. Les reflets incandescents de la darse et les silhouettes cruciformes de ses grues décharnées donnent à ce drame l'allure et la densité d'un rituel conçu par un maniaque; un rituel par à-coups, sans chants ni pleurs, qui ne cesse jamais. Dans le torrent qui fait trembler le canyon, de petites nuées de piétons s'efforcent, la mort dans l'âme et les pieds en sang, de remonter aux sources de la rue Didouche. Dans la cohue, le mouvement est menu; il n'a de liberté que dans la passivité. On s'étonne de l'absurdité de leurs efforts surhumains. D'où viennent-ils et où vont-ils, qu'on comprenne leur entêtement à joindre les deux bouts dans cette ville sans merci? Dans une rue à sens unique, descendante de surcroît, même pour le piéton on a peine à admettre la marche à contre-courant. En les observant lutter d'arrache-pied pour tracer leur chemin, il songea aux saumons et à l'étrangeté de leur transhumance amoureuse, du salé au doux; quelle apothéose! mais quel excès! Courent-ils se reproduire et y laisser la peau? Le spectacle le fascinait. «L'influence de la télé», se dit-il avec une amertume amusée. Elle rend le regard scrutateur et le cerveau spongieux. Elle a fait de l'indigène le zigue le mieux documenté au monde sur la faune. Il ne mange pas à sa faim, vit à l'étroit sur bien des plans, ne voit de ses affaires que les morceaux choisis pour la soupe du 20 heures, ignore à quoi jouent les gens friqués et comment fonctionne la junte là-haut quand tout grince en bas. Ses lacunes sont innombrables, ses dispositions limitées, et si, dans un sursaut, il tente de se dépasser, on lui en met tant qu'il s'étouffe; le martyre est au pays ce que le brouillard est à l'Angleterre, le spaghetti à l'Italie, le chocolat à la Suisse, la catastrophe au Bangladesh. Mais il sait à peu près tout sur le tigre du Bengale, l'orangoutan de Bornéo, le grizzly des Appalaches, le moustique géant de Sumatra, les tortues pachydermiques de l'île de Pâques, le diable solitaire de Tasmanie, l'abeille tueuse d'Amérique latine qui a infesté les States, retrouvée plus tard en Libye en violation de l'embargo sur les armes, les alligators des égouts new-yorkais, les bébés phoques d'Alaska que des caméras misogynes traquent de défilés en devantures, mais on le sait, va, qu'elles sont vendues aux gens du textile chimique et que leur but est de nous endormir; les oiseaux bleus qui marchent au pas de l'oie sur la canopée du Mato Grosso en sifflotant les quatre notes de la *Cinquième*, entre ciel et vide, beaux et curieux comme des mythes que des ornithologues alpinistes rêvent d'accrocher à leur palmarès; les poissons aveugles pullulant dans les nappes abyssales, les vermisseaux mutants vivant dans l'eau lourde des piles atomiques, l'holothurie graisseuse qui fait du Chinois à table un drôle de coco, le grillon frileux du métro de Paris et le quarteron d'ours des Pyrénées septentrionales dont la peau ne vaut plus tripette, tiraillée qu'elle est par le syndicat des transporteurs et la horde verte des pâles jean-foutre. Sans oublier aucune des millions d'autres espèces qui peuplent le vaste monde et qui ont toutes leurs mystères académiques. Toutes ont droit de cité et des parts égales à la représentation, toutes ont une vie bien à elles, toutes enseignent l'utopie en marche, la tolérance sans retour, la vision stratégique. Il nous faut retenir qu'elles sont vouées à l'extinction, c'est le but recherché par les forces du mal. La conspiration du savoir a un souffle grandiose. Dans ses programmes, d'une érudition impitoyable, il n'y en a que pour les bêtes. Elles sont gentilles, adorables à mater à l'intérieur de la boîte lumineuse, captivantes même. On ne peut s'empêcher de sourire à les regarder s'ébattre, s'égosiller, s'épouiller, grignoter, lambiner, se pister, couchailler après moult chichis, bosser follement comme si c'était essentiel alors que leur dénuement est ce qu'il y a de plus définitif, roupiller sans plan ni horaires, méditer sans arrière-pensées, faire si peu cas de leur bonheur et si peu de chose de leur liberté dont elles s'acharnent avec vélocité et l'esprit diantrement ferré à en délimiter le champ aux dimensions d'un WC de camping; ni de trembler pour elles, déplorer leur irrésolution quand point le danger, les alerter quand les prédateurs surgissant du coin de l'écran fondent sur elles dans un élan époustouflant de traîtrise préméditée. Certes, adorables, certes, mais à cette dose et présentées avec des mots si savants, on les refuse. Comment ça peut finir si ça continue, cette invasion? Quelle serait la réaction des plus jeunes si un jour ils voient des humains à l'écran? Y pense-t-on? Déjà chez les drogués, on observe une évolution des plus inquiétantes; ces êtres anormaux ne sont plus très loin de faire parler d'eux à la télé. Tiens, ce soir, comme film, il y a un Transtel sur les marsupiaux des Moluques.

Chic! les irradiés vont bondir par les fenêtres et se recevoir en bouses étoilées. Ça fera de l'espace pour les jeunes qui campent au pied des immeubles et du neuf dans les démonstrations des opposants éternels.

En vrai, il ne craignait pas la colère du patron. Il ne commettait aucune entorse à la sacro-sainte ordonnance hiérarchique et ce qu'il manigançait dans le secret ne pouvait l'amener à penser à plus de mal. Il dira que l'inspecteur Larbi, décidément, devient bizarre et que la bêtise de l'âge n'a pas de freins. Cela dépend de son humeur. S'il l'a mauvaise, la bizarrerie le mettra hors de lui. Or, lui-même est si bizarre qu'il voit des bizarreries partout.

Il en était là de ses calculs lorsque le docteur Hamidi arriva, essoufflé dans sa petite quarantaine hirsute et chiffonnée à toute heure de la journée et de la nuit. Sa bouille en caoutchouc, ses yeux globuleux derrière des loupes épaisses à casser le regard, ne déparaient pas l'ensemble. Un vrai phoque des mers du Sud, un phoque savant, d'où le surnom de Focus que d'aucuns, dans son dos, ont amputé du *s*; d'autres, des compagnons de beuveries, peu avares sur le quolibet et les histoires de cul, lui accrochèrent le numéro 33 en raison de son amour tumultueux pour la bière du même nom. À sa vue, ils appréciaient de lever le coude et de brailler: «Une Focus 33... une!» Éméchés, ils l'accueillaient ainsi, une manière de le mettre à l'amende pour son retard: «Un faux cul,

33 bières!», scandé sur le mode tatati tata. S'il avait un prénom, sa mère ne s'en souvenait pas.

L'inspecteur l'avait connu lors des années de plomb. Ils n'étaient pas du même côté de la barrière. L'un, étudiant en histoire, était fiché dans la rubrique des ennemis du peuple. Sa fiche de police s'allongea au fil des vicissitudes de la scène internationale. Par touches, la SM en avait fait un contre-révolutionnaire; dans le jargon abrupt du Parti, un fantoche à la solde de l'impérialisme, du sionisme, du néo-colonialisme et de la réaction tant intérieure qu'extérieure; mais pas n'importe lequel puisqu'il eut droit à des pages de mots pour cerner sa nature renégate. On le croqua sous les traits peu flatteurs d'un agité; plus avant, on gomma ceci et on ajouta ce qu'il fallait de caractères pour en faire un agitateur; quelques inventions de plus et des ombres plus marquées et le voilà campé en agent de l'étranger. L'effigie fit peur. On lui prêta l'intention de renverser le régime. D'affreux limiers furent mis à ses trousses. Bon, c'est vrai, ces brutes épaisses sombrèrent dans le delirium à force de le pister de bar en tripot et de trinquer avec lui à la santé des absents et perdirent totalement de vue leur mission de le détruire; mais c'était pure chance qu'il soit tombé sur des buteurs dépressifs. Dans la colonne des suites à donner, le traitement a suivi la même dérive : « à corriger », « à contrôler », « à surveiller de près », suivi de la mention « à retourner, si possible », et pour finir « à neutraliser », cerclé d'un rouge nerveux. En vérité, c'était un intello porté sur la parlote plus suggestive que subversive, la polémique musclée et la bière dont il supportait mal les coups de barre et qui, c'était plus une manière de snobinard inquiet qu'une réalité de civil mis au pas, ne pouvait souffrir la vue d'un apparatchik. L'autre était un fonctionnaire de police bien noté de ses chefs, un révolutionnaire tiède mais fiable, un homme désabusé mais ne dédaignant pas de rêver quand ça valait la peine. Ils étaient faits pour s'entendre; les atomes crochus, c'est le piège qui guette le rebelle et son chasseur; sur la distance, il faut craindre le concert de larrons ou l'inversion des rôles. Les limiers sont toujours au Bar de la Fac qui n'accueille plus que des trafiquants de drogue et de vagues talibans trop abrutis pour renverser plus compliqué qu'une canette, pour témoigner des méfaits de la promiscuité. Ils nourrissent la haine contre la société alors que Hamidi, endurci par des années de formation, siège aux côtés de cette élite volubile qui tant travaille à son malheur. Deux fois, le policier passa les menottes à l'étudiant en histoire qui en faisait trop; deux fois, il subit son amertume; deux fois, il lui promit qu'une huitaine à la Maison Carrée lui ferait le plus grand bien. Ce à quoi l'excité fit la même réponse : « On ne cache pas le soleil avec un tamis ! » Trop profond pour le policier qui le traînait par le revers du shangai. Au poste, après lui avoir retiré les fers et restitué les stylos, il se plantait devant lui et, au grand étonnement du révolté, l'invitait à plaider l'impossible. En prime, il lui donnait quelques répliques ; un peu fallacieuses, un peu maladroites, un peu vicieuses, ce qu'il fallait pour entretenir un bon feu. Il raffolait de ses réquisitoires à grand rayon et de ses formules bien calibrées. Quelque part, ça compensait en lui la fadeur de ses convictions et la tristesse de ses silences.

Or le temps passe en faisant des siennes. La révolution et son ombre, la contre-révolution, comme un vieux couple vidé de sa haine, périrent dans les oubliettes du temps. Cela prit quelques jours quand même. De nouveaux illuminés avaient décrété par une fetwa intransigeante que le soleil d'Allah ne brillait que pour eux. Le démenti de la nature s'est heurté à plus fort ; l'affaire est aujourd'hui inouïe : le soleil ne brille pour personne. Ayant survécu à la gêne de retrouvailles nez à nez, les ennemis jurés d'hier devinrent frères de sang. Une bonne bière réconcilierait un chien avec un chat autour d'un rat et tous deux en buvaient pour toute une meute. Ils étaient du même côté des nouvelles barrières qui font de l'Algérie un monde de chicanes et des Algériens des galériens sans hymne ni patrie. Entre deux maux, il faut panser ses blessures et occuper ses jours ; alors l'inspecteur saute les contraventions de l'historien qui conduit en titubant et celui-ci lui explique l'histoire et ses dérapages. Le papotage avait son charme ; cahin-caha, il faisait marcher la bière et aidait le temps à tuer les consommateurs. L'un voyait en prophète et parlait avec brio des cataclysmes qui abêtissent la société arabo-islamique. À l'instar de l'âne de Buridan, mort de surprise entre un seau d'eau et un picotin d'avoine, elle se meurt coincée entre un passé hors du temps, idéalisé à faire honte à Dieu, et un futur impossible à situer dans l'immédiat, tout de fantasmagories et de gadgets cliquetants, noirci à faire frémir le diable. Raconté ainsi, le drame est poignant. L'autre, plus simplement, disait les misères quotidiennes. Parler de ces tortures a ceci de pénible : on se répète, on s'attriste. Larbi en avait conscience, aussi leur donnait-il toutes sortes de noms exotiques. Travestir la vérité pour un homme de compassion est le moins qu'il puisse faire pour aider son prochain à mettre le pied à l'étrier du bonheur. L'un dans l'autre, les sentences de l'historien et les constats du policier s'emboîtaient aussi bien que le jour dans la semaine ; les séparer offrirait une vue inédite sur le cours déjà chaotique de la vie ; si ça grince c'est seulement qu'il y a des jours barrés d'une croix, des semaines plus tordues que d'autres et que le calendrier grégorien hérisse les Arabes. L'Algérie paludique rue comme un cheval qui aurait avalé son cavalier et les emmerdes s'y déversent comme grêle au pic de l'orage. Tout a un goût de cendres et la perversité les couleurs du feu de l'enfer.

— Plus je te connais, plus tu me surprends. Merde, qu'est-ce qui t'prend de t'intéresser à ce Bellounis ? Tu déjantes ?

Larbi sourit sans se démonter. Il s'en était expliqué lorsqu'il avait appelé son complice aux Archives nationales; mais point trop, ne pouvant se départir de son penchant pour le secret. Il ne voulait pas remettre ça et entendre les mêmes protestations de surprise apitoyée.

— Accouche, j'ai pas le temps.

— Zebi! Tu m'fais suer le burnous et tu m'sors ça! Dis-moi tout, qu'on se comprenne!

Puisque ruser il faut, le policier fit semblant de comprendre le binoclard mais il se laissait aller à son besoin de voir clair en lui.

— Voilà mon idée. T'es un homme d'histoire, tu devrais apprécier. Depuis le séisme d'octobre et le «je vous ai compris» du Raïs, la mafia a fait son apparition dans le pays. En l'espace de peu, elle a tout investi, du grenier à la cave. Elle prolifère, elle avance, elle gagne...

— On sait cette merde et d'où elle vient. Les pays, comme les poissonniers qui nous prennent pour des aveugles, ça pourrit par la tête. Pouvoir, corruption, ça fait la paire; c'est banal, tu sais.

— C'est vrai, mais on a dit autre chose pour expliquer le phénomène. On a dit : ce sont les chômeurs, les porteurs de cabas Tati, qui ont développé le marché noir, le trabendo...

— Petit maquereau deviendra grand, le menu fretin nourrit les gros pontes, récita Focus, sentencieux.

— On a dit : ce sont les islamistes qui, sous couvert d'une flopée d'associations de flibustiers, ont fondé une économie islamique pour ridiculiser l'économie moderne. Ils préparaient le djihad en nous amusant. On a dit beaucoup de choses mais qui n'expliquent pas l'efficacité de cette racaille. C'est là qu'est l'os, Ali. D'où lui viennent ces facultés que nous sommes si loin de posséder? Pourquoi est-elle si pressée, si brutale, alors que notre crasse est proverbiale?

— Zebi, c'est le laxisme de l'État qui est proverbial, ouais!...

Il n'est que d'ouvrir une fenêtre sur ce vocable en -isme pour voir qu'il est d'une utilisation massive en ces lieux où ne s'observe ni conciliation ni rien qui soit poétique. C'est qu'il doit avoir un autre sens, un sens caché; politique? cabalistique? mais on aurait fini par le percer à force de l'entendre, la tête travaille aussi par illumination. Il est de ces mots qu'on ne comprend que si on fait partie de ceux qui en usent de manière contrevenante. On y met ce qu'on veut, ils seront toujours là pour nous quereller sur nos origines et nos biens. Réfléchissez et dites si on est parti pour constituer un courant de pensée et une majorité stable. L'élucidation ne pouvant aboutir, fermons la porte et méditons ce malheur : il est admis par tous qu'un chef, un vrai, n'a à se concilier avec personne; il ne lui revient que de sévir; c'est une tare que le maître ferme l'œil et retienne son bras, il porte atteinte au rêve de chacun de devenir un jour, à son tour, un dictateur de génie. En rappelant cette vérité chère aux Arabes, dénaturée par des chefs peu sérieux (pressés de révéler leur secret, ils crachent de haut et jurent leurs grands chevaux qu'ils ne font que singer les Blancs dans le but de les discréditer aux yeux de l'opinion internationale), on a réveillé les monstres ; ils vont se regrouper, donner libre cours à leur chagrin ; évoquer l'époque heureuse du Dictateur qui ne buvait que de l'eau et tenait d'une main ses ministres par les couilles, exagérer l'acuité de son regard et la précision de ses coups, prêter à ses tics des significations mortelles, discourir sur son art du poker, recompter ses victimes, pleurer sa disparition, déplorer les magnifiques occasions de réprimer qu'il perd en ces temps déliquescents. Trop c'est trop, ils vont tant le grandir que la terre nous avalera. Désarmons-les par des promesses d'ordre supérieur : il viendra un jour, ô mes frères dans le malheur et la bêtise, un jour aussi certain qu'inéluctable, un autre dictateur, un général d'infanterie qui sait comment marche un blindé, un presse-bouton décidé mais assez imprévisible pour qu'on soit sûr du danger ; un Hitler, un Staline, un Pinochet, un Saddam thermonucléaire, un Kadhafi plus ficelle, un Pol Pot plus méthodique ; mieux, un coupeur de têtes infatigable, un roi barbare mangeur de nains ; mieux, un exterminateur prodigieux, un monstre de l'espace chitineux, nauséabond et télépathe ; un diable de haut rang, Ibliss lui-même peut-être ! Il nous tuera tous, sans exception, sans merci... Ils sourient, c'est bon signe ; laissons-les rêver d'hécatombes, de machines à torturer pour le bien du Chef, de lois qui déchirent le cœur, de juges cagoulés, de bûchers au clair de lune, de complots que nulle folie ne peut effleurer. Or les malheurs se suivent et s'amoncellent; il est dit qu'un peuple, un vrai, qui a brisé toutes les chaînes, relevé tous les défis, réalisé tous les exploits, remporté toutes les médailles, n'a de leçons à recevoir de quiconque; que dire à un enfant émerveillé, persuadé que son village est un cirque? Kaddour n'est pas oublié; c'est un phénomène, Jupiter habite sa cuisse; qu'il pleuve, qu'il vente, il est là à bomber le torse pour insinuer qu'un homme, un vrai, qui a du nif, des moustaches drues et des couilles en bronze, n'a rien d'une femme; qui s'y frotte s'y pique! Il faut conclure : cet humain-là n'est pas une erreur; la création a ses vérités comme elle a ses couacs. L'Algérie est terre de grandiloquence enthousiaste et le restera, dût-elle continuer à marcher sur la tête et voir midi à six heures.

— L'État est une vue de l'esprit, il n'y a que des clans en guerre. Est-ce ainsi que vivent les mafias? Non, ces organisations sont en harmonie avec lui. Un équilibre s'installe que personne ne veut rompre; le truand aspire à l'honorabilité et le citoyen aime à s'encanailler pour résister à la grisaille des jours.

— De ce point de vue, tu n'as pas tort, on peut être truand et patriote. Sais-tu que durant la Seconde Guerre mondiale, le syndicat du crime piloté par Lucky Luciano a aidé au débarquement en Sicile de l'armée américaine ? Que le milieu français a gagné les maquis et soutenu la Résistance ? Je ne t'apprends rien en te disant que, durant la guerre de libération, nos truands et parmi eux le fameux Ali la Pointe ont rejoint le FLN et fourni d'excellents martyrs. Ces hommes sont devenus des héros de légende ; on feint d'ignorer leur passé, on fait comme s'ils étaient nés au feu, juste pour y mourir et laisser leur nom à une rue coloniale.

— Pourquoi notre mafia est-elle si dégueulasse ?

— On est gouvernés par des tarés, spécula l'historien.

— Il y a de ça. Dès le début de la guerre de libération, le Front s'est arrogé tous les droits. Ceux qui se sont opposés à cette prétention, il les a écrasés. Il se préparait un avenir sans nuages. Après l'indépendance, il voulait éradiquer jusqu'au souvenir de leur passage sur terre...

— La logique du parti unique est ainsi, elle fonctionne comme un défoliant.

— Mais il n'a pas réussi. On ne réussit jamais dans ce genre d'entreprise, la mémoire n'est pas de l'herbe. Aujourd'hui qu'il a perdu la face, ces hommes sortent de l'ombre, relèvent la tête. Ils se cherchent, se regroupent, veulent la revanche. Trois décennies durant, ils ont subi les bombardements du Front. Certains, qui ont évolué par la force des choses, ont fondé des partis avec pour seul programme : détruire le Front, le fouler aux pieds, organiser de grands procès pour ses dignitaires, les pendre sur la place publique ou, mieux, les bannir. Ils savent, pour l'avoir connu, que le bannissement est pire que tout.

— Ils le méritent. Souviens-t'en, j'en ai bavé.

— C'est vrai, concéda Larbi. Mais pour les plus abîmés, la vengeance ne suffit pas, brûler la planète ne leur suffirait pas. Ils ont armé les fous d'Allah, des cobayes échappés des stalags du Front, dressent les plans, désignent les cibles, encouragent les visées de nos ennemis et de nos faux frères en islam. Le Front les aide en sous-main pour renaître de leurs cendres plus beau qu'un phénix. Cette racaille est un vivier dans lequel pêchent ceux qui veulent frapper l'Algérie...

L'historien balançait la tête. On entendait s'entrechoquer des sarcasmes. L'Algérie, c'est quand même pas le Pérou. La thèse lui paraissait vaste, c'est-à-dire fumeuse. Qui prête aux imbéciles, mal se connaît. Il ne croit qu'en ses bouquins. La vie n'est que les errements des individus et son livre un brouillon déplorable ; il n'a ni l'ordonnancement ni le souffle d'un traité d'histoire.

— Intéressant. Et ces seigneurs de la guerre que tu vois engagés dans une vendetta par-dessus nos têtes, qui sont-ils ? Où sont-ils ?

— Je ne sais pas mais ils sont parmi nous. Ces hommes se sont battus pour ou contre la France, contre le Front surtout dont ils refusaient le diktat. À l'indépendance, ils ont tout perdu, leurs biens, la vie pour beaucoup. Il ne leur restait d'avenir que de s'aplatir devant le Parti et applaudir à ses victoires. Crois-tu que ces hommes se sont effacés ? En guerriers, ils se sont repliés quand la bataille fut perdue ; ils se sont mis en veilleuse dans quelques tranchées ou trous d'obus et ont attendu le moment pour reprendre le combat.

— On y est jusqu'au cou ; est-ce celui de tes rescapés de l'histoire ?

— En plein, sa barbarie en est la preuve. Ces gens ne luttent pas pour la vie comme le feraient des opprimés. Ce sont des morts qui veulent la mort de tout le monde. C'est le seul sens que l'on peut donner à leur folie, dans laquelle ils nous entraînent malgré nous. On en compte encore les victimes mais arrivera le jour où relever les survivants sera une épreuve. On cherche à comprendre mais viendra l'instant où réfléchir à l'heure qu'il est nous tuera. Le train fonce sur le mur. La guerre d'Algérie, commencée il y a quarante ans, se poursuit et va vers un terrible dénouement. L'histoire se venge, elle s'écrit désormais seule, sur nos décombres à tous.

— Et le peuple, dans ce merdier ?

— C'est lui qui sécrète ça, ça ne lui tombe pas du ciel.

— Te voilà bien amer, mon ami.

— Tu me demandais qui et où sont ces gens. Si on parle pour parler, on n'avance pas, mais si on considère les choses froidement et qu'on retourne les cartes, alors on verra que rien de ce que nous savons n'est vrai...

— OK, OK ! C'est là que j'interviens pour te

conter l'incroyable Bellounis, dit Focus, professoral.

— C'est le point de départ de nos malheurs.

— Alors écoutez, vous les écoutants qui avez l'oreille fine et le sens du bien! commença-t-il avec une emphase d'un autre temps. Mohamed Bellounis est né à Bordj-Ménaïel en 1912. Il est mort en juin 58, criblé de plomb quelque part du côté de Djelfa. Je te le dis, ce bâtard n'a pas chômé. Putain de sa mère, pour être un chef de guerre, c'en était! autant sinon plus que le commandant Kobus, le chef de la Force K, histoire effroyable que je te conterai un jour que nous serons ivres à périr sous la table. Eh bien vois-tu, le général, puisqu'il s'appelait ainsi, a, quelques jours avant d'être abattu à son tour, égorgé de ses mains trois cents éléments de sa troupe qui menaçaient de le lâcher et de rallier qui la France, qui le FLN. Imagine : trois cents cadavres dans une mare de sang sous un soleil de plomb. Il a massacré tant et plus, tout ce qui lui tombait sous la main : les militants et les sympathisants du FLN, les populations récalcitrantes, les colons, les bêtes en guise de représailles; Attila, ya khô! L'armée française l'a récupéré; bien en main, il ferait la sale besogne à sa place; elle a renforcé son attirail et l'a relancé contre le FLN, l'ennemi commun. L'effroi qu'il inspirait lui a tourné la tête, il s'est cru à même de discuter avec ses maîtres. Il signait son arrêt de mort, le taré devenait encombrant. Le colonel Trinquier lui a réglé ses papiers dans la région de

Djelfa après un mois de combats sauvages. Le FLN, pour une fois, a applaudi l'armée française. Voilà les faits. Bellounis, parmi d'autres, a été le produit de la lutte entre le MNA et le FLN pour la direction de la révolution. Avant son déclenchement, le parti de Messali Hadj, le PPA, avait l'adhésion fervente des masses populaires. Le vieux chef les subjuguait. Il incarnait l'islam, un islam flamboyant, conquérant, invincible. Lorsqu'il parlait de djihad, il les mettait en transe. C'était le délire dans les villages et les douars qui l'accueillaient en prophète. Il parlait, prêchait, mais n'entreprenait rien de sanglant. Ça enrageait ses militants, pressés d'en découdre avec les infidèles. Le FLN, fondé par de jeunes transfuges du PPA dont le cœur ne battait que pour Nasser, n'a pas hésité à se lancer dans le combat. Le despote en fut bouleversé. On l'humiliait, LUI, le père de la révolution ! On lui volait SA guerre ! Dans sa prison, un château de Niort, le vieux lion griffait les murs. Il mobilisa ses fidèles dans un nouveau parti, le MNA, et les envoya en Algérie contrecarrer l'avancée du FLN, le dénigrer auprès des populations et le combattre par le fer et le feu. Bellounis était un de ces fidèles. Rapidement, il créa un maquis ; dans sa région pour son malheur, non parce que nul n'est prophète en son pays mais parce que le coin était tenu par le plus impitoyable des maquisards du FLN, le colonel Amirouche. En une semaine de combats, dans les montagnes de Bouira, l'armée de Bellounis qui comptait cinq cents bandits fut décimée sous les jumelles amusées de l'armée française. Forte de cela, elle développa une propagande active : « Regardez, ces héros parlent de vous libérer mais dès qu'ils ont une arme entre les mains, ils s'entre-tuent. Qu'en sera-t-il si un jour par malheur l'Algérie est indépendante ? » Tu vois, ta théorie s'inscrit en droite ligne de cette propagande, tu t'serais pas un peu compromis là-dedans ?...

— Qui sait... poursuis.

— Bellounis réussit à s'enfuir mais ses adjoints, pour la plupart, furent capturés par le FLN. Cuisinés par Amirouche, rendu zinzin par la bleuite, ils avouèrent tout ce que celui-ci désirait entendre sur ses frères et sœurs. Quand il en eut assez de leurs cris, il les passa à gauche pour les égorger. Bellounis fila vers le sud, sur les hauts plateaux aux confins sahariens. Profitant de l'absence du FLN dans ces territoires, il reconstitua son armée. Édifié par son échec, il rechercha l'appui de l'armée française. Le bougre avait été manœuvré par un petit génie du 2ᵉ Bureau. En se ralliant, il déclara : « Je vais exterminer le FLN jusqu'au dernier, jusqu'à ce que l'on ne se souvienne plus de lui sur le sol algérien. » Il en fit tant que ses pilotes furent effrayés. Ils décidèrent de freiner son ardeur. Il leur adressa des insultes et un ultimatum : « Fils de chiens, traîtres à Allah, aidez-moi à détruire le FLN ou je vous extermine ! Je vous donne dix minutes ! » La sommation divisa son état-major puis sa troupe. Pour couper aux digressions, il en supprima quelques-uns : trois cents ! Ce fut la débandade. Ceux qui lui restèrent fidèles reçurent le bonjour des «léopards». Ainsi s'achève la belle histoire. Édifié?

— Elle conforte ma théorie sur le retour en scène des seigneurs de la guerre ou de leurs successeurs, mais ne fait pas avancer mon enquête...

— C'est tout ce que je peux pour toi, répliqua sèchement l'historien en levant deux bras dégoûtés. Si tu étais moins cachottier, je pourrais t'aider, mais n'y compte pas, l'histoire de la révolution n'est pas écrite, je te le signale si tu crois encore à la parfaite rectitude du Père Noël.

— Ce n'est pas à l'historien que j'en appelais mais à l'employé des Archives. Là se trouvent les réponses à mes questions...

— Salaud, l'accès aux archives de la révolution est réglementé et pas qu'un peu ! À côté, Fort Knox est une galerie marchande. Cette bâtisse n'est pas comme les autres, chaque pilier a trois ombres. Si le contenu en était révélé, le pays volerait en éclats. Tu n'imagines pas la merde que ça foutrait dans ce bordel où chacun tient un rôle qui n'a jamais été le sien.

— Écoute ma petite histoire, tu aviseras après.

— Offre à boire mais ne te fais pas d'illusions.

— Quand j'ai été muté à Rouiba, j'ai trouvé une ville en plein boom économique, un boom sauvage pris en main par une racaille surgie du néant. Nous avons assisté impuissants à sa mise en coupe réglée par une mafia experte, impitoyable. Depuis que je suis en retrait du service, je me suis intéressé à ce phénomène qui défie la raison. Il dépasse les lumières de nos truands maison que les vieilles repoussent sans s'alarmer. Ce sont des ignares, tu le sais, des chapardeurs de poules, des saute-ruisseau si piteux qu'on les aiderait de bon cœur si le devoir n'était si injuste. J'en suis venu à me dire que derrière tout ça il y avait quelque chose, c'est pas possible autrement. J'en ai touché un mot au chef. Il m'a répondu : «C'est l'époque qui le veut. Lorsqu'on retire le couvercle d'une cocotte sous pression, son contenu te saute à la gueule. La démocratie, c'est pas pour nos pommes.» Quand je suis revenu à la charge, il m'a fusillé : «Ce sont des histoires de gros sous, tiens-le-toi pour dit!» Alors j'ai fait ma petite enquête. Le réseau des combines est inextricable mais par quelque bout que tu le prennes, il te mène au trio Lekbir, Zerbib, Ben Aoudia. Retiens ces noms. Les frontières ne sont pas nettes ; le premier opère dans le ciment et le rond à béton, le foncier, l'immobilier, les transports, il brasse deux à trois milliards de dinars sans se fatiguer ; le deuxième s'occupe du reste avec une prédilection pour le textile, la parfumerie, le médicament, le matériel électrique, la pièce détachée et j'en oublie ; ses trafics pèsent un à deux milliards ou alors j'y connais rien. Une telle réussite en si peu de temps laisse rêveur. À Rouiba et ses environs, et peut-être ailleurs aussi, ils ont la haute main sur tout...

— Et le troisième zigoto ?

— C'est un cas à part. Excepté son palais et une pleine écurie de grosses cylindrées, il ne possède rien que le fisc pourrait caresser sans se brûler. Les relations avec l'administration et certaines ambassades qu'il visite par la porte de service, c'est lui. Les basses œuvres aussi. Dans son ombre, il y a une armée de tueurs. C'est lui le contact avec le FIS, le FLN et les autres gangs qui grouillent sous les pierres. C'est un chef d'orchestre. Ses compagnons amassent du fric et lui le dépense, organise, construit, voyage...

— Dis, le vieux, tu nous fais quoi, une avance sur l'allumage ?

Larbi soupira. Avec les sceptiques, l'absurde passe mieux. On refuse puis, de guerre lasse, on adopte. Les tangos égorgent comme à l'Aïd, le gouvernement tue les femmes, l'école les enfants, la justice les honnêtes gens, le Grand Conseil les démocrates, les marchands le dernier client et l'organisation de l'armée secrète tout ce qui bouge dans le rang. La dextérité ajoute à la magie, mais hier comme aujourd'hui et jusqu'à la fin des temps, un meurtre est un meurtre. On le déplore sans insister car parler, écouter, disputer fatalement, c'est s'impliquer un tantinet ; c'est se voir chicaner pour sa part de responsabilité ; c'est s'entendre dire que l'histoire ne s'est pas arrêtée à notre naissance mais qu'elle nous colle au train, quand elle ne nous devance pas pour nous attendre au tournant. Ridicule ! Et puis à quoi bon posséder la vérité quand elle n'est pas belle à voir ; à qui en appeler quand les juges sont les voleurs ? Pourquoi pinailler quand les jeux sont faits ? Comment déjà distinguer un confident d'un judas, un voisin d'un tueur à gages, un homme d'une frappe, un collègue de bureau d'un espion ? Qui avoue ses crimes ? Qui se compte parmi les satyres ? Ou même, tiens, simplement, qui se dit hypocrite et peu scrupuleux quand on le chope à la sortie de la mosquée ou, plus avant, tapi sous le porche du lycée ? Guettons le miracle, il ne saurait trahir : ce qui est, d'un revers de main il le réduit à rien, et de ce rien il fait jaillir des merveilles. Voilà ce que nous désirons voir et entendre.

Il n'est rien de plus douloureux que de se lire avec les yeux de la vérité. Chacun sait que dans le déballage seules les aberrations sont vraies. Pour qu'elle paraisse épique et belle, l'histoire est à regarder de loin, dans un balayage rapide. L'Algérie est morte sous le mensonge ; le dire ainsi n'est vérité que pour les malheureux, les menteurs vivent royalement de sa dépouille. Mettre de l'ordre dans ses idées, tenter un autre regard, parler simplement demande une circonspection de chat neuf fois échaudé, ce qui fait beaucoup pour tout assuré social soucieux de ses vignettes. Ceux qui au débotté s'y sont livrés s'en mordent les doigts ; les voilà contraints au silence d'une cellule, à l'exil des lâches ou portés disparus et la tête de leurs enfants mise à prix. On ne peut agacer un peuple en folie et des chefs aux abois et prétendre aux applaudissements. Si Larbi le savait. Chez les poulets, plus que chez les macaques de la politique mais moins que chez les larves des bureaux, on sait de science certaine que la cécité, la surdité et la mutité sont les armes de la survie.

Il ignora la pique, sachant combien il est dur de convaincre un mur.

— Je reste sur mon idée, la mafia est en premier l'œuvre des vaincus de la révolution et de leurs taupes dans le système. S'ils n'en sont pas les acteurs, ils en sont le levain. Avec les islamistes qu'ils manœuvrent comme une armée aveugle, ils reprennent le combat contre l'ennemi de toujours...

Ah! Dieu, il faut encore parler et encore montrer du doigt alors que le soleil illumine tout sur son passage. L'histoire a son mot à dire, crénom! celui du non-dit, des mots oubliés, des secrets de labyrinthes, des quêtes interdites, des livres brûlés, des luttes dévoyées. Depuis l'avènement de l'islam dans lequel les uns ont vu le moyen d'entrer dans le monde et les autres la clé pour en sortir, elle est la chronique d'un effondrement sans fin. Un Arabe ne peut avoir la foi et se tenir peinard, on le savait d'avant l'éternité, pourquoi venir lui demander d'aimer la vie et de choyer sa femme! À croire que l'islam, Dieu me pardonne, n'avait d'autre but que de semer la discorde parmi les tribus. La guerre contre les Français n'aura été au fond qu'une parenthèse, ou un accélérateur, dans la querelle. Ce pays a plusieurs peuples et plus de mille puissants douars, on ne peut savoir pourquoi ; mille frontières hermétiques le traversent, on ne sait comment le vent des Aurès souffle nos bougies, ni pour quelle cérémonie les morts décorent les montagnes pelées. Rien ne peut les unir ; la constitution, les images importées, les témoignages fabriqués, les imitations réussies à tromper sa mère, la vente concomitante, le juste partage de la haine et de la rente sont impuissants à les rabibocher ; dans le feu, ils n'ont aucun pouvoir de collage ; et dans la folie générale, la raison, s'il en reste, est déraison. Quand chacun rend deux coups pour un, qu'on se multiplie à l'électricité et qu'on se divise au carré de la vitesse, l'équilibre ne se fait qu'après la fin du monde.

— Qu'est-ce que tu attends de moi ? lâcha Hamidi d'une voix chétive.

Le policier savoura sa victoire. Il se ralliait un crack dans sa partie. C'est à la source qu'il faut boire. Par son canal, il puisera des informations du tonnerre, mises sous le boisseau depuis la fuite du dernier colon et la disparition du premier contestataire algérien libre ; et les contradictions qu'il lui portait par principe ne manqueraient pas de le corriger dans son cheminement. De sa manche, il tira une coupure de presse roulée comme une devise passée en fraude dans un paquet de cigarettes. Avec son titre « Règlement de comptes à Rouiba », elle sentait le tract communiste, la descente de police, les enfants qui pleurent. L'homme d'histoire se mit à baver.

— Tiens, lis et dis ce que tu penses.

Pendant que l'historien épluchait ses souvenirs d'insoumis, Larbi se remit à l'étude des passants. La dégaine de ses compatriotes ne manquait jamais de le chagriner. Pour certains, qui emplissent les rues et les arrière-cours, d'où leur viennent ces allures de réfugiés oubliés dans un camp abandonné qui tuent le temps comme ils peuvent pendant qu'il les consume à petit feu ? Pathétique est l'errance quand au bout du chemin de fortune le berger n'a rien à compter sinon les heures qu'il reste à tuer. L'explication serait-elle géographique ? Le soleil qui ne décolle pas, l'aridité des images, le sirocco qui s'acharne sur les obstacles au lieu de passer son chemin par les airs, les montagnes d'immondices à la place de plaines qui n'ont plus de verdâtre que les ruisselets de fange sanieuse où barbote une enfance mutante, la campagne qui pleure sa beauté perdue et ses projets d'abondance, les oueds qui n'existent que par le souvenir de l'eau ou parce que des ponts les enjambent et que des panneaux de signalisation grotesques les donnent pour tels, la Méditerranée qui a toujours été au sud, devenue européenne à part entière ? Faut-il approcher l'économie alors qu'on ne sait sur quel pied danser avec elle depuis qu'elle se croit affranchie de ses bureaucrates et de ses proxénètes ? Qu'y gagnerait-on ? On perdrait ses dernières plumes ; le dinar ne vaut plus le prix de son papier, le pétrole ne paie plus son fût et le travail ne nourrit plus son homme. Soit, cela est vrai autant que deux ôté de deux font un malheureux de plus, mais on peut être pauvre et rester digne quand même. Faut-il questionner l'histoire et oublier qu'elle tourne en rond autour d'un point d'incompréhension ? Comment l'approcher quand des vigiles dégénérés et tueurs veillent sur son délire ? Faut-il vraiment s'échiner à lire la sociologie qui est tête-bêche avec la psychiatrie alors que la zoologie comparée serait mieux indiquée ? Ne parlons pas de la religion ; c'est une bombe à mèche courte ; on ne peut même plus dans la chienlit de ses peurs rêver de son paradis sans tomber entre les mains de ceux qui le gardent comme une forteresse. À quoi se raccrocher quand on n'a que ses yeux pour pleurer ? Certes, il y a l'enfer des apostats ou le néant des athées ou encore le paradis des camés, mais sont-ce des aspirations dignes ?... Et les autres avec leurs manières de dégourdis, ils s'imaginent où ? Dans un claque ? un souk ? un urinoir à la dimension d'une ville ? un stade, un terrain vague, une décharge, quoi d'autre qui dispense de l'élégance ? On peut être égaré, malade, enragé, civilement mort, et rester courtois, nom d'un putois ! Il est temps que le gouvernement change d'opinion et se décide à leur rappeler qu'ils sont en ville, au besoin qu'il en étudie avec eux le mode d'emploi. Bonnes gens, la vie en société est devenue trop complexe pour la laisser aux caprices de vos malheurs. Abandonnez vos manières, rangez-vous et laissez-vous mener ! Fiez-vous à la ville et elle vous le rendra, ou quittez-la sans oublier vos sirènes ! Ils n'écoutent pas, sauf les bêlements de leurs moutons alors que leurs moutards sont perdus. Le peuple est un monstre que n'a voulu ni Dieu ni l'homme sain d'esprit; le gouverner n'est pas une mince affaire. Ah! ceux-là, avec leur air d'épaulés, ne dirait-on pas qu'ils vont nous trucider puis nous dénoncer pour calomnie? Et ces sœurs en islam, que leur arrive-t-il? Pourquoi font-elles un usage si intensif du khôl pour souligner leurs grands yeux ailés alors que le délit bat son plein et que les primo demandeurs d'emploi ne débandent que pour changer de pied? Pourquoi aussi cette fausse pâleur quand le compromis est si fragile et l'humeur si fantasque? Il y a de la mante religieuse dans cette façon d'appeler à la fornication. Que manigancent-elles derrière le djelbab, ce linceul pour mort vivant, cette camisole de folles parachutée de Téhéran qui lui tient de paravent? Il est temps que ceux qui en ont la garde ouvrent les yeux et regardent du bon côté. Sont-elles en vie? Jouent-elles seulement à la morte? Miment-elles la folie des saintes? Si oui, qu'ils les pressent! Qu'ils leur arrachent leurs faux airs de nitouches! Qu'elles jactent! Qu'ils regardent aussi sous les kamis des suiveurs, c'est pas dur pour rien! Ils apprendront des nouvelles sur la morale islamique; en premier qu'elle évolue alors qu'elle doit stagner; en deuxième lieu, que ses gardiens caracolent en tête du championnat du monde des faux culs. S'ils n'ont pas le mépris du corps moderne, ils verront chez les attardées les kilos qu'elles ont amassés sans lésiner, toute espèce de coquetterie dissimulée jusqu'à l'oubli, qui leur donnent cette démarche dandinante et traînante d'oies gavées pour la fête.

— C'est de la merde, grimaça Hamidi.

— Quoi?

— Je te dis que c'est le genre de presse de merde que j'abhorre. Du baratin, des insinuations; ça schlingue le complot.

— Là n'est pas l'essentiel. Le monsieur a mis le doigt, je ne sais pourquoi, sur quelque chose qui rejoint mon idée. C'est cette hypothèse que je te demande de vérifier. Dans les archives de la révolution, il n'y a pas que des martyrs et des héros, les disparus sont là aussi. Derrière les fagots, il y a un dossier sur le général Bellounis et ceux de son état-major qui ont réussi à se volatiliser dans la nature. Je cherche des noms. Ce sont ces hommes qui m'intéressent. Aujourd'hui, ils sont peut-être à Rouiba.

— Tu me demandes de me suicider, quoi. Au minimum, je risque vingt heures de torture et vingt ans d'interdiction de séjour, bordel de merde!

— Fais pour le mieux. Je suis preneur de n'importe quel bout d'os.

— Tu devrais rencontrer ce pourri de journaliste, il est au parfum.

— On peut se lever tôt pour voir le laitier, comment savoir de quelle vache vient son lait et dans quel pré a poussé sa luzerne? Tu crois qu'il nous dira qui le paie si grassement? Allez, on s'arrache. Je t'invite à une loubia mahboula chez Ammi Moussa mais, à table, ravale ton putain de mot de «merde». Tu nous saoules avec.

Il est bon de temps à autre de s'arrêter et de regarder autour de soi. Non pas qu'on soit aveugle mais pour voir que tout est perdu et l'honneur que nous tenions de deux mille ans de lutte, aussi. Alors on s'aperçoit que, durant le temps que nous rêvions tête baissée, des bandits que nous savions en prison siègent au Parlement, que des criminels sont au gouvernement, que des enseignants bardés de diplômes sont au maquis sous la bannière d'un illettré assoiffé de sang, que des ambassadeurs en poste tiennent des succursales d'import-export pour le compte d'un général étranger, que le président déchu se balade dans les quartiers chauds sans blindés ni avions de chasse, que le président en exercice a des varices qui le tiennent au lit, que des résidences d'État frappées des trois I, inaliénables, incessibles et insaisissables devant Dieu et les hommes, ont été cédées en première main à d'innocents boulangers, électriciens auto, femmes de peine, gardiens de parcs. Avec effarement, on apprend que trente douars ont été rayés de la carte et six millions de Kabyles débarqués de l'état civil, que le dernier chanteur libre a été assassiné puis excommunié par l'opposition islamiste au pouvoir à l'heure de sa mise en terre, que d'innombrables jeunes filles errent dans les montagnes, pourchassées par les tangos, repoussées par les gardiens de l'honneur, ignorées d'Allah, qu'un universitaire condamné à mort par contumace pour activités terroristes alors qu'il effectuait un voyage d'étude à Tunis se fait inviter par un ministre de la république, par voie de presse, à rentrer de son exil forcé prendre le pot de l'amitié sans plus de mal que cela. On le savait buveur, celui-là ; perfide à ce point, non. On apprend que l'ONU, l'Union européenne et les ONG font une crise de folie à lire nos rapports sur les droits de l'homme et du citoyen. On relève que la désolation, la faillite, la décrépitude ont suivi une courbe ascendante, et que le reste, comme l'espérance de vie, le revenu par habitant, le taux de réussite au bac, suit une courbe descendante. On lit qu'un certain Ouyahia, ex-chef de bureau, est chef du gouvernement. On dit de lui, partout, qu'il a une mémoire d'éléphant et la vivacité de la belette ; on dit qu'il tiendrait sa détermination autant de sa moustache hitlérienne et de son menton mussolinien que de la carrure de ses maîtres. Bah ! un jour, on lira sa nécrologie et on saura tout. On observe, à parcourir la ville, qu'il y a de nouveaux venus dans l'arène qu'il ne nous a pas été donné d'identifier ; autrement, la rue leur donne toutes sortes de noms fort peu gentils. On se rend compte, car nos amis sont là, à la même place, pâles, tristes, exsangues, mais fidèles à eux-mêmes, que nous n'avions pas changé de planète durant le temps que nous avancions. On en arrive à la conclusion que si on aime son prochain on ne doit pas s'évader, pas tant du moins que tout s'écroule autour de lui. C'était l'objet de cette halte.

— Moh est classé.

Entre deux gorgées, Hocine l'annonça comme on annonce qu'il fait jour à midi. Larbi se laissa surprendre par amitié :

— Ah!... Quelles conclusions?

— Attentat islamiste. Motif : refus du Moh de verser l'impôt du djihad, répondit Hocine, quelque part humilié d'avoir échoué dans son enquête.

— Y a-t-il une chose ou une autre qui accrédite la thèse?

— Affirmatif. Les balles proviennent d'un PA volé lors d'un raid des tangos contre la daïra de Hassi Bahbah dans la wilaya de Djelfa...

— Djelfa?... Quand?

Djelfa revenait sur le tapis. Rengaine pour un patelin qui serait mort et ensablé si un plan d'urgence n'avait prolongé son agonie de quelques coudées.

— Y a cinq, six mois.
— Des détails?

— Carnage habituel : exterminés les agents, et le chef de daïra décapité puis empalé sur un pied de chaise ; envolés son PA et un lot de papiers officiels...

— Les islamistes ?

— Qui veux-tu que ce soit ?... les djnoun ?

— Des survivants ?

— Le SG et son guide, ils rackettaient en ville. Dis, on est curieux.

— C'est grave, je sais. Revenons à tes moutons, t'as rien relevé sur les associés du Moh, Zerbib, Aoudia et consorts ?

— Oh que si ! Le trafic de Rouiba passe par leurs mains, mais la façade est irréprochable, c'est du béton. Zerbib est un bon père de famille, genre Sicilien qui se fait oublier dans son village, ses fils s'amusent à faire des études bidon en France et madame qui tient le cosmétique de monsieur est une abonnée des mariages. Aoudia est plus souvent absent que présent. Cela dit, i sont pas associés... culs comme cochons, un peu, mon frère.

— Si je comprends, il a suffi qu'une des balles provienne d'une arme piquée par les tangos pour conclure au crime islamiste et enterrer l'affaire.

— Si on veut. L'opinion, le manque de moyens de la police et de la justice, la situation du pays, les droits de l'homme, tout cela a pesé sur la décision. C'est logique. Une fripouille de moins et une charge de plus sur le dos des islamistes, c'est bon à prendre, je m'en plains pas. Et puis derrière le

Moh y a des requins qui montent la garde ; quel intérêt aurait-on à se mouiller, je te le demande...

Le vieil homme savait tant de choses que répondre lui parut prétentieux. On laisse passer le temps, voilà tout, ce qu'il faut pour que les badauds renouent avec la difficulté et le fil du mektoub, puis on siffle la fin de l'enquête ; «On» : un gros bonnet de Rouiba, Zerbib, Aoudia, ou par dessus, une grosse pointure d'Alger.

Un fantôme passa. L'air s'était brutalement ouvert sur un monde livide où aucun sens ne fonctionne. Ils cessèrent de vivre et de siroter leur café cancérigène, le regard éteint. Le vague devint fixité sur un objet, puis fascination sur un point ; les lobes du cerveau s'éteignent en cascade ; c'est mécanique ; la béatitude approchait. À quoi pensait Hocine ? se dit soudain Larbi pour se dépêtrer. Pensait-il seulement ? C'était une question de routine. En maintes occasions, il avait eu à s'étonner de sa manie de s'éclipser dans le vide et d'emporter avec lui les collègues distraits. Il n'en revenait jamais entier, quelque part diminué d'un ami, d'un frère. Mais, reconnaissait-il pour compenser, c'est un bon gars, une grosse gueule qui campe dans sa vie comme un ours dans sa montagne ; faut pas la ramener et l'enquiquiner et tout est sucre et miel avec lui ; il ne voit d'ailleurs que ce que son flair lui dit de bon et se tamponne du reste. De son côté, Larbi louchait comme un hibou ; devant, derrière, sous les pieds, les mêmes limbes, la même souffrance ; le passé ne ressemble à rien de glorieux maintenant que la propagande a remballé ses lampions ; le présent égrène ses jours dans une insupportable tristesse de bal mis sous séquestre ; et l'avenir qu'on disait radieux est arrivé plus tôt que prévu, tel un ouragan hors de saison, avec dans le hurlement des promesses d'irrémédiable. Or, que désire l'œil du passant tranquille sinon que tout soit ordre et beauté, luxe, calme et volupté ?

— Dis-moi, demanda-t-il à l'improviste, l'affaire étant classée, puis-je jeter un œil sur le dossier ?

— Il est plein de vide, dit-il, heureux de sa trouvaille.

Au moment où Larbi passait la frontière, il lui lança :

— Larbi, je ne sais pas ce que tu trames et je ne veux pas le savoir mais t'as l'air bien mystérieux. Fais gaffe à toi, camarade, le temps est à l'orage et la merde vole bas.

Le dossier était effectivement plus léger que son poids de papier ; enquête bâclée, photos floues, PV d'audition muets. La famille, les associés, les lieutenants, les prête-noms, les commis, les hommes de paille, les voisins ne savaient rien, ne se doutaient de rien, ne comprenaient rien à rien, ne voyaient rien à ajouter. Leur a-t-on dit que plus d'un non, c'est de la dénégation, et qu'à Serkadji on apprend positivement à rêver de son exécution ? Le rapport d'autopsie, il le savait, était à peine moins rudimentaire qu'une fiche d'état civil ; il apprenait quand même que le décès de l'intéressé avait à voir avec des projectiles ; c'est bien. Le travail de l'identité et celui de la balistique étaient des pièces rares ; les investigations avaient fait de Moh un inconnu et des balles des ovnis. Un esprit l'aurait déquillé dans son sommeil qu'on saurait déjà l'âge du capitaine. Dans sa déroute, l'administration collectionne les mauvais coups. Le sot voit une main quand on lui désigne sa merde ; le gouvernement qui a la gâchette nerveuse y mord à belles dents, convaincu de trouver la main de l'étranger. Il consacra une couple d'heures à retourner ces méchants papiers qui n'avaient rien épargné. Pas un indice annonciateur d'une honnête euphorie. Il le sonda une dernière fois, aussi posément que le permettait son dépit.

Le mot lui sauta à la figure.

Ce que l'on ne voit pas du premier coup s'impose avec une acuité vengeresse quand on le voit. Sa respiration s'accéléra. Il s'appliqua à recopier la déposition de Dame Lekbir. Une façon de se donner du mou.

« Depuis quelques jours mon mari paraissait hors de lui... je ne sais pas pourquoi... une femme n'a pas à s'occuper des secrets de son mari... pourquoi sortirait-elle du harem ?... cet été, nous allions fêter le second mariage de mon troisième fils et faire plaisir aux pauvres... je me consacrais à sa préparation... les voisines nous aident mais on connaît leurs intentions... la veille, alors que je lui lavais les pieds, j'ai prié le maître de ma chambre de m'acheter un plateau de cuivre et une théière...

je lui ai dit que je ne voulais pas de ces horreurs qui se vendent partout à Taïwan et dans nos rues mais des pièces qui remplissent l'œil comme on savait les fabriquer dans l'ancien temps quand nos ancêtres avaient le cœur blanc et mangeaient hallal d'un bout à l'autre de l'année ; il m'a répondu : créature, tu as raison, le toc n'est pas de mise en cette occasion. Pour t'obliger, je vais voir er'rougi à la Casbah. Oulid el bled, il nous fera du travail à l'ancienne comme tu le désires. J'espère que sa vue ne s'est pas éteinte et qu'il peut encore faire l'artiste. J'irai demain… mais le lendemain, ya sidi rabbi, il a été tué par ces bandits ».

Il s'en voulut de ne pas avoir vu. Il mit son aveuglement sur le compte du système qui tant irrite par son genre crasseux ; il ne voulait pas gâcher son bonheur.

Er'rougi !… le rouget.

Du temps de son jeune âge, ce sobriquet poursuivait tous les rouquins du pays. On ne leur connaissait pas d'autres noms ; on n'avait besoin que de les héler de loin : hé, er'rougi ! Le désir d'originalité qui nous agglutine autour du plus petit commun dénominateur n'était pas un vice courant. De nos excès comme de nos manques, la statistique qui gouverne nos sociétés modernes tire des standards dont on ne saurait s'écarter de plus de trois empans types sans tomber dans le délire ou le délit. On était plus libres alors même qu'on se conformait à fond à l'usage. La liberté, c'est le bonheur d'être à l'unisson, pas dissonants, les anciens l'auraient su avant nous et n'auraient pas manqué de nous tailler quelques adages propres à nous sidérer. On suivait la même bonne vieille route, du berceau au tombeau en passant par monts et vaux; on bivouaquait aux mêmes points d'eau; on s'habillait dans le même tissu d'époque; sous le même père soleil, on se chauffait à tour de rôle et on tremblait de la même frayeur quand le dernier rayon de lumière ouvrait la trappe des ténèbres; on scrutait le même éternel mystère et on racontait la fabuleuse histoire de ce qui ne change jamais; on se contentait d'un vocabulaire commun qui n'allait guère chercher au-delà de la première haie; il venait à nous chemin faisant. À l'arrivée, les symptômes étaient pareils et on mourait rassurés.

Bistre est le teint arabe et crépu son poil, et ainsi vont les choses quand le ciel est rude et l'herbe rare et que sur le monde règne la fatalité. Alors ces écrevisses-là si peu banales, on ne les piffrait pas; on ne le pouvait; on les trouvait répugnantes, on les disait porte-guigne, on les classait parmi les bâtards d'Ibliss. C'était fatal qu'on leur disputât ce qui tombait sous la main: l'accès à la mosquée, la priorité au bordel, l'ombre des murs, les encoignures de café, le premier rang autour du meddah pour mieux voir ses trous de nez pleins de vers et ses dents gâtées; et au souk aux bestiaux, peu avant que le marchandage ne tourne à l'émeute, on les mettait en danger en faisant courir des bruits sur leur compte; on allait vite vite d'une oreille à l'autre, sans épargner les chameaux qui mastiquaient l'air de rien; on ratissait large pour que personne ne réchappe au massacre des éléphants; c'était dit sur la foi du mensonge pieux et de bonnes références coraniques à l'appui, ça n'avait rien d'avilissant et ça marchait bien. Le souk aux bestiaux, c'est tout de même un endroit où l'on tolère mal le mauvais œil. Quand il n'y avait rien d'autre à dire qu'à regarder s'écouler le temps en pensant aux femmes qui lézardent sur les terrasses dans une promiscuité reptilienne sans cesser de s'apitoyer sur leur sort, on les plaçait au cœur de palabres acerbes et d'embûches inextricables et on priait Sidi Abdelkader que leur chute fût aussi belle que l'enfer de Diên Biên Phu où les ennemis de nos frères annamites périrent par milliers; c'était oiseux mais ça endoctrinait les gamins qui écoutaient avec de grands yeux pervers. Quand d'aventure on les approchait, c'était pour les chercher et leur balancer la dernière sur les penchants nocturnes de leurs mères. Quel surnom leur colle-t-on aujourd'hui ? De quelles vannes les cingle-t-on ? Quels pièges leur dresse-t-on ? Le vieux policier n'en savait que de vagues cris attrapés au passage des jours. Les occasions de prendre le train en marche ne manquèrent pas mais il dédaignait de se refaire. Son vocabulaire se démoda à mesure que ses artères prenaient de l'âge et que la censure sclérosait les appareils officiels. Dans la liste des Constantes Nationales déposée au Palais des Poids et Mesures, nulle mention n'est faite des hommes de couleur. Mais bon, la rue n'est pas la cour. Les rougets raréfiés par l'arabisation brutale de la société sont plus étranges, et le langage, comme le reste, est devenu une affaire d'étrangers ; tellement qu'il ne dit rien aux nostalgiques, nés de père et de mère berbères. Jadis, il fleurait la campagne et ses insinuations taillées à la serpe ; il avait ses coquetteries au goût de fané, ses cachotteries puériles, ses attraits colorés, incertains comme les champignons ; il disait son dévergondage foncier qui explose en ruts furtifs et violents et ses colères qui couvent sous des silences obstinés. Il avait ses tares et ses verrues mais elles venaient des ancêtres, il s'en flattait avec acharnement. Il piochait rarement hors de ses terres ; il disait le sexe avec des noms de plantes potagères et des manières lourdes, les convictions profondes avec des soupirs longs comme le bras, le bien et le mal avec des formules lapidaires, ingurgitées dans la salle de torture de l'imam à l'âge des rêves fiévreux et des bousculades indiennes (cafouillage arabe pour le curé qui piquait sa crise à nous voir ânonner aux pieds du taleb qui était comme une tique après nous) ; et les mots d'esprit avec des expressions renversantes, attrapées avec le chancre mou dans les claques du chef-lieu ou chez les gens du voyage ou rapportées de loin par les anciens combattants ; dans leur bouche, le vice avait des accents étrangers, il ne choquait en rien des oreilles aussi ignorantes ; et quand il se la bouclait pour rouler de gros yeux, on voyait comme le soleil que le jour des lézards dans le foin était arrivé. Oh, funérailles! Les mœurs étaient instables, le mal incurable, mais le langage véhiculait tant de beaux mythes et tant de folies surnaturelles, branché qu'il était sur le passé qu'il ressuscitait par tranches pour les mettre au goût du jour sans oublier d'en rajouter car passe le temps et passent les couleurs. Allah veillait au grain mais les fidèles avaient le souci de ne pas l'accabler; ils transportaient leurs péchés et leurs bobards dans les villages voisins qu'on savait depuis l'éternité voués à la damnation. En ces temps de stagnation, les gens avançaient à reculons et avaient la conversation courante nostalgique. Les obstacles du jour, c'est de la poussière du passé qu'ils surgissaient. L'avenir — qui voyait au-delà de ses arrière-pensées? — était beau si le passé se présentait richement harnaché, marchant droit sous le chèche, la conscience libérée, le capuchon plein de glands pour les mendiants, le fusil en bandoulière. Si le barbe frémissant d'orgueil tarde à se manifester, c'est que l'on a l'âme tourmentée par le remords d'avoir épargné un ennemi. L'image du caïd royalement monté était aux Arabes ce que la libido est aux humains.

De nos jours, le langage est un monde en soi; étrange et fascinant comme un grouillement de reptiles. L'homme est pris dans ses filets dérivants et parle sans savoir ce qu'il peut en tirer. Il dit la ville, sa fureur, ses vices et ses ghettos; il dit les chemins de ronde qui ne se croisent que pour dessiner de nouveaux cercles; il dit l'enfermement et l'espace qui se rétrécit; il dit le nombre et sa prolifération cancéreuse; il dit la clameur des minarets sur des villes mortes, l'extrême tension, la haine prosternée, le doigt accusateur, la langue fourchue, le crime sanctifié; il dit la débâcle, crûment, avec des accents troublants de vérité; sans cesse ni pitié, il parle du futur, une phobie qui terrorise les croyants depuis leur primo-infection, comme d'un vertigineux accident mécanique; forgé par les guerres, il voit des big-bang partout; prospecteur de malheurs, arpenteur du néant, annonceur de tristesse, il se nourrit de prédictions lamentables. Avec des mots taillés au laser, il dit des choses incommensurables; on est englouti par les étoiles sans quitter sa chaise; avec des mots de tous les jours, il fait des phrases puis se tue à leur trouver un dessein hors de sa portée; pour étourdir, il a inventé des multiples de l'infini et ouvert des brèches terrifiantes dans la carapace du monde; avec sous les pieds un trou que rien ne peut arrêter et un ciel en expansion au-dessus de nos têtes, vivre caché est la quadrature du cercle; toute chose a un nom mais le dire ne suffit pas; le plus vil objet, un train, une brouette, une mine de crayon, un micro allumé pleins feux sur la gabegie, une chiure de mouche, nous capte au premier regard, nous assomme de son mystère puis nous disperse dans ses ramifications. Malheur aux ignorants, ils dépériront sans pouvoir se l'expliquer! Hors la fatuité et le blabla, point de salut. Avec de grandes phrases d'une poésie geignarde, il crie l'ennui qui prend à la gorge et ses agonies inachevées ; il marmonne la solitude et ses lentes et mornes dérives ; il récite des chants de mort qui laissent sur sa faim ; face au froid glacial du vide, il bredouille de l'imaginaire conditionné ; il tergiverse entre des certitudes branlantes et des élucubrations puissamment raisonnées. Il est de la nature du temps, continûment temporaire. Et si, de temps à autre, il parle de la vie et de ses bontés, c'est qu'on est au cinéma et l'objet d'hallucinations fabriquées. Il fatigue, il brise, il gâte. C'est un langage de mort, de honte et de regrets surhumains.

« Serait-ce mon rouquin ? » ; le trait d'union entre deux affaires que son instinct de vieux routier aurait rapprochées et que ses efforts clandestins s'évertuaient à placer dans une relation de cause à effet ? Son flair lui disait davantage que peut-être ; irrésistiblement, il pistait la vérité et déjà la tenait par la trace. Il se sentit soulagé. Bientôt, il aurait en main les pièces du puzzle. Mais il lui resterait le plus difficile : les assembler ; et pour y croire sans mal, il se doutait qu'il lui faudrait comprendre ce qui en lui avait créé cette intuition que les deux affaires étaient liées. « Je ne suis pas sorti de l'auberge mais à chaque pas son heure », se dit-il pour s'enhardir. Comme un vestige vit de lui-même, Larbi se regardait volontiers dans le blanc des yeux ; « je me fais la causette comme un vieux grigou », se gourmande-t-il quelquefois pour ensuite sourire de son travers. L'habitude s'est installée à la disparition de sa femme. Sans amour, on est sourd comme un pot. Ses soliloques, des chuchotis qui ne parvenaient à ses oreilles qu'amoindris de leur musique, gagnèrent en volume pour intéresser celles de ses voisins de palier qui, envers et contre tout, lui répondaient en y allant de leur avis. On peut regretter ses fautes mais quand le feu embrase la cité, on parle dans le vide. Un jour, mais il faut des vitamines et le secours d'un porte-voix, ses cris de veuf esseulé pourront prétendre au bonheur d'aller se jeter dans ce fabuleux torrent qui assourdit la ville sans lui laisser le temps d'aimer la vie des champs.

La sonnerie du téléphone mit fin au problème. C'était Focu.

— Salut, vieux flic, comment vas-tu ?
— Comme les vieux, et toi, gamin ?
— Comme un con à qui un vieux renard fait faire des merdes.

Larbi vit un signe. L'historien avait réalisé une bonne pêche. Il y avait comme de la jubilation au bout de sa voix frétillante.

— On peut parler au téléphone ?
— Non, de toi à moi seulement.
— Au Café de la Fac, à Alger ?
— Jeudi, à treize heures trente ?
— Porterai-je une barbe ?
— Pourquoi pas, la religion fait fureur.

Il se sentit de nouveau heureux, émoustillé par le suspense et le plaisir idiot de se retrouver au Café de la Fac, ce haut lieu de la contestation estudiantine des années avant-gardistes où les barbouzes avaient tant bûché à comprendre ce que récitaient les visages pâles, et de recevoir d'une taupe des archives de la révolution des rappels sur des formules oubliées de tous. Il éclata de rire; un raccourci: il imaginait ce soiffard de Focu dans le rôle de Gorge Profonde. Après tout, Alger est un coupe-gorge et qu'est-ce qu'un intestin sinon de la profondeur entre deux trous en opposition? Il ne dédaignait pas, car elle approchait, la perspective d'administrer une leçon au Molosse, à l'Ours et à cette bande de zorros massacreurs que les gogos appellent au secours pour retrouver la routine perdue. À leurs yeux, il était un croûton moisi et ses méthodes des manières qu'ils aimeraient critiquer ouvertement un de ces quatre. Où a mené la dictature verbeuse? Une main de fer n'a rien à faire dans un gant de velours. Enquêter sur papier, embarquer dans la discrétion, taper dans le gras, affaiblir un taulard sans le tuer, c'est d'un ringard! Faut du karaté, du retentissement et que le plomb parle. L'heure est à la frénésie, aux conclusions qui giclent, aux ordres qui fusent, aux descentes d'enfer qui se terminent par des arrestations au sol. Et si bris il y a, c'est normal et bon à prendre, on ne peut tout éviter; la justice déconne trop avec ses dossiers et ses lenteurs exécrables, les robins des bois du Palais de Justice avec les droits des terroristes pour ce que ça garnit la bourse et donne le chic de tonner en ténor, le gouvernement avec ses sempiternelles complicités pilleuses de trésor;

quant aux prisons, qui ont toutes une histoire derrière elles mais pas la queue d'une preuve, on ne s'en évade plus ; on les sèche sur le pouce, au pied levé, haut la main, les couilles du gardien-chef en pendeloque. Ce n'est pas un grand mystère que les flics aiment les emmerdes : quand ça pue, on est bien ensemble, les coudes serrés, à l'abri du vent et des ragots.

Il feuilleta une dernière fois le dossier avant de rejoindre Hocine. Celui-ci n'avait pas bougé d'un poil alors que l'hiver était loin. Il avait tout d'un ours dans sa grotte, guettant Dieu sait quoi d'impondérable. À quoi pensait-il ? ne put-il s'empêcher de s'interroger. Il demanda :

— Comment sait-on que les balles qui ont tué Moh proviennent du PA volé à Bahbah ? J'ai pas vu ça dans tes papiers.

— C'est vrai, la pièce manque au dossier. Le PA a été récupéré il y a un mois sur un tango abattu à la Casbah. Figure-toi qu'il tentait d'assassiner un pauvre vieillard aveugle. Le rapport du labo est au tribunal, mais on a une copie quelque part. Faut voir avec le boss.

— Moh est classé pour nous, l'est-il pour tous les mortels ?

— Je ne crois pas... oui, peut-être... quelle importance... pourquoi ?

— Juste pour savoir.

Les sympathies du maire pour le FIS étaient connues de tous. Elles se sont évaporées comme rosée au soleil. Sans doute était-ce ce jour qui avait vu le pouvoir changer de fusil d'épaule, casser les élections en cours, interdire ce parti religieux, embastiller ses cheikhs et héros, puis faire semblant de rien à la manière de Pilate se lavant les mains devant l'arrogance des juifs. Dire que la veille, par les urnes du chitane et le nom d'Allah, ce parti de salut avait triomphalement conquis l'Assemblée nationale ! C'était pas un jour ordinaire ; mais ce ne fut une surprise que pour les handicapés ; avant le coup d'envoi des olympiades, elle sentait l'encens et la sueur bénite. En une nuit, dense comme la mort mais subreptice dans son déroulement, le destin fut réécrit autrement. Le peuple qui pressentait la collision s'est vu projeter d'une histoire vers une autre, tirée de la même encre liberticide ; il ne s'en est pas sorti indemne. La première lui laissait le choix de retourner à la bonne vieille dictature du Parti ou de voir la jeune démocratie — elle avait deux ans, la petite souris effrontée, l'âge des bulles et du pipi-caca là où ça vient — mettre bas une république islamique ; la nouvelle donne, issue du scrutin magique, le mettait en demeure de soutenir le pouvoir en place, enfanté nuitamment par le Parti, ou de sombrer dans une guerre civile — familiale, dit-on par ici avec l'arrière-pensée d'une réconciliation avantageuse pour les aînés — dont pas un jeune ne réchapperait. Ce matin, il s'est réveillé avec la sensation d'avoir été emmanché profond, ne sachant comment ni en quel honneur ; il avait pourtant bien voté et rêvé de voir tous ses vœux exaucés. Il flairait des complications. Depuis, pris dans le tumulte de la honte, il entend des choses, il voit passer des gens ; des sortes de hérauts portant barbe-claquettes-blouson-gandoura, la panoplie bcbg de la terreur, et par-dessus une pétoire rafistolée, distribuant des châtiments aux uns, aux autres des menaces de mort suivies d'une exécution immédiate ; des sortes de représentants de commerce en costard et lunettes de soleil ; souriants et volubiles, ils évoquaient l'idée de vacances organisées pour ne jamais s'éteindre ; et d'autres, grand-guignolesques, moitié rat, moitié chat, manigançant de sérieuses absurdités. Les uns promettaient l'enfer, les autres le paradis et les double-face crépusculaires vantaient le purgatoire parce qu'il constitue une honnête transition entre les verts pâturages et l'abattoir. À les écouter, on était gêné d'être vivant et de n'avoir que des soucis matériels à l'esprit; le pain avait un goût de cendres, on ne pouvait l'occulter et mâcher des souvenirs de fête avec des yeux de vache heureuse. «Sont-ce mes ravisseurs? Sont-ce mes libérateurs? s'interrogeait-il. La prison est une mauvaise chose, qu'importe le geôlier!» se reprit-il in extremis. Tous sont en proie à leurs dogmes élevés à la dignité de lois de la nature. Leurs théories sont rachitiques, les discours copieux à rebuter un sourdingue et les manières des plus déplorables. En vrac, ils servent ratiocinations et anathèmes abondamment arrosés d'insipides digressions et remettent ça à l'identique chaque jour que les tangos nous laissent vivre. «Que le diable les emporte et jamais ne dise où!» s'écriait-on à la vue d'un partisan pressé.

Le malaise était total et l'avenir des plus incertains.

Le maire ne s'est pas démonté. Il s'est replié sur ses vieilles amours pour le Parti, avec des soupirs contrits plein les poches pour ses calomniateurs. Son menton redevint glabre; en moins d'un mois! Sorti sans anicroche de sa broussaille de faux prophète, il parut rajeuni de mille ans. La métamorphose s'arrêtant là, son âge resta discutable; «mille ans, par rapport à quoi?», tel était le problème. Ceux qui savaient ce qu'un revirement implique de célérité se posèrent des questions plus franches. Cela annonce-t-il le retour du Parti au pouvoir? N'est-ce pas la confirmation de ce secret porté par les vents qui dit que FLN et FIS, c'est le même blanc bonnet noir de polichinelle ? Serait-ce celui de cet insaisissable FLINS, le maudit, le sournois, dont on parle tant dans le cercle des démocrates où les tiroirs débordent de prospectus ? Malheur sur nous ! s'écriaient ces mauviettes en prenant la tangente vers l'Europe, laissant les indécis et les analphabètes face au plus vieux dilemme du monde : avancer ou reculer. Paradoxalement, la vile opération, au lieu de le discréditer, le grandit aux yeux du nombre. Elle renforça son pouvoir et le gratifia d'une aura de prophète. Ses ambiguïtés faisaient de lui un initié.

Les anciens l'ont connu sous la joyeuse appellation de « salle des fêtes municipale », mais les jeunes d'aujourd'hui qui ignorent tout de leurs droits et manquent à leurs devoirs le nomment sans dire pourquoi le Tombeau du Pharaon. Hermétiquement clos, ceint de fer et d'alarmes, il défie les passants qui marchent sur son ombre. Il sent le renfermé et la puissance du silence. On attend que le temps ait la pesanteur d'une chose morte, que les mots secrets soient dits, que le gong sonne dans la nuit et que le sceau soit brisé ; alors viennent les divulgations, les bruits de la cour, les roueries des sbires, les histoires de nouba chez sœur Zahia, pourvoyeuse du Grand Harem le jour, empoisonneuse la nuit, les viols organisés sous couvert de cérémonies de remise de prix aux lauréates, les micmacs commerciaux, les disparitions entérinées, les charniers ouverts pour la prochaine fournée de prête-noms. Et ne s'ouvre que pour les hauts dignitaires du régime en inspection dans le fief; c'est le salon d'honneur de la ville.

Campé devant sa porte d'acier, au milieu d'une smala d'adjoints et de maquignons, plus aptes à vider la caisse qu'à dénouer les problèmes, il est vrai inextricables, qui asphyxient la cité, le faux maire accueillait les arrivants. À chacun un mot gracieux, un geste de bonhomie, un sourire désarmant. Il avait le préliminaire coloré, éblouissant dès qu'il pousse un peu, mais la noirceur de son âme restait intacte pour la suite. Le magistrat était un sournois; il l'avait assez démontré au cours de sa carrière et plus encore du temps de la déroute annoncée de l'État totalitaire, lorsqu'il s'abonna au parti d'Allah pour s'adonner à l'œuvre macabre d'enfoncer de pauvres zouaves dans le délire. Perché de minbars en tribunes au premier coup de clairon du muezzin, peu avant que le soleil n'ouvre les hostilités, il disait le droit nouveau qui allait déposséder les uns pour enrichir les autres. «Nous, c'est les autres, cette fois!» affirmaient tout net les lève-tôt, non sans se demander sous leur barbe gouttante de rosée pour qui pouvaient bien se prendre les couche-tard sans foi ni poils. La foi, c'est poilant; ça prive un sujet de sa raison en moins de temps qu'il ne lui en faudrait par temps clair pour voir dans son pasteur l'agent de Satan ou l'amant de sa femme ou un tondeur de laine qui aurait découvert une mine d'or; mais, l'avons-nous oublié, mener les moutons à l'abattoir est le plus facile dans le métier de berger Heureuse époque ; les mots et les accents pour les dire venaient aisément, comme dictés par le ciel ; et ils faisaient mouche et mal ; un mal d'essence céleste qui plonge ses victimes dans d'insolubles repentirs. En quatorze siècles de forge, ils ont acquis de la densité ; en deux, trois versets trempés dans le venin, le cynisme des mécréants, le baragouin des sceptiques, les considérants des raisonneurs, les sourires des cachottiers, la curiosité sans bornes des enfants, corollaire d'une parenté perdue, ils en font du verre pilé et le leur donnent à boire.

Les policiers et, davantage encore, les familles des cinq agents tombés au champ d'honneur n'avaient nullement apprécié que la cérémonie du quarantième jour se déroulât ainsi, dans un tel lieu, avec un tel rite, face à de telles gens. Avant sa récupération par les édiles et les notables des grandes tentes, ils l'avaient envisagée intime, discrète, entre policiers, autour d'un tonneau de bière et un baquet d'olives ; que leur tristesse, leurs larmes et leur colère restent entre eux ; ils auraient parlé du boulot, de ce que serait sa grandeur avec l'aide de Dieu et de ce qui fait son lot de déceptions ; ils auraient tailladé les fils de putes et refait un gouvernement qui prend de haut nos ennemis ; ils auraient évoqué pour en rire leurs tribulations de flics qui labourent du terrain hiver comme été, de jour comme de nuit, et les sorties désastreuses de leur imprévisible patron ; puis sur le tard, peu avant que la nuit ne meure sous les cris du muezzin, quand la fatigue efface tout, la peine et son cortège de sentiments lénifiants, les rires et les regrets qu'ils inspirent, ils auraient, jusqu'au premier drame du matin, dans le silence et l'amertume, ruminé leur désir de vengeance. Faire ça dans une salle des fêtes! dans la cohue des sidis, des satrapes qui se succèdent à eux-mêmes depuis l'an I alors que nous sommes au seuil du troisième millénaire dont on dit qu'il sera celui de la nouveauté et de la concurrence parfaite; qui, de célébrations en enterrements, de défilés en inaugurations, de meetings en commémorations, traînent leurs lourdes et ennuyeuses obligations, affichant, le temps de l'hymne aux malheureux, la mine de circonstance, exhibant, devant de pauvres publics fascinés par le décorum et l'ordonnancement protocolaire, les liens hiérarchiques mystérieux qui les encordent les uns aux autres.

Le wali, un nouveau que sa réputation de croquemitaine avait précédé, raide comme s'il était momifié dans ses passementeries dorées, fit un discours tout en creux qui témoignait d'une profonde incompétence au service de l'État. Du haut de ses soutaches, quarante piges et des poussières contemplaient déjà le monde. Le maire, plus alerte dans ses faux-fuyants, lui emboîta le pas pour dire sans se couper un mot et ses faux amis. Un grand manitou de la Secrète, arrivé d'Alger par le chemin des contrebandiers, parla pour ne rien dire, les yeux dans le vague; comme il était ventripotent, on jura que son porte-serviette était ventriloque (en vrai le p'tit bigleux avait écrit le discours et le lisait avec la voix du gros). Il disparut par une porte si dérobée qu'on crut qu'il était reparti avec ; le mystérieux homme trouvé pendu dans un placard à balais permit à l'affaire d'en rester là ; une porte envolée, c'est pas la ruine quand le peuple gémit dans le dénuement. Le brutal commissaire et l'acariâtre imam de la Grande Mosquée ne purent demeurer en reste. Le premier dit quelques mots d'une grande émotion. N'y crurent que ses hommes ; pour l'avoir sur le dos l'année durant, ils le savaient méchant au point d'être incapable de jouer la comédie. Le second prononça un sermon d'apocalypse confectionné de versets choisis du Coran qu'il égrena d'une voix grave et profonde en brandissant un index pourfendeur ; anéantis par la colère de Dieu, les fidèles roulaient des yeux de toutous rabroués ; ils sentaient l'ardeur du feu de l'enfer sous leurs semelles et avaient un mal de chien à réprimer leur peur de la femme. Promis-juré, ils fuiront Ibliss qui les pousse à la pourriture, et au roi des gueux jamais ils ne disputeront le pouvoir qui rend dingo. Les familles des victimes, objets de regards apitoyés, étaient barricadées dans leur peine. Les assauts de sympathie les laissaient de marbre. À leurs pieds, les mômes des défunts, mous comme des jouets déconnectés, vagabondaient dans un ennui sidéral, le regard cotonneux, la bouche ouverte. Les affaires de l'État, c'est pas un discours pour orphelins ; plus gentil est de leur dire que baba est mort à la place d'un planqué.

La salle des fêtes était bondée. Le filtre à l'entrée ne marchait plus. Comment refouler la populace quand elle afflue en masse? Mais voilà que l'afflux des anonymes fait refluer les sidis. Ces deux-là s'excluent mutuellement, c'est dit une fois pour toutes : hier, au nom des idéaux de la révolution qui des uns ont fait des rois et des autres des riens ; aujourd'hui, au nom des impératifs de sécurité, et demain, sur lequel pèsent la malédiction de la Kahina et le cri de Matoub le rebelle, au nom d'un rite exhumé de la Djahilia.

Les gens s'énervaient. Le seuil de l'intolérable était franchi; depuis belle lurette; leurs pères en parlaient du temps de leur jeunesse. Alors ils se posaient des questions sans réponses. L'État ne fait rien pour résoudre la crise qui a engendré le terrorisme. Il l'a lui-même machinée, ô gens désarmants de crédulité! Quelle naïveté que d'espérer de lui qu'il démonte ses pièges avant qu'on y tombe! Il veut notre mort! Attendez-vous du chitane une noble action? Écoutez, il ne fait rien pour détruire l'administration, sans parler des rats et des va-nu-pieds qui nous disputent la place. Bon, alors dites-nous, s'il vous plaît, ce qu'il fait pour sasser l'école et la justice, charançonnées par ces immondes hypocrites? Va-t-il s'occuper de nos garçons, leur donner un toit, un métier, un travail, un avenir, qu'on puisse enfin les marier? Va-t-il se décider à mettre le holà à la hogra, embastiller les walis, fusiller les gradés, arranger les choses, quoi! Broutilles que cela! j'en ai les lèvres écorchées, ô mes frères chéris, mais il me faut vous questionner sans fausse honte : la prostitution, la drogue, l'alcool, est-ce normal dans un pays qui se proclame musulman ? Ô hommes pieux, qu'attend le gouvernement pour les prohiber et appliquer la chariâ à ceux qui s'y adonnent et d'abord à celles qui ne respirent que par la mode ? Faudrait d'abord voir qu'il cesse de salir cette merveilleuse religion que tous les peuples du monde nous envient ? J'en appelle à votre sagesse, ô gens pétris de douceur ! Lui qui en a fait un cache-misère, peut-il reprocher aux autres dégénérés de s'en faire un loisir, un fonds de commerce, un programme politique, une machine d'extermination ? Soyons véridiques sans verser dans le cynisme ; déjà à Marseille, quand on croise un musulman on se signe et on appelle les démineurs ; il est temps que le Tout-Puissant se réveille pour les fouler aux pieds ? Voilà qui est parler ; il les a créés, à lui de s'en dépatouiller !...

Ce groupe se grattait où ça démangeait et s'y prenait avec des mots acerbes. Les rats meurent en se grattant. Se lamenter, c'est se dédouaner au plus bas tarif ; agacer la douleur est une façon de l'apprivoiser ; parler épuise le sujet et engendre l'oubli salvateur. Ce sont des remèdes de pauvres ; ils agissent sur le cerveau qu'ils préparent à une extinction en douceur.

Dans le groupuscule voisin, fait de clercs et de broc, reconnaissables à leur mine insignifiante et à leurs pattes d'éléphant râpées, on était engagé dans un grand discours ; on se voulait circonspect et naturellement plus élevé. Chaque mot est catégorique et exclut la liaison. L'État ne peut rien, autant l'oublier. Tout se décide à Washington, à Paris, à Bruxelles, sans omettre Tokyo et Tel-Aviv qu'il faut consulter car l'internationale juive est partout. C'est là qu'on tire les ficelles et qu'on compte à rebours les jours, les heures et les minutes des peuples condamnés. Alger est sur la liste ; les grands de ce monde ne dorment plus de lui en vouloir de les avoir cherchés. Cuba ne perd rien pour attendre et la Libye souffrirait moins d'un hara-kiri.

— C'est le poids de la dette qui nous enfonce ; la solution est de quitter la spirale, affirma un spécimen rare qui ne pousse que dans le désert des Tatars, avec le sentiment d'avoir tout dit.

— Et comment, en refusant de les cracher ? tenta le deuxième, effrayé par la réponse qu'il suggérait en se défaussant sur les autres.

— Je ne suis pas d'accord ! Il faut rééchelonner à parité égale, c'est plus sage pour préserver l'avenir, protesta un énergumène qui paraissait s'être fait une religion des questions financières internationales mais qui ignorait tout des pièges de la conversation.

— L'avenir appartient aux riches. Le peuple est mort, annonça un vaurien qui tenait à passer pour inoffensif.

— Vous n'y êtes pas, cousins ! Votre crasse est cependant excusable car la question est difficile ;

ce qu'il faut, je vais le dire et vous garderez ça pour vous : contraindre la France à nous payer un loyer pour les cent trente années d'occupation. C'est ainsi que gnagnani, gnagnana…, expliqua un renégat de ce ton voilé propre aux déçus de Hizb França qui ont vainement bataillé pour obtenir un visa pour la mère patrie.

Ce groupuscule était à l'image du Parlement. Savoir que ça existe est un cauchemar. Jetez-y une bombe ou un test d'intelligence, il y aura explosion, mais dans le deuxième cas on est sûr que c'est un crime honnête.

Pour Larbi et Hocine qui naviguaient d'une île à l'autre, ces récitations n'étaient que poudre aux yeux et moteur de joutes aussi vaines que dangereuses. Autant les éviter. Ils se déportèrent vers une bande de jeunots sans se mêler à eux car l'équivoque fait partie de notre culture orale. Ils râlaient et leurs tentatives d'étouffer leur ire n'arrangeaient rien. Le temps du recueillement était passé. Peu leur chaut de savoir ce qui fait mal au pays. Étudier les remèdes ne guérit rien ; c'est le loisir des croulants qui n'ont rien à sauver. Eux savent ; ce pays est mort ; il est invivable ; il faut l'oublier ; la vie est ailleurs, aux cinq cent mille diables, au Manitoba, au Queensland, en Tasmanie, où le mot « algérien » signifie si peu qu'on passe pour un phénomène nouveau. En tendant l'oreille, les policiers apprirent que ces contrées, qu'à deux ils ne savaient situer dans aucun hémisphère, étaient le paradis des rois. La bière coule à flots, en canettes givrées que des machines abruties d'électricité distribuent contre des jetons de tric-trac ; les filles sont dingues à ridiculiser les houris sur lesquelles salivent leurs saligauds de pères en rêvant d'une nuit au paradis, et se font attraper sans peine véritable ; si on est fatigué de courir, on les siffle ; elles raffolent du boniment aux petits oignons ; auprès de la blonde, le basané a un effet ravageur, c'est écrit dans le ciel ; allez savoir pourquoi, ils s'attribuent la réputation de l'avoir massif et de ne faillir en aucune circonstance ; pour le fric, pas de soucis, le fric-frac est là, à portée de main, les allocations chômage assurant la soudure. C'est ce que jurent par les saints du village les cartes postales des copains partis en éclaireurs dans ces derniers paradis sur terre. De ces édens, ils savent tout comme ils comprennent que la pub est inhérente au commerce ; entre savoir et comprendre, il faut une passerelle, ça coûte cher. Les deux policiers se regardèrent en hochant la tête ; une façon de dire qu'ils voyaient bien où va le monde quand les mazlotin le voient à leurs pieds. Qu'importe le discours, ils en étaient à s'échauffer pour courir rejoindre ces bienheureux du bout du monde. L'un d'eux, un boiteux qui ne postulait que pour Marseille, la porte d'à côté, à un jet de crachat de Bab-Ejdid, fut traité de pauvre ami des mites et abreuvé de mauvaises nouvelles. Lui adorait les sardines grillées et les cigales en guise de radio et ne voulait que s'octroyer du bon temps sans trop s'éloigner de son cloaque ; ils se mirent à plusieurs pour le briser et lui annoncer que França, c'est terminé, c'est déjà une colonie africaine avec des cahutes de torchis, des marabouts sur minitel, de gros abcès le long des pistes et des flics nerveux plein les tunnels et les caravansérails. Misère pour misère, la nôtre est préférable ; qui nous en expulsera ? Charbonnier est maître en sa demeure. L'argument portera-t-il, sachant que les islamistes se chauffent aussi aux charbonniers et que dans les prisons d'État on meurt de froid ?

Larbi haussa les épaules. Ceux qui parlent de partir ne vont nulle part. Ils seront vieux avant de le savoir, cloués qu'ils sont dans un quotidien qui se délabre à la vitesse grand V. La machine sociale, rodée par un monde de routine, allait bien encore une fois réussir son vieux coup ; le mariage, arrangé à l'insu de Dieu et des hommes, est plus qu'avancé dans ses préparatifs. Un enfant sur les genoux tuerait le roi de l'escapade. Dieu, à quoi jouent les femmes ! Le complot est mobilisateur ; les tractations avec la partie adverse se mènent tambour battant dans le plus grand secret ; l'urgence délie langues et bourses et sublime le sentiment du devoir à accomplir ; la fille commandée, engagée fissa dans la course contre la montre, coud et tricote d'arrache-pied son trousseau ; le bonheur lui donne des ailes ; changer de nid était son rêve ; devenir la poupée d'un singe en Adidas son fantasme vivant. Hanté par les rêves d'évasion du fils, le père cavale après le ciment et la briquette à trois trous ; la rumeur étant ce qu'elle est, une affaire de naufragés, il frappait à toutes les portes et pleurait à pleins poumons; le mauvais temps sévissant, le troupeau doit être mis à l'abri. Objectif : ajouter un jeu de cloisons dans le taudis familial où cohabitent dans l'incohérence et la ségrégation quatre générations d'étrangers démunis d'identité mais non point de cette tendance schizoïde à l'arriération et au traumatisme. Tiraillé par une vieille tentation qu'il croyait éteinte et l'appel du devoir magnifié par l'ambiance sacramentelle, il file un mauvais coton. Probable qu'il continuera de picoler; les hommes sont ainsi, ils ne savent trancher qu'au comptoir, entre une rasade et un sanglot; une manie de manuel, un atavisme de rural, une ruse de menu pour gagner du temps de perdu. La vieille n'a plus sa tête. Elle se voit au milieu d'une couvée toute fraîche de marmots luisants et ridiculement duveteux; elle entend leur babil, léger comme un reflet de lumière, puis les voit, une rage subite au cœur, s'égosiller comme des fous; c'est incohérent, un bébé; elle se pâme par avance mais n'oublie pas d'exercer une férule impitoyable sur la bru, acquise à si grands frais; même dans ses rêveries les plus débridées, elle filera droit, promis-juré! L'honneur du fils, c'est sacré, surtout par les temps qui courent; les traditions foutent le camp, la chair flambe, la honte n'a plus cours, le crime fait recette. Elle s'en veut la dépositaire, c'est plus sûr; c'est dit. C'est elle qui arrachera les plumes du rodomont et fera de ses aventures en papier des radotages de sédentaire; ses vues d'aigle finiront dans une mare à canards, parole de femme! Leur arc à ces vieilles a plus de cordes que l'enfant n'a d'élans, que la vie n'a de libertés : chialeries aux accents déchirants; crises de folie tétanisantes; promesses à dormir debout; complicités sans objet; complots à double détente; rengaines sur les vertus islamiques; manipulations sur le code d'honneur arabe, et on sait combien le Nobel de la paix attend celui qui arrivera à le dissoudre dans l'eau claire sans détruire toute vie sur terre; sortilèges et jeux d'amulettes confondants de science criminelle; pressions sur le vieux pour qu'il tienne le lit et joue au mourant qui délire à l'idée de voir son sang le déserter et plus si nécessaire, comme un coup de pilon sur le sinciput ou une coulée de plomb dans le cornet, car, habitué aux infusions lunaires, son cœur est imperméable aux philtres et à la morale. Tout y passe. Le résultat sera atteint avant que la besace soit épuisée. Sans doute, sinon comment autrement que par les ruses des mères pourrait-on expliquer que ce pays ruiné ne se soit pas vidé de sa jeunesse avide de vivre?

Mais l'attrait de la fuite colle à la peau. À la longue, le rêve empoisonne l'existence. Passé les jours de miel, viendront les temps de l'amertume; puis ceux de la désagrégation et de la violence. Les épouses, rabaissées au rang de paillassons, en pâtiront. Elles feront des mioches et bande à part avec eux et, peu à peu, coincées entre la soumission et la révolte, elles se feront une raison : elles cesseront d'exister. Étrange destin qui promet tant et fait si vite le contraire. Avec les gosses qui leur arrivent comme les jours se suivent, nos femmes ont autant de raisons de tenir à la vie que d'en appeler à la mort. La chute en folie peut donner à réfléchir et faire diversion, c'est vrai, mais ça n'empêche pas vraiment; un ventre fou mange, boit, dort et défèque, il peut bien bourgeonner. C'est leur problème numéro un, à nos sœurs, que cette machination qui produit à la pièce, à vue d'œil, avec une régularité de métronome, en les avalant de l'intérieur, en continu, dans un siphonnage bouleversant de mystère. La vieille, trahissant le serment, est devenue grincheuse; elle est à la rage et la déverse partout; elle lui sort par les yeux et les doigts de pied. Trop bon, trop con. Ses rêves se sont faits cauchemars éveillés. Elle ne supporte plus les criailleries de ces morveux qui se multiplient pis que chiendent et qui chient pis que cholérique. Le sein maternel est plein de tristesse et de regrets; à ces petits, il a fait la quenotte hargneuse et le foie nerveux et des carences multiples qui laisseront des séquelles peu gratifiantes. La vieille s'en contrefiche; elle est toute impulsivité et se rapproche de la rupture. Le vacarme des pisseux, le silence des brus, les soupirs du chien battu, les hennissements du vieux mulet, le tintamarre de la télé, le carnage chez les voisins font grimper sa tension, propulsée à 30 par les mille et un soucis que lui inflige le benjamin. Il veut émigrer, il ne parle plus que de ça, l'imbécile ! Fait-on cela quand on a huit ans, une mère malade et un père bon à rien?

Dans ce pays si mal en point, si on ne sait pas ce que les vieilles traficotent, on ne sait rien.

Pour l'heure, leur problème est de se constituer un pécule en devises pour tenter l'aventure de la piraterie en haute mer. Avec l'air bas du contremaître qui consolide son empire pendant que le patron tient réunion sur réunion avec ses cadres, ils se révèlent leurs combines pour s'en démerder. C'est plus triste que génial et ne mène en dernier ressort qu'au trou, déjà comble de dangereux rêveurs; de l'idée à la réalité, il y a bien la distance d'une seconde à l'année, mais le temps est un paramètre mal aimé des jeunes. Les policiers, penchés à démâter du chef, en apprirent de belles et en connaisseurs applaudirent à l'ingéniosité des astuces de pointe. Le sujet est inépuisable pour ces oiseaux migrateurs en carton. En parler à tout bout de champ, ça doit servir leur cause, la faire avancer; on ne fait pas tant de calculs, on ne se gonfle pas tant le moral pour faire du surplace; à un moment, il faut se résoudre. Ils en étaient à s'exciter sur les coups qui font de l'or en barre avec du vent; ils font école; à tous les étages de la hiérarchie tourne un ventilateur et là-haut chez le maître des forges chante la plus belle des turbines. Le hic est que ces crimes nécessitent une mise égale à une vie de labeur; question d'amorçage; ils n'en ont pas le premier rond mais croient dur comme fer que l'inflation pousse le dinar alors que le FMI crie le contraire. Bon, soupirent-ils en se lissant la poche, l'accessoire n'est pas l'essentiel ; il faut dégoter une idée et la mûrir à mort ; un créneau porteur, dans le jargon des affairistes qui ont un parrain au palais, un cousin aux impôts, un voisin à la banque et un bon choix de pouliches au paddock, tous sont d'accord là-dessus ; le reste suit ; Allah y pourvoit d'abondance quand on sait le presser avec déférence et bonne contrition ; au besoin, on ameute la tribu pour accroître l'intensité dramatique du siège ; cette organisation communiste adore se liguer et parlementer jusqu'à plus soif ; vain l'objet, payante la comédie ; Allah hait l'intérêt et le prétendant imbu de sa mise ; rouge est le sacrifice, dit le pacte. L'un d'eux, illuminé de l'intérieur, parla avec force jalousie du filon qu'exploite son filou de patron, guère plus âgé que lui mais qui avait le bonheur de posséder un atelier photo et avant cela un oncle d'emprunt bien introduit dans les rouages de la corruption des HLM. À l'entendre, il aurait décroché le cocotier de Vegas. Armé de son barda d'orpailleur, il sillonne les routes et met en papier d'argent cet arrière-pays que le temps et la déveine ont largué dans l'isolement, la contradiction et l'énigme. Ah, que leur vue est dure, ces vieux villages sclérosés, ce qu'il en reste d'églises et de souvenirs coupables, de mosquées stoppées par la crise économique dans une crise de foi si prometteuse, de projets qui furent pompeux, frappés de forclusion par le FMI ; que dire de ces fontaines urinant du sable chaud, de cette campagne que rien ne peut distraire, de cette désolation que rien ne peut émouvoir ; de ces fermes sans bétail ni basse-cour ni âme qui vive qui fument des SOS de l'au-delà ; de ces voyageurs emmitouflés dans un silence ardent dont on ne sait jusqu'où peut aller la patience, qui se désintègrent sans bruit aux arrêts d'autocar sur des routes effacées ; de ces carcasses à moitié ensablées, rouillant si loin de leurs dépôts, qui furent d'authentiques dangers publics ; avec des fous au volant et des voleurs au gouvernail de l'entreprise, partir seul compte pour son dernier voyage ; que dire de ces mégalithes dédiés aux martyrs de la révolution qui déjà se posent en casse-tête pour la postérité ; de ces marabouts désertés de leurs pèlerins ; que dire du reste qui est désaffecté et s'effrite au soleil en épaississant le mystère de ses origines... Il faut un certain art, dit-il, pour accuser la pénible atmosphère d'abandon et de ruine si on veut forcer les mémoires et atteindre les cœurs. L'aube serait le bon moment pour attraper cette douleur béante ; sous le voile de la brume et le scintillement de la rosée elle prendrait les couleurs de l'incompréhensible. Les films sont expédiés à un sien cousin réfugié à Narbonne. Développement, confection d'albums légendés avec des larmes de crocodile. La vente se fait à l'improviste dans les milieux des exilés et des pieds-noirs ; ça les fait chialer, ces cocus ; c'est qu'il faut leur faire regretter leur éviction précipitée ; certains ne résistent pas au choc et meurent de saisissement après trente années de deuil. Les commandes sont acceptées moyennant supplément. Par ici, la soupe! Ça marche à tous les coups, mes frères; personne ne résiste à la vue de son village natal, des murs contre lesquels il a perdu le goût de vivre, de l'école où il a appris les vers sur le bout des doigts, du temple où il récitait les devoirs de l'humanité, de la grande maison à la sortie du village où il faisait bon distraire sa haine de la femme, du cimetière où l'attendent les siens, les jeunes comme les vieux, les riches plus que les pauvres pour pas changer l'ordre divin. Les harkis restent les meilleurs clients, eux n'ont pas la possibilité de pèleriner ici, ils se feraient lyncher...

Tout à coup, Larbi vit le sol se dérober. Une idée folle venait d'exploser dans sa tête. Non, pas folle... effroyable.

— Qu'est-ce qui t'prend, t'as vu un fantôme? demanda Hocine en lui brisant le bras.

Prisonnier de sa stupeur, le vieux policier dit d'une voix lointaine :

— Tu ne crois pas si bien dire... pas un... des milliers.

— Ouyaya, tu dérailles! Allez, on se replie, on va siffler quelques bières pour te remettre d'aplomb.

— Renseigne-toi sur ce jeune, là-bas. Nom, adresse, réseau d'affiliation, café ou bar d'attente, mur ou mosquée de ralliement. Je t'attends dehors, j'ai besoin de paix pour rassembler mes idées avant qu'elles foutent le camp.

Les abords de la salle des morts étaient encombrés. Assis sur les marches du parvis, il y a les vieux, habillés de vieux chiffons. Ils se parlent comme s'ils avaient des chaînes aux pieds. Autour d'eux, une atmosphère effilochée, poussiéreuse; un mineur y verrait un mauvais présage; grisou! grisou! Dans le brouillard, les insectes perdent la boussole et percutent des anges en haillons; au royaume des vieux, la lumière est pauvre. Leurs têtes pendulent tristement, un peu dans tous les sens; c'est signe qu'elles ne pensent pas de la même manière. Entre deux soupirs, ils radotent sur la mort et ses mystères; phénomènes immuables depuis la naissance du monde mais eux voient la chose autrement; la mort d'aujourd'hui est crapuleuse; la modernité dont parlent les jeunes qui n'ont pas rejoint les maquis du FIS, ici ou à Londres, comme d'une drogue fabuleuse, l'œil par-delà les mers, ça leur botte pas; elle est sans gêne, elle avance à l'aveuglette, détruisant tout sur son passage, jusqu'aux vieux murs qui ont vu naître tant de saints, accoucher tant de femmes d'honneur et se réchauffer le ventre tant de lézards à rayures. Ils remontent dans le temps pour retrouver leur jeunesse, à une époque où il faisait bon mourir par ici, pour évoquer de lointains défunts partis tranquilles et pétris de sagesse. Mais avant que d'atteindre la suavité recherchée, ils se perdent dans les noms et la filiation de ces bienheureux et en arrivent à se contrarier. Chacun met le vrai de son côté et accable la mémoire percée de ses pauvres amis. C'est de leur âge d'avoir raison et de s'entêter encore. Dans la pléthore des souvenirs et la diversité des opinions, jouer la confusion aide à consolider sa position sociale ; au pays des borgnes, l'aveugle est roi s'il sait mentir comme dix. Ils s'accrochent à Allah et multiplient les preuves de son infaillibilité, ce qui n'active pas d'un rial leurs affaires. Vérité, vérité, quand seras-tu du bon côté ? Acculés dans la démence, ils font grincer les chicots et s'envoient des torpilles mitées. Quand l'acrimonie entre en jeu, la joute des ancêtres c'est l'aventure ; on peut les regarder se démener, cracher leurs dents, espérer un collapsus ou deux, un étranglement herniaire, voir naître une vendetta, arriver les pompiers et capturer un imam. Plus loin, campent les jeunes ; toujours en cercles fermés, ce qui est signe d'étroitesse d'esprit ; les pingouins s'alignent face au large quand le blizzard prend d'assaut la banquise et qu'il leur faut statuer sur l'avenir ; mais bon, l'été n'est pas l'hiver. Entre deux silences chargés de bruits, ils disent de vieilles lamentations stérilisées par l'usage. En leur temps, les pères en avaient usé, abusé et beaucoup bu après. La vie est triste, bizarre, injuste, elle ne rime à rien ; ils se demandent ce qui les retient dans ce coin maudit de la planète qui leur refuse jusqu'à l'espoir d'une pension. Affalés çà et là, des gosses, dix fois plus crados qu'à la naissance, des trompe-la-mort rompus aux veillées ; s'ils sont de la planète, c'est qu'elle a été envahie par les aliens au lendemain de l'indépendance ; on sent qu'ils peuvent assassiner toute l'humanité par simple jeu ; d'un regard brumeux, ils suivent l'ennui qui assaille la planète et bayent aux corneilles qui lui pochent les mirettes. Dans leur programme, demain n'existe pas, les parents sont des bêtes qui ne méritent pas de vivre et les gendarmes sont les ennemis de Dieu. Le passé avec ses belles légendes, ils ont la vie pour le construire.

Il faisait doux. À cette heure, la ville est calme et en cela méconnaissable. On a peine à croire que cette terre a tremblé seize heures d'affilée à plus de dix empans sur l'échelle des chiffonniers qui comptent leur fortune en milliards. La lourde moiteur du jour mourant étouffe les ultimes bruits de la vallée pour rappeler qu'au-dessous du 17ᵉ parallèle le calme ne fait que précéder la tempête. Dans une heure, le couvre-feu videra ses rues de leurs derniers malades et les livrera aux ninjas et aux terroristes ; planqués aux portes de la cité, tout bien fourbis, plans et accessoires, ces protagonistes attendent leur tour d'entrer en scène ; mais l'habitude est installée, ils vont la jouer grosse, ennuyeuse, pleine de désaccords. On rêvera encore de finales merveilleusement harmoniques.

Hocine retrouva Larbi devant le kiosque des chiqueurs au milieu de la placette. Dans le brouillard des lampadaires, il paraissait statufié.

— Qu'est-ce que c'est que cette histoire de fantômes ? grogna-t-il.

— Je sais pourquoi le vieux Abdallah a été assassiné.

Le regard oblique de Hocine n'exprimait aucune passion. Il n'y a rien d'original à mourir de quelque chose; ici, on meurt pour rien, plus que de raison et sans protocole. Un mort de plus n'est pas la catastrophe que nous promettent les fuyards et un de moins — mais qui? — n'est pas le succès qu'on espère pour rester. Savoir le pourquoi des choses changerait quoi? On ne vit ni ne meurt plus fier quand on n'y peut rien. Il était prêt à parier un an de sa solde que les tangos eux-mêmes ne savent ni pourquoi ils activent ni combien gagne un commanditaire. Par routine, il demanda :

— Pourquoi?

— Il est mort pour des fantômes... et ce sont des revenants qui l'ont buté.

Et ils se turent.

La Casbah n'est pas une carte postale. On la regarde comme une termitière dont elle a la forme conique et grumeleuse si, devant l'intense grouillement de ses venelles sombres et gluantes, on se sent soudainement l'âme d'un savant en campagne et qu'on s'interroge sur les mystères de cette agitation. On est renvoyé aux premiers âges du monde, quand la démesure était la taille normale des insectes et la luxuriance l'image de la terreur. On ne contrôle plus son émotion mais on peut comprendre qu'un instrument qui rapetisse est plus amical qu'un microscope. Si on la regarde comme un fort assiégé, dont elle a la carapace hérissée et oppressante, qui domine Alger et surveille ses côtes, c'est que dans son rêve fuyant l'on a vu dans la frénésie de son atmosphère le désordre de la panique provoquée par les longs et puissants mugissements des navires amarrés à ses pieds, noyés dans la brume. Mais oui, se souvient-on, Alger était un nid de pirates qui derrière chaque crête voyait un envahisseur. C'était naguère mais les réflexes sont restés. Tout excité, l'on se prend à rêver de Barberousse quand ses felouques écumaient la mer Blanche du Centre et l'on comprend que la populace enfiévrée par le vent brûlant des cornes dévale les pentes de la citadelle pour aller envahir le port, accueillir ses flibustiers, leur faire triomphe, admirer le butin de leurs fabuleuses courses. C'est l'heure de les aimer dans le sens du poil, de mendier un regard, une pierre précieuse, une esclave, un faux témoignage pour obtenir la carte d'ancien moudjahid ou un certificat de fils de chahid. Un vieux fonds d'avidité arabe remonte en nous; il affleurait depuis l'enfance car on se sent très vite vilain, bossu, crochu; on se méfie des passants; pourquoi rasent-ils les murs? qui frappe à la porte? Si l'or sied aux ladres, le discernement fait cruellement défaut aux flambeurs, se dit-on en allongeant le pas. On pense à quelques captures utiles, des esclaves blancs car aux autres il faut tout apprendre avant de les mettre au licou; et le nom de Cervantès, le plus illustre d'entre les malheureux, s'exhume de la mémoire. La fierté nous monte au nez; quand on est fils d'El Djazaïr, terrorisé par une poignée d'afghans pouilleux, il est doux de se souvenir que ses ancêtres, armés de leur culot et de deux rangées de bombardes à ras d'eau, faisaient trembler les rois chrétiens; aussi sec, l'on se sent la force de se risquer au ravin de la Femme Sauvage, à un jet de catapulte, au cœur de la forêt de la Kouba où, fuyant ses chaînes, il se terra un lustre dans une grotte étroite et sombre. En soldat, pensait-il au moyen de s'embarquer pour l'Occident, ou ses fréquentations barbaresques l'avaient-elles à ce point gâté qu'il s'inventa une histoire qui, parce qu'elle n'en était pas une, allait s'avérer immortelle ? La Dame Dulcinée du Toboso, ce ne serait pas la chipie du ravin ? Les bastonnades qui accompagnèrent Don Quichotte dans son errance, n'est-ce pas à Kouba qu'elles ont été essuyées ? La pingrerie de Sancho Pança, la laideur de Rossinante, les moulins à vent, n'est-ce pas ce que l'on pourrait appeler de mauvais souvenirs ? Il est des exils que les sages évitent mais la postérité ne saurait se passer du génie de ses vieux fous.

On la regarde comme un rêve débilité, une bouffée de légendes, un voyage dans le temps. On voit une cour des miracles, repaire de brigands, de malandrins et de mendiants plus tenaces que la misère. On voit un rocher en pain de sucre, percé comme un gruyère mité, cachant sa lèpre derrière des barricades bricolées, et des nuées de troglodytes loqueteux gigotant de frayeur à l'approche des intrus qui viennent du monde de la lumière et prennent d'assaut ses flancs escarpés.

On voit la Casbah bouclée par des chevaux de frise, assaillie de léopards et de marsouins et l'on entend l'air se figer. Les bérets verts et les calottes rouges avancent en file indienne avec des lueurs fauves dans le regard. Leurs corps athlétiques véhiculent des impressions de force dévastatrice et un appétit de violence insatiable. L'air vaincu, les indigènes s'esquivent vers la première anfractuosité et courent se terrer pour tramer des choses qui feront la manchette des journaux et des montées de désespoir chez le gouverneur. C'est la bataille d'Alger, qui a tant pris et tant donné à la Casbah. L'atmosphère y est unique, pleine d'énigmes. À peine y pénètre-t-on qu'on est dépouillé à la sournoise de ses mystères propres, qui ne sont que vagues ruminations de raids charnels que tout homme porte dans ses bagages, puis enveloppé par les étrangetés d'autrui qu'on ne connaît ni d'Ali ni d'Aïcha, et qui ne sont pas rassurantes. On devient suspect de la tête aux pieds et ça saute aux yeux des mouchards si on ne se dérobe pas à leur vue.

On mate un monde bigarré d'indics, de trafiquants, de changeurs à la sauvette (leurs accointances avec les imprimeurs de Belcourt sont un fait établi mais la police laisse courir), de joueurs de tchic-tchic et de surin, de souteneurs chargés de tatouages et de putes incroyables, garées dos au mur, capot ouvert, immatriculées au feu et au fer, terrorisées par des mères maquerelles d'enfer; et naturels et incongrus, des clients honteux, la gonade effervescente, le quant-à-soi déboutonné, le cerveau ramolli, ne sachant trop où déposer les yeux. On suit d'un œil éclaté les envolées tapageuses de ses aouled cireurs; des oiselets à qui il manque un je-ne-sais-quoi pour vraiment voler; ils lui sortent des entrailles; on les reconnaît à leur nuage ainsi qu'on le fait des étourneaux quand ils assombrissent le ciel d'automne et à la boîte à malices qu'ils trimbalent en bandoulière comme un coffret volé à un imam, dont on peut tout tirer, le bien comme le mal, des calames comme de la mie empoisonnée, du cirage comme de la drogue, des billes comme des armes à feu, des objets de piété comme des photos pornos ; est-ce parce qu'ils se projettent de haut en bas pour recaler le harnais, est-ce leur petite taille, est-ce l'odeur de l'Orient, toujours est-il qu'on aime leur allure d'enfants de bossus que les djinns s'ingénient à exciter. Dépenaillés, ébouriffés à outrance, chahuteurs, bonimenteurs, accrocheurs, chapardeurs, chipoteurs, chiqueurs, espionneurs, toujours en bisbille avec les pauvres, le tout servi par une vitalité qui ignore le répit et le merci, voilà d'autres signes de reconnaissance ; mais il est sage de cirer ses godasses au pied de son lit et de méditer son bonheur d'être indemne loin de cette engeance. Dans tout attroupement, qu'ils provoquent au besoin par de faux appels de détresse ou des invitations à la débauche dans des lieux ignorés de la police, ces lutins des rues sont à leur affaire mais l'on n'y voit goutte : ils déplument par magie. Si, de plus, l'on ne s'avise pas qu'ils sont les uns les autres quelque peu jumeaux, issus de la même souricière, et si l'on néglige ce fait radical qu'ils connaissent les sinuosités de la Casbah mieux que leurs trous de nez, on jurerait qu'ils sont doués d'ubiquité. Plutôt qu'aux rats, des durs à cuire antipathiques que les chats de la Médina, pourtant pas mal couturés, saluent bas, on songe aux petits singes des gorges de la Chiffa, à quelques heures de cheval, dans un décor chaotique taillé à la dynamite dans un massif plus nu que boisé qui ne demandait qu'à mourir de lente érosion, à leur pullulement anarchique, à la vivacité de leurs embrouilles lorsque les aventuriers du dimanche viennent rivaliser d'intelligence avec eux. Sous le regard acerbe des macaques que la mairie a élevés à la dignité d'auxiliaires, ces messieurs-dames et leur progéniture précocement domestiquée repartent la queue basse, les mains vides, les poches retournées, délestés de leurs cacahuètes, de leurs cigarettes, de leurs casquettes, de leurs lunettes, de leur barda de pique-niqueur et quelquefois de leurs voiturettes, les cheveux en bataille, les doigts lacérés, les joues griffées, l'honneur brisé. « Sont-ce les mêmes ? » se demandent les touristes spoliés sans se déterminer : courir parlementer au commissariat qui n'en peut plus de ces histoires, ou cavaler à leurs risques et périls au zoo du Jardin d'Essai qui n'en veut plus de ces oiseaux ? Pour les Algérois, plus rusés que nécessaire, le touriste est l'attraction à ne pas manquer. Mais ce gogo lourdaud revient toujours se faire tondre et c'est le plus étrange de l'histoire.

On voit des roitelets de bas-fonds, sapés chic, la gomina étincelante, roulant les mécaniques extravagantes de leurs armoires à glace dont la moustache en crosse et les burnes mahousses comme des boules de pétanque sont des signes patents d'impuissance. Les gros bras portent leurs tatouages comme les anciens de 14-18 leurs médailles de plomb. On ne sait s'il faut les dénoncer ou les applaudir. Qui se souvient de Pépé le Moko comprend qu'à la Casbah tout est factice, le méli-mélo comme les apparences. Dans leurs fiefs, les zazous et les enfants du malheur tournent en rond tels des forçats brisés, jamais un regard plus brillant que l'autre de peur de provoquer une crise d'urticaire dans la cellule voisine. Ils ne sont pas tous ainsi; il y a les rois, des vrais de vrais, qui paradent sans chiens ni gardes et narguent le monde. Tiens, voilà Vincent la Rascasse! un teigneux, un scrofuleux qui époussette ses squames à chaque rencontre; à éviter, il tue d'instinct. Là, mais on ne voit que la façade de son bar, c'est Jo Menella, dit la Vipère, un virtuose qui se complaît dans le silence tombal de son arrière-bistrot et les calculs sans fin; c'est un bâtisseur d'empire; on dit qu'il a un pied en Amérique et des hommes de main partout ailleurs; le rififi de Marseille qui évinça les Siciliens, c'est lui. Plus bas, du côté de la Pêcherie, on tombe sur Bud Abott, un Sétifien malade de navets hollywoodiens, Boualem Buvette pour le fisc, Bouba pour la fine racaille du port; c'est le roi du quartier de la Marine; il aime à s'exposer aux regards flatteurs, celui-là; alentour, oubliant ses soucis, on s'applique à lui lécher le visage et à l'abreuver de propos fleuris; on rapporte que les dockers, la capitainerie et les douaniers s'astreignent à une liesse durable mais y a danger à descendre vérifier. Putain!... les voilà ensemble... les frères Hamiche, des siamois unis par la hargne et le sang, et le gros Hacène le Bônois, toujours faussement jovial, qui dandine du cul devant le Chat Noir, son célébrissime boxon. Ils font les comptes ; à leurs tics, on devine qu'ils sont loin d'être sincères ; il y a du pétard dans l'air ; ça va chier pour les filles et les releveurs de compteurs. Tiens, chut !... c'est Alilou... Ali la Pointe, le fellaga ; P'tit Omar, son agent de liaison, ne doit pas être loin, mais avec ses dix ans malins il passe inaperçu ; son existence n'a du reste jamais été prouvée. De plus en plus furtif, de plus en plus présent, comme une rumeur ensemencée dans un village bafoué, le beau Ali a viré sa cuti, effacé à l'esprit-de-sel ses tatouages de petit maquereau romanesque et balancé la lame qui a assuré ses premiers succès ; il ne quitte plus son cache-poussière et sa Matt 49 ; il tue avec des motifs supérieurs ceux qu'il gardait hier pour un salaire de nervi. Il est le bras armé du Front de libération nationale à la Casbah et toutes les polices traquent sa légende.

Mais la Casbah n'est pas seulement ce qu'en dit le premier regard ou la première impression. Ce qu'elle est d'autre, on ne le sait. Elle est un mystère qui défie le temps, qui condense l'espace, qui délie les lois de leur fermeté originelle ; elle agace la raison et se joue des sens ; elle est sans perspectives et pourtant elle fuit toujours ; Atalante mauresque, le vice est son or et son lit d'amour un jardin d'aubépines, sinon un drame de la nature ; elle s'offre à tous mais nul ne la possède ; ses oripeaux ne cachent rien mais sa nudité reste voilée avec une ostentation machiavélique ; la perversité qui nous porte vers une belle inconnue planquée derrière un haïk perméable à l'imagination s'accommode d'étrange manière de la peur de se retrouver amoureux d'une guenon ; les hommes croient l'habiter mais, lovée comme elle est dans ses porosités gluantes, peut-être aussi se nourrit-elle d'eux, du mal qui les ronge, de leurs vices, de leur insouciance, des rêves pourris qui leur viennent du large. La Casbah ne peut pas être connue. On la regarde, on la sent, on envisage plus qu'on ne peut croire, puis on s'en retourne vers la déchéance de toujours, le cœur gros, chargé de méditations accumulées au cours des siècles. On n'est plus soi-même mais l'ombre d'un vieux rébus qu'il faut pourtant déchiffrer pour retrouver sa route et le confort d'une vie limpide. L'expédition a le goût d'une erreur d'aiguillage qu'on n'en finit pas de pleurer. Ainsi en est-il des monuments qui défient l'homme et qui pourtant sont son œuvre. Le temps ne passe pas sur eux ; il s'amoncelle, se coagule, devient magnétique. C'est une demeure philosophale qui se veut survivance d'un corps de principes abolis ; un temple d'ombres hâtives et de lumières fugaces, creusé par des troglodytes à la gloire d'un dieu au cœur de pierre. Les spécialistes viennent des quatre coins du monde pour percer le secret et se grandir aux yeux des peuples sous le regard de leurs pairs. Ils sondent ses murs voilés et craquelés, ses pierres désagrégées, ses portes vermoulues, son sous-sol spongieux, se perdent dans ses venelles et repartent bredouilles et dépités. Le magistère est ailleurs et ne parle qu'aux amoureux que la folie des choses ne rebute pas. Dans leurs lointaines études, ils se consolent en lisant d'un trait les chimères du jour dont ils font d'absconses théories.

Ses vieux chantres, prisonniers livides de ses sortilèges et de ses murs, s'abîment chaque nuit dans les mirages du kif et du gros rouge qui tache et, jusqu'à l'aube, dans un langage ésotérique, chantent les vérités éternelles de la Casbah. Des vérités indéchiffrables qui plongent leurs racines enchevêtrées dans les rêves qui hantaient les antiques cités de l'islam : le Bagdad de Haroun el-Rachid au faîte de son âge d'or ; la Córdoba des Omeyyades à l'apogée de sa puissance, vautrée dans d'indicibles voluptés ; la cité de Boâbdil le sanguinaire, la malheureuse Gharnata, assiégée par la barbarie papale, qui n'en finissait plus d'enterrer ses morts, flétrir ses mudéjars, échafauder des mythes à retardement ; la Porte Sublime de Soliman le Magnifique, impériale et brutale, prise en étau entre un Orient qui sombrait dans une désuétude vindicative et un Occident conquérant et revanchard. Leurs voix éraillées, leurs anhélations fiévreuses, les murmures langoureux de leurs vieux luths, les battements écœurants de perpétuité de leurs derboukas, longuement préparées à la chaleur du kanoun ou à la flamme d'une cire à l'odeur inquiétante dont le secret se perd dans la nuit de la Djahilia, se fondent dans un souffle magique qui va se disperser dans les boyaux de la Casbah et ruisseler sur ses murs. «El h'mam li rabitou, rah alya», ça vous cloue un taureau en pleine charge. Elle s'assoupit alors dans une torpeur moite, inquiète, convulsive, qui s'exhale en râles douloureux, en petits cris, en couinements, en chuchotements. Quelque part dans la nuit ils s'éteignent subitement dans un silence soulagé. La Casbah va prendre dix ans d'âge avant que le radeau ne traverse les ténèbres. La jeunesse des jours ne sied point aux vestiges millénaires.

La Casbah est la dernière à s'endormir. Elle est la première levée au monde. Au premier frisson de l'aube, alors que rien ne permet de distinguer un coq d'une girouette, elle se met à bruire. Dans ses bouges lilliputiens, des hommes tortueux, sortis imbibés d'une humidité salpêtrée des entrailles de la terre, avalent en grelottant un breuvage mortel sentant le marc de café mille fois recyclé, l'eau saumâtre et le cafard écrasé; puis, dans la brumasse, dévalent de leurs hauteurs le long d'un circuit tourmenté pour rejoindre Alger et attraper les premiers bus. Avant que le soleil ait réussi à jeter quelque lueur d'espoir dans ses veines, la Casbah a atteint son rythme solaire, d'abord cafouilleux puis trépidant, et se met à grouiller comme un panier de crabes.

Quand il était en poste à Alger, Larbi avait succombé au charme de cet univers concentré tel un trou noir de l'espace qui avale jusqu'à la lumière;

un monde sinueux, surpeuplé, exubérant, vivant fièrement ses légendes, toutes venues d'ailleurs, enchaînées à fond de cale ou incrustées dans des têtes dérangées bannies de leurs ports d'origine, dont il exploite les bruits avec la fausse pudeur d'un propriétaire de château hanté. C'était le temps de la fièvre benbelliste, des virées romantiques du Che, des festivals de tam-tam, des lapidations de bourgeois à la place des Martyrs, des crémations de berbéristes à Baïnem, des danses de guerre au pied de l'ambassade US, des promenades initiatiques dans les quartiers des damnés de la terre ; de ces pèlerinages dans la misère, nous revenions aptes à disputer avec tous les Crésus de la planète ; notre Frantz Fanon, qui fut un doux psychiatre à l'asile des fous de Blida avant de se transformer en fougueux révolutionnaire, nous avait si joliment parlé de ce monde contradictoire qu'aucun faux-fuyant ne pouvait échapper à notre vigilance ; depuis cette époque riche en manifestations, il n'y a plus dans ce pays infatigable de coins maudits, qu'ils soient cités-dortoirs, quartiers pourris ou plaies vivantes, hérités de la colonisation ou bâtis de nos mains, qui ne portent l'inoubliable nom de Frantz Fanon. Nous étions ainsi, le soleil rose, le verbe haut, le temps généreux, les filles dingues d'amour et d'or natif, les paysans avides de sexe et de limonade, les lycéens insupportables d'abnégation, les plantons éblouissants de science politique, et le Raïs un pirate comme y en avait pas deux. Dans un élan formidable, on tournait *La bataille d'Alger* avec la certitude que la vie était belle et le FLN une bénédiction à épisodes. La Casbah millénaire regardait tout ça en prenant des rides et un nouveau cancer. Il y avait habité un temps, dans un cul-de-sac sans nom, dans une maison sans numéro, au bout d'un couloir sans lumière, dans une mansarde qui avait tout d'une tombe ; les plus longs de sa vie, alors que les mâchoires de l'agonie se resserraient sans bruit, épaississant autour de lui l'ombre du désespoir ; la Casbah est hospitalière plus qu'elle ne peut, aussi reprend-elle en douce ce qu'elle a spontanément offert dans la gêne. Un jour havre de paix pour gens de guerre, un autre, havre de guerre pour gens de paix. Il y a du bleu dans le ciel altier d'Alger. Puis le charme, qui vieillit aussi bien qu'une ficelle d'attache, s'est rompu. Il ne supportait plus cette décrépitude qui avilit, cette exiguïté qui rapetisse les murs, les gens, leurs gestes, leur vie, qui règle leurs silences sur la pulsation de la première bombe venue, qui met le feu à leurs yeux, à leurs pouls, à leurs vêtements, à leurs sommeils grillagés, à leurs semblants de réveils ; ni cette promiscuité infernale de bipèdes, de quadrupèdes, de cafards, de punaises, de mille-pattes, tous névrosés, tous décidés à mourir en héros ; ni ces avalanches de bruits qui tombent du ciel, sourdent des murs, jaillissent du sous-sol où, dans la pénombre mutilante de milliers d'échoppes, on scie, on cloue, on martèle, on perce, du lever au coucher du soleil ; ni surtout, oh oui, cette puanteur d'un autre âge, combinaison rare d'odeurs de latrines qui débordent, d'égouts éclatés, de gargotes fumantes, de poubelles éventrées cuisant au soleil, de cavités vomissant des remugles maléfiques, de décoctions foudroyantes d'amertume que des herboristes malfaisants, héritiers d'alchimistes morts au bûcher, font macérer à feu ininterrompu, de bêtes crevées, exhalant des gaz de combat, que des enfants d'une cruauté sans faille traînent par les oreilles pour les balancer sous le nez de mendiants paralytiques ou entre les pattes de boutiquiers véreux dont ils veulent ruiner l'esprit, auxquelles viennent se mêler, portés par la brise du large, les effluves gras de mazout et de poisson pourri qui montent du port. Trois mois après sa fuite, son linge garda trace de cette pestilence sans pareille. Il prit hôtel à la lisière d'un quartier lointain, ouvrant sur un terrain vague qui sentait bon l'abandon et le vent d'un arrière-pays perdu. Quand le temps était à rien et le repli sur soi une urgence, il se calait face au vide de sa fenêtre et rêvait de son île où il faisait doux n'avoir ni voisins, ni cousins, ni les projets de crimes que leur présence rend vitaux.

Dans cet univers clos, acculées dans des espaces infimes, secrets par la force d'une tradition qui réitère ses diktats et réamorce ses supplices à la première hirondelle, prés carrés de leur mystère et scène de leur drame, les femmes cultivent en pots de petites plantes auxquelles, par l'effet d'une humble dilection et d'une connivence propre à leur sexe jamais trahie, elles prêtent de grandes vertus : la menthe si fraîche pour aérer un quotidien qu'elles n'explorent, prosternées sur la serpillière, que parce qu'elles sont livrées à elles-mêmes et qu'elles ont foi en leur mission terrestre ; le virginal jasmin pour embellir des rêves que l'ennui dessèche dans l'œuf ; le basilic étourdissant de sous-entendus pour attendrir des couches qui ne connaissent que le viol éclair du soudard ; et pour meubler les heures qui s'étirent sans jamais rompre, elles chantonnent d'interminables complaintes où il est question de ce qu'elles n'ont jamais vu. Coulant des terrasses, des claires-voies et des meurtrières, le triste chant des recluses fait peser sur la Casbah une atmosphère de pénitence suicidaire. Les hommes trouvent que c'est normal d'être lâches à ce point et de vivre embusqués à l'ombre de la mosquée. D'un geste, ils baissent la tête pour prendre à témoin l'imam et se fument une boulette de kif comme si c'était là une marque de piété. Ça trompe qui ? L'un et l'autre savent que la piété est le bon moyen pour asseoir son autorité. Le soir, en flattant les prouesses imaginaires des marabouts tutélaires de la Casbah, sidi Daoud et sidi Abderrahmane, elles brûlent de l'encens cristallisé sur d'ancestrales convictions pour chasser les mauvais esprits, détourner du logis les remontées méphitiques des entrailles de la cité et s'ouvrir une fenêtre sur la face cachée du monde. Dans leurs prunelles mordorées brille cette lueur bleutée de la folie douce ; le souvenir de quelque chose de majestueux s'éveille dans leurs cœurs tandis que leurs corps alanguis se préparent à des défaites exaltantes. Puis, soulagées de tout doute, elles s'éteignent dans des rêves d'un optimisme béat. Dieu de miséricorde, ami éternel, garde-les en ta pitié, éloigne d'elles la lucidité ; leur regard aveugle ne peut s'ouvrir que sur la démence ou la mort.

Son pas retrouva la relative assurance qu'il avait acquise lors de son initiation ratée à la Casbah. Il sut sans trop de heurts se frayer un passage dans la foule qui déboule des hauteurs dans un sautillement ridicule, avec de larges mouvements de bras pour freiner sa dégringolade ; mais, à trop subir, on sait qu'il faut lever le regard au ciel et vivre à la grâce d'Allah. Il eut plus de mal avec ses ruelles pentues qu'avec la paresse de l'âge on prend pour des murs à lézards, aux pavés bosselés et glissants, qui se transforment brutalement en escaliers bizarroïdes, aux marches en éventail, inégales en hauteur et en profondeur, qui désorganisent la marche et qui dans la descente en font un exercice périlleux. À plusieurs reprises, sa tête cogna ces imprévisibles poutres, des troncs à peine équarris, barrant de nombreuses ruelles à hauteur d'homme, sur lesquelles s'arc-boutent des maisons sans âge ni forme menaçant ruine. La vieille Casbah, celle des hauteurs, ne tient que grâce à ces attelles de fortune dont on surveille les maladies en invoquant ardemment El Karim et les saints patrons des lieux. La basse Casbah vit dans une aisance et une opulence contraires ; fortune qu'elle doit à sa plus grande emprise au sol et à la puissance séculaire des grossistes nichés sous arcades dans ses impressionnants murs de soutènement. Hier, ils étaient israélites et vivaient chichement à la lueur d'une bougie peureuse en comptant les holocaustes et les pogroms qui les séparent de Jéhovah; aujourd'hui, ils sont muslims, durs à vivre, loin du bien, et ça s'entend sur les ondes.

Après quelques hésitations et détours, il retrouva l'entrelacs de passages où s'exerce le vieil art de la dinanderie. À mesure qu'il avançait, le tintamarre devenait assourdissant, amplifié par l'écho qui tourne dans la citadelle comme un prisonnier oublié. De part et d'autre de ces venelles irrémédiablement brouillées, dans une longue suite d'échoppes n'excédant pas une toise hors sabots et cinq pieds carrés de misère, des grouillots, capturés vifs dans la rue par de belles promesses sans lendemain, se meurent à la peine; de l'aube au crépuscule, ils martèlent, cisèlent, découpent, soudent des pièces de cuivre qu'une fois astiquées à la cendre de buis et au jus de poumon, ils iront accrocher comme du linge au vent à des fils de fer tirés à la diable au plafond, au-dessus des portes, en travers des ruelles où les quelques rayons de soleil qui s'y infiltrent viennent les habiller d'une rutilance appelée à fondre dans le froid de l'obscurité et les créditer d'une valeur qui ne sied qu'aux métaux rares, chéris des femmes non parce qu'elles aiment leurs amants mais parce que la répudiation est la règle. Traquée par les négriers, enchaînée par la loi sur l'apprentissage, surveillée par la religion, battue en brèche par la vie qui ne leur passe aucun élan, cette jeunesse sans rêves d'escapade besogne dans un ennui grave sous la férule de maîtres artisans madrés dont le seul art est de savoir jouer religieusement du chasse-mouches en dévisageant avec dédain les passants qui passent et les prétentieux qui y regardent à deux fois.

Larbi en amadoua un qui avait l'air d'un diable au repos. Sa patience de chêne, son humilité de roseau, ses rimes de conteur, joints à un art accompli du salamalec, avaient fait de lui un homme dangereux. Le temps d'un thé sucré au poivre, il apprit que le vieux saligaud était heureux comme un pape ; il venait de convoler avec une fillette qui avait raté son entrée en sixième mais qui savait dire « merci, vénérable maître » comme un ange ; la déflorer n'avait pris qu'une seconde tant l'enfant était malléable ; fatigué il était, de ses marmites d'avant guerre et des quatre lycéennes avides comme des pies qu'il n'avait épousées à la queue leu leu que parce qu'elles refusaient le viol sans contrepartie ; sur sa lancée, il avoua qu'il n'avait pas eu le cœur de les contraindre, vu que c'étaient les filles de l'imam et que celui-ci arrivait toujours à ses fins grâce à un sien fils proche des sphères du pouvoir, versé dans le trabendo, l'arnaque immobilière, la fraude fiscale, la location aux ambassades (assortie de chantage à la bombe), le proxénétisme, l'intermédiation dans le crime de sang, et autres phénomènes moins avouables. Enfin, il apprit ce qu'il désirait : la mésaventure survenue à un des leurs, son nom, son origine rurale, la position de son échoppe dans le dédale et combien est grande la bonté divine pour ses dinandiers. Mais était-ce la vigilance de Dieu qui sauva leur confrère ? ou la maladresse du tueur ? ou le capharnaüm de ces lieux étranglés où l'on se tient au coude à coude sous une voûte de cuivres tintinnabulants ? ou la présence d'un policier en shangai de chômeur, affectant la démarche chaloupée des dockers et des pêcheurs, à la manière des vieux rouleurs de la Casbah, ou dans un kamis afghan ainsi que le dicte l'islamisme iranien ambiant ?

En apercevant le vieux Youssef à croupetons devant son échoppe, Larbi ressentit une émotion trop vive pour être honnête ; elle frappe les policiers lorsqu'ils voient poindre une lueur dans le tunnel où ils ont tâtonné à perdre leurs empreintes ; elle n'est qu'autosatisfaction et amour de la curée ; il s'en accommoda car il n'ignorait rien des vices qui ravagent les rangs de la police. Il s'étonna que la lumière fût portée par un vieillard aussi achevé. Il l'aborda en parlant comme un grossiste du bazar. La conversation parut désintéressée, elle s'engagea sans hésitation. Elle roula sur le temps, le prix du cuivre, sa rareté sur le marché, puis, l'élan aidant, aborda l'état du pays qui va de travers et celui de l'État qui ne fait rien pour encourager les jeunes dans les nobles métiers de l'artisanat mais tout pour les pousser dans le trabendo et le terrorisme.

— Ça les arrange, mon ami, soupira Youssef comme s'il annonçait la plus vieille lune qui soit en ce bas monde où la prostitution tient le haut du pavé. Tant qu'on se marchande la misère et qu'on s'entre-tue, eux sont assurés de prospérer. Quand les pauvres...

Pendant qu'il devisait sur les choses de la vie et les péchés mignons du pouvoir, Larbi l'auscultait : trop laminé pour vivre ne fût-ce qu'un jour de plus ; visage jaune biseauté en méplats aigus, ridé aux commissures, cou décharné, tavelé de son ; mains figées par le moule du métier qui aux temps héroïques leur prêtait force et doigté ; comme le palan d'une grue est actionné par un lointain câble, il se manœuvrait les bras avec un vague muscle de l'épaule épargné par l'arthrite ; ses cheveux blanc-rose n'avaient plus de force, ils pendouillaient par-ci par-là comme de vieilles toiles d'araignée qui n'attrapent plus de mouches ; sa peau burinée, poupine par endroits, conservait trace d'une rousseur qui avait dû embraser ses jeunes années. Oui, dans tout ça, il y avait bien du rouquin à l'origine. Mais il y a plus fort que la vie et ses trépidations, si chatoyante soit-elle. Le temps avait accompli sa besogne, la misère des ans régnait sans lustre ni profit sur ses vieux jours. Il se dégageait de sa personne, ou de sa boutique, une odeur de cave abandonnée, encombrée de secrets hors d'usage. Avec ce squelette replié dans un parchemin qui partait en lambeaux, il donnait l'impression d'un prisonnier enfermé dans un passé lointain aussi triste qu'énigmatique. Son regard, glauque comme une mer d'orage, contenait tout un monde englouti dans le malheur. Il n'avait que soixante-dix ans, un âge ardent quand on a un peu de vert dans le sang et une retraite à la hauteur de ses folies, mais achevé à ce point on se laisse aller à penser que Dieu a mis à son compte une pleine brassée de siècles dont il ne savait que faire. Il est bête que les enfants de la précarité se rient de ceux qui portent la marque de l'éternité. Les esclaves que les grands prêtres d'Égypte postaient autour du sarcophage pour accompagner le voyage mystique du pharaon devaient exprimer la même détresse résignée lorsque le colossal monument funéraire se refermait sur eux pour une éternité sans faille.

Il avait devant lui er'rougi ; celui que voulait rencontrer Moh sans se douter qu'il allait en mourir. Était-ce aussi celui dont avaient parlé les Villatta comme d'un ami de jeunesse d'Abdallah ? Quelque chose en lui mordait à l'hameçon. L'inspecteur ne pouvait laisser courir le bavardage, il risquait de s'éterniser ; le retour au vif serait mortel pour l'ancêtre.

— Si Youssef, tu es un brave homme, je ne veux pas t'abuser. Je ne suis pas un commerçant mais... un policier.

— Je l'avais deviné. Je voyais bien que tu n'étais pas du métier. Je connais tous les dinandiers du pays. Viens-tu me voir pour mon attentat ?

— Oui et non, Si Youssef... cela dépend.

— Je ne comprends pas... mais je t'écoute.

— Connais-tu Abdallah Bakour ?

— Abdallah Bakour ?... Abdallah Bakour de Bordj-Ménaïel ?

— Oui ! dit l'inspecteur, traversé par le bonheur de réussir une percée et d'être tombé sur un vieillard qui avait la mémoire de ses souvenirs.

— Je l'ai connu dans mon jeune âge... nous étions comme les deux doigts de la main. C'est loin aujourd'hui.

— Il t'arrive de le rencontrer ?

— Oh non ! depuis... 55... oui, c'est ça, c'était en 57... ou en 58, peu avant que de Gaulle ne prenne le pouvoir, je l'ai rencontré une fois, il y a... deux ou trois ans. Il venait de rentrer de France où, m'a-t-il dit, il avait passé une trentaine d'années. Nous avons bu du thé et comme les vieux nous avons ratissé le passé. Il m'a dit qu'il habitait Rouiba. Mes yeux qui sont presque éteints ne m'ont pas permis de lui rendre sa visite. Cela fait longtemps que je ne suis pas sorti de la Médina. Puisque tu m'en parles, dis-moi ce qu'il devient ce brave homme.

— Il est mort... il y a trois mois.

— Ina lillah oua ina illih radjihoun. De quoi est-il mort ?

— On l'a trouvé égorgé dans sa... maison.

— Qui a fait ça ? Pourquoi ?

— On ne sait pas... c'est pour ça que je viens te voir.

— Moi ? Allah seul est grand ! Suis-je devin ? Puis-je rendre la vie à un mort ? Que peut bien pour toi un vieux dinandier aveugle ?

— Me parler du passé... comment tu l'as connu... ce qu'a été votre vie.

— C'est le passé... le réveiller n'apporte rien de bon.

— On peut en tirer des leçons, argumenta Larbi, lui-même peu convaincu de la pertinence de cette conduite en ces temps de réformes où mettre un pied devant l'autre ne conduit qu'à son lit de mort.

— Des leçons. Ici ? Si nous savions seulement marcher, nous serions dans un paradis. Est-ce cela que tu vois autour de toi, mon ami ?

— Ma mission est modeste : retrouver l'assassin et le livrer à la justice.

Le vieil homme haussa les épaules ; la justice a-t-elle une saison au pays des injustes ? Il resta silencieux ; quelque chose en lui tremblait. Puis il se mit à parler, avec cette expression aride que les vieux prennent lorsqu'ils déterrent leur passé. Avant que d'en savoir le premier malheur on se sent écrasé par la tristesse et le regret d'être entré dans leur jeu. Pourquoi les souvenirs des vieillards sentent-ils le vieillot alors qu'ils racontent la jeunesse et ses belles ignominies ? Pourquoi hochent-ils la tête pour dire ce qui n'est plus ?

— Abdallah est un fils du pays, lui de Bordj-Ménaïel et moi des Issers, un village voisin. J'avais quelques années de plus, ça ne faisait différence pour personne. Gamins, nous passions nos journées à piéger tout ce qui court dans les bois, tout ce qui vole dans les airs. On le vendait aux colons en fin d'après-midi lorsqu'ils se regroupaient dans les bars pour picoler et profiter de la fraîcheur des femmes (rire?). Cette région de montagnes et de bois, on la connaissait bien, on l'a piétinée dans tous les sens. Nous étions des sauvages, livrés à nous-mêmes, à nos jeux; on était heureux... (long silence). Quand j'ai atteint ma douzième année, le père m'a envoyé à Yacouren, chez un oncle, pour en hériter le métier de dinandier. C'est la spécialité de notre tribu; les autres, trop archaïques pour en faire autant, s'épuisaient dans l'huile d'olive, le liège, le corail ou le charbon de bois. Abdallah s'est employé en ouvrier agricole. En montagne, l'agriculture ne nourrit pas son homme; il se louait dans les vallées, un jour ici, un jour là, plutôt à Palestro d'où sa mère est originaire; c'est une bonne terre, cette région, mais ses gens sont ingrats; sans respect de leurs femmes accrochées aux balcons comme des guirlandes à vendre, ils vivaient de la grande route comme les pêcheurs vivent d'une rivière. Ce qu'ils gagnent d'un côté, ils le portent de l'autre sans se mouiller le front. Puis la guerre avec Hitler est arrivée. Avec d'autres, j'ai été mobilisé à la sortie d'un café. J'ai fait la campagne d'Italie, tu sais. La Sicile... Monte Cassino... c'était terrifiant pour nous qui ne craignions pourtant que la faim, les humeurs du caïd et les maléfices des femmes. Beaucoup sont morts. Nous étions des ignorants, nous n'avions que notre inconscience pour affronter cette guerre de machines et survivre. La mort venait du ciel, de sous terre, de l'air que tu respires, de l'eau que tu bois. Avec ton fusil à un coup, tu étais un sabi avec un tire-boulettes (long silence puis une lumière dans l'œil). À la victoire, j'ai défilé à Paris, sur les Champs-Élysées ! Oui, mon ami, avec les tabors marocains, les lions de l'Atlas ! C'était fabuleux ! On avait l'impression que la vie était en train de naître sous nos yeux. J'avais le grade de caporal-chef, ce qui pour un indigène était le top des honneurs. Après ma démobilisation j'ai un peu bourlingué en France pour me débarrasser de mes peines puis je suis rentré. J'ai cherché Abdallah. Je l'ai trouvé du côté de Réghaïa, chez un grand colon...

— Le domaine Villatta, rappela le policier.

— Oui, c'est ça, le domaine Villatta ; une grande et belle exploitation ; il s'y trouvait bien mais... il avait changé... tout avait changé ; il y avait de la souffrance dans l'air, une impression de fin de monde. Dans nos cafés, on ne parlait que de Guelma, Sétif et d'autres lieux encore ; on disait que leurs habitants avaient été massacrés par les gendarmes et les colons pour avoir dit qu'il était temps pour eux aussi de vivre libres. On guettait les routiers pour en savoir plus ; on les pressait jusqu'à l'aube ; ce qu'ils racontaient t'arrachait le cœur ; tu te sentais emporté vers je ne sais quel drame extraordinairement injuste (long silence). Abdallah était devenu grave... oui ; il paraissait heureux de son sort et triste à la fois. Enfin... en 54, la révolution est arrivée et avec, le désordre, le malheur. Tout le monde s'est battu, peu savaient pourquoi et ce qu'il en sortirait. Au bout du compte, les Arabes se sont surtout battus entre eux et toujours pour de vagues chicanes et les Français qui voulaient nous décimer jusqu'au dernier ont fini par se déchirer et porter la honte dans leur pays. En dehors des chefs du FLN qui ont gagné sur toute la ligne, les autres ont tout perdu. Les Français, l'Algérie et le fruit d'un siècle de labeur; les Algériens, le peu de liberté qu'ils avaient et avec, leur foi, leur dignité, leurs terres, et jusqu'à leurs enfants qui se sont détournés d'eux pour se chercher à Moscou, à Pékin, chez Castro, où l'homme n'est qu'une glaise qu'on façonne à la machine. Ils cherchaient le communisme, les grands principes, la science du pouvoir, alors que nous avions l'islam et les traditions d'humilité de nos ancêtres. Ils ont préféré être camarades plutôt que frères...

— C'est une façon de voir, Si Youssef. L'histoire a mille visages, chacun la voit comme il lui plaît. Parle-moi de Bellounis.

Le vieux dinandier se crispa. Un mauvais rictus barra son visage. D'une voix rogue, pleine d'une soudaine exaspération, il s'écria :

— Et pourquoi devrais-je t'en parler ?

Avec tout autre que Larbi se serait ouvert à cet instant ce qu'on appelle «une situation irrésistible ayant conduit un fonctionnaire de police à faire usage de son arme de service par légitime défense ». Dans la réaction brutale de Youssef, Larbi ne vit que l'expression d'une certaine timidité.

— Alors parlons si tu veux bien de Lekbir, Zerbib, Ben Aoudia.

— Tu enquêtes aussi sur la mort de Mohamed ?

— Tu sais qu'il est mort, lui aussi assassiné ?

— On en a beaucoup parlé quand c'est arrivé. Un commerçant de Rouiba qui se fournit chez moi m'a raconté.

— Tu connais donc bien ces hommes ?

— Je connais Mohamed et Zerbib ; le troisième, presque pas.

— Si Youssef, écoute-moi, je te dois la vérité. Je ne sais pas ce que je cherche ni ce que tu peux m'apprendre. Ton ami Abdallah me pose problème. Son meurtre ne rime à rien ; il a soixante-cinq ans, il est pauvre ; hormis son frère, un pauvre type plus méchant que nuisible, il ne connaît personne à Rouiba ; on ne lui a rien pris puisqu'il n'avait rien. Or, quelqu'un est entré chez lui et lui a tranché la gorge. Pourquoi ? Le tueur a-t-il agi de son chef ? Sinon, qui le lui a commandé ? Si le présent ne dit rien, interroger le passé est la voie. Or ce temps m'échappe, je n'en connais que des bribes. Je te demande de m'aider, Si Youssef. Parle-moi de lui, de toi, de Moh, de ce que fut pour vous cette période difficile de la guerre de libération. Fais-le pour Abdallah.

Sa sincérité a-t-elle touché le vieil homme ? À quoi a-t-il réagi ? Il avait un petit sourire aux yeux, sa tête dodelinait dans le sens du pardon. Le fait est qu'il avait succombé au péché d'orgueil, Larbi était un public en or. Quand on habite la Casbah, on vit petit, on parle peu. Or le syndrome du prisonnier c'est aussi de s'évader dans ses souvenirs ; quand ils lui viennent de loin et sont aventureux, il les affûte deux fois plutôt qu'une. Il enfourcha sa mémoire pour une nouvelle promenade. Parce qu'il était vieux et que le temps ne compte pas quand son enfance a été bercée par la magie des mots, il le fit à la manière des conteurs de souks, drogués des *Mille et Une Nuits* qui se plaisent autant à parler qu'à s'écouter, s'émerveillant de l'engouement des malheureux agglutinés autour d'eux et qui atteignent à l'ineffable lorsque après une longue pause tactique pouvant durer jusqu'au retour des nomades, ils reprennent en un tour de main leur public avide de tromperies.

— Bien avant la guerre mondiale, ma famille militait au sein du PPA. Messali Hadj, son chef, était un saint homme. Il voulait le bien du peuple. À ceux qui le pressaient d'ordonner le djihad, il disait : « Tout doit venir à son heure. Un peuple peut toujours faire la guerre, il n'est pas sûr qu'elle le libère de son ignorance. Le combat, au lieu de le grandir, va l'asservir et ajouter à ses malheurs. » Voilà ce qu'il enseignait. Chez mon oncle, j'ai rejoint le Parti et ne l'ai plus quitté. En 54, le FLN est arrivé, fondé par des renégats du PPA. Sitôt né, il ouvrait le feu ; son emballement a coûté la vie à un million et demi de nos frères et Dieu sait combien aux koufars. La liberté vaut-elle ce prix ? Qui peut le dire ? (Long silence.) Une chose est sûre, le peuple ne guérira pas de sitôt et ce à quoi nous assistons est le travail de cette fièvre. Comme le paludisme, ce mal ne quitte plus l'âme qu'il a envahie et des morts, il y en a toujours et encore et de plus en plus. Sommes-nous plus libres ?... Le prix n'a pas suffi, notre ignorance est plus grande que jamais et la cruauté de nos frères plus terrible que la rapacité du colon (long silence). Messali était en prison en France. Cette grande nation a manqué de discernement, elle n'a pas vu que son intérêt, comme celui de notre peuple, était de le remettre en liberté. D'un mot, il aurait fait taire les armes. Les Français ne l'ont pas compris, ils voulaient la guerre, ils avaient l'Indochine sur l'estomac. Le cheikh avait le devoir de canaliser cette furie que le FLN avait libérée sans se soucier des calamités qui s'abattraient sur nous. Hélas, il a été trahi par les ulémas de son parti. Faut-il toujours que ceux-là trahissent ? Est-ce dans les livres qu'on apprend à se renier ? Secrètement, ils négociaient avec le FLN dans l'espoir de le rejoindre et de l'investir de l'intérieur. Peu leur importaient les violences, ils en étaient loin. Ils ont réussi ; ils ont infiltré le FLN comme un microbe te pénètre par le pied pour te prendre la tête. Messali avait à combattre ou à disparaître. Il choisit d'éclairer les frères sur les conséquences du choix FLN et de récupérer ceux qui l'avaient rejoint, ensorcelés par ses slogans et l'incroyable sauvagerie de ses tueries. Il confia à Bellounis, un courageux parmi les hommes, le soin de mener à bien cette mission. Dans notre région, celui-ci chargea Aoudia de l'action politique et moi d'organiser les maquis. Non pour guerroyer mais pour accueillir et fixer les têtes folles qui dans les villes, les villages et les douars brûlaient du désir de mourir en martyrs...

— Ne faisiez-vous pas le jeu de l'ennemi... diviser pour régner ? tenta Larbi que le débat terrorisait depuis que les arabophones sont aux affaires et ne jurent que par la démocratie, le trading international et le zapping à partir du lit.

— Au contraire. Le FLN a armé le bras de nos jeunes pour les jeter dans le feu du sacrifice. Il lui fallait un maximum de morts pour faire résonner ses affaires et s'imposer en maître. Le MNA cherchait à forger leur foi pour les envoyer vers le peuple expliquer la nécessité de libérer le pays. Un musulman doit être libre pour se donner à Dieu. C'est au peuple, quand il comprend cela, de prendre les armes et, s'il le faut, de mourir. Le FLN s'est élevé contre un ennemi qu'il voulait bouter hors du pays à n'importe quel prix. Le MNA s'opposait à un adversaire qu'il voulait combattre par la raison et la foi et en dernière ressource seulement par les armes. Cette différence, tu la vois ; les chefs du FLN se déchirent pour de vieux restes et les jeunes qu'ils ont trompés sont des monstres qui tuent pour le plaisir de tuer. Avec cette foi, j'ai appelé mes amis, Abdallah, Mohamed, Zerbib et d'autres et nous avons pris le chemin du djebel. Nous le devions pour montrer au peuple que si nous parlions de foi, ce n'était pas pour camoufler notre poltronnerie comme le FLN se plaisait à le dire. Lorsqu'il vit notre détermination, il eut peur que le peuple ne se détournât de lui ; il nous attaqua avec ces armes qui ont toujours été les siennes : le mensonge et le meurtre. Le sort a été contre nous, nous avons été défaits. Nous nous sommes repliés sur le Sud pour rejoindre Bellounis et attendre que nos moyens soient conséquents. Nous étions naïfs, nous avons cru qu'il suffisait d'expliquer pour convaincre. Le mal était fait et le FLN l'attisait avec le sang des innocents. C'est ainsi, mon ami, la folie nous attire comme le bruit attire les enfants. Souviens-toi de Melouza... mon Dieu, quel carnage ! ils ont égorgé... jusqu'aux animaux (long silence). Nous avions aussi nos malades. Ils se sont mis à piller, à tuer, faisant de la sorte le jeu de nos adversaires qui ont eu la partie facile pour nous discréditer et à travers nous, le mouvement, jusqu'au cheikh. Abdallah était bouleversé. Il s'en est ouvert à moi, une nuit que nous revenions d'une expédition punitive contre un douar qui avait hébergé des gens du FLN... Le chitane s'était amusé de nous... la correction a tourné à l'horreur... Dieu nous pardonne, nous avons abusé des femmes et bu le sang de leurs enfants. Le djihad s'était transformé en barbarie, il en pleurait. Je l'ai laissé partir. Il est retourné à son travail. Mohamed et Zerbib ont rejoint Aoudia. Le khabit s'était mis au service des koufars et

arriva à convaincre Bellounis que c'était notre intérêt pour disposer d'un territoire où nous pourrions nous rassembler, nous entraîner et bénéficier plus efficacement de leur appui logistique. Débordé par ses lieutenants, Bellounis se laissa mener par le bout du nez. J'ai été mis à l'écart de l'état-major…
— Pour faire quoi ?
— Rien. Pour se débarrasser de moi, car beaucoup de nos frères me sont restés fidèles et cela inquiétait ces traîtres, on m'envoya en Corse dans un camp où soi-disant l'armée française entraînait nos militants. Mais ces gens, des incroyants de la pire espèce, ignoraient jusqu'aux noms de Messali et de Bellounis. Plus tard, j'ai compris. J'avais un nom de guerre, j'étais un faire-valoir. De ces vagabonds, les services français fabriquaient des terroristes qu'ils expédiaient à Tunis, au Caire, à Tripoli, avec la mission d'infiltrer les réseaux FLN, de détruire ses dépôts, d'assassiner ses chefs. Des plans existaient qui visaient Nasser, Bourguiba et d'autres chefs d'État mais aussi des personnalités françaises qui s'opposaient à la poursuite de la guerre d'Algérie. L'idée était d'imputer ces meurtres au FLN pour semer la zizanie parmi ses chefs et le discréditer aux yeux de ses soutiens à l'étranger. Certains sont en vie et font partie des plus hautes sphères du pouvoir. Une fois à l'intérieur du Front, ils ont compris que s'acoquiner avec ses chefs était l'avenir…

Le policier était touché dans ses illusions. Il avait en tête une vision de l'histoire un peu moins dégueulasse, un peu plus héroïque. Il avait fait le maquis comme on fait son service militaire, une feuille de route à la main et la tête farcie de réclames, aimé la vie au grand air comme on court les femmes, supporté les corvées avec courage, couvert les copains sans contrepartie, fait le coup de feu sans haine. Depuis l'indépendance, il n'avait jamais fait de discours haineux ni jamais œuvré à détruire des gens, mais il avait passé sa vie à écouter un seul son de cloche.

— C'est dur ce que tu dis !

— Si toi qui es policier tu t'effraies de ce que je dis, que pensera le zaouali à qui on répète au son du tambour : «Dors tranquille, ya khô, le Front qui t'a affranchi du joug colonialiste veille sur toi.»

— Les gens ne sont pas naïfs, Si Youssef, c'est une erreur de le croire.

— Connais-tu l'histoire de ce sultan qui un jour décida d'aller voir ce qui se passait dans son royaume ? La nuit tombée, il se déguisa en mendiant et vint s'asseoir au coin d'une rue. Quel ne fut pas son étonnement lorsqu'il vit ses sujets circuler à tâtons alors que tous portaient une lampe... éteinte ! Le lendemain, il convoqua son vizir et lui demanda l'explication de cette nouvelle coutume. Le vizir répondit sans rougir : «Ô maître adulé, depuis longtemps l'huile se fait rare, aussi les gens n'en usent-ils qu'avec parcimonie, ce qui est une bonne chose.» Peu satisfait de cette révélation, le sultan fit secrètement appeler un sujet et lui posa la question en ajoutant que s'il lui venait à l'esprit de mentir, il aurait la tête tranchée. L'homme avoua : « Ô suprême majesté aimée d'Allah, il est vrai que l'obscurité de la nuit est grande et ta lumière aveuglante mais si nous n'allumons pas nos fanaux de route pour rejoindre nos demeures c'est pour ne pas voir ce qui, à la faveur de la nuit, se passe dans ton royaume. » Le sultan apprit que dans ses terres sévissaient les quarante maux du monde, mais ce qui le désola à pleurer des larmes de sang c'est que les gens qui subissaient cette déchéance préféraient ne pas la voir plutôt que de la regarder et d'agir pour la faire disparaître. Lorsqu'un royaume est pourri, ses sujets ne le sont jamais moins. Les gens sont ainsi, mon ami ; quand ils savent, ils se taisent. Ils ne parlent que pour applaudir. Quand on ne connaît pas sa situation ou qu'on refuse de la regarder, où peut-on trouver la force de la corriger ? Quand on a accepté le mensonge pour vérité, ne sommes-nous pas déjà morts ? N'est-ce pas ce qui vous arrive ?

— Peut-être... comment t'en es-tu sorti de ce camp ?

— Mes yeux...

— Tes yeux !

— Oui, le travail du cuivre les affaiblit. Les acides que nous utilisons dégagent des vapeurs qui les attaquent et les éclats de métal les blessent. Les années de maquis ont fait le reste. Les instructeurs s'en sont aperçus et m'ont affecté à des tâches subalternes. Cela m'a évité d'être parmi ces malheureux qu'ils destinaient à la boucherie. Quand de Gaulle arriva au pouvoir et apprit l'existence du camp, il le fit boucler. Un jour, à l'aube, les gendarmes l'ont encerclé et nous ont passé les menottes. On s'est retrouvés dans un autre camp à attendre que l'on décide de notre sort. À l'indépendance, nous avons été libérés sans qu'on sache pourquoi. Certains, effrayés de ce qui les attendait au pays, sont restés en France ; ils se sont faits proxénètes, tenanciers de bars, ou mercenaires en Afrique. Avec d'autres, j'ai choisi de rentrer. Mourir dans son pays est ce qui peut arriver de mieux à un homme. À notre arrivée, le Zaïm nous a cueillis et mis au secret. Le Raïs nous a élargis dix ans plus tard ; son pouvoir était assuré, il voulait jouer au seigneur qui terrorise par sa magnanimité et ses beaux habits. À certains de ses opposants, dont les messalistes, il offrit une paix conditionnelle. J'ai joué le jeu ; depuis, je suis dans cette échoppe.

— Et les autres ? Lekbir, Zerbib, Aoudia ?
— Je ne les ai plus revus. J'ignorais s'ils étaient vivants ou morts. Un jour, il y a de cela cinq ou six ans, un homme se tient là devant moi, me dévisage et me dit : « Youssef ? » Je ne voyais qu'un gros bourgeois qui cherche l'affaire ; un commerçant ou un touriste, me suis-je dit. Quand on a du brouillard dans les yeux comme moi, tout ce qui brille est riche. C'était Moh. Je n'étais pas content de le voir mais qu'est-ce que tu veux, il a fait partie de ma vie et bien des oueds se sont taris. Avec des airs de nabab qui marchande le prix d'un

esclave, il m'a offert de travailler pour eux. Il m'a dit qu'il me rendrait riche et puissant. Dans ma situation, la proposition fait sourire. Avec cet air de comploteur qu'il avait appris d'Aoudia, il ajouta : « Commandant Youssef, rejoins-nous, notre combat n'est pas terminé ! » Je lui ai dit : « Si un jour, et si je suis de ce monde, tu as besoin d'un joli plateau ou d'une belle théière, tu sais où me trouver. » Je ne l'ai plus revu. Voilà notre histoire. Un gâchis, n'est-ce pas ? Veux-tu savoir autre chose ?

— Je te remercie pour ta sincérité, Si Youssef. Tu es un homme sage et valeureux. Je vais te laisser, mais je reviendrai te voir… en ami, pas en policier.

— Si Allah le veut.

— Fais attention à toi. Celui qui a décidé ta mort va t'envoyer un autre tueur. Cet homme fait partie de ton passé, il n'y a aucun doute là-dessus.

Le vieux dinandier leva les bras et murmura :

— Ce qui doit arriver arrivera.

L'inspecteur Larbi offrait l'image de quelqu'un qui végète et qui tourne en rond sans rien attraper. Il cultivait ce genre avec sobriété et persévérance. Le résultat, une apparence de parfaite innocuité, était admis. Entre deux coups de filet, les cow-boys du central se bidonnaient sous cape. « Si Larbi, ton dernier prisonnier remonte à quand ? » demandaient-ils en jouant des menottes, un peu comme s'ils l'invitaient à venir chahuter les passants. Cet air fadasse lui convenait. Il lui procurait cette liberté, cette évasion sans laquelle un policier n'est qu'un pauvre diable prisonnier de ses tares. Depuis son pèlerinage à la Casbah, il paraissait absent de lui-même ; à peine voyait-on son ombre glisser sur les murs. Quand il n'était pas enfermé dans son cagibi, penché sur ses lacunes, on l'entr'apercevait entrant, sortant, pour aussitôt obliquer sur le courant d'air. Il faisait le point. Le terrain restait broussailleux, des choses l'intriguaient, des détails le tracassaient. Jusqu'alors il les avait tenus pour insignifiants ou hors de sa portée. Il se devait de les examiner un jour et tenter d'y répondre. Il se devait surtout de taire ses scrupules d'honnête homme et se persuader que tout est possible dans un pays colonisé par ses habitants.

Comment Gacem a-t-il eu le téléphone des Villatta à Toulouse ? L'a-t-il obtenu par les renseignements ? Est-ce à dire que le bonheur est revenu à la poste ? Abdallah le lui avait-il communiqué ? N'y a-t-il pas eu dans ce cas un arrangement entre les deux frères quant à l'entretien du caveau des Villatta ? Arrangement que l'ignominieux tâcheron voulait transformer en bizness avec en face des dindons à plumer ? À suivre. Comment Abdallah avait-il à son retour de France retrouvé Youssef ? Savait-il seulement s'il était de ce monde ? Ils s'étaient séparés trente-trois ans auparavant, dans un maquis des monts des Ouled Naïl, au sud de Djelfa ; l'un était retourné à la vie simple qu'il affectionnait, l'autre avait poursuivi un combat sans gloire, doublement perdu, en s'en faisant évincer par les frères et en apprenant plus tard, en Corse ou dans une prison du continent, la tragédie de son ami Bellounis. Ce point le turlupinait. Le vieux Abdallah n'était pas des plus transparents. Mort, il l'était moins. Il restait les conjectures. Il en avait une. Elle découlait des propos de Youssef. Son retour au pays a réveillé sa mémoire, exhumé des souvenirs ; il y trouva ce que peut-être il ne s'était jamais avoué ; en 57, il avait abandonné la cause et ses frères, préférant à leur misérable grandiloquence une vie monacale dans la merveilleuse ferme de ses patrons. Ce n'était pas lâcheté de sa part. Une cause n'est plus une cause quand la folie meurtrière est son pain quotidien. Le commandant Youssef, lui-même ébranlé, l'a laissé partir mais l'a-t-il compris ? En homme que la parole oblige jusqu'à la mort, le vieux paysan a dû mâchouiller sa peine à en oublier le goût du pain. Il avait besoin d'une réponse, et d'une réponse de Youssef. S'il est en vie, il est dinandier et s'il en va ainsi, il fait pénitence à la Casbah. Les anciens ne changent jamais de métier ; ils suivent le sillon ancestral et ont à cœur de le léguer comme ils l'ont reçu. Pour les meilleurs, la route du devoir ne conduit nulle part ailleurs qu'à la Casbah ; elle est aux artisans bien nés ce que La Mecque était aux pèlerins de jadis. Or, Youssef avait les mains en or et son cœur n'avait jamais éprouvé cet amour de l'argent qui déplace tant de bandits sur les lieux saints. Ainsi raisonna Larbi. Dans le fait que Youssef n'ait rien dit sur les motifs qui avaient amené Abdallah à lui rendre visite, il vit que les deux hommes s'étaient expliqués et compris. Le vieil artisan n'avait dit que du bien de son ami l'agriculteur.

Pourquoi le commissariat a-t-il été dessaisi de l'enquête sur Moh ? Il est des questions dangereuses, qui en appellent d'autres, forcément plus précises. On arrive très vite au concepteur de la constitution. Était-ce la conséquence de cet article de presse qui, à travers l'aventure sanglante du général Bellounis, mettait en cause les messalistes, encore nombreux dans les enclaves empoussiérées du pouvoir ? Quel lièvre ce papier insidieux, certainement inspiré par d'autres oligarchies, elles aussi issues du passé, a-t-il pu lever ? Dans les hautes sphères, la bataille fait rage, les coups bas ne pardonnent pas. La clé de la mystification permettrait à coup sûr de savoir s'il faut enquêter sur Moh le trabendiste, Moh le messaliste ou Moh l'islamiste, ou sur un quatrième Moh dont il resterait à découvrir l'horrible vice. Est-ce tout bêtement que les balles fatales sont venues d'un PA passé entre les mains des tangos ? C'était la thèse officielle ; et faire avec est un point du règlement devant lequel la vérité doit s'effacer sans laisser de traces derrière elle ; l'enquête avait quitté la route des bureaux d'arrondissements qui ne peuvent ni acquérir ni posséder et pris la quatrième dimension. Dans un cas comme dans l'autre, l'inspecteur ne pouvait s'empêcher d'y voir la patte des Services ; derrière l'honorable pigiste qui a écrit avec une liberté de ton et un sens de l'insinuation tels qu'ils jettent un doute sur l'objectivité de son argumentaire, au demeurant fort curieux ; s'il avait parlé de son propre chef, mal lui en aurait déjà pris en raison de cette loi qui veut qu'on soit torturé et tué à son tour, qu'on dise ou qu'on se taise. Ce papier, volontairement grossier pour passer pour une connerie de plus, était donc un message… ou une menace ! Mais de qui ? Destiné à qui ? Il les voyait partout : derrière cette étrangeté qui est que le dossier du PA soit parvenu au commissariat, livré chaud comme une pizza commandée par personne. Alger n'est pas Rouiba et entre les deux il y a tout un monde inexploré. Cette diligence est anormale. Il n'existe aucune coordination entre les services de sécurité. Combien sont-ils ? Qui les paie ? Depuis l'instauration de l'état de siège et la généralisation du crime, l'étanchéité aurait été plutôt renforcée ; la communication ne se fait que par le haut, encore veut-elle que les gros bonnets aient l'oreille libre et l'humeur allègre et que la trêve ne dérange pas leurs plans. Sage précaution, la trahison étant à leurs mœurs ce que l'instinct est à la bête fauve. Le pouvoir qui a un flair de lynx et la science de l'araignée sait ce qui fait la force du fakir, que la logique vomit : le système se porte d'autant mieux que la force qui l'assure est divisée en menus morceaux et que le vent ne laisse aucun répit ; sur du sable fin, il n'aurait à craindre que l'usure du temps ; mais le temps use d'abord les opposants qui à trop regarder tourner l'heure souffrent aussi de la bile ; quels minables ! l'arabisation les achèvera avant qu'ils aient fini de comprendre leur douleur. Quant aux relations entre les services centraux de la police et leurs antennes locales qui végètent dans de vieilles bâtisses, elles sont ce qu'elles sont ; nul n'espère les voir un jour s'améliorer. Quel chemin a-t-il pris ? Il les voyait de même derrière cette bizarrerie conséquente : le rapport d'analyse du PA ne figure pas dans le dossier du commissariat ! Y avait-il transité ? Hocine mentait-il, se défaussait-il, lorsqu'il disait avoir entendu passer une copie ? Cette pièce, si elle existe, ne serait-elle pas un faux fabriqué pour la circonstance, pour clore l'enquête au niveau de Rouiba ? Que s'est-il passé à Djelfa ? Aurait-on supprimé des fonctionnaires indignes au point de se croire invulnérables et un sous-préfet, parmi mille autres pareillement sous-qualifiés, qu'un télex dans la nuit aurait vite remis sur le chemin de la bergerie, uniquement pour passer une arme dans la clandestinité ? De tels procédés courent-ils encore quand l'arsenal légal offre tant de procédures pour nuire sans s'exposer au remords ? Le sous-préfet avait-il un PA ? ce PA ? Comment assembler des hypothèses disparates ? Si par miracle les Services sont innocents, faut-il imaginer... mais quoi donc qui aurait quand même figure humaine, qui serait tapi dans l'ombre, tirant les ficelles, disposant de pouvoirs exorbitants ? Quel rapport aurait cette chose avec Zerbib et Aoudia ? Des liens d'affaires ? Des affaires de liens ? Quoi d'autre qui ait autant besoin de ténèbres et de méandres ?

Le pauvre homme s'inventait treize questions à la douzaine, chacune ayant sa couvée accourant à la becquée. Ça fait du bruit, on se fatigue à courir. Il en va du questionnement comme de la masturbation ; à la longue, point la cécité. Il avait du mal à comprendre son paysan, il n'avait aucune chance, ou si peu, d'atteindre Lekbir. Tenir la bande est une façon modeste mais prudente d'avancer. Il ne se sentait pas assez fort pour apprendre à son commissaire que les deux affaires étaient liées, voire qu'il s'agissait d'une seule et même pièce. Dans la police algérienne, on n'est pas censé avoir des idées, encore moins des vues d'ensemble. Vivre idiot est un devoir qui ne souffre d'entorse que pour son ministre, encore ne le sait-il pas. Il sourit à la pensée que l'assassin gisait quelque part dans une nouvelle morgue, un égout loin des yeux, un chantier abandonné, une voiture calcinée, une décharge sauvage née avec son panneau «Décharge interdite», une carrière ruinée, un puits que les muletiers évitent, un douar ensanglanté. C'était toujours ça de gagné. Le Boss, le Grizzly, les compagnons que rien n'émeut tant qu'une poupée en détresse, seraient étonnés d'apprendre que l'assassin de Moh, celui d'Abdallah et l'homme qui avait tenté de tuer le dinandier étaient une seule et même crapule. S'en assurer a été un jeu d'enfant pour le vieux Larbi. La routine, la bonne vieille routine. Le plus dur a été d'obtenir auprès du commissariat de Bab-el-Oued, dont relève la Casbah, la photo du pignouf qu'un policier providentiel avait abattu aux pieds du vieil artisan. Ne pas éveiller de soupçons parmi les collègues est le plus éprouvant dans le métier de flic ; cette famille supporte mal le regard intérieur ; il faut parler d'autre chose et laisser venir ; ça prend du temps. La suite fut affaire de marche à pied et de psychologie à l'ancienne. Il lui a suffi de présenter la photo à ceux qui, dans les parages du château et du bureau de Moh ainsi qu'aux alentours des caveaux chrétiens, auraient pu remarquer cette vermine, voire lui parler, et s'il y échet, de les intéresser au miracle de leur présence en ces lieux. Y en a beaucoup qui ne foutent rien de leur vie mais qui sont toujours à glander au bon endroit. Obscurs à déprimer un aveugle, ils partagent leurs jours avec ces rues où rien ne mérite une once d'amour, mises là juste pour séparer des immeubles divorcés et canaliser des enfances en crue ; la police leur doit une fière chandelle et la justice de belles ombres au tableau de chasse. Au demeurant, l'oiseau n'était pas quelconque ; il avait une tête ! une tête d'islamiste ; un crâne d'œuf mal rasé, le front simiesque, la mandibule prognathe, le nez en bec d'aigle, un bouc miteux et des yeux de serpent frit. Allah, à quoi pensais-tu quand tu les as créés, ces fous d'amour pour toi ? Adam était beau, Ève était belle, la terre était plus verte qu'un édredon rose, tout était bleu et baignait dans la lumière et l'empreinte du beau était la vie. Est-ce mal, maintenant ? Vilain pas beau tu seras. Ce que dictera ta folie tu accompliras. Du crime et de la souffrance tu te délecteras chaque jour mais invoque bien mon nom quand tu aiguises le couteau : Allah est grand ! Et enrichis mon prophète, l'émir de Boufarik. Sont-ce les nouveaux commandements ?

Au terme du périple, le tour était joué. Il était en état de reconstituer avec précision les faits et gestes du tueur. Les gens sont si oisifs, d'une manière si occupée, qu'on se demande de quels fabuleux expédients ils tirent leur subsistance ; et puis si vulgaires, si adhésifs du regard, si ventouses de la feuille, si infatués de leur aptitude à espionner avec précision, si mordus de civisme quand il s'accompagne du bonheur de lever créance sur la police et de le faire parvenir aux mercantis, et si cancaniers du bec qu'ils font rêver d'ablation les oreilles mesurées. Observez-les quand ils déblatèrent et se rengorgent d'un pied sur l'autre et dites franchement si le sadisme est une joie aussi ridicule chez vous ; sinon parlez-nous de la flagornerie de vos amis quand le chef de service vous a à la bonne ; leurs antennes papillotent comme un chat frémit dans son électricité quand enfin il pourlèche une souris de sa connaissance. Dieu, que de défauts, et sans en ficher un clou de ses doigts ! Avec d'aussi beaux témoignages, la photo du mort prenait vie à chaque pas et ne laissait aucun doute. Ceux qui vivent sur les pressentiments, ceux qui ne l'ont vu que par ouï-dire, ceux qui pratiquent l'ubiquité comme ils respirent, ceux qui ont des instances sur le feu, et même ceux qui ont maille à partir avec la justice, qui gagnent à se dérober, lui ont trouvé le même regard, extraordinairement absent, comme s'il était seul au monde ou comme s'il ne voyait pas le monde autour de lui. Le regard du tueur pris dans son vertige.

Arrivé à Rouiba vendredi ; passe l'après-midi dans une mosquée pirate du bidonville jouxtant le cimetière chrétien ; à dix-neuf heures, dîne dans la gargote attenant au collecteur d'égout, face à la boucherie du bonheur et au vendeur de chats au miel (!?); (explication obtenue auprès de l'écrivain public qui officie dans les chicaneries administratives et le rabattage pour le compte du maire : l'obligation d'arabiser les enseignes commerciales a créé un univers que seuls les fous, les illettrés et les dépravés trouvent à leur convenance; gâto, le chat en arabe dialectal, signifie aussi gâteau mais c'est du français arabisé, donc passible de ravalement; en plus d'être un hors-la-loi, le marchand de zlabias serait-il aveugle puisqu'en vrai il vend des pneus volés?); à vingt heures, retourne à la mosquée, accomplit ablutions et prières; ressort à vingt et une heures trente, va égorger Abdallah dans son sommeil; revient à vingt-deux heures, une demi-heure avant le couvre-feu, et, jusqu'à l'aube, se fige dans un silence qui a terrifié l'imam et son laveur de mort. À six heures, s'installe dans un café en ruine, face à l'immeuble où Moh tient bureau. Au cafetier cueilli à froid, dit : «Ô vieil homme, Allah est plus grand que tous les hommes de la terre, pourquoi n'as-tu pas le crâne rasé et une barbe hirsute? Veux-tu mourir?» À sept heures, un homme vient l'accoster, vague, sans signalement; un chômeur en perdition? une âme charitable? un commissionnaire avide? Ils échangent des mots convenus; le messager lui remet un paquet qui, aux yeux des consommateurs alertés, parut plus louche que large et long; il contient une klach. Son paquet sous le bras, quitte le café et va se poster au pied de l'immeuble ; à sept heures trente, pénètre dans le bâtiment dans le sillage de Moh ; dans le riche cocon qui abrite ses magouilles, le plombe.

Le reste, le déroulement de l'exécution, l'inspecteur l'imagine : la sulfateuse lâche un début de rafale et s'enraie ; saigné comme un bœuf gras, Moh tient debout et beugle à désarmer un équarrisseur et ses marmitons ; le tueur n'arrive pas à relancer sa machine ; il s'affole, blasphème dans sa barbe ; Moh marche sur lui ; acculé, l'islamiste sort son PA et l'achève de deux pruneaux dans la poitrine au moment où celui-ci le saisit à la gorge ; Moh s'effondre, entraînant dans sa chute l'horrible gringalet. Fou de honte, le tango plante son coutelas dans la bidoche, en plein cœur pour accroître sa haine contre ce diable d'homme qui refusait de mourir sous les balles d'Allah. Son forfait accompli, quitte Rouiba après avoir restitué le paquet au soi-disant musulman qui s'énervait à l'arrêt du bus et va se perdre à Alger.

L'homme s'appelle Mansour Benali, dit Abu Muça el-Nabi, né à Melouza en 69 ; marchand ambulant ; fiché comme terroriste étranger (si la mémoire collective sait où elle en est, c'était l'époque des Marocains agissant pour le compte de qui on sait, mais la liste est longue et plutôt mal tenue) ; a été capturé lors de la grève insurrectionnelle de juin 91 lancée par le FIS ; son appel ayant flopé dans la dérision, rappelons-nous cet épisode, il a fallu l'intervention énergique des Services qui ont fourni leurs meilleurs islamistes pour que la cohue de la place Tian'anmen, rebaptisée depuis «place du 1er Mai», dégénère en un mouvement insurrectionnel national justifiant une légitime et brutale répression. Les fissistes auraient dû oublier la religion et se souvenir que Taghout est grand et qu'à lui seul appartiennent nos vies et nos biens; interné trois mois dans un centre de détention administrative au Sahara; depuis son élargissement, vit dans la clandestinité; serait affilié au gang des afghans; abattu à la Casbah alors qu'il tentait de tuer un dinandier.

La mort du tueur est-elle le fruit du hasard qui se serait plu à placer un policier sur sa route au moment où il s'apprêtait à buter Youssef? N'a-t-il pas été supprimé pour fermer la boucle de ce fastidieux enchaînement de meurtres? Mais alors le chorti est une crapule... un complice. Catastrophe! Beaucoup ont des dons plus rares, c'est vrai, mais ô toi Dieu de vérité, pilier des justes, fais que celui-ci soit un bon poulet, sinon l'enquête va se terminer en queue de poisson dans un nouveau dossier secret. Non! il a opéré sur dénonciation, c'est la saison, la délation bat son plein. Ainsi en décida Larbi pour se rasséréner et garder foi en l'avenir des institutions. Depuis la promulgation par le gouvernement de son intention de doter les terroristes repentants d'une loi qui leur offrirait de se taire en contrepartie d'un logement, d'un salaire à vie et de la considération des victimes, dénonciations et redditions volent comme criquets au

Sahel. C'est nouveau, c'est chinois comme procédé. Dans la main tendue, les gens auraient-ils vu autre chose ? Attention, on va répondre par un oui sans ambiguïté, sinon on comprendrait mal comment le pays s'est de nouveau couvert de scélérats et que se multiplient ligues et coalitions sur fond de démembrement des parentés traditionnelles. À quoi jouaient-ils auparavant, quand ils savaient et se taisaient ? Mystère et boule de gomme. On voit prospérer les facteurs là où l'analphabétisme est maître et là où les maîtres enseignent l'ignorance ; les services d'investigation périssent à la tâche, les tribunaux débordent de locdus surpris dans leurs sales besognes, la presse n'arrive plus à devancer l'événement et le ministre de la Justice à faire du mal de lui-même. Le gros des mécomptes, acheminés par les amis de la poste, sont récents, fastoches à apurer mais certains remontent à la période turque ; de la poussière s'y est déposée. Les gars du pouvoir eux-mêmes recourent au procédé, reconnu par les hommes de paille plus souple que le dispositif précédent, ravagé par l'abus. On ne résiste pas au plaisir de nuire parce qu'on est haut perché et à l'abri du besoin. Contre un gros billet et la promesse que vous les citerez par leurs noms de guerre, leurs plantons vous raconteront qu'ils se sont fait un divertissement de ce jeu complexe et palpitant qui les change de la bonne vieille liquidation physique de leurs amis. Premier temps : ils les éreintent d'un mot, via le service mortuaire des P et T qui observent une trêve dans la rétention pour obtenir l'extradition du ministre ou, pour ceux qui en sont à la sophistication des règles, par le truchement d'un article de presse charpenté par un nègre de génie ; les journalistes étant jusqu'à mieux informé les ennemis jurés du pouvoir, la diffamation sous leur couvert exige, en plus de beaucoup de haine, la science du parfait poseur de bombes qui en rend le réglage fabuleusement bandant. La cabale est amorcée ; la meute renifle à mort et tire sur les laisses ; bon, on lâche tout ; ébaubis, les enquêteurs trouvent tous les feux au vert pour mener les investigations dans les hauteurs, jusqu'à un certain point, en dessous duquel nul n'est à l'abri des lois ; ils en profitent pour talocher les culottes courtes gavées de télé à la pistache, gratter le cul des pin-up qui se dandinent au téléphone, soupeser les bijoux de famille sous le regard de la baleine qui va ou qui revient d'un mariage promotionnel, gicler leur chique dans les amphores qui portent l'étiquette du musée des antiquités sans laquelle l'abus de pouvoir serait une erreur de goût. Deuxième temps : ils jouissent de voir la pauvre bête dépérir d'angoisse, courir de-ci de-là, brader ses biens mal acquis et tourner lâchement autour des ambassades ennemies (la liste est publiée quotidiennement dans *El Moudjahid*, mais hormis les caciques qui sont nébuleux à obscurs, qui sait qu'elle sous-tend le bulletin météo ? mais chut !). Amicalement, ils lui chuchotent de grands secrets dans le but d'alourdir ses calculs et de l'amener à craindre aussi pour l'amour de sa vie. Il en savait assez, voilà qu'il sait tout ; comme le monde est vaste, il devient petit. Troisième temps, l'épilogue : le frère n'est plus que l'ombre de son téléphone ; il en est à dire merci à l'ascenseur, à s'essuyer les mains avant de parler, à reconnaître qu'un palais, un ministère, une administration peut avoir une finalité autre que le confort de l'occupant en chef ; il se prend à glisser la pièce aux passants pour s'entendre clamer son passé héroïque ; il va jusqu'à visiter les sous-fifres dans les clapiers et admettre avec eux que la taille de leurs oreilles tient davantage à l'étroitesse d'esprit des maîtres qu'à la méchanceté des instituteurs. Quand la bête est à terre, il est stupide de ne pas profiter ; ils lui montrent qu'ils ont la bosse des affaires, expliquent qu'un dossier ficelé fonctionne sur le même principe qu'une ratière puis, matois, lui annoncent qu'en raison du tapage médiatique, avoir deux oreilles ne suffit pas pour dormir tranquille. Bon, ils lui font signer des papiers qui feront d'eux des fonctionnaires prospères. Il n'a plus d'érection à la vue d'un canon, encore moins le cœur à tirer sa machine à écrire des ukases ; c'est de tristesse qu'il lui broute les nichons et se fait mordiller la queue. Il est des moments où tout ce qu'on fait a le goût de la dernière cigarette. C'est là que le bourreau vient lui offrir une aile protectrice et se bidonner à se péter les couilles. L'atmosphère est au non-lieu. Autour des enquêteurs furax, les feux tombent au rouge. À voir leurs dents, les petits vauriens de quartier qui s'imaginaient en Europe, un jour de braderie, perdent espoir ; ils abdiquent, remboursent les vieilles mendiantes, font des promesses de mariage aux écolières abusées, cajolent les syndiquées, remisent leur commerce ambulant, tout ça avant l'édition du soir, puis gagnent la prison sans attendre l'aval du juge, occupé à libérer des prisonniers, cependant peu inquiet de son avenir car maintenant on paie pour s'abriter en prison. Tout est bien qui finit bien. Le revenant a perdu sa dignité en même temps que toute idée de rivalité contre plus fort que lui. Il a un maître, il sera heureux dans son écurie. Il va le louanger en public, happer ses postillons en réunion, lui lécher les pieds en tête à tête et, pour les vendredis sans enterrements, lui offrir sa complice au foyer, sa fille aînée ou sa petite sœur divorcée qui reviennent électrisées de Paris, et jusqu'à son Olympia qui râle en musiquant. Et aussi, en toute occasion, des K7, des bananes et du Chivaz.

Le policier entrevit une autre justification à la liquidation du tueur. En se servant du klach, du PA et du poignard, dans cet ordre décroissant peu commun dans nos actualités, celui-ci avait commis un crime, preuve évidente du péché de préméditation. Que n'avait-il fait mine d'élire sa proie sur un coup de cœur ! Que ne l'avait-il décapitée avec les dents, éventrée dans la précipitation, vidée de ses entrailles et retournée comme une chaussette pour signer islamiste ! Il en avait commis un deuxième en abattant Moh dans son bureau, dans une discrétion bourgeoise, avec un sang-froid impie, plutôt que dans la rue, au grand jour, dans un bel éclat de fureur, ainsi que cela se conçoit quand on veut accréditer la thèse de l'attentat islamiste suivi d'un repli dans les profondeurs du maquis. Ce ne sont pas des détails qu'on rase du regard quand on commandite un meurtre et qu'on est sur le point d'apprendre que les traces de sang mènent à sa porte. Le tueur était lancé sur Youssef, ils n'avaient aucun moyen de le contacter pour le dérouter sur un autre programme. Leur raisonnement fut implacable : s'il butait le dinandier avec le PA, et aussi proprement, il allait établir un lien, ténu mais tangible, donc repérable, entre la mort de Youssef et celle du Moh. La police abandonnerait la piste religieuse, pourtant commode, et reniflerait du côté de la ville et de ses lumières. Cette piste mène à eux. Il devenait vital que le tueur soit supprimé à son tour, ceint du bandeau des afghans. Leurs coups sont si nombreux que la police a du mal à les recenser. Ses diligences ne vont pas plus loin ; l'empire bat de l'aile, les campagnes sont en feu, les douars en cendres, la ville un tel cafouillis qu'on la voudrait ruine et désolation ; quant au roi, il est si indigent que ça ne rapporterait rien de le pendre par le cou ; et puis quoi, il y a les fugueurs à ficher, les propriétaires des voitures volées à dénicher, les carrefours à dégager, les filles qui divaguent à mettre sur le bon chemin, les vieux à secouer avant qu'ils s'emmêlent les racines, les tacots à piéger, les commerçants à protéger des confrères, les delalate des commandos du fisc ; il faut aussi épier ceux qui regardent leur montre en se donnant des airs affairés (des démocrates cherchant une planque ?) et se renseigner à fond sur les femmes mariées, surtout les blondasses à gros mollets — signe qui ne trompe pas — qui jouent les indifférentes, avant de leur téléphoner depuis le service des objets trouvés. Son passé, ses états de service militeraient en faveur de la conclusion. La prestation d'un faux repenti la confirmerait. Ils avaient pensé à tout, sauf à l'hypothèse que l'élève rate son coup et que son PA tombe entre les mains de l'ennemi. Larbi s'accrocha, le scénario est bon ; en prime, il exonérait ses drôles de collègues de toute implication dans le meurtre. Il haussa les épaules. Tout cela est bien compliqué, et comme il est triste de voir de l'intelligence au service d'un plan, là où il n'y a que le déroulement logique du mal.

Sa mine se renfrognait lorsqu'il entrebâillait cet autre volet de son enquête : l'état de sa ville, le théâtre de ses investigations. Elle en était la pièce maîtresse. L'argent coule à flots ; elle est ouverte aux quatre vents ; elle est vérolée, gangrenée ; la mort rôde dans ses foules et frappe en aveugle. De telles choses étaient inconcevables, il n'y a pas loin. On mourait de vieillesse précoce, d'ennui chronique, de honte bue de traviole, de rage lente ou de dépit foudroyant quand il n'y avait pas d'issue, mais dans l'ensemble, ça se passait plutôt bien ; on se tenait à carreau, on vivait sans drame, on partait sans regret, on oubliait sans y penser; le cœur avait ses pannes comme le reste, mais jamais nos hourras ne manquèrent à la résistance; on les adressait au Dictateur, c'est vrai, mais les opposants n'étaient-ils pas entre ses griffes et leurs complices dans le collimateur? On faisait ce qu'on pouvait et ce n'était pas facile. Fallait-il qu'elle ait changé pour devenir un tel chaudron de sorcières, une cour des miracles où se mêlent, dans l'effervescence du nombre et la violence des appétits, terroristes de tous bords, trafiquants en tout genre, trabendistes de tous pays, spéculateurs de tous poils, fonctionnaires de toutes obédiences, tous ripailleurs infatigables, chômeurs en fin de parcours que guignent les recruteurs de l'ombre, délinquants imberbes aux yeux plus gros que la tête qui braconnent les territoires des grands prédateurs. La vie du pauvre n'est plus que douleur et la mort du juste plus triste que les trouvailles du gouvernement qui pourtant s'y entend dans le superfétatoire et l'omission fatale. L'ère démocratique n'est pas la meilleure qu'on ait subie.

Si Larbi ne cherchait plus à comprendre de peur de mourir à la tâche. Il était vieux et, somme toute, il avait bien vécu dans l'innocence (pauvre Larbi, on l'appellera complicité le jour où on fera le procès des chiens). N'empêche, en de tels moments il méprisait ses frères, occupés à se barricader dans la honte alors que leur ville, leur vie, leurs maigres biens leur échappent lambeau par lambeau dans une dissipation irréversible. La descente aux enfers est-elle finie ? Telle est la question ; elle est brûlante, mais qui peut répondre et continuer de vivre ? Il désespérait de lui-même, de sa raison, de sa cause. Ridicule que tu es, se sermonna-t-il. Avant peu, tu seras un vieux con de flic au rancart ; tu l'auras ton accolade, puis on te tournera le dos et Gros-Jean comme devant tu partiras. Désarmé de ton armure en poils de chien méchant, tu te rencogneras dans ton misérable F3 qui insulte la vie et les normes AFNOR et tu trembleras au moindre feulement dans la cage d'escalier. Et chaque soir, à l'heure des incantations et des panégyriques, quand on ne sait s'il faut se laisser mourir un peu plus ou se taire à jamais, la méchante télé viendra te montrer ce qu'ils ont fait de ton beau pays et t'annoncer la météo de demain.

Il se fit une diversion pour échapper à l'abattement. « Comment suis-je arrivé à m'embarquer dans l'affaire Moh alors que j'avais tant à penser avec mon vieux paysan ? » Dans ses pensées obscurcies par tant de bruits, il ne trouva rien sauf l'idée de se cogner la tête contre le mur. Il se reprit. De son vécu sans prétention il avait appris que la réalité parle mieux que les théories que s'en font les gens pressés. Alors, encore une fois, il se retrouva sur les lieux où l'avaient conduit les premiers pas de son enquête ; dans la cabane abandonnée d'Abdallah qui sentait la pauvre mort des esseulés ; au cimetière chrétien qui avait pris un petit air flétri depuis le décès de son étrange gardien ; au cimetière musulman, grouillant et vindicatif, en passe de ravir la palme au souk qui se meurt en ruminant ce qu'il y a de plus lugubre dans le monde. Il parcourut la ville, les rues taciturnes du quartier de Medellín, celles du centre, fourmillantes, étranglées par des nœuds trop serrés ; il s'aventura dans les bidonvilles périphériques en expansion vertigineuse, plus ténébreux que jamais, plus assoiffés que toujours, plus menaçants qu'un nid de frelons quand darde le soleil des damnés. Des heures durant, il y traîna son regard et sa perplexité. Tel un pèlerin en quête de vaines difficultés, il refit les mêmes gestes, occupa les mêmes positions, s'efforçant de reconstituer au plus près son trajet initial, à la recherche d'un signe, d'une révélation, d'une délivrance.

Il revint au cimetière musulman. Tout avait commencé là. Il s'adossa à cet arbre solitaire déglingué sous lequel il s'était abrité la première fois et laissa son esprit vagabonder. Plus loin, alors que les images s'estompaient dans un bienheureux brouillard, il rencontra la torpeur ; en une passe, elle le libéra de ses soucis ; au-delà, la lumière n'avait rien de naturel ; elle émane de cette croyance que nous avons d'une vie qui serait fluide lumineux si les frères n'étaient aussi laids ; la scène n'est ni vaste ni petite, ni haute ni basse ; on est là, loin de la pesanteur, comme un ovni au-dessus des têtes, prêt à faire son huit et à disparaître d'un jet à l'autre bout de l'univers. Soudain, l'œil intérieur parle. La misère des jours, le drame des années perdues, la vanité des appareils de mesure ne le font pas ciller. À peine dit-il ce qui dans le monde grossier des ruminants effleure les sens sans les fatiguer, ce qui précisément nous est passé sous le nez, pour nous regarder comme indigne de paître la terre des dieux réservée aux enfants, implacables mais combien harmoniques. Il ne faut pas réveiller son œil intérieur, on ne le comprend pas toujours. Une foule abondante cerne la tombe du Moh. Sa mémoire retrouva des visages, leur prêta des noms, des fonctions ou à défaut des intentions peu en rapport avec le rite. Il y a la famille du défunt, divisée par le malheur; les amis de la famille, condamnés à de nouvelles alliances; des prédicateurs ne sachant quelle bannière élever devant un public aussi déterminé; des commerçants soucieux et des voisins inquiets, veufs de leur protecteur, craignant déjà pour leur vie, des touristes angoissés, avides de crimes sortant de l'ordinaire, des fonctionnaires hagards venus pleurer la disparition de leurs primes et les affaires restées en suspens, des rats de cimetières qui se brossent les moustaches, empêtrés dans des calculs fastidieux, et d'autres, plus loin, en qui on peut tout voir sauf la vérité. Il vit Zerbib et Aoudia, Levantins impénétrables; autour, des ombres, sur lesquelles il ne put accrocher une quelconque réalité.

Pour l'enterrement d'Abdallah, la scène est dépouillée à alarmer des badauds aguerris; l'affaire sent l'enfouissement clandestin; l'imam qui exerce en bénévole dans la mosquée du bidonville; il récite la Loi comme une machine rongée par le chagrin ; le fossoyeur, un chômeur embauché pour ouvrir une tranchée et la refermer, peinant comme s'il creusait sa propre tombe ; et Gacem, plus chagriné qu'ennuyé. Point de cérémonial ; l'affaire est expédiée en deux temps trois mouvements de reins dans une morne lassitude. Il se vit lui-même sous le même arbre rachitique, déprimé par les lieux, la chaleur et ses ruminations sur la vie quand elle prend le chemin des talibans ; il se trouva vieux et peu actif ; mais bon, le monde ne s'est pas fait en un jour. La foule se désagrège ; des groupes, plus grappes d'automates aveugles que groupes de croyants exsudant la bonté, partent sur les chemins croisés, sinuant entre les tombes... là ! une ombre se détache... un homme... il s'approche de la tombe d'Abdallah... C'est à ce moment que, mû par la curiosité ou l'instinct ou la compassion pour son client, Larbi se retourne une nouvelle fois. Il voit l'homme debout, la tête penchée sur la tombe. Ses lèvres remuent. Prie-t-il ? Parle-t-il au mort ? Le temps d'un clignement, il voit un dard irisé fuser de son visage et venir s'éteindre sur le tumulus... L'homme, comme débarrassé d'un poids, rejoint la sortie et s'engouffre dans une formidable machine : une Mercedes haut de gamme, 150 chevaux d'acier sous un capot de cristal, vitres teintées, étincelante de sobriété, d'un apparat bouleversant.

Oui, c'est ça... c'était ça !

Le policier avait enregistré la scène et son cerveau endolori l'avait balancée dans ce coin de mémoire où vont se dessécher les confettis colorés que les yeux découpent à longueur de vie. Son exercice de yoga avait provoqué le déclic. La scène occultée était ressuscitée avec une netteté plus vraie qu'au naturel, avec une douleur plus aiguë qu'une rage de dents.

L'homme, c'était Aoudia. Il crache sur la tombe d'Abdallah.

Ces êtres ne sont pas des hommes, ni des bêtes ni rien qui se puisse comprendre ; ils ne sont pas de ce monde, ni de ce temps. Le bien et le mal ne peuvent les atteindre. Ils n'ont cure de la vie et de ses miracles, encore moins de ses subtiles et fragiles palpitations. Nés du néant et de la hideur, ils ont jeté leur dévolu sur ce malheureux coin de paradis, s'y déversent en nuées fabuleuses et, tels des insectes, essaiment à l'infini. D'instinct, ils détruisent, ils tuent, ils dévorent, sans répit, sans jamais assouvir leur faim. Ce sont les bazaris, brûlant du feu ardent de la revanche ; ce sont les revanchards, possédés par le génie mesquin du bazar. L'œil rivé sur le cours de l'or, ils décident du cours de la vie. Ils asservissent les hommes avec leurs propres chaînes, l'islam dévoyé qu'ils aiguisent comme un sabre, la liberté sans contrepartie dont ils vantent la laideur et la cruauté uniques en camelotiers rodés à la supercherie, l'amour du gain et de la paresse qu'ils financent à fonds perdus. Puis, lorsqu'ils les ont subjugués, ils leur inoculent le venin de la haine et les envoient au casse-pipe. Mais tout n'est pas dit, tout n'est pas arrivé ; l'horreur est un océan plus vaste que le monde et l'on vient à peine de s'embarquer. Aveugles à la lumière, ils voient dans les ténèbres du mal une passion enivrante, une utopie sublime qu'ils veulent instaurer dans cette nouvelle Mecque, l'étendre à la planète et la couvrir du manteau de l'islam des origines pour qu'Allah ne trouve rien à redire.

En trente petites années, nous avons accumulé pour mille longues années de lamentations. Ignorants nous étions, ignorants nous allons, et nous manquions de temps. Nous avons maintenant à peine celui de rester vivants pour le dire à ceux qui auront à pleurer notre décadence ou à rire à chaudes larmes de notre ridicule exploit. Priez pour nous et élevez à notre ignoble crasse une belle statue. Tout au long de sa carrière, Larbi en avait trop vu, s'efforçant malgré tout, autant qu'on lui en laissait le loisir et la vie sauve, d'être un bon flic, fidèle à sa mission, respectueux des règles. Peut-être, sûrement, avait-il négligé d'être un homme, avec des défauts, des refus, des ambitions ; nul n'est si parfait qu'il ne lui en coûte rien. Le crachat d'Aoudia sur la tombe du vieil Abdallah, il l'avait ressenti à son insu comme une insulte et une révélation. Il était vieux lui aussi, non par son âge mais d'avoir tardé à vivre en homme, et sentait venir sa fin dans la même violence, la même indifférence, le même mépris. Trente années durant, chien de caserne, chien de palais, chien de rue, il avait servi un système qui du haut de son olympe crachait sur le peuple à genoux ; des glaviots que ses dignitaires roulaient longuement dans la bouche pour les épaissir avant de les lancer avec une adresse imparable. Nous leur demandâmes bien de partir, un jour que le pain manquait ; ils ne quittèrent pas les lieux, ils allèrent chercher des armes et des porte-voix. Le crachat d'Aoudia était aussi pour lui ; une braise ardente qu'il prit en pleine gueule. C'était le crachat qui fait déborder la honte. C'est à cet instant, sans doute, que le désir de réagir, de lutter, de se libérer avait envahi son cœur. Mourir dans les étincelles plutôt que vivre à petit feu est un bon choix quand sonne l'heure des braves. Les grandes résolutions comme les appels du destin sont infiniment discrètes. Elles naissent en nous sans claironner, sans affoler nos vices. On continue de vivre sans danger, pendant qu'elles développent leurs mystères. Puis, vlan, on en prend conscience ; mais il est trop tard ; l'affaire est faite ; c'est gros comme une sentence capitale ; nous sommes rendus à ce point fatidique où seule la marche en avant, vers la mort ou la délivrance, est permise.

L'ancien système agonise et se meurt. Comme une bête blessée, il gigote et montre les dents. Celui qui pousse sur son corps putrescent dans un horrible grouillement ne doit pas lui survivre. Il faut en finir avec ces bêtes immondes, avec ces barbares des temps obscurs, ces porteurs de ténèbres, oublier les serments pleins d'orgueil et de morgue qu'ils ont réussi à nous extorquer au sortir de ces longues années de guerre. La lumière n'est pas avec eux et les lendemains ne chantent jamais que pour les hommes libres.

Dans sa soudaine détermination, le policier avait oublié une chose qu'à présent il ressentait avec une immense amertume. Il était vieux et la cloche de la retraite était en train de chauffer.

Il fallait aussi, impérativement, que nous nous arrêtions un moment sur l'université. Son ministre de l'heure est M. Tou. Son prédécesseur avait la particularité d'être le neveu du président ; cela implique, raisonnablement, que M. Tou est plus proche de lui en termes de parenté. M. Tou émarge au FLN, allié du RND et de l'opposition islamiste au pouvoir.

L'université a pour mission de former les spécialistes de demain ; c'est entendu. Elle a choisi la stratégie suivante :

— En mettre dix là où deux finissent par s'étriper pour la première fille qui passe. Résultat : huit étudiants meurent de folie avant d'apprendre à lire.
— Placer dix recteurs par professeur. C'est le modèle de l'armée espagnole de jadis. Résultat : le tâcheron rejoint le maquis pour se faire émir.
— Elle enseigne, à sa manière, ce que les Arabes détestent : la libre pensée, l'économie libérale, les sciences humaines, les beaux-arts, la vérité historique, la géographie sans arabesques, le droit souverain, l'ar-

chitecture pour humains aimant leurs enfants, etc. Résultat : les Arabes s'aiment moins.

— Elle enseigne en arabe, ce qui se conçoit, à des étudiants qui ne pratiquent que leur langue et c'est marre : l'algérien, un sabir fait de tamazight, d'un arabe venu d'ailleurs, d'un turc médiéval, d'un français XIXe et d'un soupçon d'anglais new age. Elle utilise les services de profs dont les jours sont comptés (nonobstant l'hypothèse avancée plus haut), pris en grippe qu'ils sont par les recteurs, la police, l'association des doublants, celle, plus radicale, des triplants, les islamistes et les arabophones qui leur reprochent, non pas d'enseigner dans un arabe approximatif traduit du français moderne, mais de penser en français. Résultat : le prix de la drogue sur le campus a pris l'ascenseur, ce qui désavantage l'étudiant désargenté.

— Transformer les labos en salles de prière. À la casse, les machines ! L'ignorance éloigne du boulot quand la religion rapproche de Dieu. Résultat : moins d'argent, plus de foi.

— Rompre toutes relations avec l'étranger et brûler ses livres. Résultat n° 1 : pour l'étudiant sous contrôle, l'ONU est une secte chrétienne dont l'unique pensée est de détruire le phare d'Alger. Résultat n° 2 : le port d'Alger est envahi de gardes bénévoles et d'émigrants clandestins, ce qui gêne les dockers.

C'est le constat que nous voulions établir pour prendre référence et apprécier avec objectivité ce que fera M. Tou.

L'Éducation nationale, qui fournit l'université, l'armée, les maquis, les trabendistes et les négriers en troupes fraîches, est une autre histoire dont on devra, encore plus impérativement, parler. Apprenons déjà qu'à cette heure, son ministre est le prédécesseur de M. Tou.

On peut s'en douter, l'agence photos-souvenirs Dahmane de Rouiba n'a rien de spécial ni de bien folichon ; mais elle est à sa place dans cette ruelle que les dieux ont abandonnée. Son étroite vitrine expose les œuvres du maître de céans ; c'est triste, d'une manière singulière, magnétique. On ne résiste guère longtemps ; sans qu'on puisse rien, on glisse mollement dans l'apathie et l'affliction. On voit des bébés couperosés, enfouis dans des coussinets ventrus, soulevant à bout de bras d'impossibles jouets de plastique creux, bruts de moulage, de couleurs à chier. C'est quoi un oiseau qui a trois pattes, du poil aux oreilles et deux bosses sur le dos ? On ressent une douleur dans ses fibres ; ça vient du plastique ; il est fallacieux, il est bêtement reluisant, il surajoute à la précarité de la vie ; il est écœurant. Aah ! voilà qu'on est piqué par l'envie d'aborder le fabricant pour lui dire deux mots et lui fracasser la tête avec ses inventions incompatibles ; le gouvernement ne mesure pas le mal que nous infligent les faux industriels que ses réformes produisent à la pelle ; comprendra-t-il qu'il est des façons plus douces de mater le peuple et qu'il n'est bon de transiger que dans le sens du bien ? Les mioches ont des regards si acérés qu'on s'y accroche, pris de malaise. Que pourrait-on leur opposer si on était à demeure ? Leur moue patibulaire annonce des chialeries niagaresques.

Regardons à côté avant de paniquer. On voit un échantillon de jeunes péquenots sur leur trente et un ; ils ont tous été traversés par la même idée : se faire prendre en pied, clope au bec, enlaçant d'un bras possessif, qui une bagnole sans méfiance, qui une mob d'emprunt, qui un vélo volé ; sont aussi souples que des robots pris sur le fait ; mais l'œil est de velours et la lippe sensuelle ; et dans la tête tourne un programme. Ils sont malades, que croient-ils ; ils vivent de faux loisirs dans des mirages de villes mortes depuis longtemps ; s'ils savaient, ils tomberaient de haut ; les dessous qu'on ignore en état de somnambulisme sont des précipices au réveil. Ces prises ont une pensée : occuper les sacs des filles que ces refoulés vont harceler aux arrêts d'autobus desservant de lointaines banlieues laissées en demi-plan qui n'ont plus de champêtre que de pâles clichés d'archives. La drague par photo interposée relève de l'envoûtement, c'est diabolique, ça devrait être interdit. La technique est fastidieuse, elle requiert l'art d'offrir une belle image de soi à des inconnues sur le qui-vive sans les interpeller autrement que par des regards apitoyés, mais la chute de la victime est chose gagnée; il faut juste les aimer un peu avant de les pousser dans le ruisseau. Dans ces bus déglingués qui rallient des bourgades ruinées, dans ces trajets tortueux propices aux pannes et aux embuscades, dans ces patelins envoûtants de tristesse que l'on traverse en laissant de sa personne, en ces heures extrêmes qui accablent le cœur, pour une fille qui ne maîtrise rien, ni sa vie, ni son temps, ni ses gains, rêver d'une faiblesse aide à tenir le coup. C'est fou ce que dans l'abîme des jours perdus, le brillant d'une photo peut inspirer.

Regardons ailleurs avant d'avoir mal; ce pullulement de photos punaisées sur une méchante planchette, qu'y voit-on? Des têtes, brûlées, biscornues, quelques-unes anormalement normales : des bagnards ruminant des idées de retour, des monstres ahuris, des pervers de pleine lune, quelques faces d'anges qu'on aimerait savoir inoffensifs. Elles deviendront des papiers dès lors que le cachet sec attestera de leur conformité au programme d'extermination générale; puce à l'oreille, le tampon humide attire les curieux, étant l'apanage des débutants dans le faux en écritures publiques. Ces planchettes exercent un pouvoir sur le passant tranquille. Alors qu'il rêvait d'amour fou et de voyages aux antipodes, le voilà pris dans la colle; il se réveille en nage, nu comme un ver, dans un univers de barbelés et de désuétudes, de compulsions compliquées, d'abstractions simplifiées à terrifier l'idiot du village, de réseaux occultes, de flashes aveuglants, de gnomes assoiffés, de contrôles inopinés, de queues trompeuses, de souffrances infinies ; il ne pense plus qu'à se tuer. Plus on se tire le portrait, plus on diffuse son dossier, moins on est aimé de l'administration. Bordel, la mort-aux-rats reste un produit mal utilisé !

Posées à plat, en rectangles épars, on voit des scènes de la vie quotidienne appréhendées sous de drôles d'angles, rendant suspect le moindre détail et d'abord celui-ci : de femmes, point ; du moins identifiées en tant que telles. Si on ne les voit nulle part, où sont-elles ? Et qu'est-ce que la quotidienneté sans elles ? Quand les jours sont ainsi, les femmes crèvent l'écran par leur absence. L'atmosphère est hard chez les oisifs attablés aux points névralgiques ; ça sent la boucherie ; le guet fascine le nerf qui va du pénis au cerveau et hérisse les poils du cou ; une profusion de détails s'impose à l'esprit ; la mèche est trop courte pour réfléchir aux conséquences, il faut attendre que le feu fasse rage pour ne plus se contrôler. Quels minables ! ils se lissent la moustache et font les réfractaires ; ils chiquent l'insouciance des punis et parlent d'affaires juteuses pour donner le change. C'est parce qu'ils font semblant de se comprendre qu'ils se laissent abuser aussi facilement. Une intrigue aussi bancale est vraiment intrigante. Il est plus que temps, ô frères arabes de la flibuste, de considérer l'hypothèse qu'il n'y a aucun danger à les fréquenter et de nous atteler à méditer une formule plus ouverte.

L'apartheid des gonzesses, le rejet de l'amour, les guerres ethniques, le massacre des innocents, l'adoration des mages, tout ça est un luxe qu'on ne peut plus se permettre quand on prétend vivre en démocratie et parler à cœur ouvert.

Au centre du fouillis est le clou de l'artiste. Dans un cadre posé sur un lit de paillettes trône un couple ; un hominien des cavernes emboîté dans un costard taillé dans une feuille de métal chromé ou de plastique fluorescent tient sous la massue une fille apeurée, environnée de dentelle nuptiale et d'un épais nuage de parfum qui attire le regard. Elle est citron vert mais se rapproche de la péremption ; elle est déjà à seize ans passés mais elle a encore envie d'aimer nonobstant la flambée de la criminalité et la hausse brutale des loyers. Elle a le bras pendu au sien, ce qui dénote allégeance et consentement. En voilà une pour laquelle on ne peut rien. Le duo arbore les signes de l'union, du bonheur et de la franche mascarade. Si Larbi s'intéressa à cette apologie du mariage, moderniste par la forme mais dont les attendus, le procès et les conclusions restent obstinément rétrogrades. Le sourire rose bonbon de la mariée, s'il n'était timide, serait celui du triomphe. Un homme l'a épousée ; youpi ! elle n'a plus rien à prouver sur son état de santé physique et mentale, sa virginité, ses qualités morales, la réputation de sa famille ; il était temps ; le bain maure, le salon de la coiffeuse, les haltes chez le bijoutier, les veillées autour des malheurs, les rencontres tribales quand la saison est au solennel, quand le vieux annonce du neuf, tout ça devenait insupportable; on ne peut pas vivre que dans la défensive. Finis les chuchotements derrière les portes, les regards des marieuses si pénétrants qu'on se sent bouffer par le crabe, les menaces de mort du benjamin, gâté par le chômage et les douceurs maternelles, qui puent le racket mensuel; les sourires douloureux des cousines enceintes jusqu'au cou, jusqu'au bout du devoir, jusqu'au terme du bail; finis les histoires de lapidation de l'oncle imam, les cadeaux corrompus de l'épicier de l'immeuble, les attaques fulgurantes des hittistes du quartier, les mises en garde des vieilles filles dont l'ambivalence est source de troubles tenaces, les ruminations infernales des répudiées qui, ô paradoxe du sexe maudit, cultivent le goût du martyre chez les jouvencelles; elles se font douces et molles et s'exaltent dans un petit feu de cendres dans l'attente que leurs jolis ventres blancs et tendres et soyeux et magiques soient livrés au saccage, au carnage, au feu de l'enfer et, sur un mot, «mtelga», aboyé trois fois, que nulle fetwa ne peut révoquer, jetées à la rue sous les huées de la tribu ennemie. Finies les agressions sauvages des pères de famille, les démonstrations de force des puceaux, la banquette aux traînardes à la vente des chanceuses; assez des mémés avec leurs sornettes! qu'ont-elles toutes à dérailler, à répéter qu'il revient aux filles de traquer les garçons pour les sauver du célibat? De leur temps, parlaient-elles autant quand les vieux loustics les pêchaient dans le désordre de l'enfance, les écartelaient, les éventraient, les ensemençaient de spermatozoïdes cannibales puis s'en retournaient au pied des murs conter leurs crimes ? Que faisaient-elles de sérieux pour amadouer les cousins lorsque, chauffés au rouge par des chants de guerre venus d'Amérique, ils se fendaient le cœur à courir par monts et vaux, le visage pâle, la gandoura au vent et les pieds en sang ? Finies les heures solitaires gorgées de soleil, les houles à vide, les ruses qui composent avec le hasard qui ne vaut rien comme précieux ami ; coincées, les mijaurées plaident par tous les moyens leur pudicité naturelle mais tremblent de peur qu'on leur dise : gagné, on va en faire un dogme pour la suite de nos amours ; finis la peur du naufrage, les ragots qui marchent, la rumeur qui enfle, l'attente qui asservit, les menaces qui se précisent, les douleurs qui tuent ; finis l'âge minable et les fers aux pieds. Vive le livret de famille et ses promesses d'émancipation, même s'il offre place à trois autres garces et à une équipe de remuants totalisant vingt et un ! Vingt-deux eût été plus indiqué si arranger les choses avait été dans l'optique du législateur. Larbi planta le regard dans l'œil de la mariée pour évaluer sa déchéance. Il outrepassa le sas des vérités antiques ; elle y est au chaud, heureuse, fière, confiante ; la pauvrette vit dans une carte postale, la porte du mariage ouvre sur le paradis, lui a-t-on écrit par le courrier du cœur. La jeunesse passe mais donne des assurances pour l'avenir ; vieillarde, elle sera crainte de la horde sauvage ; elle pourra même houspiller les assassins du quartier et mettre les rieurs de son côté. Il pénétra sa solitude. L'effraction recelait un côté mesquin qui le mit à mal. Derrière son doux sourire et le scintillement des flashes, tapie au fond de la prunelle, il y a comme une ombre recroquevillée. Elle lui fait une coquetterie dans le regard mais elle est signe de douleur, faut pas se gourer ; une douleur de femme, bien enracinée, toute d'élans brisés, de cris mordus, de tourments renouvelés, de côlons enflammés. « Myriam, mère d'Aïssa, prie pour nous, fais que ce monde périsse ! Vois comme ils l'ont arrangé, à l'image de leurs autos toutes déglinguées ! » Si l'on veut que ce jour vienne, mettons-y du nôtre, réparons nos idées. Vivre en décalage, rêver d'amour ne peut pas faire du bien quand les arrangements sont pris sur la foi de papyrus que nulle ondée ne peut faire fleurir et que le gâchis est l'histoire du déraciné ; quand on prête moins, on gagne plus, tant il est vrai qu'aujourd'hui ne doit rien au lendemain mais tout aux pesanteurs du passé. Comment le dire à ces malheureuses qui ne s'investissent que dans le luxe ? Comment les redresser sans les abîmer ? La peur du monstre gorgé de violence qui hante ses rêves de pucelle et qui cette nuit va fouiller son ventre déchiré n'y est pour rien. Est-elle de la race des pondeuses ? Sa peine secrète est là, dans ce doute sacrilège. Sans progéniture, quelle raison aurait-elle de s'accrocher à la vie, lui répétera-t-on au rythme des menstrues. Il y a encore comme une crispation dans ses gestes, semblable à cette tension qu'ont les gens pressés par l'indéfini et qui, par peur ou pudeur, répugnent à le montrer. Elle n'a devant elle que neuf lunes pour se faire oublier et entamer une vie de sainte débordante de marmaille et d'honnêtes lessives. On n'enterre plus les filles à leur premier cri, sans doute; on ne répudie plus tellement les femmes stériles, sans doute encore. On leur bat froid jusqu'à la mort de leurs parents, ce qui à tout prendre est un progrès notable. Il en est de plus méchants qui jurent que le monde court à sa perte; cinquante-trois pour cent de femmes, c'est trois croyants de moins et cinquante sorcières de plus! Seul le Maudit agrée ce croît. Que sera demain? Un musulman intègre ne peut tolérer l'idée qu'il y ait un jour une femme à sa place. La multiplication de cette graine n'a rien d'islamique; c'est le chiendent qui l'étouffera, la marée qui l'effacera. Peut-être, après tout, devrait-on rétablir l'équilibre des sexes; biologiquement parlant, c'est défendable.

À côté, le mâle est à la fête, exempt de soucis, loin des tergiversations. Or il lui importe d'attirer le regard sur son appendice. Monté sur ressorts, il dit son impatience à faire montre de prouesses. La présomption annonce un pari gagné. Il a mis ses boules en jeu, les copains, deux mois de sueur. Ils vont les abouler, ouah Allah! Son regard de camé montre assez qu'il mijote leur ruine. Le minable ignore jusqu'où va sa peine. Sa fringale date de peu et ne tient à rien de naturel. Son côté spectaculaire, allant bille en tête du petit désir amoureux à la frénésie criminelle, ne l'a pas étonné, pas plus que la montée à pic des troubles mentaux qui l'amarrent à la société. Elle tire à sa fin, du reste. Il doit en violer une, pas toutes. Les drogues dont le bourrent ses tantes — elles sont venues, elles sont toutes là, même celles du sud de l'Algérie, y a même khalti Houria la fille maudite, excommuniée depuis si longtemps qu'on lui pardonne tous les vices — en marmottant un araméen d'avant Sidna Nouh censé déchaîner les Forces Latentes et en exécutant des passes sur le lit nuptial avec un kanoun riche de mystères sous la cendre, ont un objet des plus précis et un rayon d'action des plus limités. Il ne lui reste de santé que pour entrer en scène. Vidé de sa purée, il ne pourra pas même porter ses outils et se traîner au café où les khaoua, ivres de gazouze sulfurique et de raï immoral, l'attendent avec l'attirail du boucher. Ce qu'on attend de lui, c'est une preuve éclatante, opposable au public afin de le réduire au silence car sa liesse ne trompe personne : qu'il réussisse d'un bond l'opération de percement en faisant gicler le sang au plafond, pas qu'il tienne le lit pour le plaisir de plumer ses copains. Ce micmac est déshonorant ; il fait regretter l'amour des temps passés ; mais bon, la nouvelle constitution est là, on ne peut pas à la fois avoir un président et aimer son prochain. Les petites sont mal barrées. L'ONU devrait les prendre en vraie miséricorde et les déplacer dans une île du Pacifique où il n'y a pas de jours sans fleurs, ni de nuits sans fêtes, ni d'étreintes sans cadeaux, ni de fruits sans passion. En ces terres où le cactus pousse dans les têtes, elles font noce avec des primates drogués, soumettent leurs ventres à des cadences infernales, reçoivent du fouet pour rétribution, puis se font dévorer par les crocodiles. C'est pas juste ; ministre, chômeur ou renégat, l'homme est mieux vu alors qu'il ne produit rien, sauf des spermatozoïdes et des déficits.

Sans en être dingo, Larbi était choqué par la condition faite à la femme. Les islamistes jurent de lutter jusqu'à la mort pour la libérer de la modernité et parlent de la rattacher à la plus vieille coutume qui soit. Les modernistes clament avec une solennité vieux jeu de lui restituer, une fois le calme revenu en la demeure, des droits qu'elle n'a jamais eus. Le 8 mars de chaque révolution solaire, leurs complices du gouvernement, pris par l'ambiance onusienne, l'assurent par la voix d'une chargée de mission qui a sa chienne de vie derrière elle de leur préoccupation et se félicitent de son attachement aux idéaux de la préhistoire. Jamais esclave n'eut droit à tant d'amour en un seul jour. Certains soirs, quand il l'avait plat, Larbi se flattait de n'avoir fait que du mâle. « Avec des filles, je serais tombé », s'avoue-t-il sans chercher à se bercer d'illusions. La société est ainsi, unilatérale, et n'aura point de cesse qu'elle n'ait réglé les comportements et achevé la destruction du sexe faible. « Le mal vient de et par la femme » est une vérité d'écritures que la police a transcrite dans un code admirablement injuste qui lui donne ce timbre uniloque et cette marque d'esclavagisme décadent qui fait la joie des candidats au mariage. Elle jouit ainsi de la protection de la république et des autres pays de la Oumma qui ont leur mot à dire. Assez! dit la voix, le complexe n'est ni une science ni un art de vivre; les Yankees avaient leur code nègre, les Français celui de l'indigénat et les Allemands une dent contre les juifs; le temps est passé sur eux et nous les voyons proches de la mort, car il est dit qu'en terre sacrée ne restent dans l'oued que ses pierres et qu'en vérité tout ce qui change est mensonger. La tradition, au cours d'un matraquage précis, nous a confortés dans la voie et armés d'un aveuglement à toute épreuve. La femme ne peut oublier la ruse et vivre en paix; c'est une race ingrate, quand on la bat elle griffe. Allez nourrir un chat! Les ulémas, zélantis qu'aucun crime ne rebute, nantis d'une rente étatique qui sent son dessous-de-table, disent de l'homme, l'arabo-musulman ou l'apothéose de Dieu, qu'il est voué à la sapience. La promesse est une menace; déjà, en ses terres, on distingue mal quand il prie et quand il cogne ses voisines; et à le voir dépecer son mouton d'Aïd, on craint le pire pour ses filles. À ce point des lamentations Larbi reculait. Voir loin mène au désastre. Il faut s'en tenir à l'habitude et la regarder avec un œil neuf puisqu'on n'y peut rien changer. Le mal ne vient-il pas de la vie, dans ce qu'elle a de laborieux et de ce qu'il faut sans répit fructifier ses biens ? Pour quel motif supérieur la femme accepte-t-elle cette condition qui nous mutile ? Le malheur n'est-il pas dans le fait qu'elle la revendique et va sur le tard de sa vie jusqu'à se flatter de son impitoyable soumission à cet ordre ténébreux qu'elle nous transmet par les contes de sorcières ? Quelle trahison ! Ne viendrait-il pas de ce que l'homme, écrasé par le faix qu'il tient à porter par vice religieux, ne rencontre que sa folie dont il tire une joie aussi triste qu'éphémère et que cela le tue, lui fait peur, le rend mauvais ? De quel côté viendra la libération de cette éternelle réprouvée ? De Dieu, de l'État, de l'homme, d'elle-même ou d'une coalition des quatre ? Et si rien n'y fait, n'est-ce pas que les choses doivent être ainsi ? Goût du risque, besoin de souffrir, Larbi s'imposait souvent ce questionnement dont il ne s'extirpait que par des pirouettes. Sous le ciel d'Algérie, est-il d'actualité ? La violence s'exerce sur tous, les morts et les vivants, hommes, femmes et enfants, parlant arabe ou chinois, et n'épargne ni pierres, ni plantes, ni les oiseaux du ciel, ni les animaux de la terre, ni les prophètes, ni les marabouts, ni les chefs de tribus et leurs possessions. À ce niveau de généralisation, elle perd toute signification, c'est le chaos d'avant la parole. Allah, maître des cieux et des siècles, te voilà obligé de remettre la main à la pâte et de revoir ton ouvrage. Quand tu as créé le sable et le vent et dit à l'un : «Tu es le tapis de prière de l'homme craintif», et à l'autre : «Tu es l'oiseau qui me porte ses louanges», à quoi pensais-tu?

L'intérieur de la boutique est d'une nudité déconcertante pour un lieu où se fixent la joie, le bonheur et la suffisance; ni soie, ni or, ni parfum d'Orient, ni cette douce chaleur que donnent les illusions et les légendes. Quelques mètres carrés qui se mordent les angles; un comptoir de verre que la poussière opacifie par déréliction, exposant dans un désordre mûrement réfléchi des cadres vides, des albums vides, des boîtes vides et, trop réels pour être abstraits, des Dunhill vides. La décoration par le vide est un raffinement ou la marque d'un désarroi sans remède. Mais aussi, la pénurie ne manque pas d'attraits pour attirer le client; il est bon d'entretenir ses réflexes de rapace, la marchandise ça va ça vient. L'arrière-boutique, isolée par un rideau qui eut une couleur avant le décret rendant obligatoire la saleté (mais ça peut être n'importe quoi d'autre), est le lieu névralgique; on entre confus, on sort confiant; on sera beau au développement, beau à braire de joie. Le poster mural dans lequel est emprisonnée une belle portion de ciel, et un peu d'amour miraculé, les projecteurs gommeurs de misère, le baratin de l'officiant et la baraka sans laquelle la foi serait péché vont réussir la fabuleuse alchimie : gâcher de la pellicule.

Dans un angle mort, un jeune. Il est à cet âge terrifiant où la vision sidérale de l'enfance rencontre de toutes parts des champions enchaînés dans les ténèbres n'ayant plus la force de crier à la trahison mais la faiblesse de croire au miracle. Son air obtus saute aux yeux. Il occupe son pouce à feuilleter des recueils d'art ancien : des revues pornos d'avant guerre, celle de 14. Les ours ont des physiques de forains poilus, trapus, moustachus ; les colombes, de paysannes congestives, drainées par les foires ambulantes ; des Bretonnes, y a pas à chercher, rustiques, râblées, à robe flave striée de zébrures bleues, pis plantureux, croupe piquetée comme crêpe de mardi gras. Leur nudité enchevêtrée heurte nos connaissances et donnerait à réfléchir s'il n'y avait pour s'en distraire de l'acrobatie et de l'exploit à chaque tableau. Les figures embrouillées l'absorbent, il n'en voit pas le bout ni ce qui brûle au niveau moléculaire ; il les étudie avec soin en s'arrachant l'acné. Les poches verdâtres sous les yeux et le tremblement des mains témoignent de l'intérêt qu'il porte à son éducation. À la vue du client, il se fait écrasé de soucis pour lancer par-dessus la jambe :

— À votre service !
— Arezki Dahmane ?
— Son frère Aziz... pourquoi ?
— Le saluer... on peut l'appeler ?
— Ah non, mon vieux, on peut pas ! I' l'est parti, si tu veux tout savoir.

Le ton était appuyé. L'inspecteur tira une carte. C'était l'as. L'ordre surgit de la gabegie ambiante.

— Parti où ?
— À l'étranger...

— Où, à l'étranger ?
— En France...
— Où, en France ?
— À Narbonne...
— Où, à Narbonne ?

— Chez un ami qui est un frère à nous. Pourquoi, m'sieur l'inspecteur... ?

— Contente-toi de répondre, c'est pourtant facile quand on a ses dents. Dis-moi ce qu'il fiche à Narbonne qui est loin de Marseille et quand il va se rendre.

L'inspecteur s'étonnait. Il retrouvait l'interrogatoire policier, subtil, fulgurant de divination, mariant humour, noirceur et délicatesse. Il giflerait ce freluquet s'il disposait de son étau ou d'une lampe à souder. Il se croyait pourtant guéri de ce vice depuis l'école de police où il se brisa les deux bras ; mais vraiment on ne sait jamais avant de savoir.

— I va voir des gens, i biznesse avec eux. Habituellement, i s'absente deux jours ou un mois, pas plus.

— Bien. Parle-moi de votre travail.
— Quel travail ?... On fait des photos !
— Eh bien, parle-moi de vos reportages à travers le pays.
— Qu'est-ce qu'i ont nos reportages ?
— Où est ta patente ? Pourquoi elle n'est pas placardée au grand jour comme l'exige le ministre du Commerce qui sait tout de vos micmacs sans que la réciproque soit vraie ?

Le loustic sortit un papelard plié en deux et le tendit au policier. À temps, il retira le billet de cinq cents pesetas destiné au contrôleur des prix et la photo porno pour pédés promise au gardien des mœurs.

— C'est bien ce que je pensais. Ta licence qui, soit dit entre nous, est au nom de quelqu'un que ni toi ni moi ne connaissons de près, parle d'importation de produits alimentaires et de friperie, mais je ne vois ni art ni photos. À quels reportages jouez-vous? Explique.

— Au début, c'est mon frère qui s'en occupait, mais maintenant c'est moi que je suis d'sortie. On s'balade à travers le bled et on filme ce qui est rentable, surtout l'ancien, les villages, les mosquées, les églises, les monuments aux morts, les fermes, les ruines. On les vend en France, à des agences, aux émigrés, aux pieds-noirs. Ça leur rappelle le passé. C'est interdit?

— Et les cimetières chrétiens?
— Ça aussi.
— Pourquoi? Pour les vendre aux morts?
— C'est une commande de quelqu'un. Nous, on s'fout de ce que veulent les gens et du comment ils s'entre-tuent. Du moment qu'on tape leur fric, c'est pain bénit.

Le policier était ému. Ce client pas comme les autres était l'oiseau qu'il chassait.

— Et ce quelqu'un… c'est qui?
— Un certain Aoudia.

La joie le transperça au cœur. Il respira un grand coup pour se contenir.

— Et ça se passe comment ?

— Ben, i nous dit : j'veux le paquet sur le cimetière de tel endroit et nous on y va avec nos appareils.

— Pourquoi il fait ça ?

— Lorsqu'un jour j'ai posé la question à mon frère, i m'a répondu : « Quand un mec dépense son fric à photographier des tombes, on lui demande pas pourquoi, c'est un fou ou un extraterrestre. »

— Pourquoi un étranger ?

— Ben... on dit qu'i viennent nous étudier.

— C'est vrai, on vaut le déplacement. T'as étudié le cimetière de Rouiba ?

— Euh... un peu.

— Bien ! Voyons : vous avez rencontré quelqu'un... un passant, un gardien ?

— Non... ah si ! un vieux croulant qui traînait par là.

— Vous lui avez fait du mal ? Vous lui avez parlé ?

— Quelques mots. Alors l'ancien, ça va comme tu veux ? Tu t'la sens bien ? C'est tout. C'était un fou ou un clodo ; i nous a regardés bosser mais à son air bourru on aurait dit qu'i nous jalousait. Pour l'embobiner, on lui a tiré le portrait.

— Je sais que tout se jette dans ton pays mais as-tu conservé cette photo ?

— Euh... je crois qu'on l'a fourguée au client avec les autres.

— Vous avez étudié Alger qui n'est pas une mince affaire ?
— Euh... non.

L'inspecteur le fixait vaguement. Il était là, à se pincer le nez, à se tirer l'oreille, à se gratter le menton. Il venait d'apprendre du sérieux mais ne voyait pas comment le situer dans le schéma de détail. Depuis longtemps, il se doutait que les cimetières chrétiens, et pas seulement celui de Rouiba, étaient au cœur d'une vaste affaire, scabreuse comme on les aime par ici, surtout quand s'y mêlent la politique, la religion, la drogue, le fric, le sang, le sexe, le népotisme kabyle, la félonie arabe, le FMI, les ONG, l'ONU, et que la France, le Maroc et la foutue petite Tunisie font semblant de n'y être pour rien ; c'est bon aussi que tout soit si confus qu'on en vienne à penser que le mal est plus profond et que le cœur de l'affaire est une manœuvre combinée de la CIA et du Mossad contre Kadhafi, roi de Libye et de la Cafrerie ; selon la théorie des dominos, quand la Libye est touchée, l'Algérie tombe sur Cuba ; selon une autre théorie, l'alibi est à l'Algérie ce qu'un cigare est pour un Cubain éméché ; mais bon, on parle pour parler. Si doutes il y avait, ils se sont dissipés après sa visite des cimetières de la région. Des mains invisibles étaient passées par là ; sont en train de revivre ; présentables, ils l'étaient déjà. Les maîtres d'œuvre étaient Lekbir, Zerbib, Aoudia, c'est incontestable, et Abdallah, reconnu sur une photo de hasard, le grain de sable qui a cassé la machine. Volontairement, involontairement ? Qu'importe. Il savait quelque chose, on l'a tué, ce n'est pas nouveau. Que savait-il, qu'avait-il appris qui soit en rapport avec les cimetières chrétiens, du moins celui de Rouiba, qui fût si gros qu'on décidât de le supprimer ? Il ne pouvait croire que la cause en était ce commerce de photos ; un trafic parmi d'autres qui font prospérer le bazar depuis que le gouvernement, effrayé par la dérive berbériste et le forcing des femmes, a réussi sa jonction avec les phalanges de la mort. Le motif devait être autrement plus dégueulasse pour justifier l'assassinat d'Abdallah dont la vie comptait peu pour les trois compères, encore que celui-ci fût un ami d'enfance et un compagnon d'armes, mais aussi d'un des leurs, Moh, et de celui qui avait été leur chef, Youssef. Le policier prit une résolution. Le temps pressait. Dans peu, il serait un pauvre vieux livré à la vindicte de la caisse de retraite.

— Tu as ce qu'on appelle un téléphone chez les gens civilisés ? dit-il au petit reporter de cimetières qui l'observait de son arbre, mi-figue, mi-raisin.

— Qu'est-ce tu crois !

Il sortit son carnet. Rapidement, il mit le doigt au bon endroit.

— Tu vas appeler ce Aoudia. Tu lui dis : un policier est venu nous chercher des poux dans la tête pour le travail qu'on fait pour toi. S'il t'interroge, réponds sans rougir. Dis la vérité, ça nous changera des discours, sauf que c'est moi qui t'ai demandé de l'appeler. Prends ça à ton compte, ça fait courageux. S'il veut mon nom, annonce haut et clair que c'est l'inspecteur Larbi du central de Rouiba. Exécution !

Le branleur paniquait. Il se voyait dans une passe à merde. Mais à son âge on crâne d'abord, on réfléchit après. La délation sous contrôle judiciaire, c'était nouveau pour lui. Il s'exécuta comme s'il venait d'avoir une révélation. Dieu existe ! Ailleurs, à travers le réseau et les tables d'écoutes, la sonnerie cria longtemps avant de se taire.

— Si Aoudia ?
— ...
— Ici, c'est Dahmane, l'APS de Rouiba.
— ...
— S'cuse-moi de vous déranger. (Puis, un ton au-dessous :) J'voulais vous rapporter qu'un chorti est venu nous épouiller pour le bizness qu'on fait pour toi.
— ...
— ... Euh... y a une heure.
— ...
— J'connais pas son matricule ! I s'appelle Larbi comme tout le monde.
— ...
— Du central de Rouiba.

Bref l'entretien. Dérangé ou inquiété par l'appel, Aoudia n'a pas raconté sa vie : quoi ? quand ? son matricule ? d'où ? merci. L'inspecteur n'était pas si sûr qu'il ait remercié l'informateur, lequel, surpris par la rupture du faisceau, est resté comme un gland suspendu au ciel.

— Et s'i vient, qu'est-ce que j'dis ?

— La même chose, fiston. Ce monsieur est un grand méchant loup, si tu lui racontes que tu t'es prêté à mon jeu, il va te dévorer cru malgré tes tremblements et tes vilains petits boutons verts.

Le jeunot haussa une épaule et s'en tint là, quand même pas peu fier de se compter parmi les victimes de ce fameux terrorisme d'État, à nul autre comparable, dont les chancelleries planquées à Alger font les grands dîners et la presse nationale le brouet des gens ordinaires.

L'inspecteur se sentait plus énervé qu'un pou dans un champ électrique. Il était passé à l'action. Il avait introduit une chèvre dans la tête du loup, il suffisait d'attendre. Il n'avait plus à tourner à vide et à s'user les méninges sans rien mordre. Soulagé aussi, mais pas au point d'oublier les risques qu'il prenait. Du haut de ses milliards, Aoudia n'était pas homme à économiser sur la mort ; avec son air de vieux meuble, Zerbib n'était pas du genre à s'accommoder du désordre ; avec ses vingt ans de répression, le commissaire n'était pas à ranger parmi ceux qui se répètent. Si Aoudia se plaint de lui, sa tête roulera dans le panier des disparus ; le photographe ne se relèvera pas de s'en être ouvert au premier venu. Dans un genre qui a des amis haut placés, le patron est un tortionnaire de première. Sacquer un sous-fifre à deux pas de la réforme lui offrirait une joie durable, sans doute. En contrevenant à ses volontés, une fois déjà, une de trop, Larbi avait dilapidé le capital sympathie placé en lui par le redoutable commissaire.

Dehors, il se laissa attirer par un bistrot trop minuscule pour tenter la foule, d'un charme bêtement suranné avec son zinc en faux bois, ses stucs façon Empire, ses chromos de la Belle Époque, ses ex-voto dédiés à Bacchus, ses chaises en végétal séché, son carrelage luisant, ses lézards empaillés. Un vestige de l'époque coloniale qui aurait échappé aux mesures de décolonisation. Ses atours propres font drôle dans ce foutoir installé à coups de décrets qui nous vaut l'amitié du FMI ; de l'inique au tyrannique vogue la galère. Ça fait chaud au cœur car pour réussir si mal il fallait vouloir le rater bien et savoir comment échapper à la dichotomie du hasard ; c'est une forme de génie. Dans cette ambiance, une vieille oreille comme lui décela dans la rumeur des pierres une cacophonie tout en accents pieds-noirs ; le chuintement du vieux percolateur qui a débité de quoi ressusciter un cimetière et les couinements de la vieille glacière aux formes rebondies ma foi encore agréables à mater, n'avaient eux-mêmes rien d'arabe ni de bien contemporain ; il ne manquait que le pastis et la purée d'escargots préparée par un ancien de Cayenne pour que la nostalgie versât dans la trahison. Sous le regard ensommeillé du cafetier, quatre vieux braillards débraillés tapaient le carton en sirotant du thé à la menthe qui embaumait comme en Égypte. Du Pagnol aux couleurs du Nil d'Alger que n'aurait su rendre que Rouiched si on ne l'avait oublié sur un coup de tête. Un tel spectacle était chose rare à Rouiba la folle pour qu'il n'en profitât pas tout son soûl. Il s'y terra deux heures pleines; se lia d'amitié avec les quatre super-champions de la manille coinchée qui avaient justement besoin d'un cinquième larron pour falsifier les comptes sans les brouiller. Pris par leurs complots, il oublia la guerre et ses soucis, son commissaire qui l'attendait au pied du billot du centre-ville, son enquête parmi les revenants des temps révolus, les hécatombes courantes, ses peurs du lendemain. Il se sentait heureux, ragaillardi, prêt à battre retraite pour se colleter avec la vie oisive et ses bonnes vieilles paresses.

Le bistrot s'appelle « Le Coin des amis »; il en resterait ? Il se promit d'en être. Bientôt, dans peu, quand sonnera l'heure du repli.

Nous avions à parler de l'Éducation nationale. Il y en a quatre :

— Celle des islamistes en costard qui font leurs plans à partir de leur capitale, Blida (cinquante kilomètres d'Alger). On enseigne la théologie, la récitation, l'entrisme, l'art de la guerre sainte, etc. De là, ils nomment, révoquent, consacrent, excommunient, affectent les récipiendaires (qui commerçant, qui imam, qui récitant, qui ministre, qui sénateur, qui scrutateur, etc.), prélèvent la dîme sur leurs revenus, construisent de nouvelles mosquées, des bazars, des camps d'entraînement, etc., etc. Cette école fonctionne bien. Les résultats sont probants : sept ministres, dont le BIT réclame la fiche, pour une fetwa non publiable ; qui fait mieux ?
— Celle des taghout. Sa capitale n'est pas arabe (pas folle, la guêpe) mais anglaise, française, suisse, québécoise. La progéniture des taghout use ses culottes loin du théâtre des opérations. Ce sont les meilleures écoles du monde mais les résultats ne sont pas garantis. Papa n'est pas assuré de rester taghout. On peut le

révoquer, on peut le déposséder, l'enfermer, le tuer. Ses amis ne sont pas des gens sûrs. Résultat : l'enfant étudie mal, il se ronge les ongles. Si le papa est un vrai dur, donc inamovible, l'enfant se croit au-dessus des lois du pensionnat. Neuf fois sur dix, il tue un ou plusieurs copains et se fait expulser de l'école. La dixième, il réussit dans ses études, se marie, gagne beaucoup d'argent dans le commerce avec Alger et Blida, et prend la nationalité du pays d'accueil.

— Celle des tangos. Sa source est Kaboul. On est taliban de naissance, puis de père en fils. On apprend le maniement des armes, dont le nerf de bœuf pour les bébés et le pal pour les touristes. C'est la meilleure école du monde. On reçoit la vérité dès le premier jour, on ne ment pas, on ne vole pas, on ne regarde pas les femmes, on ne chante pas, on ne tue pas par plaisir. C'est déjà le paradis.

— Celle de la république. Sa capitale est Alger. Son chef est le neveu du président. On s'entasse huit heures par jour, deux cent cinquante jours par an, une quinzaine d'années d'affilée. On apprend l'arabe officiel, les Constantes Nationales, la rhétorique, un axe de la révolution et la généalogie du président en exercice. On apprend à avoir la mémoire courte. On s'exerce à dénoncer les parents, à se méfier de l'étranger, à reconnaître un juif à son odeur, à signaler les intrus, saluer le drapeau, obéir à l'uniforme, mourir pour la cause arabe. Mais bon, les enfants étant ce qu'ils sont, souvent rétifs, voire rebelles, et souvent plus royalistes que le bourreau, et les maîtres ce que la vie en fait, des spectateurs impuissants ou des chiens enragés, rien ne se passe comme prévu dans la constitution et le code pénal. À la fin, tous meurent, truandés, torturés, égorgés par les élites sorties des écoles précédemment citées.

L'article suivant, ô combien douloureux, relevé ce matin, 28 août 1998, dans le journal *Liberté*, montre qu'il existe, au sein de l'école républicaine, une autre école, celle dont nous aimerions parler, pour la glorifier, si elle ne se voulait clandestine, secrète, éloignée de tout protocole, de toute manigance. Elle n'a ni chefs, ni armes, ni censeur, ni imam. Elle est comme ces gens qui, durant la guerre contre les nazis, risquaient leur vie à faire évader des juifs : c'est l'école des honnêtes gens qui élèvent leurs enfants avec amour, qui prennent sur leur temps et leur maigre savoir pour combattre l'enseignement des foutriquets, des tueurs, des bigots, des héros éternels, anti-juifs, anti-kabyles, anti-jeux, qui se saignent à blanc pour acheter, à l'étranger, au prix d'une invraisemblable gymnastique boursière, de vrais bouquins pour leurs enfants, en leur faisant promettre de ne jamais le dire à l'école, ni au scrutateur du Parti ni au nadir de la mosquée et de ne s'exprimer qu'en arabe légal jusqu'au retour à la maison. On se doute bien qu'entre deux alertes, de tels parents ne parlent à leurs enfants que de bien, de droiture, de propreté, de voyages à Disneyland et d'un Dieu qui n'a qu'un but : arranger les choses pour les enfants qui font montre de patience et qui aiment leur maman.

« Pour Djamil, Mehdi, Hicham, Lyès et Yacine, ce fut, ce dimanche, la balade fatale. Dans leur innocence juvénile, ils voulaient jouer à l'explorateur dans la forêt Falcon, distante de quelques pâtés de maisons de leur domicile. Une mort inimaginable les attendait. Ils ont surpris des terroristes dans la grotte qu'ils venaient explorer. Malgré leur jeune âge, ils ont certainement vite compris qu'ils ne pouvaient attendre aucune pitié de ces barbares. Ils ont été longuement torturés, puis égorgés et traînés dans un tunnel nauséabond à moitié effondré, probablement à la lumière d'une torche blafarde. On en perd la raison à imaginer cela. On supplie Dieu qu'ils soient morts d'un arrêt du cœur ou tombés dans la folie avant de se faire seulement toucher par ces monstres. Avenue Pasteur, leur quartier, l'atmosphère était terrible. Sur les visages de leurs parents, de leurs amis, de cette foule bénévole prête à donner son sang, se lisaient la tristesse, la douleur, l'hébétude, l'incompréhension, la révolte. Ce ne sont que des mots pour dire l'immensité de leur détresse de mères et de pères, orphelins de leurs enfants. À notre arrivée, ils venaient d'apprendre l'incroyable nouvelle. Tout a commencé dimanche. Les cinq adolescents sont sortis de la maison aux environs de quatorze heures. À dix-neuf heures, sans nouvelles d'eux, les parents alertent la police et les hôpitaux. Un copain de quartier des garçons se souvient alors de les avoir entendus parler de la forêt Falcon. Les services de sécurité déclenchent aussitôt les recherches dans cette direction. Des tirs venant de la forêt sont venus accroître le désespoir des parents. Ils ont passé la nuit sur les lieux macabres à se morfondre, à prier, à s'accrocher à cette bouée toujours là, toujours incertaine : l'espoir. "Trop dangereux pour continuer les recherches, il faut attendre le jour", dit l'officier de police. Au petit matin, un premier cadavre est retrouvé. Les policiers avancent difficilement. La grotte maudite donne sur plusieurs galeries qui vont se perdre dans un inextricable écheveau souterrain. Les familles attendent dans la fébrilité. Elles prient pour que les autres enfants soient retrouvés vivants. En fin de matinée, les services de sécurité retirent quatre autres cadavres d'un tunnel écroulé. L'opération s'avéra extrêmement difficile. Il a fallu en définitive retrouver l'autre entrée du tunnel pour atteindre les corps des malheureux. Cela prit du temps. Surprise de taille, l'entrée recherchée était située sous la résidence Djenane-el-Mithaq, attenante à la forêt Falcon. Elle était fermée par une porte métallique qu'il a fallu forcer. À l'intérieur de ce bout de tunnel, les forces de sécurité ont découvert de la nourriture, des vêtements et divers objets. Après avoir accompli leur forfait, les terroristes ont tout abandonné pour s'enfuir par une galerie qui reste à découvrir. "Les cinq garçons devaient reprendre le chemin de l'école dans quelques jours, les terroristes en ont décidé autrement", dira un proche des familles. Un autre avouera "ne pas comprendre comment des grottes et des tunnels qui peuvent constituer un refuge idéal pour les terroristes ne soient pas fermés. Le sous-sol de cette forêt est un vrai gruyère, ça ne m'étonnerait pas qu'on y découvre des casemates". »

Précision : Djenane-el-Mithaq est une prestigieuse résidence d'État relevant de la présidence de la République. Plantée au cœur d'Alger, dans un jardin féerique que prolonge la forêt Falcon, elle est gardée comme les joyaux de la couronne d'Angleterre. Y résident les personnalités étrangères, invités de la présidence et du gouvernement. Des gens qui répondent à de telles invitations, dans un tel lieu, sont des fous ou des complices du régime. C'est un mystère qu'un bras du tunnel de la mort se termine, ou commence, sous ses pieds. C'en est un autre que ce bras ait une porte et qu'on n'ait pas retrouvé sa clé, étiquetée et suspendue dans une armoire à clés, comme dans tout palace qui se respecte.

Que dire quand la douleur vous broie ? Des cris de rage, des mots sans suite ? L'Éducation nationale de la république forme des êtres sans défense, elle met les parents à la torture, elle sème la haine, la mort et la désolation. Elle est xénophobe, misogyne, crétine à casser des pierres. Sur dix mioches qui entrent à l'école, un seul, un chanceux aux nerfs d'acier, arrive à bon port. Les autres disparaissent dans le parcours, comme Djamil, Mehdi, Hicham, Lyès et Yacine. Elle est à détruire. L'appel ne s'adresse pas aux pouvoirs publics, cette école répond à leur idéal. Il s'adresse à l'UNESCO, à l'UNICEF, au Commissariat aux réfugiés. Urgence signalée. Merci.

En montant dans le bus pour Alger, Larbi se sentait le cœur léger, comme apaisé. Avec des intuitions il avait élaboré une théorie et aucun des éléments rassemblés par lui n'était venu la démentir ; ni formellement la valider. Il n'y a rien de médian entre le vrai et le faux, une porte est ouverte ou fermée. Le temps était venu d'écrire l'histoire ; installer les acteurs, les confondre aussitôt, démêler les fils de leurs combines et les suivre jusqu'au bout, dans ce club fermé de l'affairisme politique qui fait bon ménage avec la mouvance islamiste et qui, en France, est parti se nicher dans les méandres de la nébuleuse pied-noir et du ghetto harki. Le dénominateur commun ? Le passé, avec ses haines lointaines ensevelies sous des apparences nouvelles, ses comptes en instance de règlement, ses projets de revanche actualisés au jour le jour avec une minutie de vieux pingre.

Ébruitée, elle soulèvera des tempêtes. Les relations entre les deux pays, qu'une rancœur folklorique unit implacablement, s'en ressentiront. Elle aura d'autres retentissements, plus profonds, dans la conscience des gens. La presse des deux côtés de la mer en fera ses choux gras. Le crime met aisément son petit monde à l'unisson pour se livrer à l'indignation vertueuse puis, sans ambages, à l'appel au meurtre. Il imaginait les titres et leur impact sur des opinions au chômage. La mort à l'encan, la belle affaire! Elle fera les délices de ces politicards qui sans désemparer battent campagne en quête du moindre parfum de scandale.

Un dossier de cette nature n'est pas du ressort de Rouiba. Alger va s'en emparer. Ses hommes arrangeront la chose plus vite qu'ils ne trouveront de vrais motifs pour ce faire. On peut tout quand on tient la loi par le manche. Une affaire n'est rien sans eux, ondes molles sur un étang à sec où coassent de vaines grenouilles, mais une affaire d'État à l'instant où ils l'effleurent du regard. Les ténébrions adorent moudre ce grain; l'affamé est l'ami de l'infamie. En un tour de main, ils lui imprimeront le dessein le plus seyant aux vues du clan montant. Le génie ne leur manque pas pour se surpasser. Ils ont bien mis ce pays ensoleillé dans une merde noire jusqu'au cou; c'était pas évident au départ quand nous fêtions l'indépendance et ses lunes. Pour les laisser machiner en paix, une commission d'enquête, installée avec la solennité requise par l'exceptionnelle gravité des faits, canalisera les assauts brouillons des journalistes et lentement usera la colère du prolétariat. Paris fera pareil. C'est une bien belle invention que la commission d'enquête. Ce serait malheureux qu'on ne puisse lui inventer une véritable utilité, noyer le poisson n'est pas vraiment à sa hauteur.

Il est bon que les choses soient à leur place et qu'on n'y déroge pas.

Les deux capitales trouveront à la première rencontre la seule raison qui vaille de s'entendre quand on se déteste pour le restant de ses jours. Pour minable qu'elle soit, la rancune n'interdit nullement l'intelligence des intérêts en jeu. Quand d'aventure ils convergent et sentent le gaz, elle sait se faire complice, enjouée, et dégainer à tire-larigot des poignées de main faiblement électriques. Elles emprunteront la voie des principes non négociables pour aboutir à la même conclusion, convenue au départ.

Le vandalisme des cimetières, la profanation des tombes, l'escroquerie à la mort existent depuis que le monde est né. Que n'a-t-on vu en la matière! On ne peut se mettre martel en tête pour tout quand tout va si mal dans le quotidien des vivants et que les pouvoirs publics ont tant à faire pour échapper aux critiques. Les jours passent à une vitesse d'enfer; demain fait si vite oublier hier qu'on est toujours malvenu de se plaindre; le présent ressemble tant à un quai de gare, un jour de grève, qu'on se demande ce qu'on y fait de si bon matin. Les gens finiront bien à la longue par comprendre que les misères que l'on inflige aux morts ne les dérangent pas vraiment. Ce serait aussi merveilleux qu'ils se persuadent que les affaires d'État ne les concernent en rien.

Le vieux policier se posait encore des questions ; en fait une seule, mais la bonne au point où il en était rendu de ses réflexions : que faire ? Le courage lui manquait de venir s'en ouvrir au commissaire. Dire quoi au juste... des états d'âme ? des hypothèses ? de maigres indices ? une théorie fumeuse ? Il allait se gausser de lui, l'agonir d'injures et, parce que seuls les actes comptent, le traîner menottes aux pieds — c'est plus humiliant — devant le peloton d'exécution. Pour cet emporté, une affaire est une histoire avec au moins un bout pour la saisir, sinon elle est une vue de l'esprit pour ceux qui aiment à sodomiser les mouches. Celle-ci était bizarre ; c'était le genre à s'y prendre à deux fois en se pinçant le nez ; à l'entendre, on a l'esprit qui se cabre, horrifié par l'odeur de citron vert. Que penseraient les autorités supérieures qui n'aiment que les gâteaux au miel et les filles faciles ? Refrain à l'honneur au mess du palais : « Zahia, Zahia, fais-nous de la zlabia, t'auras des zboubia ! » ; rapportez qu'en ses débuts la chansonnette dit : « Zahia el arrossa, que ton popotin aille à bâbord ou à tribord, le mât de l'amiral de l'avant s'en ira ; crache dans la main et à la baille, marin ! » « Qu'est-ce que c'est que cette histoire d'zebi ? Où sont les évidences et puis d'abord de quoi je me mêle ? Le Moh, c'est pas ton truc ! Je vais te casser pour haute trahison et subornation de témoins ! » Voilà en raccourci sa réaction. Elle est exagérée ?

Oui, sans doute, autant que le reste dans ce pays qui n'est ni une république, ni un royaume, ni une île, ni une base lunaire, mais le premier coupe-gorge au monde. Il n'osait envisager celle de Hocine. Il avait mené son enquête dans son dos ; cela ne se fait pas, ne se conçoit pas, entre amis qui ont mangé dans la même gamelle plus d'un quintal de sel. Ça ferait du coup trop d'ennemis au commissariat.

Après avoir repassé ses craintes, l'inspecteur se sentit pour un moment plus détendu. Le bus ondulait sur ses bosses, le vent était chaud, le tapis de goudron ondoyant comme une mer de sable ; les nomades voyageaient dans le plus beau des rêves : fontaines, gazelles, coussins, théières ; tout ça est frais, frémissant, soyeux, fumant ; à portée de main, un levier de vitesses, une lampe d'Aladin et deux cornes d'abondance ; dans la malle, un cric tout neuf et un eunuque lippu prêt à toutes les infamies. Quoi d'autre ? Des femmes, des femmes à ne plus voir la sienne en peinture. Dans une heure, il sera attablé au Café de la Fac, face à son vieil adversaire et ami, le docteur Hamidi. Celui-ci ne lui avait pas été d'une aide remarquable mais c'était déjà bien de le savoir en vie. Peut-être avait-il des révélations bouleversantes à lui faire. Son appel téléphonique le donnait à espérer ; à craindre d'abord ; Hamidi est un pied maladroit, il espionne comme il marche. Or, tant que les bandits courent dans les travées du pouvoir, parmi les figures du passé et les arrivistes, leurs complices du gouvernement ne cesseront jamais de couper l'herbe sous les pieds des valeureux curieux.

À mesure qu'il approchait d'Alger, le bus marquait des arrêts de plus en plus fréquents, de plus en plus épuisants. À l'entrée de la capitale, il n'avançait plus. La circulation est bordélique et formidablement contrariée par la multitude de barrages militaires qui ceinturent la cité. Il y a de la férocité dans l'air et de la hargne sous les capots, la pollution ayant atteint le point de sublimation où la misère humaine électrisée se transcende pour accéder à la vie bestiale. Alger vit son histoire à l'envers ; souvenez-vous aussi qu'elle marche sur la tête et que, passé les premiers chants de liberté, la vase est montée à la cave. 1832 est déjà rattrapé et le cap mis sur la période troglodyte. À l'heure où nous discutons, il n'y a plus une grotte de libre dans le pays mais seulement des foules éperdues fouissant les plaines arides détrempées dans le sang. La fièvre qui habite cette drôle de ville a gagné du terrain ; le docteur n'y entend plus rien ; il a sous les yeux toutes les maladies de l'hôpital en une seule ; mais il mesure bien l'étendue du désastre. Ses ondes de choc se ressentent au-delà de ses limites administratives. L'ONU finira par les entendre de New York, mon adjudant, et vous aurez des comptes à rendre. Si on porte avec soi quelques vieux fragments d'optimisme, résidus de l'époque pas trop lointaine où l'on ne craignait que la police secrète, l'eau du robinet et la vue d'un étal pillé alors qu'on vient de vivre une queue longue comme un jour sans pain, on est accueilli par l'impression chaotique d'une garnison en perdition qui n'attend plus aucune main secourable. Sans armes ni tambour, on se sent de trop, penaud, piètre; on voit bien que notre venue ne peut que compliquer des choses arrivées à satiété depuis longtemps.

Au loin, du bruit en rafales. La ville crépite sans repos, à l'instar d'une forêt de résineux sous la coupe d'un estivant maniaque. Les sirènes des sapeurs hurlent à la mort aux quatre coins mais à force d'y revenir, personne ne les prend au sérieux. À peine s'aperçoit-on que les forces de l'ordre tournent en rond, tous feux allumés. La peur a un seuil au-delà duquel elle se résout dans l'indifférence... Hé, ça crépite quand même assez près! Encore un accrochage... ou un tacot qui déconne du pot... ou une usine qui dégaze ses déficits chroniques... à moins que ce ne soit tout bêtement le diesel du bus qui manque de charbon et broute ses arbres. Pourvu qu'il ne rende pas l'âme avant le terminus, supputaient les voyageurs en torturant un chapelet imaginaire; mais, hommes de peu de foi, ils pensaient aux ninjas qui pourraient se méprendre sur la signification de ses pétarades.

Entre la gare routière — sise dans le port, ce qui constituerait un bel effet d'intégration urbanistique si routiers et marins avaient les mêmes soucis mais là ils se gênent — et le Café de la Fac, à trois pâtés de l'eau, l'inspecteur laissa une demi-heure entière. Comme les âmes prolifèrent et que les vivres s'amenuisent, il faudra bien se retirer un jour et statuer froidement sur la conduite à tenir : se laisser mourir contre un mur ou foncer avec une machette s'ouvrir une voie dans ses veines luxuriantes. Il s'en tint à la règle de l'année : à Alger, fais la guerre ou tire-toi. Il s'arma d'une mine de kamikaze et envahit la chaussée et, pied à pied, pied à pneu, à l'esbroufe, disputa son chemin aux tacots et aux piétons qui se croient attelés les uns aux autres, intercalés comme ils sont, avec au ventre le sentiment ardent d'être au cœur d'un drame africain. Si cocher il y a, il dort dans son palais. Il se jugea pas mal héroïque pour son âge. Mais Rouiba aussi est une belle pépinière de fous en liberté. Et ailleurs, partout, dans les bourgs en perdition et le chassé-croisé des chemins de fortune, jusqu'à la rupture des falaises, mêmes gens, même topo.

Durant le trajet, il avait longuement pensé à ce qu'il raconterait à Hamidi. Il lui devait ça, une part de vérité ; même amère, elle repose des fayots. L'historien qu'il était appréciera. Son regard sur les signes et les hommes de ce pays trouvera de quoi assombrir ses jours. C'est ainsi qu'il voit l'avenir, à travers un prisme en forme de piège qui ne restitue que le noir le plus douloureux. Il s'en mortifie avec une conviction toute scientifique. Il avait trop étudié pour être sain et pas assez pour être simple. L'inspecteur se promit de lui donner quelques motifs d'espérer ; mais bon, il s'en fera des arguments de désespoir, il connaissait le lascar. L'assassin ne l'avait pas emporté au paradis : la mort qu'il avait abondamment distribuée s'était retournée et l'avait englouti ; gloup ! Le Moh ne fera plus de mal ; ses complices étaient débusqués ; l'arrestation était une question de jours, il préférait le croire ; et le brave Abdallah, qui avait par ses étranges activités et son caractère démodé déclenché la panique dans le clan des bazaris, serait vengé. N'est-ce pas assez ? À chaque jour suffit sa peine ; à chacun son fardeau. Aux autres de trimer et de parachever l'exploit en nettoyant cette immense écurie montée par les bazaris de Rouiba.

Il voyait venir sa moue. Un historien qui veut se démarquer des troubadours regarde par-dessus les morts et l'agitation des vivants ; il suit son idée ; elle porte loin. Le préconçu ignore les aléas de conjoncture, il boude ce qui crève les yeux et craint les fausses éclaircies. Hamidi est un savant retors qui ne s'en laisse pas conter ; il y a à démontrer avant de dire ; les histoires ne font pas l'histoire, pas plus que la fuite des jours ne fait le temps. Mais de temps à autre, alors que la capitulation est imminente et l'exode la seule pensée heureuse, il aime à prétendre cette chose effroyable que le mal est toujours devant car derrière suivent la lassitude et l'oubli et ne reste dans les mémoires que la peur de ce qui adviendra. Ça fait mal à la tête, ça voudrait dire que l'histoire est à venir et que le futur est le temps idoine pour parler de ce que nous connûmes encore. Mais c'est quand il est ivre mort et que son directeur l'attend à la première heure.

Il veut les plans secrets de la société, les desseins cachés de ceux qui sont à ses commandes; il veut braquer les projecteurs sur ce qui se trame dans l'ombre par des inconnus sans existence avérée; il veut voir la graine pourrir sous la terre et ses racines fouir plus bas encore; il se méfie des leurres colorés qu'elle émet dans la lumière. Ce n'est pas le résultat de l'investigation policière qui l'intéresse, c'est ce qu'elle ne peut atteindre et révéler. C'est trop demander à un pays qui trouve que figurer sur une carte de géographie est déjà scandaleux. Que dire de plus ou de moins? Le fleuve du temps charrie des montagnes qui n'ont d'inamovible que notre peur ancestrale du précipice mais les savants, pris par leurs intrigues, ne s'intéressent qu'aux rus qui s'y jettent par désespoir. C'est au bout, tout là-haut, que prennent naissance les catastrophes. Ceci est la vérité des contes barbares : la vie passe, la lie reste.

L'histoire est une affaire troublante. Ceux qui la vivent finissent par l'oublier et ceux qui l'ignorent s'embarrassent à l'écrire.

D'une certaine auberge, on dit qu'on y mange ce qu'on apporte; si ça se trouve, on reste sur sa faim. La gargote algérienne est un club sélect : rien ne manque mais nul ne peut y entrer qui ne soit déjà rassasié.

Alors il allait lui conter tout un pan de l'histoire.

Une histoire qui commence en 1955, en pleine guerre d'Algérie; lorsque de jeunes coquins de villages, nourris par les discours mystiques de Messali Hadj, s'enflamment et gagnent les maquis de Bellounis et font le serment de combattre le FLN jusqu'au bout : sa destruction ou leur propre mort. L'histoire leur fit la nique, on le sait, c'était écrit d'avance. Ainsi le voulaient les fins stratèges de Paris, de Moscou, du Caire et de quelques autres capitales plus discrètes, qui croyaient voir plus loin que la pointe de leur compas. En ces temps, on faisait de la géostratégie comme on joue au puzzle et on levait des guerres comme on défait ce jeu débile. Ignorance, quand tu nous tiens, on ne le sait pas. Peut-être aussi pensait-on à plus efficace en jouant des fables éculées : les lièvres contre les tortues, les beaux parleurs contre les moulins à vent, les grands contre les petits, les dents longues contre les gros bides, l'argent contre la richesse, l'Est contre l'Ouest, ou l'inverse, les uns contre les autres et le Sud contre lui-même. L'armée française, malmenée par ses chefs et les événements, qui ne distinguait plus rien au-delà de la gueule de ses canons, renia ses alliés d'hier et les livra à l'anéantissement. L'indépendance n'arrêta rien, sauf l'ardeur des jeunes et les projets d'émancipation de nos sœurs et de nos compagnes ; les cigognes et les hirondelles partirent par le premier vent et ne revinrent jamais et les oliviers moururent de tant attendre leur fête. Elle déplaça le théâtre des opérations. Le Front, mariant hégémonie et prudence, prit d'autres armes, plus sournoises, plus massives, et les tourna contre le peuple. Un peuple qui se croit l'artisan de sa libération est un peuple futile et dangereux. Dans sa fièvre, il peut s'emballer et écraser ceux qui portent ses étendards. Les rescapés de l'armée de Bellounis et ceux qui, de loin, dans les profondeurs du Parti, les suivaient au sonar, usèrent des armes de la corruption et firent de l'islam une drogue bon marché. L'affrontement entre ces frères ennemis, avec des silencieux trente années durant, est aujourd'hui assourdissant et ouvert à qui veut. Il s'étend dans les villes, les villages et les djebels. Peu à peu, il mène à la guerre civile ; une sale guerre en vérité, qui donne la mauvaise part à la jeunesse, à la beauté, au savoir, et à tout ce petit monde dont on ignore les catégories et les nombres, et que la vie a radié par décret du gouvernement. Les revanchards, par nature riches de patience, mirent à profit l'accalmie. Ils se sont regroupés dans les rares niches de prospérité et sur leurs cendres ont amassé des fortunes flamboyantes. Leur nombre étant réduit et l'âge aidant, qui sur le tard rend vicelard, ils se sont constitué une armée de féroces assassins : les islamistes. Ces diables mugissants restent verts à tout âge et aveugles à toute lumière. Nul besoin d'un programme chiadé pour les guider. L'asservissement qui les anime réduit le facteur humain à zéro, le secret de leur mécanique est là, pas ailleurs, dans je ne sais quelle théorie dont on dit qu'elle produira à la longue une merveilleuse utopie pour les adorateurs d'Allah. Une secte ne cherche qu'à faire du mal, point n'est besoin de voir plus loin et d'y mêler le bien comme le fait la secte Amnesty ou la confrérie de Greenpeace qui voudrait que l'homme n'ait sa place nulle part sur terre. Sous couvert de pèlerinages et de fraternité en islam, ils ont assuré leur conditionnement dans les monts de Peshawar déchiquetés par le vent brûlant des katiouchkas, dans les ruines de Kaboul où le vice et la vertu ne laissent aucun répit aux femmes, dans les ministères iraniens, dans les camps secrets des déserts libyen et soudanais, sur le green de Hyde Park, dans les sous-sols de Langley (Virginia, USA); partout où croisent les fous d'Allah. Ils se sont acquis les services de ceux qui, dans les appareils de l'État, sont de la combine et bouffent à tous les râteliers. Ils ont renoué les fils avec leurs alliés d'hier, en France, dans les milieux pieds-noirs de l'extrême droite et dans les ghettos harkis. Après tout, durant les années de braise, n'ont-ils pas lutté contre le même ennemi, le FLN? N'ont-ils pas été également trahis par l'armée française et les politicards de Paris? Rien n'avait changé, la haine moins que le reste. Pendant que le Front honni briquait son prestige, eux fourbissaient les armes et enfiévraient les hordes des marginaux, des déclassés et des recalés de la société idéale des apparatchiks.

Tout cela, le décor académique, le docteur Hamidi le sait. Ce qu'il ne sait pas parce qu'il vit au cœur de la ville et que ses artères sont bouchées, c'est que dans ce pays où la ruine est à son apogée, même les morts ont été enrôlés. La déréliction de l'État, débilité par sa boulimie de cinéma, la rage des parvenus, la jeunesse droguée par les cultes, les rodomontades des vieux corbeaux sont la cause de ce tohu-bohu. Les cimetières chrétiens, livrés aux vents de l'abandon, furent souillés et saccagés. Cela est de notoriété, comme le sont la peine et la rage impuissante des rapatriés. Ces lieux ne sont pas seulement la sépulture des leurs mais l'écot de leur indéfectible amour pour le pays. Quarante ans est un temps honnête, ce nous semble, pour reconnaître que ces foutus colons ont plus chéri cette terre que nous qui sommes ses enfants. Mais il y a enfant et enfant, et nous sommes nés d'un accident survenu à une chèvre que nous voulions corbeau.

Cette situation, ces sentiments, les bazaris revanchards de Rouiba allaient les exploiter en maîtres. Dans une première étape, accentuer la peine des pieds-noirs en leur montrant, photos à l'appui, l'état calamiteux de leurs cimetières et raviver leur haine du bicot ; sa finalité est la mort, pas l'oubli et l'oisiveté ; on ne peut pas que chanter son beau pays et battre des mains, il faut le reconquérir ou le détruire et bien choisir ses amis. Leurs interlocuteurs ? Ces innombrables associations de pieds-noirs, organisées autour d'un quartier, d'un village, d'une ville de l'Algérie de leur mémoire, comme des tribus oubliées par le temps autour d'un totem et d'une légende, dont l'activité vitale est de se regrouper sur un calendrier quasi liturgique pour se compter et se recompter et en cercle intime et chaud évoquer et pleurer le passé. Si le vin coule à flots — c'est du vin d'Algérie, fort et généreux, le fruit de leur long et pénible labeur —, c'est pour mieux scruter le passé et déguster son ineffable souvenir. Deuxième étape : les gagner à leur cause qui n'est pas perdue et qui aujourd'hui, infiniment plus qu'hier, a toutes les chances de triompher. À un homme qui a mal à son passé, on peut proposer n'importe quel avenir, pourvu qu'il y ait la nostalgie et un plan de ressourcement à la clé ; point n'est besoin de discourir ; midi cogne à toutes les portes, les désespérés ne se lassent pas d'y croire. La référence à ce qui fut et devait se perpétuer suffit. Le lyrisme viendra à bout des blancs-becs et la castagne de ceux qui en ont fait un art de vivre. La reconquête du pays commence dans les cimetières, c'est lumineux. Affaire conclue ! khabza ! tape cinq ! ouvrons une cuvée du président, qu'il faut renverser, et une boîte de kémia de Cayenne pour sceller l'accord !

Protéger les cimetières chrétiens, reconstruire les murs d'enceinte, relever les stèles, réparer les caveaux, entretenir les allées, fleurir les tombes aux grandes occasions, rassurer les gisants par de nobles pensées, tel est le deal. L'affaire avait besoin d'une grande échelle ; celle de la rentabilité, pour les uns ; celle de l'honneur tricolore, pour marquer la mobilisation générale et sonner l'ordre de marche, pour les autres. Les miséreux ont des ambitions féeriques ; ça leur tient à cœur de voir plus haut que leurs pieds ; en cela ils ont tort, dites-le-leur sans fausse honte, leur tremplin est une planche pourrie. Les pleins aux as font autrement, c'est plus malin; ils nourrissent des pensées prosaïques à se taper le cul par terre mais les font flotter au-dessus de grandes maisons bien charpentées, ce qui donne à leurs calculs prestige et renommée. Des relais se constituèrent et se mirent au turbin pour hisser la combine à sa dimension efficace. Pour les bazaris, le calcul fut vite fait; à tant le sac de ciment, à tant la peau des manuels, à tant le change parallèle, à tant le bakchich des sidis, l'affaire dégagera un profit qui tuera les envieux. Sur le plan politique, le bénéfice sera à l'avenant; on pourra de nouveau croire en la France, aimer les femmes par plaisir, amasser fortune sans rien devoir aux envieux, boire l'anisette au comptoir sans crier « Le thé est brûlant ! » à l'endroit de ces ouled el g'hab qui l'année durant se prévalent d'une autorisation en bonne et due forme. Le réveil des pieds-noirs ouvrira des perspectives en or; ce sont des gens entiers, ils sont partis avec les racines aux pieds et la tête bruissante de projets de retour. Qui sait, après tout, ce que réserve l'avenir quand le passé a été si gros de malheurs et que le présent s'éternise dans l'attentisme; qui sait les bouleversements dans la tête d'un homme quand de colonisé il passe colonisateur, de djoundi général, et que son regard croise l'image du bonheur ? Il y a trente années d'histoire à refaire d'urgence. Quand un pied-noir s'agite, il ne s'arrête pas; ce champion de la pagaille a une réputation à soutenir. En France, il forme un lobby puissant et retors. Au bled, il a des potes et des atouts. La sympathie des anciens, écœurés des duperies du FLN; de fameux lézards ils furent au temps du colon, s'étirant pépères sur deux cultures, pas trop vite le matin, jamais le soir, mais la musique de l'appareil à slogans fut trop belle pour que leurs oreilles résistassent longtemps au regard du Dictateur; ils se firent méchants par prudence, ignorants par intérêt, mais au cercle des opposants leur salut disait bien leur amour caché : «Nous les anciens vous saluons bien!» L'amitié assurée des hommes d'affaires, freinés dans leur élan conquérant par la glu bureaucratique, qui rêvent de têtes de pont en Europe pour y porter leur folie du bizness; on dira ce qu'on voudra d'un épicier, on ne peut lui contester ce sens profond qu'il a de l'amitié qui toujours retombe sur ses pattes d'où que vienne la proie. L'amour des vieux beaux, émasculés par les campagnes contre les femmes, qui, à l'heure grave des chants patriotiques et des marches sans retour sur l'ennemi, l'ont encore la fleur au veston, la branche de menthe à l'oreille, la chéchia Stamboul, fraise royale sur espoirs ruinés, pour épater notre pauvre nudité de fils du peuple, les qacidate de Raymond le juif pour humilier notre inutile arabité qui ne nous a pas même donné de quoi tromper nos frères de la Ligue arabe et placer chez eux nos douteux produits industriels, et toujours, toujours, ce regard d'instituteur protestant qui nie notre humanité; ah, misère de nous autres! La compréhension des intellectuels qui aspirent à une Algérie plurielle, ouverte sur le monde, réconciliée avec son histoire et ceux qui l'ont occupée, même par effraction; comment est-ce arrivé? ils ont fini par comprendre que la modestie a du bon quand on n'a que des mots et peu de crédit pour s'attaquer au mécanisme sophistiqué de l'ignorance et que les révolutions orageuses, comme des outils archaïques, ne tranchent que pour installer la gangrène; ils découvrent, tout illuminés, ces vieilles idées de l'amitié, du projet commun, du brin de chemin que l'on trace en groupes colorés, qui nous rappellent que la vie ne se réjouit qu'avec les vivants et que la vie ne peut rien épouser d'autre que l'amour.

L'œcuménisme des bazaris est vaste mais le dessein crapuleux; il faut en informer les naïfs pour qu'ils sachent ce que nous coûte leur penchant à fraterniser sur de simples ouï-dire. Dites-leur aussi que là où il y a des arrière-pensées, on ne saurait trouver des idées pour avancer. À ceux qui ont tout perdu, dites-leur bien de veiller à leur âme; derrière chaque bazari suceur de sang, il y a un mollah voleur d'âme.

Et puis l'histoire des hommes est ainsi et cela, Hamidi a dû bien le potasser. Il est écrit dans ses tablettes qu'aux périodes de guerre et de séparation succèdent celles de la paix et des retrouvailles. Tant que la terre existe et reste ronde, les hommes se retrouveront, c'est pas sorcier; un historien peut comprendre ça. Aujourd'hui, elle pédale dans le sang mais elle reprendra son cours, forcément vers la lumière, puisque nous avons essuyé tous les revers et connu la plus sombre des dictatures. Encore faut-il cesser de voter avec les pieds et de croire que la peste se guérit par le choléra s'il plaît à Dieu. Allah a démissionné de nos affaires, l'admettrez-vous un jour ? Abdallah était un simple d'entre les simples. En entretenant le caveau des Villatta il posait une pierre sur cette route qu'il nous faudra bien construire un jour, et qui mène à la concorde, à la table des bons vivants, abasourdis de nous voir si dangereusement carrés, oui, parce qu'il est rigolo de surprendre ses amis et troublant de voir leurs épouses nous regarder de loin, la tête de côté, posée sur la main, à la mise en commun de quelques valeurs de base : le respect des morts et de leurs sépultures, la compassion pour qui pleure ses disparus ; car la mort et ses larmes, c'est bien le seul drame qui soit commun à tous les hommes de la terre. C'est ainsi qu'il entendait son geste et le pratiquait au quotidien, sobrement, discrètement, et l'avait étendu au cimetière parce que cela lui avait paru naturel et juste. Ce faisant, il mettait le pied dans une chasse gardée. Le hasard, qui par ici se plaît dans les jeux d'arène et les remerciements à pouce vers le bas, le mit face à des revenants ; des braconniers qu'il ne reconnaissait plus, qu'il n'avait jamais compris alors qu'ils n'avaient pas changé d'un poil dans leurs touffues idées. Pour eux la guerre continuait ; l'indépendance est un jour comme les autres, un temps mort pour faire le plein, une trêve pour gogos ; elle reprenait de plus belle et la victoire est au bout ; une guerre de maquis, une guerre de rues, une guerre de fetwas, une extermination à glacer le sang, un cauchemar qui fait des cauchemars, un trou fou qu'on puisse tout y balancer, l'innocent du jour jusqu'au plus grand des taghout ; une guerre qui ne fait pas que des morts mais qui tue chez les rescapés jusqu'au germe de la vie. Ainsi, d'office, ils enfanteront des choses bleues que des charretiers hagards et des récitants pouilleux viendront ramasser aux aurores aux portes des maisons endeuillées. De fil en aiguille, de proche en proche, car il y a là un formidable raccourci, ne vont-ils pas envisager d'acculer Dieu à ce qui ne peut être qu'un terrible recul pour lui : faire cesser la vie ! Ceux qui tiennent à elle et à ses bontés en sont avertis ; Dieu n'est pas si résistant que ça, pas plus que l'homme devant la folie des cafards ; prions pour lui. Babel, Sodome, Gomorrhe, c'est pas si loin, Jéhovah n'en vint à bout que par une riposte disproportionnée. Abdallah ne l'entendait pas de cette oreille ; pour lui, il n'y a jamais eu de guerre ; la guerre se fait en fanfare, sa gloire est la paix et sa noblesse, de se taire au drapeau blanc pour hisser les couleurs du carnaval ; seulement une succession de tragédies amenées par la petitesse, les préjugés, la peur de l'autre, l'orgueil du mot de la fin, la démesure dans l'ambition, et la bêtise qui va jusqu'à se donner des buts et des mots. «Alyha nah'ya oua alyha n'mout», «djeich, chaâb, mahak ya Zeroual», c'est quoi ce charabia de croque-morts? Il rejeta leurs projets, se rebiffa devant leurs invites à reprendre le combat pour en réhabiliter les motifs aux yeux du peuple. Les bazaris ne restèrent pas longtemps ébahis devant les propos du vieux fou. Ils lui révélèrent que son dépravé de frère était avec eux, qu'il bouffait à la même mangeoire que leurs séides et que bientôt il se porterait aussi bien qu'un député. L'immunité n'est pas garantie, en rien abuser n'est bon, mais le reste va de soi. Croyant à un marchandage, ils offrirent de lui sous-traiter la réfection et le gardiennage du cimetière de Rouiba. «C'est pas rien, c'est un beau cimetière!» Pour faire bonne mesure, ils ajoutèrent d'un geste nerveux deux ou trois modestes enclos à morts qui végètent dans les ronces et les chardons en délire des villages avoisinants. «Ça te tuera pas au travail, ces lieux-dits ne sont pas loin de sombrer eux-mêmes dans l'anarchie naturelle», ont-ils dû préciser pour ne pas décourager ces vieux bras, et d'ajouter: «Une belle tombe témoin et ça roule, les gogos n'y verront que du feu.» Ils firent valoir la vitesse à laquelle il s'enrichirait avec l'affreux jojo qui lui tenait de demi-sang; ils arguèrent de la dérive du dinar, de l'économie qui se meurt dans les soubresauts, sous les assauts conjugués du gouvernement et du syndicat des rentiers, de l'imbécillité des services de l'État terrassés par le futile et le dérisoire, non compris l'administration fiscale qui s'est intelligemment mise à son compte; c'est bien, sans elle la tchippa tournerait sur trois pattes avec beaucoup de fumée au-dessus des têtes. Ils dirent que le pays était ruiné, qu'il n'avait pas le droit de cracher sur l'aubaine. Travailler avec la mort est ce qu'il y a de plus sûr. « Qui viendra te faire chier dans un cimetière ? » Faute de répondant, ils en vinrent aux menaces. « Tu es des nôtres, tu ne peux refuser ! » Elles n'avaient pas prise sur lui, ils décidèrent de l'éliminer. Il avait abandonné un combat par lui librement choisi, pouvait-il tourner le dos à celui qu'on lui imposait ? Dieu nous préserve de la première lâcheté, nul courage ultérieur ne peut nous en délivrer.

Gacem a-t-il eu vent du plan ? A-t-il intercédé pour son frère ? Jusqu'où s'est-il démené ? Bah, les agissements du minable comptent pour moins que les inquiétudes d'une fourmi. Un crime de voyou fera l'affaire. Il y en a tant que la police, accablée par le malheur, ne cherchera pas plus loin que la bicoque isolée de ce marginal parmi les marginaux d'Abdallah. Un des leurs qui promet, un cinglé qui avait accompli du beau travail à Bahbah, est chargé de l'exécution. Il s'en acquitta... en professionnel qui serait venu d'Atlanta ! l'erreur à ne pas commettre pour qui veut signer maraudeur, ivrogne ou détraqué au pays des gueux. Nos voyous sont plutôt désordre, le crime organisé n'est pas dans leurs cordes ; et un crime islamiste s'il s'en trouve pour y songer, car c'est vrai qu'ils tuent à bras raccourcis, c'est quand même autre chose, ça frappe l'imagination, ça électrocute l'entendement, ça met à terre tout édifice érigé sur de saines croyances; ça ne se lit pas comme le plan de travail d'un assassin studieux. Exécuter un frère dans son lit sans déranger les voisins, ce serait une première chez nos ostrogoths qui tendrait à prouver que la civilisation est en train de les rattraper.

Quelle mouche a piqué Moh? Comment le savoir? Où a-t-il été chercher ses scrupules? Dans son enfance où une forte et joyeuse amitié le liait à Abdallah? Dans la crainte que la police ne trouve trace de ce penchant et ne remonte à lui? Dans un conflit qui l'opposait à ses compères? Tout cela à la fois, probablement. Il s'opposa à l'idée de liquider Abdallah. En réponse, est arrêté son destin. Mais pour lui, un crime de voyous ne serait ni gentil ni croyable, le Moh n'est pas le premier venu à Rouiba, on ne va pas sur lui en gueulant : « Hé Mohamed ! »; le glacis de l'argent, ça ne se franchit pas en tirant la chevillette du pont-levis. Pour une opération signée, il faut de l'audace, de l'éclat et tout le mystère de la férocité. Les islamistes étaient désignés; c'est leur style; ils porteront le chapeau, ce sera un turban noir de sang. Tous y croiront; ils sont si bien affermis dans l'idée que les bazaris et les islamistes se tiennent par la barbichette; qui d'entre eux s'étonnera de quelque accroc dans pareil attelage? Personne; alors, tous comprendront que même le djihad a besoin de fonds pour s'accomplir et que nul ne peut se dérober à son impôt.

Plus tard, alors que l'enquête piétinait, tassant

les choses dans une lamentable gabegie, les deux truands, qui gardaient un œil sur l'enquête de l'inspecteur Hocine, apprirent que le Moh projetait de rencontrer er'rougi pour une affaire d'importance ; le dinandier aux yeux du commun, pour eux le commandant Youssef, l'adjoint du général Bellounis. Ils s'affolèrent, imaginèrent une arnaque, une contre-offensive de leur associé qui se serait douté du contrat lancé contre lui. Pourquoi courir des risques, sa mort était en voie d'être classée dans la rubrique des victimes du terrorisme étranger à nos valeurs ; on se torche de nos vivants, pourquoi s'embarrasserait-on des morts et des estropiés des autres ? Celle d'Abdallah, inscrite à la rubrique des gens écrasés, ne survivrait pas au départ en retraite de l'inspecteur Larbi ; elle aurait pour le successeur un goût de réchauffé de la route, une odeur de chien mouillé, or il n'est pas de policier vivant qui écope d'un délit mineur sans y poser le coude jusqu'au congé. Le doute trancha : le commandant doit disparaître. Pas de bois, pas de feu, pas de panique. Ils n'avaient pas oublié qu'en 57, quand l'héroïsme était encore une bonne idée, ils l'avaient trahi, humilié, banni. Et puis quoi, Moh est une grosse gueule prompte à l'ouvrir, un jouisseur fou imbibé d'alcool et de drogue, capable du pire et de ce qui s'y apparente le mieux. Il faut toujours le tenir et ramasser ses crottes. Son désaccord avec eux pouvait l'avoir amené à rechercher le soutien de Youssef et pour cela à lui montrer le dessous des cartes. D'un autre côté, quel gain mirifique escompter d'un raté qui caresse sa vengeance depuis trente berges et qui, au soir de sa vie, se trouve armé des moyens de l'assouvir ? Qu'il soit pauvre, aveugle et solitaire ne pouvait que rendre méchants les chiens de sa chienne.

En réfléchissant à quoi pouvait se rattacher le conflit opposant Moh à ses acolytes, Larbi eut une intuition. Sans hésiter, il se persuada de sa réalité. Elle répond à merveille à la maladie du pays qui n'en est plus à traîner la patte mais à se déchirer à belles dents. Les cimetières abritaient dans leurs caveaux autre chose que des ossements ! De la drogue ?... Des armes ? Mais oui, pour sûr ! Si c'est pas un mobile, qu'est-ce que c'est ? Avec ça, on tue une ville entière, pas seulement ses amis ! Quoi ? ces saletés ne sont pas de nature à développer des relations de bonhomie entre les criminels, le contraire serait nouveau ! Larbi s'impatienta mais la prudence plus que jamais s'imposait. Une fouille des cimetières tranchera. Quelle meilleure cachette en effet qu'une tombe ? Dans ces lieux clos, inviolables par définition et la vertu de la loi, même la mort n'entre qu'avec un dossier en forme et une due autorisation.

Une perspective se dessina pour le policier. Vue ainsi, la mort d'Abdallah, celles du Moh, de Youssef étaient inéluctables ; comme le serait celle de ceux qui se trouveraient sur la trajectoire des enquêteurs, dont les bazaris douteraient de leur aptitude à l'oubli. Gacem est-il condamné ? Sa lâcheté naturelle plaide contre lui. Le voleur de photos ? On ne filme pas des tombes à grande échelle sans nourrir des doutes sur ses clients ; or les imbéciles ont le doute dangereux, ils le propagent.

L'hypothèse en amena une autre : les Services étaient sur la piste de ce trafic. Voilà qui expliquerait le dessaisissement du central de Rouiba de l'affaire Moh ! La classer, c'est endormir la méfiance des trafiquants, c'est les mettre à la corde pour remonter la filière et s'approprier ses connexions à l'étranger. Ainsi l'Unique, grosse consommatrice de symboles staliniens à la sauce tomate, pourra parler de plaques tournantes sous le regard bienveillant du pays d'accueil et aboyer son venin en fouettant la rose des vents ; l'occasion faisant le larron, même par temps d'abondance, elle réveillera de nouveau les martyrs pour inciter les survivants à un peu d'amour pour la machine en place. C'est fou ce que les barons sont nuisibles, mais n'est-ce pas là ce qui leur profite ? Le policier tira une conclusion : les Services n'avaient pas établi de lien entre tous ces morts. Comment tout savoir ? Il manque à leurs investigations un facteur clé, la dimension historique qui assemble les faits et leur donne empennage et motricité. Ils enquêtent sur un trafic d'armes ou de drogue et cherchent des trafiquants ; tout naturellement, ils regardent du côté de la mafia politico-financière que le visionnaire de Kenitra, Boudy pour les hittistes qui ont l'amour ardent et la familiarité excessive, a désignée au peuple bâillonné devant sa télé :

savait-il qu'il s'adressait à des saucissons, lui qui revenait de loin? Lui, Larbi, connaît l'histoire de ces hommes et cette connaissance l'a mené à ce trafic. Le cercle est fermé.

Pour le dinandier, il soupesa le pour et le contre. Le commandant Youssef était connu des Services; depuis toujours. Son passé, son rang dans l'armée de Bellounis sont une croix sur son bulletin; elle le désigne comme un danger permanent. Le régime n'est pas de ceux qui oublient leurs ennemis d'hier ni de ceux qui négligent de s'en méfier; ni le spectacle de leur vétusté ni la preuve de leur extinction n'arrêtent sa phobie. Pour les avoir vus faire chaque fois que le jeu était incertain, il les sait démoniaques; au moindre bruit, ils s'enracinent dans le culte vaudou et rameutent les arabophones pour crier au faux. Mais quoi, la surveillance autour de lui a dû se relâcher et disparaître au fil des catastrophes; mort le colonialisme, morts les fantoches, finies les rallonges d'horaires derrière des ombres traînantes; le perfide opposant est devenu un vestige cloué au siège par une impotence prouvée; sûr qu'ils ont agité quelques chiffons sous ses yeux malades et brandi des menaces au-dessus de sa tête pour tester ses réflexes. «Un aveugle prisonnier de son âge peut-il parler?» est une question qu'on doit se poser. La présence du policier sur les lieux de l'attentat pouvait donc aussi bien être le fruit du hasard que celui d'une reprise de la surveillance autour de lui ou le résultat d'une manœuvre d'un faux repenti ou... oui, bien sûr... il y a la complicité du policier.

L'inspecteur en vint à penser à lui. Mine de rien, il avait remué pas mal de boue. Maintenant il sait ; les preuves viendront plus tard. « Les autres savent-ils qu'il sait ? » est la vraie question. Au milieu de la dissipation générale, le central de Rouiba est aéré comme un moulin au cœur de l'été. À longueur de jour, dans une atmosphère de regards orageux, on moud en vrac le grain du vrai et l'ivraie de la rumeur. La ville qui a des oreilles insatiables et du temps à revendre s'en repaît sans discernement. Le policier avait traîné ses soupçons partout, sur les sentiers battus, aux abords des palais des bazaris, dans les cimetières, les cafés et les bars louches, les chantiers et les commerces où la dissimulation est la règle, à la Casbah qui est un monde inquiet et fragile, et posé mille questions gênantes. Les gens sont ce qu'ils sont, ils craignent pour leur vie ; ils posent des questions sur les questionneurs à des angoissés qui ont frappé à toutes les portes. À la lumière de cela, son coup de fil à Aoudia lui parut un bluff dérisoire, et soudain, une provocation dangereuse. Mauvaise nouvelle. Comment déjà réagit un tigre affamé surpris dans son guet-apens ? Jusqu'alors, le policier avait avancé sur la piste invisible de la routine, cogitant sans se presser derrière ces allures lointaines du promeneur solitaire qui musarde dans la forêt en regardant les animaux du coin de l'œil de crainte de les effaroucher. Il était à présent à découvert ; la sensation lui en était désagréable.

Sur l'esplanade de la Grande Poste dont le marbre vénérable est en butte aux piqûres d'un soleil de plomb et au piétinement d'une foule charriant de pesantes considérations sur le temps et ses atrocités religieuses, il respira à pleins poumons l'air du large. Il pressa le pas. Il était en retard et n'aimait pas cela. Coquetterie frisant la ruse dans un bled qui court après le moment de rebrousser chemin de quatorze siècles environ pour se tenir moribond bienheureux jusqu'à la fin des temps dans cet erg sans merci qui a vu naître le premier musulman ; QSSL et la damnation sur les émirs et les raïs autoproclamés passés et à venir. Arriver avant son prochain n'est pas une délicatesse mais une déclaration de guerre. Organiser un rendez-vous par ici requiert plus qu'une carte d'état-major et six mois de vivres dans sa casemate : il faut posséder une montre à scanner le temps.

Il remonta la rue Didouche qu'il continuait d'appeler la rue Michelet comme le font les Algérois de souche pour affirmer leur supériorité raciale sur les déracinés et les prédateurs formés en Orient. Cette noblesse, qui vient de ce que le Grand Turc d'Alger était insatiable et de ce que leurs vieux, qui ne peuvent oublier l'Empereur et ses splendeurs, se sont fait tuer à l'appel du Maréchal puis du Général et qu'eux-mêmes se sont fait rectifier sous les ordres d'un colonel, tient en entier dans le zézaiement et dans ce qu'ils se remontent les couilles avant de s'asseoir. Le malaise est profond car en définitive, de reniements en abjurations, ils ne font que se détériorer la santé. Oui, mon adjudant, il y a comme de la lassitude chez nos concitoyens. Et puis quoi, les paysans des villes ont leur fierté ! ils en font autant, en plus ils se mouchent d'un coup de pouce en pissant à dix pieds sans perdre l'équilibre. C'est prodigieux mais ça apporte quoi ? Les villageois se tiennent plutôt bien, la main dans la main, et vont en petits groupes sous la bannière de leurs marabouts ; soit ! c'est supportable, mais ils oublient que la ville a ses ragots qui n'ont nul besoin être rapportés sous le manteau puisqu'ils font la couverture des journaux. C'est agaçant de lire ce que l'on a entendu chuchoter un mois durant.

Tourmenté par l'atmosphère délétère de son enquête, Alger lui parut hostile, belliqueuse, prête à s'enflammer. Il se rassura. Si Rouiba est folle depuis qu'elle a perdu la raison, Alger de temps immémorial est la démence même ; la démence de l'envoûtement ; c'est ainsi, c'est sa nature ; elle vit une psychose, étant, non dans la marche du siècle, mais au point mort bas de la grande spirale de la vie. Courir n'est pas mourir, mourir n'est pas courir ; que faire de sa vie et de ses pieds quand les forces de l'axe vous immobilisent par le long ? Un jour, hystérique avec ses multitudes écorchées vives, enivrées de fureur et de sang ; un autre, ahurie, bizarrement pantelante, assommée de douleurs, oppressée par d'inexprimables terreurs. Des fois, à l'improviste, mais c'est une habitude qui a à voir avec Dame Lune et Jeannot Lapin, elle tire sa gueule de carême et se montre irascible, décousue, et tient des propos fous. Un autre moment, alors que le ciel est bleu à barboter nu dans la mer, ce qui est signe d'une frénésie imminente, elle est sombre, sournoise, inquiétante comme une sorcière en route pour le sabbat du nouvel an ; son mal la reprend chaque fois que la vie coule des moments heureux et l'écartèle entre alacrité et componction : elle se voudrait immaculée, immarcescible, impavide, musulmane au-delà de l'entendement, jusqu'au bout des ongles, mais il lui faut briser le miroir et rompre le charme qui la maintient dans la fange et la déraison. L'instant d'après, échappant aux interdits et à la décrépitude, la voilà éclatante de lumière et de sensualité, aguichante dans ses fanfreluches de pacotille, vicelarde à faire vomir une pétasse qui aurait un siècle d'abattage derrière elle ; avec des balancements de vamp égyptienne, elle se laisse aduler par les siens qui bichent, qui bavent, qui planent, qui s'imaginent sortis de l'auberge sans être redevables de la vie ; ça les angoisse ; leurs filles ne se contiennent plus et causent des ravages dans les transports publics ; des cils et de la hanche elles jouent et à pleines dents se rient des vieilles taupes scandalisées sous le haïk ; c'est là, dans son malheur, qu'elle se croit belle au-dessus des belles d'Orient, géante parmi les sept grands d'Occident, libre comme le vent du sud que n'effraient ni les dunes, ni les éléphants, ni les fantômes touaregs, intelligente à désespérer ses ennemis de la Ligue du Nord. Ils ne perdent rien pour attendre, le retour brutal des tabous mettra chacun devant ses responsabilités ; l'islamisme étant là, à l'écoute, et ses maquereaux prêts à bondir, ils seront surpris par l'ampleur de la sanction mais ils n'auront l'occasion ni de plaider l'ignorance ni de négocier leur repentir. Un beau matin, trop souvent hélas durant la saison qui dure peu dans les stades mais trop dans le bureau du ministre, elle surgit de sa torpeur nocturne endiablée, exubérante, insupportable comme chenapans en foire ; ses coups ne se comptent plus ; elle s'en grise à la première volée ; à son appel, les aouled électrisés désertent les prisons scolaires et les foyers incultes et lui prêtent main-forte avec une violence inouïe ; leur joie est fausse et dangereusement contagieuse ; les cafés, les bus et les hordes hittistes versent dans le piège avec une fougue destructrice ; personne n'y échappe, ya khô ! Au bout de sa course, on la retrouve échevelée, haletante, récalcitrante comme cheval pressentant un cataclysme, pendant que ses petits mercenaires dévoués, ces fils de putes et de marchands à la sauvette, repus de mal et d'ignorance, sombrent brutalement dans des rêves inintelligibles. Le pire, c'est l'apocalypse du vendredi, jour de grâces et de prière collective, quand elle se réveille dès potron-minet avec son fonds de piété négligé les jours ouvrables où il faut entretenir ses reliquats d'espoir, et se lance à l'assaut du ciel ; il faut la voir et l'entendre faire le dos rond toute la sainte matinée, le regard contrit mais inflexiblement vigilant, marmotter des inimitiés au souk, psalmodier sur le midi à leur faire cracher le sang à ses muezzins des horreurs qui n'épargnent aucune oreille, prendre à partie les passants qui ne sont pas au diapason, déployer des trésors d'hypocrisie pour venir à bout d'elle-même, de quelque reste de lucidité païenne (voire laïque, misère de misère) qui lui colle aux pattes, qui lui ferait la passion semainière un peu tiède ; leurs complices du gouvernement eux-mêmes, qui n'ignorent rien de ce qu'il faut taire, en habaya et chéchia immaculées, se démènent comme des diables pour se mettre en avant, face au minbar, sous le regard maternel de la caméra et de l'imam ; derrière le front emperlé, il y a tout un génocide en gestation mais aussi l'idée brutale de montrer aux chers téléspectateurs leurs dispositions nouvelles les plus sincères et les plus benoîtes. Il faut la voir et l'entendre, après la comptée d'exhortations du prêchi-prêcha et la prière de clôture, envahir les stades pour dégorger son trop-plein de fièvre, ardemment assurée que les buts viendraient du ciel si les arbitres n'étaient si corrompus. Ce jour-là, elle la mérite vraiment, la mort éternelle.

Quelquefois, lorsque le soleil tape dur, mais c'est une coutume immuable, fatiguée de ses métamorphoses et de ses écarts, elle somnole avec des airs d'éternité et de désespérance transcendante. Quoi qu'on fasse, quoi qu'on dise, même si on se pince l'œil, on se sent transporté dans un vieux village du bout du monde pétrifié dans la poussière et l'ennui que le zonzon des mouches et le trille des cigales achèvent de tuer. On se voit périr en quelques secondes avec la conviction atroce qu'elles vont durer des siècles.

Dans ses oripeaux de vieille ville coloniale usée, balafrée, qui menace ruine, Alger vit comme un animal sauvage dont le pelage clairsemé, les yeux injectés de sang et les errements incessants, tantôt menaçants, tantôt craintifs, disent assez sur sa vie vouée à la lutte et au bout du compte à la mort.

Hamidi était attablé à la terrasse du Café de la Fac. La même place depuis sa première inscription, il y a un monde de cela, quand la fac était une Fac, le prof un Prof et l'étudiant un fils de famille ; et le repêchage une faveur accordée aux seuls méritants quand il est prouvé que leur chute n'a rien à voir avec le bordel ou la subversion. Comme les choses changent ! et de traviole par-dessus le marché ! Il y a une grande hypocrisie dans le changement ; quand on s'en rend compte, on n'est déjà plus le même ; tout a basculé dans le neuf sans perdre de ses habitudes ; on se découvre des modifications déplorables, irrattrapables, mises à notre compte à notre insu par des ennemis irréductibles ; berné, se sent-on, sans qu'on sache où est le vrai. Il y a des moments où l'on ne se connaît pas plus qu'un enfant qui vient de naître. Après avoir passé toutes les péripéties, pleuré les larmes de son corps, usé des meilleurs stratagèmes, réveillé les ancêtres jusqu'au premier, quand le Sahara était un verger enchanteur et ses grottes des nids d'amour, écouté toutes les voix dissidentes, et une fois, une seule, parce que même un saint a besoin de fauter un jour, vendu son âme au diable pour ne plus faillir, on découvre qu'on parle comme à la télé, l'accent pesant et le son guttural, qu'on agit comme un militant qui a des siècles à venger et tant de frères à tuer, qu'on hait nos ennemis avec la même énergie et la femme avec plus d'attention, mais pourquoi pense-t-on dans la langue de Molière, c'est ça qui est bête. Il faut perdre son innocence, brûler ses livres et s'arabiser comme on se jette à l'eau. L'amour du bien nous perdra, nos enfants seront des errants. La fac n'est plus une fac mais un souk en ébullition où se marchandent des bons de négations, et le salut n'est accordé qu'aux profs qui complotent ouvertement contre la raison.

Ses grosses lunettes penchées sur le journal, son dos d'intellectuel surmené, ses doigts nerveux font croire qu'il est en butte à quelque difficulté théorique dépassant l'entendement. Il fait ses mots croisés du matin ; ils brillent par leur simplicité, éprouvante comme tout ce qui est quotidien. C'est son passe-temps et sa passion. À croire que la subversion n'est pas morte dans un bain de sang et que lire est aujourd'hui permis. Mais voilà, impétueux, il est resté : il pense à mille absurdités et qu'avoir tant étudié, croit-il, doit servir à quelque chose dans l'avancement du peuple. Cela est bien vrai, ma foi. Quoi de plus utile que tricoter des mots et rêver en secret de ce qui n'est plus.

Si Larbi se planta devant lui comme pour le surprendre et lança :

— En cinq lettres, un mot puant que tu as tout le temps à la bouche !

L'historien leva la tête, un gros sourire épanoui sur le visage qui brusquement se figea dans une grimace d'horreur pendant que son corps mû par le réflexe basculait sur le côté.

Larbi avait entendu le déclic. Il l'aurait entendu même dans le vacarme le plus assourdissant. Il se retourna d'un geste, le temps de voir en face de lui deux yeux fous. Dans le monde chaud et ouaté qui déjà l'enveloppait de son cocon de lumière, il perçut un vague bruit, sourd, égrené en petits morceaux.

Assis derrière son bureau, le docteur Hamidi avait les yeux rouges et le geste fatigué. Comme un gamin brimé, il reniflait bruyamment en s'arrachant le nez du revers du coude. Dans le journal du matin, alors que sa vue s'opacifiait dans la douleur, il lisait et relisait un articulet qui lui déchirait le cœur.

« Avant-hier, jeudi, à quatorze heures, sur la terrasse du Café de la Fac, au centre d'Alger, a été abattu un officier de police. Le tueur lui a tiré une rafale dans la tête et s'est éclipsé dans la foule, nombreuse à cette heure. Son signalement a été recueilli par la police qui affirme avoir pris toutes les dispositions pour le retrouver et le mettre hors d'état de nuire.

« Selon la description qui lui en a été faite par les témoins, l'arme utilisée serait un PM Uzi ou Scorpio. Il ferait partie de ces lots d'armes introduits récemment en Algérie par les islamistes ou ceux qui se tiennent derrière eux, en provenance d'Europe, de Libye, du Soudan, et, d'abord, de l'empire des Mollahs. Une fraction en a été saisie sur un bateau de pêche marocain arraisonné par la marine dans nos eaux territoriales. Notre journal, en son temps (cf. n° 641 du 12 février 1993), avait fait état de cette prise survenue au cours du mois de décembre de l'année écoulée. L'enquête suivant son cours, on comprendra qu'on ne puisse en dire davantage.

« Rappelons que le PM Uzi est une arme israélienne dont l'efficacité est universellement reconnue. Le Scorpio, au calibre près, est la même arme, fabriquée en Tchécoslovaquie sous licence israélienne. Il est connu que cette arme est appréciée des terroristes de tous les pays où sévit la violence au service de la politique et de l'argent. Voilà une preuve de plus que le terrorisme local a réussi sa jonction avec l'internationale terroriste qui le fournit en armes et en experts en échange de relais, de circuits et de main-d'œuvre pour élargir son champ d'action.

« Cela démontre que les méthodes choisies par le pouvoir ont fait faillite. Dussions-nous encore pâtir de notre justice, on oserait penser qu'elles ont pour but de faire progresser le mal.

« Celui que tout Rouiba appelait familièrement Si Larbi a été inhumé hier, vendredi saint, après la prière du dhor.

« "Il est mort, quoi de plus salutaire", a dit un passant en guise de salut avant de disparaître. »

Le docteur Hamidi s'effondra sur son journal.

Son vieil ami le policier avait raison. L'histoire n'est pas l'histoire quand les criminels fabriquent son encre et se passent la plume. Elle est la chronique de leurs alibis. Et ceux qui la lisent sans se brûler le cœur sont de faux témoins.

Boumerdès, 1998.

DU MÊME AUTEUR

Aux Éditions Gallimard

LE SERMENT DES BARBARES, 1999. *Prix du Premier Roman 1999. Prix Tropiques, Agence française de Développement, 1999.* (Folio n° 3507).

L'ENFANT FOU DE L'ARBRE CREUX, 2000. *Prix Michel Dard 2001.*

Composition Bussière
et impression Bussière Camedan Imprimeries
à Saint-Amand (Cher), le 27 mars 2001.
Dépôt légal : mars 2001.
Numéro d'imprimeur : 2858-005882/1.
ISBN 2-07-041806-5./Imprimé en France.

99118